国家广电总局重点扶持剧目

山河锦绣
剧本版

下

由甲 韦言 吴海中 著

中国言实出版社

第十七集

⊙ 石头村村口/村路 日 外

调研组的一行人来到石头村。

张组长:"这片林子不错。"

国文:"啊,这当年退耕还林,这一片就一直保持这样。"

张组长:"前面就是石头村?"

国文:"对,前面就到了。"

叶小秋跑下来迎接。

国文:"小秋,来来来,慢点、慢点、别急,小秋。"

叶小秋:"你们来了。"

国文:"我在书和结婚的时候见过你。"

说罢两人来到张组长面前。

国文:"来,小秋同志,你介绍下自己。你不要紧张。"

叶小秋有些紧张地:"各位领导好,我是石头村的支部书记叶小秋,我刚才接到了乡党委刘书记的电话,他说他跟县委的聂书记在柳家坪呢,正准备往咱石头村赶呢。所以就让我先负责大家的接待还有视察工作。"

国文:"这是咱国扶办调研组的张组长。"

叶小秋:"张组长,你好。"

张组长:"你好。"

国文:"这是咱省的赵副省长。"

叶小秋："赵副省长，你好。"

国文："那既然县领导不在，那你就带着我们进村看一下。"

叶小秋："没问题。那走，这边请。路不太好走。那个，通知得太仓促了，没啥准备。"

张组长："不用准备，没准备才真实嘛，随便看看。"

叶小秋："就前边，直走就到了。"

国文："小秋支书，你把咱村基本的情况，给领导们介绍一下。"

叶小秋："咱村前面就是最大的这个居民点了，过了前面那山梁子，还有三个村民组，整个石头村加起来一共是五个村民组。"

张组长："五个村民组一共多少户？多少口人？"

叶小秋："一共是一百二十多户，六百多人。但这里边有四百多人常年都是在外打工，这剩下这二百来人具体啥情况，我也不是特别清楚。"

张组长："这么说村子里只剩下老人和孩子了。"

叶小秋沉重地："都是些没啥劳动能力的。"

张组长："这村子里，一共有多少贫困户？"

叶小秋："村子里都贫困着呢。"

张组长一怔："都是贫困户？"

叶小秋："俺这……条件太差了，种啥啥不活，咋能不贫困呢嘛。"

⊙ 土路上 日 外

聂爱林与刘达成坐在车上。

刘达成惴惴不安："这说好了到柳家坪呢嘛，咋到了石头村了？是不是国文主任把路给带错了。"

聂爱林："那咋可能？国文主任就是从泥河乡走出去的，他咋能把路带错。"

刘达成："那今天这是咋回事嘛？"

聂爱林："你这还不明白吗？肯定是中央调研组临时改变的路线。"

刘达成催促司机："放快放快。"

⊙ 柳家坪村委会屋内 日 内

柳大满看着赵书和："咱给国文打个电话吧，问一下。现在啥情况了？"

赵书和："这时候打啥电话呢嘛，添乱呢。"

柳大满:"那要不然咱俩去一趟石头村,走。"

赵书和:"你干啥去?你去石头村,你冒充石头村的村民还是冒充石头村的村主任呢?不更添乱呢嘛。"

柳大满焦躁地瞪着眼睛:"这也不行,那也不行,那咱到底咋办嘛?"

赵书和:"聂书记都说了,待命、待命。你。"

柳大满:"待命、待命,这哪是待命嘛,这就是要了我的命了,哎呀。"

⊙ 石头村村道上 日 外

叶小秋领着调研组一行人边走边继续介绍石头村。

叶小秋:"慢点,这路窄,不好走。"

张组长:"这些房子多少年了。"

叶小秋:"这些也得有四十多年了。俺村大部分都是那七八十年代的房子,这些年有些村民出去打工了,不少房子都没人住了。时间长了,好些都塌了。俺村大部分都是这种老房子、危房呀……估计得有三十多间。"

张组长站住:"村里就拿不出资金给这些危房做一些维修?"

叶小秋:"村集体也没啥钱嘛,所以也只能没办法。"

严爱国:"领导,喝点水。计划经济时,村民们都绑在一起了,苦劳苦作,他们基本上能解决一个温饱问题,自从联产承包责任制之后,这个土地啊都分给老百姓了,村子里的集体经济全打散了,老百姓过日子都是自家顾自家的。"

张组长:"那这之前,村子里没办过厂子?"

叶小秋:"厂子办过一个采石场,但是说破坏环境,后来就给关了。"

张组长:"保护绿色环境是国家发展的大趋势。"

叶小秋:"这个道理大家也都懂,后来我们还用那之前的扶贫款,办了一个养鸡场,但是大家也因为没经验嘛,来了一场鸡瘟那鸡都死绝了,后来也没啥企业,没企业之后我们就想要不就把那扶贫款给大家分了,结果大家把钱花完,也就完了。"

赵副省长:"在市场经济体制的主体之外,广大农村,尤其像石头村这样的贫困村,如果没有市场经济的支持,农民和农村就没有资本积累,没有资本积累他们就失去进入市场主体的资格,这是一个结构性的大问题啊。"

张组长:"这些问题,中央也注意到了,联产承包之后,释放了农村的生产力,但随着社会的发展、科技的进步,现在农村也出现了大量的剩余劳动力。很多农民进城务工,这按理说农民生活的状态应该有个大幅度的改变,对吧。"

叶小秋："像你说的情况在其他地方都好实现，但我们……这环境真的是太差了，弄啥弄不成。然后大家的观念又特别落后，你像他们出去打工，也只能做些最简单的劳动维持生计，其他啥都干不成。"

张组长："这样，咱们去农户家看看。"

叶小秋："好，走，这边。"

⊙ 土路上 日 外

车内，刘达成与聂爱林在车上。

刘达成打电话。

刘达成焦急地："哎呀，小秋不接电话嘛。问题严重啊。"

聂爱林忧心重重："不接电话？你、你接着打嘛。"

刘达成继续打电话，发现聂爱林捂着胸口。

刘达成担忧地："聂书记，你咋了？"

聂爱林闭着眼睛："没事。"

刘达成："聂书记，你也别着急，你要保重身体呢。聂书记，我看你跟国文主任能说上话嘛，要不，你给他打个电话问一下到底啥情况嘛？"

聂爱林："不能打。"

刘达成埋怨着："这，这个小秋也不回电话。"

⊙ 石头村农户甲家 日 外

调研组来到贫困户甲家。

叶小秋："叔。"

村民："来人了。"

叶小秋："叔。来了些人，进来看看。"

村民："看，看看。"

国文："叔，这都是北京来的干部，来看一下大家现在生活的现状。"

老人："看、看。有啥看的。"

张组长走进屋子看了看出来。

张组长："老人家，家里几口人呢。"

老人："都在这呢。"

张组长："这娃几岁了？"

小女孩:"我四岁了。"

张组长:"孩子他妈呢。"

村民:"跑了。"

张组长:"家里有多少地?"

叶小秋:"我村的地都是一样的,每户每口人一分,一分山地。"

张组长:"还有其他的收入吗?"

老人:"就是贫困救济款,不够用呢嘛。"

叶小秋:"他们、他屋是我们村贫困程度比较严重的,确实没啥其他收入,就是穷。"

张组长:"像这样的农户,年收入是多少?"

叶小秋迟疑片刻:"年收入……差不多四百。"

张组长:"这样的农户,村子里多吗?"

叶小秋一时无语。

国文:"你看、你看,问你,你说,说嘛。"

张组长:"村子里来过扶贫的人吗?"

老人:"记不得了,记不得了。"

村民:"我一直在外头打工呢,我也不知道。"

国文望着村民的瘸腿:"你这腿是咋弄的。"

村民麻木一笑:"这是前两年我在工地上打工呢,叫石头给砸了。"

⊙ 石头村附近村路 日 外

聂爱林与刘达成来到石头村外,两人下车。

刘达成四下看:"哎呀,这彻底坏了,这这,这到底事情大了,咋弄去?"

聂爱林:"啥咋弄?肯定往石头村去了嘛。"

刘达成:"那这这这。"

聂爱林:"你修下这啥烂路嘛。快走。"

刘达成:"赶紧追去、追去。"

两人跑步进村。

⊙ 石头村农户乙家 日 内

调研组一行人来到农户乙家。

张组长问:"你们家就三口人?"

农妇:"嗯,我男人前年生病死了,现在家里边就剩下我跟两个娃了。"

张组长:"那你平时靠什么过日子。"

农妇:"也没有啥指望了。"

张组长:"娃上学了吗?"

农妇:"上了,都上小学了。"

张组长:"这学费凑得齐吗?"

农妇:"这说实话,以前太困难了,根本凑不齐,现在好了,上小学都是免费的嘛。"

叶小秋上前:"现今娃们上学享受贫困户待遇,两免一补落实,娃们念书不敢耽误。"

⊙ 石头村村道 日 外

村道上。

聂爱林与刘达成气喘吁吁地跑来。

聂爱林:"快点、快点、走,快。"

聂爱林与刘达成跑到了国文身边。

聂爱林:"主任、主任。"

国文不悦地:"你干啥去了你,你咋弄的这是。"

聂爱林喘着粗气:"不是这……换路、换路线。"

国文:"回头村里的人你多联系啊,我走了啊。"

聂爱林追上国文:"主任,换路线这事就没人给我通知嘛,那这柳家坪还去不去了?"

国文跟村民一家道别。

国文:"你们回吧。"

聂爱林继续问国文:"主任,刚走访了几户人?那中午吃饭是乡里解决嘛还是回到县上去吃?村民都咋说的?"

国文:"你啥也不要问!你跟我走!"

聂爱林:"对对对,跟下走,快走、快走。"

⊙ 石头村农户丙家 日 内

国文:"你男人的病是咋弄的?"

村妇语气凝重:"年轻的时候在那泥河边给村里人看水落下的病,叶主任他也知道。"

叶小秋:"在泥河生态治理之前,每个村里都有看水的。"

国文:"他们不是都参加了新农合了嘛?"

叶小秋:"参加了,都参加了。"

国文:"那参加了合作医疗,咋不看病去呢?"

村妇:"也报销不了多少,剩下的钱,我俩也拿不出来。"

村民:"看病贵得跟啥一样,谁能看得起病?我现在就等哪天这口气咽了,不再给家里留负担。"

村妇:"你再别胡说了。"

村民:"我爸在世的时候老说一句话,死了就不疼了。给领导倒水。"

国文:"不倒水、不倒水。"

⊙ 石头村卫生所 日 外

张组长一行人走来,张组长站住,指着不远处卫生所大门上的锁。

张组长:"这卫生所就这么锁着?"

叶小秋:"当时我们村太穷了,付不起医生工资,所以人来一个人不干了、来一个人不干了。时间长了就……"

严爱国:"国家每年都给贫困地区加大投入啊,你现在连个小小的卫生所都开不起来,不应该啊?"

⊙ 柳家坪村委会屋内 日 内

赵书和与柳大满在村委会吃面。

柳大满瞪着眼睛问:"你吃啥呢?"

赵书和:"嗯?"

柳大满:"吃啥呢?"

赵书和:"吃面呢嘛。"

柳大满:"你手里拿的啥?"

赵书和:"吃面不吃蒜,香味少一半。"

柳大满埋怨着:"你吃了蒜了,一会领导来了,你一张口,那领导不就晕倒了?"

赵书和:"我一会刷牙去。我给你说,我估计领导今天来不了。"

柳大满:"你说来不了就来不了了。"

赵亮:"呀,支书你早说嘛。我也吃蒜了。"

赵书和:"一会刷牙啊。"

赵亮:"啊,刷牙。"

⊙ 石头村村道上 日 外

国文与严爱国对话。

严爱国:"确实要解决。"

国文:"我刚才看那个小姑娘那双眼睛,心里难受。"

聂爱林跑到国文身边。

聂爱林:"主任。"

国文:"你说你说。"

聂爱林:"你看,这个,到饭点了。咱这么多人,石头村根本解决不了这吃饭的事情,我的意思咱还是往柳家坪走,柳家坪啥都准备好了,要是你觉得不去柳家坪的话,我看路边有几个饭馆,我叫老刘给咱订下盒饭拿过来。"

国文:"吃盒饭就行了。"

聂爱林:"那行,那就盒饭。"

张组长:"国文,你们在嘀咕什么呢?"

国文:"这聂书记啊,跟我商量商量中午大家吃饭的事,看看是吃盒饭啊还是去乡里。"

张组长:"我有个建议啊,既然我们今天到了石头村,我就想到农户家里吃个农家菜。你看呢,大家同意吗?"

⊙ 石头村叶鳖娃家院内 日 外

赵细妹在院子里,叶鳖娃下地回来。

叶鳖娃:"细妹。"

赵细妹:"爸,回来了。"

叶鳖娃:"天热得很啊,脊背后头浪打浪呢,哎,庄稼都快旱死了。唉,这秋老虎啥时候是个完嘛?这都快吃饭了,这小秋咋还不回来呢嘛?"

赵细妹："说是村上来领导了,他去接待去了。"

叶鳖娃："哎呀,咱这能来啥领导嘛。"

赵细妹："说是个大领导,北京来的。"

叶鳖娃一怔："啥？北京来的大领导。那咋不领着咱屋吃饭来呢嘛？你赶紧弄点好吃的,我去寻他去,我去寻他去。"

说着转身出了院子。

赵细妹："爸、爸、爸。"

⊙ 石头村某农户大树下 日 外

调研组一群人散坐在农户家废弃的院子里准备吃饭。

聂爱林："小秋,抓紧时间弄上两个硬菜,别在乎钱的事,把事情弄好。"

张组长："聂书记。"

聂爱林走过来："哎,领导。"

张组长："平时老乡吃什么,今天我们就吃什么,不要刻意准备,知道吗？"

聂爱林："啊。"

国文："听张组长的,老乡平时吃啥,今天就吃啥。"

聂爱林："对。领导,稍等一下,还有两个菜,不超过四菜一汤,稍等一下。"

村民围观望着。

聂爱林："别看了,走走走。再别看了,有啥看的嘛,走、走走,再别看了,有啥看的嘛,走走走。"

吃完饭后。

张组长环视众人："同志们,这顿饭吃的怎么样？实话实说,这饭到底好吃不好吃？"

叶鳖娃突然闯进来。

叶鳖娃："别拦我,我是支书他爸。"

工作人员："不能进。"

叶鳖娃："支书是我儿子,小秋,领导来了咋不领到咱屋吃饭去。"

叶小秋："爸,你干啥嘛。"

聂爱林："赶紧弄走、弄走。"

张组长见状："叫他进来。"

严爱国："让他进来,进来。"

叶鳖娃走到张组长面前打量一番："大领导，我是支书他爸，领导们是来扶贫的吧？"

张组长："你想说什么？"

叶鳖娃："我听说你们是从北京到石头村来扶贫的，米面呢？粮油呢？哎？你们啥都没带？那米面呢？粮油呢嘛？以前来的工作队都带，我要米面粮油嘛。"

几个工作人员将叶鳖娃拉走。

矮墙后面的一个小孩望着小木桌上的黑面馍馍："姐，我想吃那馍。"

张组长听到小孩说话，吩咐手下。

张组长："拿过来。"

说着来到孩子面前："怎么没上学啊？嗯？学校离家远吗？有几个老师？怎么不说话？"

叶小秋："领导，这、这几个娃我认识，都是后村村组的，父母都出去打工，肯定没人看，后来就成了留守儿童。"

张组长盯视着聂爱林："这县里乡里留守儿童的事你们不管。"

叶小秋："领导，这事也不怪聂书记，我村有个小学呢，在半山腰上吊着呢，两免一补都落实了，但是……"

张组长："你说什么？学校吊在半山腰？走，我们去看看。"

聂书记："哎，领导，这天一黑路不好走。"

张组长："路不好走？"

说着抬高了声音："孩子们能上去，我们就不能去看看？"

聂书记："上不去啊。"

张组长顿时发怒，吼道："孩子们就能上去！？国文，你出来一下。"

国文："张组长。"

张组长："国文主任，你们中原省的扶贫工作，任务确实艰巨，经过一天的走访，我很伤感。86年扶贫至今，我真的没想到，石头村这老百姓的日子居然还如此悲苦，想听听我的感受吗？"

国文神情凝重。

张组长眼圈红了："心在流血。今天就不回去了，看看附近有没有什么地方能够住下来，好吗？"

国文："好。"

⊙ 石头村现场会 日 外

张组长在石头村给诸位干部们开总结会。

张组长:"人到的很齐啊,辛苦在这儿就不说了,光昨天一天,我们就分别走访了二十多户贫困人家,结果,印证了我们的担忧。石头村的贫困档案显示,前年的贫困发生率是31%,去年是34%,直到今年的自查数据,都与我们实际调查的结果存在很大的差距。很不真实,这是为什么?我们还能相信什么?"

众人鸦雀无声。

张组长:"我们大家都看到了,这次调研与我们此行调研的其他六个省的贫困县、贫困村一样,都普遍存在着贫困数据有水分、历史遗留问题压力大、下发的扶贫款项目使用、管理不严格的现象。这个石头村的状况是我们全国以往扶贫工作的一个缩影,全国的贫困人口数量是国家统计局抽样调查才得到的。他们是谁?住在什么地方?什么职业?为什么贫困?有什么办法才能让他们脱贫?目前都不清楚。"

众人静静听着。

张组长:"全国的贫困县从1986年的331个到后来的592个,直到现在的832个,真可谓越扶越贫,越扶越多呀。同志们有没有想过这个问题?我们每年投入的扶贫款项都在大幅度增加,这钱都花到哪儿去了?同志们有没有想过?这次的调研成果为我们今后提供了第一手资料,找到了根本原因。我看出路只有一个,就是在我们顶层设计上,做政策性的调整,我们必须彻底改变观念,纠正错误,扭转局面。在座的都是我们党和政府的各级领导,我只想对大家说一句话,凭党性、凭良心,干好我们的每一天。"

画外音(赵雅奇):中央调研组此行一路行经中西部六个省市,万里奔波。真正做到了深入国家贫困地区真查,实看。找到了扶贫工作中普遍存在的难题和症结,也为未来的扶贫工作探明了方向。

⊙ 省扶贫办国文办公室 日 内

严爱国与国文交谈。

严爱国:"国主任,这是陪同中央扶贫办调研组调研后,我们总结会的通报。"

国文:"啊,这之前我看过了。"

严爱国:"我建议是否可以把这个通报做一个节略,然后再发出去。"

国文:"为啥要节略啊,我看这可以全文发下去嘛。尤其是赵副省长的讲话呀,必须全部保留,这有啥问题吗?"

严爱国:"但是,这个总结啊,对基层同志的工作批评得有些严厉呢。"

国文:"那你就把个别基层同志的名字略一下,这下面出了问题,我们上面负责扶贫工作的领导是有责任的。这基层出了问题,不能把板子都打在下面,好吧,你就这样改一下。"

严爱国:"好,国主任,我先去安排一下。"

国文:"好。"

⊙ **柳家坪中心小学教室内 日 内**

柳秋玲在给孩子们上课。

柳秋玲:"傍晚六点,烟草花在暮色中苏醒。"

孩子们:"傍晚六点,烟草花在暮色中苏醒。"

柳秋玲:"月光花在七点左右舒展开自己的花瓣。"

孩子们:"月光花在七点左右舒展开自己的花瓣。"

⊙ **柳家坪村委会门口 日 外**

赵书和坐在村委会门口给农科所打电话。

赵书和:"喂,农科所吗?哎,我是柳家坪的赵书和,哎,你好你好,哦,是这啊,我们村子这地啊,咱上次那个技术人员他、他测了一下,这时间应该差不多了吧?我知道时间不到,万一呢,对吗,你们能不能派个人再测一下,要是能种了,我就组织人就干起来了,我不是催,就是地闲着呢,人也闲着,闲得人心慌嘛。哦,能测了马上通知我啊,哎哎好哎好。"

⊙ **中原省委会议室 日 内**

国文、钟书记等一众省里领导在看专题片。

钟书记:"'实事求是、因地制宜、分类指导、精准扶贫'这16字方针,这是中央首次提出的精神,精准两个字是新时代脱贫攻坚的最显著特征,更是我国全面打赢脱贫攻坚战的决胜之策呀。"

李省长:"精准扶贫,是粗放扶贫的对称,是针对不同贫困区域的环境,不同贫困农户的状况,运用科学有效的程序,对扶贫对象实施精确识别、精确帮扶、精确管理的扶贫方式。"

钟书记:"这次这个扶贫任务是有底线的,不亚于一次政治宣言。这一次中央这也是下了大决心的,各级党委要组织学习呀,充分落实。"

画外音(赵雅奇):2013年11月,中央作出"实事求是、因地制宜、分类指导、精准扶贫"的重要指示,开启了精准扶贫之路。

⊙ **柳家坪村外田地 日 外**

赵书和陪同技术员采集样本。

赵书和:"李技术员。"

李技术员:"哎。"

赵书和:"咱采样都一年多了,到底啥时候能好嘛?"

李技术员:"需要等这个土壤的检测结果。"

夏大禹:"一个个在屋里闲得都挠墙呢嘛,农民就是靠地吃饭呢,这种不成地,把人心里着急得都长毛了。"

赵书和有些焦虑地:"我咋跟村里人交代嘛?你就告诉我具体的时间,啥时候能好,行吗?"

李技术员:"具体的时间我真的给不了你,咱们还是耐心等等吧。"

⊙ **省委钟书记办公室内 日 内**

国文坐在钟书记面前。

钟书记连连点头:"国扶办刚刚印发了扶贫开发建档立卡工作方案和扶贫开发建档立卡指标体系,你们就起草了咱省建档立卡工作方案,反应很迅速嘛。"

国文:"这主要是中央对扶贫工作模式的顶层设计、总体布局、工作机制等方面的详细规制,这才推动了精准扶贫的思想落地呀!"

钟书记:"看来中央最近出台的几个关于扶贫工作的这个文件,你吃得挺透啊。"

国文:"哎呀,现在还在积极努力的学习当中啊,确实是内容太丰富了。"

钟书记:"下派扶贫工作队的事,组织的怎么样了?再好的政策和措施,这都需要有人去实施。我们党在农村工作的历史上,每当有重大的政策还有措施需要落实的时候,一直都有向基层派工作队的这个传统,这次我告诉你,全国呀,这有近百万的干部,要下派到贫困村去扶贫,这可就是一个大工程。"

国文:"钟书记,你放心啊,这个工作已经全面地展开了,我们一定会在最短的时间内把工作队全部派下去。"

⊙ **柳家坪柳多金家屋内 日 内**

多金妻给躺在床上的柳多金喂药。

多金妻:"来,把药吃了。"

柳多金摇摇头:"我不吃了。"

多金妻:"咋又不吃了嘛?"

柳多金:"我病成这个样子了,吃不吃这药有啥区别吗。我跟你说啊,把那钱,留给咱柳明娶媳妇。"

多金妻含泪地:"你是咱屋的顶梁柱,我和娃还指望你呢。来,把药吃了,不要想那么多,啊,来。"

柳多金叹气:"这人也病了,地也病了。"

⊙ **中原省扶贫工作总指挥部 日 内**

国文与一众干部们开会。

国文:"精准扶贫现在是咱党和国家工作的一号工程,咱扶贫班必须要坚定信念,排除万难,要做到每一个贫困村都有下派的驻村工作队,每一个贫困户都要完成建档立卡的工作。昨天在省里面参加扶贫部署会议啊,这赵副省长要求我们,要尽快地拿出一套可执行的方案来。"

丁哲学:"那么这次下派工作队啊,我认为一定要管控好风险。"

国文:"嗯。"

丁哲学:"因为选派标准、职责确定、激励政策都还在完善当中,规模不用太大。"

国文:"省政府呢结合重要的部署啊,现在定下来了三批,总共是一万五千支队伍的框架。咱们省啊,第一批工作队至少要达到五千支,下派的干部至少要达到三万名左右,这是一项工作量巨大的任务。省委钟书记要求我们要打响头炮,配合有关部门大力做好宣传的工作,各地协调组建好扶贫的工作队,对下派的干部分批地进行培训。所以今天呢,咱就具体讨论一下,接下来工作的安排啊。"

众人:"好。"

⊙ **柳家坪村委会门口及屋内 日 外/内**

柳大满停下摩托车,进了村委会找赵书和。

柳大满:"书和、书和、书和?"

夏大禹:"哎,村长来了?"

柳大满:"在这屋干啥呢?"

夏大禹:"收拾屋子呢嘛。"

柳大满:"收拾屋子干啥呢?书和呢?"

夏大禹:"收拾外屋呢。"

柳大满:"啊?"

赵书和进了村委会。

赵书和:"大满。"

柳大满:"书和。"

赵书和:"回来了。"

柳大满:"啊。"

赵书和:"你这是专门从县城赶回来的?"

柳大满点头:"啊。"

赵书和:"知道扶贫队下来了。"

柳大满笑着:"还知道扶贫款到了。"

赵书和:"人老了,鼻子没变。那屋子啊,缺个台灯。"

夏大禹:"好,我寻一个。"

柳大满:"哎哎,你收拾屋子干啥呢?"

赵书和:"扶贫队要下来了,两男一女,你不收拾两间屋子咋住呢?"

柳大满:"你尽弄这虚头巴脑的事情。"

赵书和:"咋了嘛?"

柳大满:"这回回扶贫队来,回回说住,哪回住过。每回来就是村子一转,吃个便饭,拍个小照片,一笔扶贫款,就走了。"

夏大禹:"哎,村长,你说的那是老皇历了嘛,啊,这次啊情况不一样,我听乡领导说啊,这次要求啊,必须住在村里。"

赵书和:"嗯,最少两年。"

柳大满一怔:"住这么长时间呢?"

赵书和:"哦。"

柳大满:"为啥嘛?"

赵书和:"我哪知道嘛?呀,不会是扶贫力度大了吧?"

柳大满面露喜色："哎呦，这要是这扶贫力度大了，那这扶贫款就多了嘛。"

赵书和："哦。"

柳大满："夏大禹，你赶紧给咱算一下，来，这上一回的扶贫款乘以365，乘两回是多少钱？"

夏大禹："好好好。"

赵书和："呀，你咋能这样算呢嘛？"

柳大满："那咋算？"

赵书和："大禹，把休息日刨出去。"

夏大禹："嗯嗯嗯，支书这个算法非常人性。"

柳大满："对对对，人家扶贫力度大了，咱是不是应该搞一个欢迎仪式啥的啊？"

赵书和："啥欢迎仪式嘛？"

柳大满："让秋玲那的娃都来嘛，穿上白衬衣、红领巾，抹个红脸蛋，鼓个掌啥的。"

赵书和："再唱个歌、拿个花。"

柳大满："对对对。"

赵书和："你这才是虚头巴脑的，娃不上课了。"

柳大满："我想着……"

赵书和："你这一说，咱连扶贫队的人叫个啥都不知道啊。哎，大禹。"

夏大禹："啊？"

赵书和："你那县上发的文呢？"

夏大禹："哎？我给咱寻一下、寻一下。"

柳大满："你先别叫唤了，你先让他把这账算完嘛。你先算、算账。"

突然，屋外传来一阵喇叭声。

赵书和起身："来了。"

柳大满："这么快的？"

几人急忙出去迎接。

高枫手里拿着行礼："哎呀，叔。"

柳大满惊喜地："枫枫娃，你咋回来了？"

赵书和："你咋回来了嘛？你这，还带着朋友回来。"

柳大满："你回来也不打个电话，啊。"

赵书和："就是的嘛。"

高枫:"呀,我回来不好嘛?"

赵书和:"好、好、好好好,好着呢、好着呢。你这娃,把你叔吓了一跳。"

高枫:"咋了?"

赵书和:"我还以为是,这,这扶贫工作队下来呢嘛。"

高枫:"我们就是扶贫工作队的嘛。"

柳大满:"啥?你?你几个就是扶贫工作队的?"

赵书和:"对着呢,两男一女嘛。你等一下啊,你咋到了扶贫工作队了?"

高枫:"我咋不能到扶贫工作队嘛。你是不是都不知道啊?"

赵书和:"不知道嘛。"

高枫:"咱县里没给咱柳家坪发那文吗?"

赵书和:"哦,文、文……"

夏大禹:"我、我……"

柳大满:"没来得及看。"

赵书和:"就是、就是。"

高枫:"哎,我给咱介绍一下啊。这两位都是咱扶贫工作队的同事,李志刚。"

赵书和:"你好。"

李志刚:"您好,您好。"

高枫:"这位是韩娜娜。"

韩娜娜:"您好。"

赵书和:"你好。"

高枫:"我给你们也介绍一下,这是咱们村的村支书,赵书和。"

李志刚:"赵支书您好。"

韩娜娜:"赵支书好。"

高枫:"这是咱村主任柳大满。"

李志刚:"柳主任好。"

柳大满:"你好。"

韩娜娜:"柳主任您好。"

柳大满:"你好、你好。"

高枫:"这是咱的夏会计。"

李志刚:"夏会计好。"

韩娜娜:"夏会计好。"

夏大禹:"你好你好。"

赵书和:"走走,进屋、进屋。"

柳大满:"赶紧进屋聊。快快。"

夏大禹:"你车没锁吧,我把行李搬下来。"

高枫:"没锁、没锁,谢谢啊。"

赵书和:"台灯、台灯别忘了。"

夏大禹:"我记着呢。"

赵书和:"寻见啊。"

夏大禹:"啊。"

众人进了屋子,围坐一起。

柳大满疼爱地望着高枫:"哎呀,这好嘛,这枫枫娃回来了。"

赵书和:"嗯。"

柳大满:"这没想到还是工作队的呀。"

赵书和:"啊……"

韩娜娜:"枫哥,是我们队长。"

柳大满:"哎呦,还是队长呢,那我这以后不敢再叫枫枫娃了,得叫高队长了,啊。"

赵书和:"呵呵。"

高枫:"啧,哎呀,叔,你看你说的,你该叫啥子叫啥嘛,就叫枫枫娃。"

赵书和:"嗯,好,好。"

柳大满:"哈哈哈……"

赵书和:"枫枫娃,哎,咋这么巧呢?你这个工作队就来咱这个柳家坪呢?"

高枫:"叔,是这样。"

赵书和:"啊。"

高枫:"本来啊,我是要派到别处的,但是后来人屋领导考虑了一下,我对咱村这个情况比较了解嘛。"

赵书和:"啊。"

高枫:"就跟别人对调了一下。"

柳大满:"对,对着呢,对着呢。"

赵书和:"对着呢,对着呢。"

高枫:"我是以为你都知道呢,我还说我回来咋没见我婶子的。"

柳大满："我也不知道。"

赵书和："不知道嘛，不知道。哎，我看咱中午就别派饭了吧。"

柳大满："啊？"

赵书和："回咱屋吃，让你婶子，啊，给你做你最爱吃的那个……"

高枫："木耳炒鸡蛋。"

赵书和："哎。"

高枫："好得很。"

赵书和："都去啊，都去啊。"

高枫："一块啊，咱一块。"

韩娜娜："行，行。"

柳大满："中午我没争过你书和叔，那下午不管咋，无论如何要到咱屋去吃，我让你婶子给你包饺子。"

第十八集

⊙ 柳家坪村委会内 日 内

柳春田的女儿柳枝匆匆走了进来。

赵书和一愣："哎，柳枝娃，你咋来了？"

高枫："呀，叔，这是柳枝啊？"

赵书和："是啊。"

高枫："呀，都长这么大了。"

赵书和对柳枝道："哎，还认得吗？呀，你高枫哥嘛。"

高枫："嗨，我走得早，估计娃都不认得我了。"

柳大满："嗯，不认得了。"

赵书和望着沉默不语的柳枝："你这娃叫人啊，叫哥。"

柳枝："哥。"

高枫："哎。"

赵书和："啥事嘛？"

柳大满："啧，说话啊。"

柳枝怯怯地："叔，你们还是去我屋里看一下嘛。"

⊙ 柳家坪村头小路 日 外

众人赶去柳枝家。

赵书和："你这娃，你倒是说话嘛，到底咋了嘛？啊？"

柳枝："他们又吵架了，我也拦不住嘛。"

赵书和："又吵了？"

⊙ 柳家坪柳春田家院子 日 外

叶英子在争夺柳春田手里的农药瓶。

柳春田挣脱着："你听我好好跟你说，你听我好好跟你说，英子，我实在没有活头。"

英子哭着："你不活，我也不活了。"

说罢一把夺走了柳春田手里的农药瓶。

柳春田吼道："给我。"

英子："你不活了，让我先死！"

柳春田："哎呀，你死了娃咋活嘛？你给我先，求你求你求你……"

赵书和和众人奔了进来。

柳枝："爸！"

赵书和："春田你，哎呀，春田你干啥的吗？大白天的，弄啥呢？你……人柳枝娃跑村委会寻我们去了。你看看把人家娃吓得。英子，咋回事吗？"

英子："春田喝农药不想活了。这都好几次了。"

赵书和："给我。"

柳春田："我治病要花钱，我娃上学更要花钱呢，那医保报不了嘛，也没人管我。"

柳大满："谁说没人管？村里没管你？这管你的人不就来了嘛？你看这是谁？"

柳春田喘着粗气看着高枫。

高枫："叔，还记得我吗？"

柳春田一时想不起来。

英子打量着高枫："哎……这不是枫枫娃吗？"

高枫："婶子……"

英子："哎，我，我记得你不是在城里工作吗？"

高枫："啊，我在县城工作，现在回到了咱村，我现在是咱扶贫工作队的。"

柳春田："我娃好着呢，那叔这情况你也看见了。你要扶贫，就要先扶叔，是不是的？叔就一件事，就是要让你妹子，要把学念下去，我娃这学习好，啊，叔这病你不用管，这，治不好，这没事。"

柳大满:"谁说治不了,肯定管你嘛,咋能治不了呢。"

柳春田一阵咳嗽。

高枫:"叔,我都记下了,你放心,我这回来了,我就不走了,我就是跟着我书和叔、大满叔,带着大伙儿往好日子奔,啊。"

柳春田:"好啊,不走了好。来,咱进屋,进屋。"

英子:"是啊,咱别在院子里了,进屋坐。"

高枫:"叔。"

英子:"进屋。"

高枫:"婶儿,这也是我工作队的,两个同志。"

柳春田:"啊。"

李志刚:"你好。"

英子:"你好,你好。"

高枫:"走,进屋进屋。"

英子:"进屋进屋。"

柳大满:"走走走。"

柳春田:"让你看笑话了啊。"

柳大满训责道:"你呀就再别胡闹了。"

高枫问赵书和:"叔,你像春田叔这情况,咱村是不是还多得很?"

赵书和:"还有几家。"

柳大满看看高枫:"春田他屋这情况比较特殊。村里也帮了好几回了,你扶贫队……要能先帮,就先帮他屋啊。"

赵书和:"你看这,这之前本来还养两只羊呢,就因为治病……全卖了。"

⊙ 柳家坪柳春田家屋内 日 内

柳春田喘着粗气躺在床上。

英子端着缸子递给李志刚:"小心烫啊。"

李志刚:"谢谢。"

柳枝给韩娜娜送水:"姐。"

韩娜娜:"哎。"

柳枝:"喝水。"

韩娜娜:"婶子。"

英子:"啊。"

韩娜娜:"你跟我说说你家里的情况。"

英子点头:"啊,一直都是春田赚钱养家呢,现在他病了以后就……现在就是这个情况。现在家里就是这个情况。"

韩娜娜:"婶子,你别急。我们这就是过来了解情况的。"

柳枝懂事地给父亲喂药:"爸,该吃药了。"

柳春田:"对了,不吃了,吃了也没用。不用吃。"

李志刚望着满墙贴着的奖状:"柳枝。你叫柳枝?"

柳枝:"嗯。"

李志刚:"这些奖状都是你得的?"

韩娜娜:"这都是孩子的奖状?"

英子:"哦,都是一些……"

韩娜娜:"这,这孩子现在已经不上学了?"

柳春田叹气道:"哎,上不成了。"

⊙ 柳家坪柳大满家屋内 黄昏 内

桌上摆着丰盛的饭菜。

柳大满端起酒杯:"咱三个先碰一下先,来来来。"

赵书和:"碰一下,碰一下,来来来。"

高枫:"来,叔。"

柳大满:"哎呀,这枫枫娃刚回来就碰见春田那事,咱不想那事了,咱今天就自己家里人吃个好饭。啊,多吃多吃。"

高枫:"嗯。"

柳大满:"哎,枫枫娃。叔问你句话啊,这回你们这扶贫队给咱村子能弄回来多少钱?啊?"

黄艳丽端着一盘菜走出厨房:"鱼来了,哎呀。"

高枫:"呀,还有鱼呢。"

黄艳丽:"枫娃,婶儿知道你要回来,给你做了一桌子。"

高枫:"美得很。"

黄艳丽:"都是你爱吃的。呵呵……"

高枫:"好,呵呵,谢婶子。"

黄艳丽："哎，不是你还有俩同事嘛，人呢？"

高枫："我叫了，人家说咱这是家宴，人就不参与了。"

黄艳丽："你看这俩娃，真是的，那，那俩娃咋吃饭啊？"

赵书和："哦……"

柳大满："要不然是这，艳丽你辛苦一下，再多做一点，饭也多做一点，一会给人家俩弄到饭盒里，让娃给他们带回去。"

赵书和："嗯对，就是的。"

黄艳丽："也行，这样也好，那你好好吃。"

高枫："好。"

黄艳丽："还有饺子呢。"

高枫："还有饺子呢？"

黄艳丽："啊，呵呵……"

柳大满："哎？我，我刚说到哪儿了？"

赵书和："钱。"

柳大满："对对对！这个，你这扶贫队啊，这回给咱这贫困户带回来多少钱啊？"

高枫："呃，现阶段还没有钱。"

柳大满："没有钱？"

高枫："啊。"

赵书和："那你回来干啥呢？不是，我的意思是，为啥没有钱呢嘛？"

柳大满："你这没有钱，你这工作咋弄呢嘛？"

高枫："人家国家现在有政策，这回扶贫的思路和以前不一样了，就不再是那个输血式、救济式扶贫了，我们要先入户摸排，然后调查清楚之后，给这些贫困户建档立卡，再根据政策一对一地帮扶。"

赵书和："啥？建档立卡？"

柳大满："啥意思嘛？"

高枫耐心解释："建档立卡就是把咱村的贫困户先找出来，分析贫困原因，然后再具体进行帮扶。"

赵书和："哦，那这个贫困是不是有标准的？"

高枫："有标准嘛。年纯收入在 2300 以下的。"

赵书和："嗯……"

柳大满急切地:"那到底给这贫困户都发多少钱吗?"

高枫:"你要现金的话,发到每一户,也就是基本补助,其他的还有产业扶持、教育资助、危房改造,这些都得从贫困户先干起来。我这个工作队就是进行评估,完了再上报上去,然后再一对一地帮扶。"

柳大满目露失望:"哦……"

赵书和:"枫枫娃,你说的我大概听懂了。反正我是觉得,这次国家扶贫的思路,确实不一样了。"

高枫:"那确实不一样嘛,人家国家这回是下了大决心,不仅要帮助那些贫困户发展生产解决生活困难,关键是要在贫困区开发经济,从根本上摆脱贫困,勤劳致富。"

赵书和:"嗯。"

柳大满:"哎呦,这么复杂呢,这……"

赵书和:"你再说一下,这个……"

话音未落,柳秋玲端着一盘鸡蛋炒木耳匆匆进门:"枫娃。"

高枫:"呀,我婶回来了。"

柳大满:"秋玲。"

柳秋玲喜盈盈地:"哈哈哈……枫娃回来了。"

说罢将鸡蛋炒木耳放在桌子上:"枫娃最爱吃鸡蛋炒木耳,我回去炒了一点。"

高枫:"呀,美得很。"

柳秋玲:"来,趁热吃。"

赵书和:"趁热吃啊。"

高枫:"美得很。"

柳秋玲:"好吃吗?"

高枫:"香得很。"

柳秋玲:"枫娃。"

高枫:"嗯?"

柳秋玲:"这次回来待几天?"

高枫:"哎呀,这次待得时间长了,暂时就不走了。"

柳秋玲:"不走了?"

高枫:"是啊。"

柳秋玲惊惑地:"你在县里干得好好的,咋不走了?枫娃,出啥事了?"

赵书和:"没出事,没出事,啊,是领导派下来的,人家枫枫娃有任务呢。"

柳秋玲:"啥任务?"

柳大满:"枫枫娃现在是驻咱村子扶贫队的队长,咱以后不能再叫枫枫娃了,得叫高队长。"

赵书和:"嗯。"

高枫:"哎呀,叔你咋又来了,就叫枫枫娃。"

赵书和:"哎,对了,枫枫娃,你跟叔讲那个建档立卡……"

柳秋玲埋怨高枫:"我咋跟你说的?从小我就跟你说走出去,走出去,你走来走去的,咋又走回来了?"

赵书和:"秋玲……"

柳秋玲:"你咋回事嘛你?"

赵书和:"秋玲,秋玲,艳丽在厨房忙着呢,你去看一下。"

柳秋玲:"我没说完呢。我不……"

赵书和:"呀,我们说正事呢嘛,看一下。"

高枫笑着。

柳秋玲一脸严肃:"必须回县里去,你看看人雅奇,人家在市里工作,你学着点你。"

黄艳丽端着一盘菜出来:"哎,来了来了,看看我烧得大黄鱼咋样?"

⊙ 柳家坪驻村工作队宿舍 夜 内

韩娜娜:"要是有个榨菜就好了。"

李志刚:"再来个荷包蛋。"

正说着,高枫提着两个饭盒走了进来:"哎,这怎么吃上了?我这还专门给你们带的好吃的呢。"

李志刚:"枫哥。"

韩娜娜:"哎呀。"

高枫:"快快快。"

韩娜娜:"这挺好呀,谢谢你啊,枫枫娃。"

李志刚笑。

高枫:"哎呀,你胡叫啥呢?枫枫娃是我叔他们叫的。来,趁热吃。"

韩娜娜:"啊,茄子。"

李志刚："我尝尝这个。"

韩娜娜："好吃。"

高枫："好吃是吧？你们俩这刚从城市来农村，感觉咋样？"

韩娜娜："我感觉特别好。"

李志刚："我觉得也是，这儿空气又好，乡亲们又亲切又朴实。"

韩娜娜："而且啊，我今天出去转呀，就我还看那个叫什么，皂角树吧？还有花椒树，我在城里我都没见过。"

高枫："是，这儿好多树估计你们俩都没见过，城里应该都没有。"

李志刚："嗯。"

韩娜娜："但是，你这儿的厕所晚上确实挺黑的，就那味也……也挺大是吧？"

李志刚："吃饭呢，哎，不过，枫哥，我们刚才还说呢，这之后吃饭的问题怎么解决？"

韩娜娜："嗯，还有洗澡。"

高枫："啊，主要咱农村这个条件确实也是有限，哎，你刚说吃饭那个事啊，这两天咱先在我叔那儿先对付一下，蹭两口。然后我最近给咱想想办法。"

韩娜娜："那洗澡呢？"

高枫："洗澡？咱农村里就这条件，就毛巾脸盆呗，咱就克服一下。"

韩娜娜："行，没问题。"

李志刚："今天去到那个女孩的家，我还是觉得挺受震撼的。"

高枫："咱村里面这种类似状况，应该还很多。"

韩娜娜："那咱得帮呀。"

高枫："帮。肯定得帮。"

韩娜娜："我听说那女孩学习成绩那么好。"

高枫："嗯。"

韩娜娜："而且她多想上学呀。"

高枫："嗯，是啊。"

韩娜娜："那不行我出这学费钱。"

高枫："你出，你出也只能解决这一户嘛。那咱村这种类似情况肯定还有好多户呢，你解决了这一户，那其他户看见了，咋说呢？"

李志刚思忖着："哎，枫哥。咱们刚才不还说吃饭的事还没解决吗？"

高枫："嗯。"

李志刚:"那反正没人做饭,咱们不如让那个女孩他们家给咱们做,他们做饭给咱们,咱们付工钱给他,他们不就马上有收入了吗?"

韩娜娜:"我觉得这个可以。"

高枫点点头:"哎,其实你这个还,还算是个办法。"

⊙ 柳家坪赵书和家屋内 夜 内

柳秋玲忙乎着家务扭头问赵书和:"枫娃这次回来,当的是个啥队长?"

赵书和:"乡里通知上说是精准扶贫驻村工作队的队长。"

柳秋玲:"精准扶贫?"

赵书和:"嗯。"

柳秋玲:"具体工作是做啥呢?"

赵书和:"反正他们现在的工作就是要入户摸排,建档立卡。"

柳秋玲:"啥意思?"

赵书和:"哎,我理解就是这,就像你们学校。"

柳秋玲:"嗯。"

赵书和:"班里,班里娃,啊,有学习好的,也有学习不好的,对吗?他们的任务就是,就是要在学习不好的娃里面,找出来谁的语文不好,谁的数学不好,完了再把他们的名字、具体情况记下来,就是简单……"

柳秋玲:"啊,我明白了,就是因材施教。"

赵书和:"哎,对着呢,因材施教。"

柳秋玲:"嗯。"

赵书和:"呃,语文不好的,补语文,数学不好的补数学嘛。"

柳秋玲:"明白了。"

赵书和:"嗯。"

⊙ 柳家坪柳大满家屋内 夜 内

黄艳丽给柳大满端来洗脚水:"哎,你说枫娃今儿说的,建档立卡这事,到底啥意思?"

柳大满:"哎呀,我今天也没听明白,我就光听着说,这回跟其他都不一样,不发现钱。这里头,好像复杂得很。"

黄艳丽:"呦,那不发钱,这枫娃以后工作不好做呀。咋跟咱村这伙人说呢?"

柳大满:"你别急,让我想一下。"

⊙ 柳家坪赵书和家屋内 夜 内

柳秋玲:"那枫娃他们要待多长时间?"

赵书和:"不好说,你想嘛,咱们村,那么多人,对吧?光是摸排恐怕就要一段时间。"

柳秋玲:"我跟你说啊。"

赵书和:"啊?"

柳秋玲:"你赶紧帮这个枫娃他们把这个建档立卡弄完了,让他回县里工作去,要不然,我心里不踏实。"

赵书和:"好,好。"

⊙ 柳家坪村委会门口 日 外

众乡亲闻知高枫回来了,围着高枫高声问候着。

赵大柱:"哎呀,别喊别喊别喊,哎呀,别喊别喊别喊,哎呀,乱成啥了?我娃回来了?"

高枫笑着:"叔,回来了回来了。"

赵大柱:"好着呢不?"

高枫:"好着呢吗?你身体好着吗?"

赵大柱:"我也好着呢。"

赵大柱媳妇:"你叔听说你回来了,昨天一晚上都没有睡觉,早上五点就把我揪起来了。"

柳满仓凑上前:"高枫,你看现在你穿着,你穿着简直就是城里人了。哎呀,你洋气得很。"

高枫:"哦……"

柳满囤:"你忘了你小时候让你去我家,你不去,嫌我家穷嘛。后来去了尿了我一炕。"

赵刚子:"哎呀,你那算啥呢?赵书和结婚的时候,枫枫娃糊涂得谁都不认,光认我呢。我给扒花生呢,结果拉了我一裤子。"

高枫/众村民又是一阵笑。

赵刚子:"今天把那裤子没拿来,把花生给你拿来了。来,给花生。"

高枫:"哎呀,多金叔来了。身体咋样了?"

多金媳妇:"好着呢,好着呢,前几天还咳嗽得厉害,昨天晚上听说你要回来,这今儿个一下就精神了。"

众村民笑。

多金媳妇:"要说看看我娃,我娃长高了。"

高枫:"哪长高了。"

多金媳妇:"这回来咋还不到俺屋里去呢?是不是嫌婶儿屋里不好。"

高枫:"不是,我这刚安顿好,我安顿完了之后我就去嘛。"

多金媳妇:"那记得来啊。"

高枫:"那肯定去嘛。"

多金媳妇:"柳明也想你呢。"

群杂:"哎,对对对,别客气,别客气……"

赵二梁:"枫枫娃呀,叔我跟你说,你要再晚回来两天,你多金叔都没了。"

众村民笑。

柳多金:"你说啥呢?"

多金媳妇不悦地:"你说啥呢?说啥呢?"

赵二梁:"不是,你,你还记得小时候,你经常到河边玩水吗?"

高枫:"记得嘛。"

赵刚子:"记着呢嘛,你把人家娃给打了,人家娃记着呢嘛。"

赵二梁:"我把娃打,我是为娃好。枫枫娃,你记叔的仇吗?"

高枫:"我咋能记仇呢。"

柳根:"枫枫娃没吃饭呢吗?"

高枫:"没有嘛,刚起嘛。"

柳根:"走,我给你做去,到我屋吃饭去。"

高枫:"啊?"

夏大禹:"快让开快让开,村长来了。"

柳大满:"这一大早的跑到村委会弄啥呢?啊?"

柳根:"那我不是看娃呢嘛。"

柳大满:"哎呀,一个个咋想的,一个个想咋弄,我心里清楚得很,枫枫娃心里也清楚得很。好了,都看见了,都赶紧往回走。"

二梁妻子:"娃还没吃饭呢嘛。"

众人:"没吃饭呢。"

柳大满:"这啥吗?这啥吗?"

说着,晃了晃手里的饭盒。

柳根:"这是你屋吃的。"

柳大满:"咋?不比你屋的那好?赶紧往回走。走。好了好了啊。"

高枫朝着众人作揖:"咱,咱这,叔,婶儿,等我安顿好了之后,我挨家挨户的去拜访,好不好?"

众村民:"好。"

高枫:"先回去休息。"

多金媳妇:"记得来啊。"

柳多金:"记得来啊,快吃吃,快吃吃,枫枫娃,我等着你呢。"

高枫:"等我等我等我。"

柳多金:"我等着啊,来啊……"

柳根:"我等你啊,等你啊。"

赵刚子:"枫枫娃。到我屋里吃南瓜籽。"

高枫:"好,一定去。"

众人散去。

韩娜娜目露感动:"哎,主任,这咱村人真热情啊。"

柳大满:"哎,咱柳家坪的人,优点是热情,缺点是太热情了。呵呵,走,咱回屋吃饭,你婶子给你们做的,热着呢啊。"

⊙ 柳家坪村委会屋内 日 内

柳大满热情招呼着:"多吃些,多吃些。"

李志刚:"谢谢叔。"

赵书和走了进来:"呀,都吃着呢。"

韩娜娜:"赵支书好。"

李志刚:"叔叔好。"

赵书和:"好好好。"

高枫:"叔你吃点。"

赵书和:"吃完了吃完了,你们吃啊,你们吃。"

柳大满:"你吃过了啊?"

赵书和:"枫枫娃。"

高枫:"嗯?"

赵书和:"你看看你在柳家坪的人缘,我这一路上,呀,热闹得很嘛。"

柳大满:"哈哈哈……"

赵书和:"我一看我就知道,他们全都是冲你来的,对吗?"

高枫:"我还说,我这刚来村里面,你俩都给我把工作开展好了。"

柳大满:"咱昨天在咱屋吃的饭嘛,你婶子知道你回来了,全村还不就都知道你回来了。"

高枫:"我知道,我知道,我婶子这人嘛心直口快嘛。"

赵书和:"就是的。"

柳大满:"你昨天吃饭的时候说要啥扶贫的那贫困户名单,我昨天熬了个夜,啊,大概齐的,我估计也就这多人了,你看一下,行不行?"

说罢掏出一份名单。

赵书和一把拿过来:"让娃先吃,我先看着。"

柳大满:"我想……"

高枫:"不是,叔,这回,我们必须要挨家挨户地摸排,是不是?"

韩娜娜:"我们这上面都有政策呢。"

李志刚:"是,叔,这既然是上级给的任务,我们就必须亲力亲为,确保准确无误。"

韩娜娜:"哎,不过还真是要麻烦咱们村的这村干部,那到时候得帮着我们一起摸排。"

柳大满:"哦,还要干部陪着你几个一块去呢。"

高枫:"对。"

柳大满:"一家一户的。"

高枫:"那肯定的,咱乡党对咱村的情况肯定了解嘛,对吧?你想我都多少年没回来了。"

赵书和:"对着呢。"

柳大满:"叔都干了一辈子村主任了,我还能不知道咱村有多少个贫困户吗?啊?"

高枫:"这我知道,但是这一次上面要求非常严格,我必须得按照流程办事。你也理解一下。"

柳大满："哎呀，我觉得不用那么麻烦嘛，你非得要一家一户地去跑，那得跑多少家？这太麻烦了。"

赵书和："娃有娃的工作方式，咱不要过多地干涉嘛。对吗。"

柳大满白了一眼赵书和："我是心疼娃，不让娃累着嘛。"

赵书和："哎，你那个名单我先收着啊，这排查呢嘛，哎，到时候，叔配合你们，啊，呵呵……"

李志刚："谢谢叔。"

⊙ 中原省扶贫办办公室 日 内

处长严爱国："截止到目前，我们省里已经派出去扶贫工作队呀，一共是3765支，呃，共计11073人，还有1200多支这个扶贫工作队分别在筹建和培训当中，最迟月底，也应该派下去了，这样一来啊，我们第一批计划一共派出5000支的这个任务已经完成了。"

国文："已经派出去的这些工作队当中，有没有出现啥问题？"

孙处长："哎呀，国主任，我正想跟你汇报这事。"

国文："嗯。"

孙处长："呃，问题呢，肯定还是有一点。"

国文："啊，你说。"

孙处长："啊，就是有些单位，下派的干部呀，有些干部不够精干。"

国文："你具体说一下。"

孙处长："好好好，主要就是这些干部呢，工作能力呢，不是太强。呃，还有一些年龄呢，有点偏大。呃，接近退休了，把这些人派到工作队去，我总觉得，有点那凑数的感觉。"

国文："这当然是不行嘛，孙处长。这不是小问题，这是大问题呀。你要给派工作队的单位说清楚，你要派就派精兵强将，你派下去的队员，是能解决实际问题的。不然你派啥呢嘛？这糊弄谁呢？这糊弄鬼呢这是。"

⊙ 柳家坪柳大满家屋内 日 内

柳大满前脚进来，赵书和后脚跟着进来。

柳大满扭头看着赵书和："你，你咋还玩跟踪呢，跑到我屋来干啥来了？"

赵书和："跟你说个事。"

柳大满："我给人家枫枫娃写的名单,你装到你兜里干啥呢?"

赵书和："我说的就是名单的事。"

柳大满瞪着眼睛："名单咋了?"

赵书和："你咋没写我呢?"

柳大满："写你?"

赵书和："啊。"

柳大满："写你怕不合适吧。"

赵书和："你也知道不合适,那你写了这么多人?"

说罢掏出那份名单："你看一下,啊?这是赵伟,对吗?赵志强,啊?赵正春,这好几家,这过得还可以嘛。你咋都写上了呢?"

柳大满："哎呀,我不是觉得这水泥厂关了这几年,大家日子不好过嘛,我想着能多争取就多争取一点嘛,再说,这事刚好是枫枫娃管着,枫枫娃是咱自家娃,这不是方便嘛?"

赵书和："不管谁来了,你也不能胡搅,昨天吃饭的时候,枫枫娃咋说的?你是没听见是不是?"

柳大满："哎呀,这不就是个名单嘛,你,这,这事还没定下来呢嘛,人家还要排查呢,你看把你认真的。"

赵书和："好好好,咋说你都有理啊,反正我给你打个预防针啊,心里有个数。"

柳大满："好好好,知道知道知道。"

赵书和："知道吗?"

柳大满不耐烦地："啊,对对对对……"

赵书和："还有,枫枫娃带队下来,对吗?人家又是队长,你不能让人家娃为难嘛,对吗?"

柳大满："啧,你还有事没事了?啊?"

赵书和："没事了,就这事。"

柳大满："没事了你该忙啥忙啥去,我现在还得给人家回个电话,人家等着呢,刘总,大项目,你知道吗?"

赵书和："好好好。"

柳大满："人家这是正事。"

赵书和："我走,我走。"

说罢离去。

柳大满:"又想在我屋蹭饭呢。"

⊙ 中原省扶贫办办公室 日 内

国文:"来,咱接着说,还都有啥问题?"

丁哲学:"啊,还有一些基层反映呢,说咱们下派这个,这个工作队队员啊,过往的工作经历、工作性质,跟人家当地所急需要解决的问题,需要的人才,有点……不是这么对口。"

国文:"咱在工作队这个派驻问题上,一定是要精准,咱要把握好这一关。你不然你派一些到村子里没有用的人,你去干啥去?你这是添乱去?还是帮忙去呢?咱一定要掌握清楚下派干部的情况。人家之前是在哪个领域里工作的,他们的能力、他们的优势在哪里?你比如说啊,一些具体的领域,你像是司法系统的、金融系统的,咱看看哪些村子有这样的需求,咱就精准地派下去,他能解决问题嘛。你不然咱只在这儿要求基层上精准,咱不精准。"

孙处长:"国主任,你放心,我们马上改正,把这些下派干部的背景呢,我们好好地梳理一下,调整一下。"

⊙ 石头村村口 日 外

叶小秋带着三位村干部迎了上来:"哎呀,来了来了,你们好。"

李响:"你好你好。"

叶小秋:"是扶贫工作队的同志吧?"

李响:"你好,我是李响。这位是我同事王亮。"

王亮:"你好。"

李响:"我们是受天阳市市委的指派,来咱们石头村做驻村扶贫工作的。"

叶小秋:"哎呀,太好了。"

李响:"您就是叶支书吧?"

叶小秋:"啊,我是叶小秋,是石头村的村支书兼代理村主任,这三位是我们村两委的成员。"

王亮:"咱们村村两委只有这几个人?"

叶小秋:"哦,我们村太穷了,有点力气的都出去打工了。"

王亮:"哦……"

叶小秋:"原来的村主任,去年让他两个娃接到城里去了,说是小住几天,结果去了再没回来。"

李响："哦，没事。"

叶小秋："是这，宿舍都给你们收拾出来了，咱村条件不行，房子破，但是还算干净。你看你这拿着行李走了半天，肯定也累了，咱先过去安顿一下。"

李响："叶支书，咱不着急，我们想先去一下村委会，因为我们工作队需要给咱们村两委进行一下政策的宣讲。然后沟通一下咱们今后的工作安排，呃，我们来之前，领导也再三叮嘱我们，一定要跟咱村两委加强沟通，相互配合，这样才能更好地开展工作嘛，是吧？"

叶小秋："行行行，你放心，我们肯定会全力配合你们扶贫队的工作。"

李响："那咱们出发？"

叶小秋："好！走走走，来来来。"

⊙ 柳家坪村委会屋内 日 内

高枫："叔。"

赵书和："哎。"

高枫："和你说个事。"

赵书和："哦，你说。"

高枫："那个，关于咱村这个贫困户的这个摸排审核，咱得开个这个村民大会。"

赵书和："啊。"

高枫："我得把咱扶贫工作队的这个工作计划跟安排传达下去。"

赵书和："好着呢，好着呢。以后你们工作队有啥要求尽管提，啊。"

高枫："行。"

赵书和："咱村里全力配合。"

高枫："那就好。那个，另外还有个事。"

赵书和："说。"

高枫："就上回大满叔给我写的那个贫困户的那个名单。"

赵书和："啊。"

高枫："我知道我大满叔是好心，想给我省事呢。但是我那天看大满叔好像有点那啥，所以我想你看看，要不要再跟大满叔再解释一下。"

赵书和："不用！你大满叔你还不知道，他就是个那样的人，他清楚得很，你放心吧。"

高枫:"也行,好。"

赵书和:"嗯。"

⊙ 天阳市委综合科赵雅奇办公室 日 内

电话响了。

赵雅奇在办公桌前接起电话:"喂。"

电话里赵书和的声音:"哎,雅奇。"

赵雅奇:"爸。"

⊙ 柳家坪赵书和家院内 日 外

赵书和:"你高枫哥到了扶贫队了,完了呢,这个扶贫队又到柳家坪了,你知道吗?"

电话里赵雅奇的声音:"回柳家坪了?他参加扶贫工作这事我知道,但回咱柳家坪我还真不知道。"

赵书和:"你看,巧得很嘛。呵呵……"

电话里赵雅奇的声音:"爸,我可听说,扶贫工作队要考评,要多给他好评,多支持他工作。"

赵书和:"呀,还用你说吗?我肯定会支持他嘛,对吗?哎,你高枫哥都回来了,你这啥时候回家嘛?你也有段时间没回来了。"

电话里赵雅奇的声音:"下个月吧,这个月事有点多,哎,你和妈还有外爷好不好?"

赵书和:"好着呢,好着呢,好嘛,那你忙嘛。"

⊙ 柳家坪村委会内 夜 内

高枫叹气:"咋样?适应吗?你这一天也累坏了吧?"

李志刚:"我?"

高枫:"啊。"

李志刚:"我不累。"

高枫:"哎呀,以后路还长着呢,行吧,早点休息吧。"

李志刚:"哎,枫哥。我知道,你是从这儿出去的,但我没想到,那些叔叔都跟你那么亲。见到你啊,就跟见到亲儿子似的。"

高枫："哎，你是说书和叔和大满叔？"

李志刚："嗯。"

高枫："啧，那可不就亲儿子嘛。你也知道，我从小爹妈走得早，我小的时候，就是在书和叔屋住一个月，然后再到大满叔屋住一个月，就这么来回倒。其实也不光是书和叔和大满叔，还有二梁叔，满仓叔，柳根叔，三喜叔，还有大禹叔，我就是吃百家饭长大的，所以这回回来，我就想，想为家乡做点事。"

⊙ 柳家坪工作队韩娜娜宿舍 夜 内

韩娜娜正跟城里的母亲通电话。

韩娜娜手握话筒："嗯，妈，啊，我现在准备睡了。洗过澡了都，住宿我住的是一个单间，哎，这还可大了，他们在我来之前，就把这儿收拾得可干净了，啊，连床单都给我铺好了，是个蓝色小碎花。没有，哎，你别说，他们这农村啊，你说这树多吧，这环境好，它还没啥蚊子，你给我带的蚊香，我都不一定点得着。安全！那枫哥，他们就住在我旁边呢。嘿，哎呀，您放心吧。哎妈，我给你讲啊，我觉得呀，这村子里面的天呀，还有那个星星，还有那个月亮，真的跟咱们城里面不一样，啊，可亮了，反正我们在这儿我觉得不用路灯，啊，就那个月亮，它能当路灯使，你咋还不信呢？你不信，你不信过来看看，你看看咱这人，嘿嘿，我现在怎么都已经……对呀，我就是觉得他们好嘛，那可不就说成咱了嘛，那我要在这儿待两年，那这可不就以后是我家。啊，反正我觉得这儿人好，我就想把这儿搞得越来越好，我肯定能行嘛。你放心吧，妈，啊行！我知道，知道了。"

⊙ 柳家坪村委会屋内 日 内

赵书和："枫娃，我按照你的指示已经通知完了，啊，我也说了，谁要是不参加这个大会，谁就有可能享受不了这个扶贫的待遇。"

高枫笑着。

赵书和："我估计可能会来个七八成。"

高枫："呀，叔你真有办法。"

柳大满："枫枫娃。"

高枫："啊？"

柳大满："你再别光夸你书和叔，叔为了你这事，我电话打的烫的啊，那热的，我电池都换了两回。"

高枫:"好好好,叔是这,到时候我再给你买两块,好吗?"

赵书和:"啊啊,你不,你不用给他……"

柳大满:"咱柳家坪好长时间没有开这么大的会,人全得很。"

赵书和:"就是的。"

柳大满:"我在这儿想的,哎,书和叔,咱俩在这会上,都说点啥呢?"

赵书和:"哎呀,我想一下。"

韩娜娜:"您两位什么都不用说。"

赵书和一怔:"啊?"

韩娜娜:"咱这次大会,主要就我们队长,给大家讲一讲我们这次过来的国家的扶贫政策,还有我们这不要摸排了嘛,这些程序、流程。"

柳大满看看赵书和:"我俩不用说话?"

韩娜娜:"不用。"

赵书和:"嗯……"

高枫:"可以说,叔,可以说。你想说啥就说啥。"

赵书和:"哎呀,我不说,啧,怪累的,啊,你说你说。"

柳大满:"我也不说!那……走吧。"

二人郁闷离去。

韩娜娜望着高枫:"哎,我是不是说错话了?"

高枫:"没事没事。"

韩娜娜:"我看他们不高兴了。"

高枫:"没有,没有,哎呀没事。"

⊙ 柳家坪村路上 日 外

赵书和和柳大满走来。

赵书和:"想啥呢嘛?"

柳大满:"哎,你说,这,这是个啥事嘛?"

赵书和:"咋?"

柳大满:"咱俩可是干了一辈子的村支书、村长了,这全村开这么大的一个全村大会,不让咱俩在会上说话?这,你心里不难受?"

赵书和:"我不难受。咋了?你难受了?"

柳大满:"能不难受吗?"

赵书和:"你难受你讲嘛。问题是,你讲啥啊?这次扶贫的政策,人家枫枫娃跟你说的时候,你连听都听不懂,你咋讲?"

柳大满:"这全村开这么大个会,咱俩不说话,你还不了解这全村这伙人了?这,这大会弄不好都开不下去嘛?"

赵书和:"你倒把我提醒了一下,啊,我给你交代个任务啊,这次开会的时候,维持一下秩序,啊。"

柳大满:"我维持秩序?"

赵书和:"哦。"

柳大满:"那你干啥呢?"

赵书和:"我跟你一块维持嘛。咱配合一下枫枫娃的工作嘛。"

柳大满:"哎呦,那这闹的好啊。"

赵书和:"嗯?"

柳大满:"这咱俩倒成了闲人了。"

赵书和:"呵呵。"

柳大满:"这咱干啥去嘛?"

赵书和:"啊,走,去你屋坐一下。哎。"

柳大满:"你这时间掐得美啊,这一到吃饭的时间就到我屋坐一下。"

⊙ 天阳市委综合科赵雅奇办公室/柳家坪村委会屋内 日 内

高枫和赵雅奇二人通着电话。

高枫:"喂,雅奇。"

雅奇:"啥意思啊?回柳家坪都不告诉我一声?"

高枫:"哎呀,我这不是临时调过来了嘛,这没来得及跟你说,又不是啥大事。"

雅奇:"那现在咋样吗?"

高枫:"我这不刚回来嘛,哎呀,回来还啥都没干呢。"

雅奇:"没事没事,有我爸和我舅在呢。对了,还有我,我也支持你。"

高枫:"你也支持我?你咋支持?啊?光嘴上?"

雅奇:"我还有行动呢,一会儿我给你发五箱方便面。"

高枫:"你还能给我发点别的吗?"

雅奇:"再加两棵大白菜。"

高枫:"哎,行行行,不跟你贫了,我这儿还有工作呢,啊。"

雅奇:"有事给我打电话。"

高枫:"好,嗯,就这。"

雅奇:"挂了。"

画外音(韩娜娜日记):今天是我在柳家坪度过的第三个夜晚,我有点小小的兴奋。一是因为明天早晨我们要召开全体村民大会,进行入户摸排前的政策讲解,二是我联系了一家以前合作过的公益机构把柳枝上学的费用问题解决了,我也为自己感到一点小骄傲,但我也深知,未来的路还很长,我也很渺小。可我相信,无数的渺小终将汇聚成伟大。

⊙ **柳家坪村打谷场 日 外**

在开全村村民大会。

赵书和:"枫枫娃。"

高枫:"哎。"

赵书和:"差不多了,开会,开会。"

柳大满:"哎,来来,都坐好了,准备开会了啊。"

夏大禹:"别闹了、别闹了。坐下开会。"

赵书和:"都坐啊。"

高枫:"哎,叔,你,你们先讲,讲两句嘛。"

赵书和:"扶贫的事主要你讲嘛,我不说,你说。"

柳大满:"呃,那我,我先说两句,哎,阳光明媚,咱柳家坪开大会。今天咱们柳家坪的人来得齐啊,这大一个大会,好长时间都没开了,今天是枫枫娃,呃,先给大家说。大家不要捣乱啊,鼓掌欢迎。"

众村民:"好!好!好!"

第十九集

⊙ **柳家坪打谷场 日 外**

高枫看看众人:"乡亲们,我是枫枫娃,我给大家介绍一下,这两位呢,是我们工作队的同志,韩娜娜跟李志刚。"

韩娜娜:"乡亲们好,我是韩娜娜。"

李志刚:"大家好,我叫李志刚。"

柳大满:"鼓掌、鼓掌。"

众人:"好好好。"

高枫:"乡亲们,从今天开始,我们工作队就正式地驻村工作了,我们这次下来,首先是要宣传党和政府的精准扶贫的政策,配合咱村两委,对贫困村、贫困户进行建档立卡和动态管理的工作。"

赵亮问:"枫枫娃。"

高枫:"哎。"

赵亮:"啥叫精准扶贫嘛?"

赵刚子:"哎呀,你连精准扶贫都不知道,这精准扶贫啊,就是把这个扶贫款精准地、准确地发到咱这兜兜里。"

柳根:"再别胡说了,这是按人头精准地给咱发钱呢。"

赵刚子:"那也是发到咱兜兜里嘛,一样的。"

柳根:"哎呀,按人分……"

柳满仓:"按人头我就吃亏了,我屋人少嘛,是不是?满囤,满囤也人少,按户，按户发钱。"

赵刚子："满仓，满仓，那你叫你妈给你多生几个，户不就大了么。"

柳根："按户就不叫精准了嘛。"

众人哄笑。

柳大满："好了好了，好了，听枫枫娃说呢嘛，你这一个一个的，好，枫枫娃，你接着说。"

高枫："我们下一步呢是挨家挨户地入户摸排，看看大家到底是谁是真穷，这是我们今后精准扶贫的基础和保障嘛。所以，从明天开始，我们就要入户摸排了，请大家配合啊。"

柳子旺："哎，摸排我知道，摸排摸排，这是摸麻将牌呢，我屋有麻将呢。"

众村民笑。

赵二梁："这又是看又是摸的，看我知道，房子、粮食，那随便看嘛，关键是摸啥吗？哎，是不是摸人呢？"

众村民又是一阵笑。

赵刚子："你还想的美得很。"

柳满仓："哎，不管，不管你摸啥，摸人摸啥，上我屋摸，一摸啥也没有，啥也摸不见嘛。"

柳美群："柳满仓，别胡说了，看你一个个没文化、没成色那样子，丢人现眼。咱这是开大会呢嘛，大家有啥好好说。"

黄艳丽："对着呢，你看你那个样子，那不正经的。"

赵宏伟："还摸人，人枫枫娃不是说摸人，人说，呃，调查，看一下屋里是啥情况啊。"

赵山："我问一下，这个真正贫困是啥标准嘛？"

高枫："哎，这说到重点了啊，这个标准呢，就是四看。一看粮食，二看房，三看劳动力强不强，四看家里的读书郎。我们就是根据这四个方面进行挨家挨户的入户摸排，然后建档立卡，最后我们再上报给县里面。国家有规定了，今年的政策是每家年纯收入低于2300的，就算是贫困户。"

赵二梁："哎，你把我卖了，你看值2300吗？我跟你说，我家穷的我天天吃这屎都拉不出来。"

柳满囤："那什么，什么，我就是贫困户，最穷的就是我了，是这，我是贫困户，到我屋一看就知道了。"

赵刚子:"哎呀,你那都算啥的?要说这个劳动力,那就我屋里最符合条件了,我这腰就是给咱村里修水坝受伤了,属于是工伤,那这事那夏大禹你买账呢,你买嘛。"

夏大禹:"你咋天天跟念紧箍咒一样的嘛,你那事回头说不行?"

多金媳妇:"对了对了,赵刚子,就你话多,那照你这话说的话,那我屋多金,多金病了多长时间了,他病更重。"

柳多金咳嗽着说不了话。

多金媳妇:"那我屋早都没有劳动力了,我屋才是真正的贫困户呢,对不对?"

柳满仓/柳满囤:"哎呀……"

二梁妻子:"你说这话,这在座的哪一个没病啊?"

众人:"对!都有病,都有病,谁家都有啊。都去水泥厂干过活。"

赵书和阻止道:"好了好了好了,好了,叽里呱啦,叽里呱啦,全都说话,听谁的?枫,枫枫娃,你……"

高枫:"好。乡亲们,这回的扶贫方式,和过去是不一样了,这回叫精准扶贫。精准扶贫,就是把过去那大水漫灌式的扶贫方式,改成了一垄一苗、一家一户的对口帮扶。意思就是,谁家要是真的有困难,我们会派专门的同志啊,负责帮助大家脱贫致富奔小康,这回国家是动了真格,下了大决心。"

多金媳妇:"哎,枫枫娃,婶没文化,你说了这么一串串,婶听着糊涂得很,这说了半天,这钱到底是咋给呢?给多钱呢?"

众人:"对嘛。给多钱嘛?"

柳满囤:"给钱就行了,给钱。"

柳满仓:"哎哎哎,我听懂了,枫枫娃,你在这儿跟我打官腔呢嘛,哎,你是忘了你咋长大的啊?你就说发钱就行了嘛,扯那么多干啥呢嘛?"

柳满囤:"对嘛,给钱就完了。"

柳根:"你就说咋样发钱就完了嘛。"

高枫:"乡亲们,听我说,叔,我也不是打官腔。"

柳满囤:"哎呀,这……"

高枫:"咱再回到刚才,我知道乡亲们心里面想的啥,是钱,我们工作队,包括县里、乡里、市上、省上,有一笔专门的扶贫专用资金。但是,这个钱呢,是要用在真正能帮助大家摆脱贫困的项目上,不是说发到谁的手上。"

大娟:"你不发钱你是扶啥贫呢嘛?又不发钱。"

赵二梁："你说了半天跟没说一样嘛。"

众人："一会发一会不发的。"

柳满仓起身："哎呀，咱开这个会干啥嘛，不开，不开。"

赵二梁："散会散会，走走走。"

柳满仓："走走走，走了。"

赵书和："哎，满仓，你干啥去？我之前可说过啊，你要是不想享受这个扶贫待遇，现在回屋去，回去。"

柳满仓："不是，我，我没有说不享受嘛，我是，不是……"

柳大满："赶紧坐下，坐好。"

黄艳丽："坐。"

柳大满训责柳满仓："人家还没说完呢，你急啥急？人家马上就要说到最关键的时候了，你干啥呢？谁让你走的？给我坐好。枫枫娃，你接着说。"

高枫："这又回到刚才了，我们要先入户摸排，然后对大家进行建档立卡，一旦进入了建档立卡的阶段，只要是评上贫困户的人，都能享受国家的各种补贴。这里面包括了基本补助、保险代付、产业扶持资金、教育资金，还有未来的危房改造补助，这些个补贴，国家都要给到咱贫困户呢。"

⊙ **柳家坪村头 日 外**

散会后，村民们七嘴八舌议论纷纷。

柳满仓哼曲走着。

柳满囤："八千……哎，这会开得就是好啊，实惠真不少，好。"

柳满仓："咱还没评上呢，评上再说嘛。"

柳根妻子对丈夫说道："你看这事咱屋能评上吗？"

柳根："那肯定能评上，你再别操那闲心了，你看2300，你能挣上？还是我能挣上？"

柳根妻子："啧，那他说的那些补贴他真能给啊？"

柳根："枫枫娃还能哄你？说给肯定给呢嘛。"

赵二梁："不到2300。"

二梁妻子："你有2300？"

赵二梁："这算下来也不少钱呢。"

二梁妻子："对呀，你说这钱咱咋花？"

大娟："呀，开始调查了，咱把咱家值钱的东西，要不收一下？"

赵刚子："往哪儿收？"

大娟："给我娘屋收嘛。"

赵刚子："搬到你娘家，还能搬回来吗？"

大娟："那你说咋弄？"

赵刚子："我这腰疼是工伤，那他于情于理的是要还我的。"

大娟："哎，你再别想那美事了，人家满仓、满囤日子比咱难过。"

赵刚子："哎呀，你把我和那两个人比啥呢嘛？那就不是正经过日子人。"

大娟："哎呦，那把你跟谁比呢？你还能跟谁比？啊？"

赵刚子："你再别烦我了，我心里想事着呢。"

大娟："我不烦你，我烦谁啊？啊？"

赵刚子："你走走走，走你的。"

大娟："我不走，我就烦你。"

赵刚子："你事这多的，你走走走，前面走。"

大娟："烦人得很。喊……"

⊙ 柳家坪木耳种植棚 日 内

柳明和赵有庆在查看木耳长势。

赵有庆："你那边咋样？"

柳明："三，四，六……"

赵有庆："我这边就这一个。"

柳明："六朵。"

赵有庆一脸沮丧："咋整的嘛？我觉得就是你那个书有问题。"

柳明："咋就是我书有问题呢？那都写在上面了，那咋会有问题呢？"

赵有庆："你说，你看，我们是按你那个书说的搭的架子，对吧？然后呢，用料也是按书上说的，现在呢？就这一个有，我就说了，免费的东西就不行。你知道吗？"

柳明："那在没有书之前，是不是没有种出来嘛。"

赵有庆："没有啊。"

柳明："那现在呢？现在这不种出来了，说明啥嘛，这说明咱踏出了重要的一步嘛。咱有了第一步，就有第二步，有了第二步，咱就量产了。你再有点耐心，好不好？"

赵有庆："那你说，现在咋整？咋弄？"

柳明："我们肯定是有些步骤错了，我们按照那个书上，一个字一个字的咱重新再来一遍。"

赵有庆一愣："再来一遍？"

柳明："那不然呢？啊行，你不干，好，你去跟书和叔种地去吧，再不然，你跟大满叔你进城去，进城好。"

赵有庆："我不去。"

柳明："你干不干嘛？给句话嘛。"

赵有庆："干！我还就不信了，我还种不出来了。"

柳明："这不就对了嘛，走。"

赵有庆："干啥去？"

柳明："这批木头不行，咱们寻些新的去啊。"

赵有庆："这批不要了？"

柳明："不要了，要它干啥嘛，走。"

⊙ 柳家坪柳大满家屋内 日 内

柳大满打着电话："哎，张总，那你记着下回有活一定找我啊，然后，你要到了县城来跟我说一声，我请你吃饭，啊。"

黄艳丽走进来："大满，哎呀，大满，来，快看，你看这是个啥？"

柳大满："啥吗？这一惊一乍的。"

黄艳丽："哎呀，你打开看一下嘛。"

柳大满："请帖？"

黄艳丽："啊。"

柳大满："谁给你的？"

黄艳丽："邮递员拿过来的。"

柳大满嘴里念着："请村主任柳大满先生明日县城一晤，民族楼？"

黄艳丽："哎，得是县城最好的那个酒店。"

柳大满："这倒也没写谁让我去呢？"

黄艳丽："是不是你在县城认识啥大老板？你想一下。"

柳大满思忖着："我最近没有啊。"

黄艳丽："没有？奇怪了。"

柳大满一头雾水地看着手里的请柬。

⊙ 柳家坪村委会屋内 日 内

高枫："从明天开始，咱们就要正式进行建档立卡、入户摸排的工作了。咱们柳家坪呢，全村是306户，1208人，一共是三个村民小组，咱们就按照之前分配的，每人一个小组。"

韩娜娜："嗯。"

高枫："一定要按照流程，挨家挨户地走访登记，不能落下一户。呃，这样算下来的话，咱们每个人大概就要摸排一百来户。其实工作量还挺大的，大家就辛苦一下。"

李志刚："好。"

韩娜娜："没问题。"

高枫："啊对，书和叔也跟我说了，他已经沟通好了，明天咱们走访的时候会有村干部配合咱们工作。咱们最好呢，是挑村民不下地干活的时间，咱们进行走访。这样既不影响村民的正常作息，也方便咱们开展工作。"

韩娜娜："哦好。"

高枫："我建议啊，咱们走访摸排的时候，就是不要完全按照那个表格上的问题去提问。"

韩娜娜："嗯。"

高枫："咱们就，就跟唠家常一样，把这些问题揉到里面。"

韩娜娜："那个亲切一点是吧？"

高枫："哎，对对对，一定要对贫困户的困难体现出咱们扶贫工作队的关怀。这也是咱们党和政府的关怀。另外呢，村民啊，可能会提出各种各样的问题，就不管合理还是不合理，咱们一定要慎重回答，但全程一定要做好记录。"

韩娜娜："嗯嗯。"

高枫："等回来的时候，咱们再进行划分和汇总。大概就是这么多。行，我们可以的。"

韩娜娜："好好干，加油。"

高枫："加油。"

李志刚："加油。"

⊙ 柳家坪柳子旺家 日 内

赵亮:"子旺。摸排第一天,高枫就到你家了。"

子旺高兴地:"哎呀,我就说,枫枫娃对我最好,第一个就是我家。"

高枫:"哎,我婶子呢?"

子旺:"啊,出去了。"

高枫:"啊,咱这也是工作安排,刚好你是第一天第一家。"

子旺:"工作安排是人为的嘛,我觉得咱们就是天意。从早上我这眼窝就出溜着,一直等着你,咋还不见,咋还不见,终于把你盼来了,是这,我去给你倒些水。"

高枫:"行行行,好。"

子旺:"没有茶,喝些白开水。"

高枫:"啥都行,叔,啥都可以。咱家这电扇还用着呢。"

子旺:"啊,那都不摇头了。"

高枫:"哎,娃上学去了?"

子旺:"给,喝水喝水。"

高枫:"好好好,谢谢叔。叔是这,你先把户口本和身份证拿一下,我得登记一下。"

子旺:"啊,啊,枫枫娃。呃,你记不记得,我十六七岁的时候,你差不多就是个五六岁,那个时候我是咱村的孩子王嘛。"

高枫:"对对对,就是。"

子旺:"你跟着我屁股后头,还有六七个。"

高枫:"嗯。"

子旺:"咱们东家偷个枣,西家摸个瓜。"

高枫笑。

子旺:"有一回,我领着你在村头,玩尿尿和泥巴游戏。赵家那谁那娃,一把把那尿泥拍在你脸上了,你一下哭的,哎呀……"

高枫:"呀,我记得嘛,那是我四岁还是五岁的时候。"

子旺:"你,你今年二十,你今年有二十……"

高枫:"啧,哎,不。是这,叔,那个,咱说正事啊。"

子旺:"哎,我想起来,五岁,五岁。哎呀,你都不知道,赵家那娃回去给他爸一说,他爸来就寻我爸了,把我爸气得,拿个棒,把我满村子追,哎呀,一顿打。"

赵亮打断道："哎呀，说正事呢嘛，摸排来了，你身份证、户口本拿一下，快快快，快去。"

子旺："呵呵……"

高枫："先登记嘛。"

子旺："户口本。"

赵亮："户口本，快。"

子旺："行行行，那我给你取啊。"

⊙ 柳家坪赵元宝家院子 日 外

柳美群陪着韩娜娜走进院子。

赵元宝："哎，嫂子。"

柳美群："呃，来，我给你介绍一下啊，这是咱扶贫工作队的韩娜娜。今天第一天进户摸排。"

赵元宝："啊，扶贫队的。"

柳美群："这是赵元宝。"

韩娜娜："元宝叔，我今天是来咱们家摸一摸具体情况的。"

赵元宝："那，对嘛，来来来，进，进屋子说嘛。"

韩娜娜："行。"

赵元宝："来。"

⊙ 柳家坪柳子旺家屋内 日 内

高枫："这是啥嘛，叔？"

子旺："借条。你叔，也想过好日子，不想过穷日子，这两年，做了些小生意，都赔了。这都是借下的。你刚才问你婶哪儿去了，钱是她借的，出去躲债去了。我肯定是贫困户，这，这是户口本，登记，够标准。"

高枫："行，叔。"

子旺："啊，我是贫困户。"

高枫："我先给咱登记一下。"

子旺："登记啥呢，直接一定嘛。"

高枫："叔是这，我得先登记，然后全部摸排完之后，才能定这个事情。"

子旺："哎呀，咱这关系，还摸排啥，你直接就定了。"

赵亮:"子旺,别着急啊,开会时不说了嘛,按规定来,是吧?大家都像你这样,会白开了嘛。"

子旺:"啥规定?规定不是人定的吗?我发现你这个赵亮,哎呀,吃的不多,你管的还多,跟你有啥关系。"

高枫:"叔……"

子旺:"闭嘴。"

高枫:"叔……"

子旺:"呵,你直接定了。"

高枫:"叔,咱先登记,啊,先登记。"

⊙ **柳家坪草垛场 日 外**

赵二梁问妻子:"来了没有?"

二梁妻子:"还没有,你等一下。"

突然高声喊道:"赵二梁,我跟你说,这日子过不下去了,我今儿呀就等着你这一纸休书,哎,那嫁给谁,不比嫁给你要过得好。"

夏大禹:"你俩在这干啥?"

赵二梁:"闹离婚,你又不是没听见。"

夏大禹:"这事你俩回屋关着门说嘛,在这儿胡喊叫,你也不嫌丢人。"

二梁妻子:"有啥丢人的啊?我干的最丢人的事就是嫁给这个赵二梁。"

李志刚:"不是,叔,婶,你们先别动气,咱们家现在是什么情况?有什么具体的困难,都可以跟我说。"

赵二梁:"你让她说。"

二梁妻子:"是这,我老娘还瘫在床上呢,现在呢,寻活寻活寻不下,种地种地种不成,我屋实在是没法过了嘛。"

李志刚:"种地,咱们家现在有几亩地?"

二梁妻子:"就两三亩地。"

李志刚:"那其实咱们把地好好种一种,日子慢慢会好起来的。"

赵二梁:"啥?你以为我不想好好种地?我也是农民出身,小伙子,有些事情你不知道你不能乱说。"

夏大禹:"二梁,哎,小李是这么个情况啊,咱村的地,让水泥厂污染了,这土壤不改良啊,就种不成地嘛,支书一直带着大家改良土壤呢,这刚刚有点起色,说实话，现在种地呀，也确实不切实际。"

李志刚："是我不了解情况了。"

⊙ 柳家坪赵元宝家 日 内

韩娜娜一边问一边在本子上记着："叔，咱家一共有几口人？"

赵元宝："三口人嘛。我跟我媳妇，还有个娃，娃都十五岁了。"

韩娜娜："十五岁。"

赵元宝："嗯。"

韩娜娜："那这是要上高中了？"

赵元宝："对，高中。"

赵山进来。

柳美群："来来来，赵山，来，坐这儿。"

赵元宝："啊，我邻居，赵，赵山。"

韩娜娜："啊，赵叔，我是扶贫队的韩娜娜。"

赵山："啊。"

柳美群："这他俩经常搭着做生意，他就在旁边住着呢。"

赵元宝："嗯。"

韩娜娜："这过来摸排了。"

赵山："哦，那你摸，你摸。"

韩娜娜："那叔咱接着问。"

赵元宝："对，对。"

韩娜娜："你们家这个主要的经济收入来源是什么？"

赵元宝："哎呀，收入来源前两年有呢，前两年那水泥厂还开着的时候有呢，后来那水泥厂不倒闭了吗，倒闭了我就，我两个合伙，说是，嗨，哎呀，一说就来气，你说吧，这，这……"

赵山："啊，开始这水泥厂开的时候我这一批人啊，还真把钱挣了。"

韩娜娜："嗯。"

赵山："日子过得不错，后来这水泥厂一关，我也没有经济来源了，但是我俩也不想出去打工，不想看人家那脸色，就一直想自己弄个啥事呢。后来，我俩就把所有的积蓄放到一块。"

韩娜娜："嗯。"

赵山："弄了个车跑运输了。"

韩娜娜："那这搞运输，这虽然现在不干了，怎么着也得有点积蓄吧。"

赵元宝一脸愁苦："有啥积蓄呢，那赚的都不够赔的呀，唉！"

⊙ 柳家坪草垛场 日 外

二梁妻子："大侄子，你是来的扶贫干部，我跟你说啊，你一定要给我屋办成这个贫困户的事，要不然，我可真没法活了。"

夏大禹："那咋嘛？人家小李站这儿给你办？"

二梁妻子："那，那回屋说。"

赵二梁："回屋说。"

二梁妻子："回屋说。"

赵二梁："刚才不好意思。"

李志刚："没事没事。"

赵二梁："来，抽烟抽烟。"

李志刚："叔，我不抽，谢谢叔，不见怪。"

赵二梁："哎，走走走……"

⊙ 柳家坪赵元宝家 日 内

赵元宝埋怨赵山："我就跟你说晚上别跑，别跑，你就不听，哎呀，一说我就来气。"

赵山眼一瞪："啥意思？啊？当时挣钱的时候你咋不说这话了？现在出事你说这话了？"

赵元宝："那我没说错嘛，人是你撞的，又不是我撞的。"

柳美群："呀呀呀，对了对了啊，那都是过去的事了嘛，不说了。"

赵山："当然，这也怪我，开始的时候确实挣钱了，结果这车在保养上就出了点问题，结果把人给撞了，我的全责，没办法，那只能卖车给人家赔钱嘛，后来这还不够，我俩就找亲戚朋友借，总算把这窟窿给填平了。反正跑运输这事情，我俩是没挣下钱，还欠了一屁股的外账。"

韩娜娜："我们这扶贫工作队过来，就是了解情况，解决困难的。你们都这么年轻，又肯干，这也有脑力，这国家也有扶贫政策，这肯定日子会越过越好的。"

柳美群："就是的，人家扶贫队来了，你就别担心了啊。"

韩娜娜:"你们的情况我都记下来了。"

⊙ 山阳县城民族楼饭店走廊 日 内
柳大满跟着一司机朝前走着。

司机:"小心台阶。"

柳大满:"哎哎哎,好好。"

⊙ 山南县城民族楼饭店豪华套间内 日 内
司机走了进来:"老板,柳先生到了。"

柳小江上前:"柳主任,好久不见。"

柳大满一怔,一番打量:"你?这……"

柳小江:"大满叔,不认得我了?"

柳大满猛地拍了一下柳小江:"小江,咋能不认得你呢,咋能是你呢?哎呀,早就听说你当了大老板了,你咋弄得神神秘秘的,这,这见个面,还弄个这请帖,还不写名字,你这不是为难叔呢嘛?"

柳小江:"大满叔,快坐,快坐。"

柳大满落座:"哎呀,哎呀,好着呢,好着呢,这现在就是个大老板嘛,啊,这些年没见你,你没咋变嘛,啊?"

柳小江:"你也没咋变嘛。"

柳大满:"哎,叔,叔老了,你看这白头发,呵呵……"

柳小江:"喝茶。"

柳大满:"好好好,好,哎呀,这多少年没联系了,你咋就突然就跑回来了?"

柳小江:"是这嘛,我这些年啊,东奔西跑的,也抽不上空回来看你,这不市里包了个工程,离的近我就回来了。"

柳大满:"啥工程?"

柳小江:"市里盖体育馆,我中标了。"

柳大满:"体育馆,这么大个工程呢。哎呀,那你现在结婚有娃了没有?"

柳小江:"有娃。"

柳大满:"哦,那咋不带来,一块回来看一看嘛。"

柳小江:"娃出国上学了,媳妇儿不得陪着嘛。"

柳大满:"好好好,好。美得很。"

柳小江:"我也出去这么些年了,还不得有点出息。"

柳大满:"哎呀,咱柳家坪啊,现在看着最有出息的就是你了。哎,那你跟叔说一下,你这些年是咋混成现在这样子的?"

柳小江:"那年我不是去南方了。"

柳大满:"啊。"

柳小江:"刚开始,啥也不会,饭都吃不上了,后来一个老板,老板看我人可能还行吧,带着我,当个助理啊,开个车啥的,那年出车祸了,我救下他一命,给我个机会包了个工程,算是挣下第一桶金。但也不是我的功劳,这是国家的形势好嘛,国家经济一天一个样,我就乘了这个东风,到现在这个样。"

柳大满感慨着:"哦,你也不容易,啊。"

柳小江:"叔,你对我有恩,我一直记着呢,我爸走的时候,棺材板都是你置的,我记着。"

柳大满:"哎,不,不是,这,这都过去多少年的事了。呵呵,过去了。"

柳小江:"行,不说,那我回来还真有事情。"

柳大满:"你,有啥事你说。"

柳小江:"我想给我爸我妈的坟弄的排场一些,再把我祖屋修缮一下。"

柳大满:"这是好事嘛,你用得上你叔的,你只管说,啊,没问题,嗯。"

柳小江:"行。"

⊙ 柳家坪柳二勇家屋内 日 内

李志刚一边问一边记:"柳二勇。"

柳二勇:"是勇敢的勇,别写错了。"

李志刚:"好嘞,叔。"

夏大禹:"你那话就多得很,人家小李不比你有文化,用你在那说?"

柳二勇:"有文化有时候也写错呢嘛。"

李志刚:"叔,您家里有几口人?"

柳二勇:"三口。"

李志刚:"那他们人呢?"

柳二勇:"进省城打工去了。"

李志刚:"啊,那他们现在是做什么工作的?每个月大概有多少收入?"

柳二勇:"两三千,是保姆。"

李志刚:"两三千。叔,这样算下来的话,你家的日子过得还可以啊。"

柳二勇:"哎,啥可以?我又不做事,又不给我寄钱,我一分钱都没有的。"

夏大禹:"他那媳妇确实是个难说话的人。哎,那你媳妇不给你钱,你娃还不偷偷摸摸给你点钱?那是个孝顺娃嘛。"

柳二勇:"不给嘛,让他妈带坏了嘛。"

夏大禹无语。

⊙ 柳家坪赵宏伟家 日 内

赵宏伟:"哎,我咋办?"

说罢抹了一把眼泪。

宏伟媳妇:"来来来,先喝水,先喝水。"

高枫:"哎,好。谢谢婶。"

赵亮:"宏伟,宏伟,别哭了,你哭啥嘛,有啥情况,跟枫枫娃说,枫枫娃他来就是给我们来解决问题的。"

宏伟媳妇:"就是,你哭啥啊?枫娃来解决问题的,都到家里来了,你好好说行不行?"

赵宏伟含泪无语。

宏伟媳妇:"枫娃。你也知道啊。婶子是从河南嫁过来的。"

高枫:"嗯。"

宏伟媳妇:"嫁过来之前我觉得,咱村比我老家那儿强,比我那儿好,没有想到嫁过来一看,跟我那儿一样穷。"

赵宏伟抽泣:"哎呀,咋说呀。"

赵亮:"有啥你说嘛。"

宏伟媳妇:"有啥你说,别哭了,行不行?大男人的。"

赵宏伟:"我咋说嘛,不够丢人的。"

高枫:"这样,婶儿,我来问,你来给咱答吧。"

宏伟媳妇:"中中,你问。"

高枫:"呃,咱屋有几亩地?"

宏伟媳妇:"两亩三分地。"

高枫:"两亩三分啊。"

宏伟媳妇:"嗯。"

⊙ 柳家坪柳二勇家 日 内

李志刚问柳二勇："你自己呢？这平时里是靠什么生活的？"

柳二勇："我有五只羊呢，哎，卖了。"

李志刚："还卖了？"

柳二勇："卖了卖了。"

夏大禹："你喝酒了吧？"

柳二勇："没喝酒嘛，我知道你今天来，就没喝酒嘛。"

夏大禹："你没喝酒，你在这儿说啥醉话呢嘛？我上个礼拜还看见你把几只羊牵到镇上，在挤奶换钱呢嘛，你这可把羊卖了？"

柳二勇："把奶挤完顺便把羊就卖了嘛。"

李志刚："行，那叔我就先不问羊的事，咱家还有没有养什么其他的牲畜？"

柳二勇："有呢，还有一条狗。"

夏大禹："狗？你咋不把那房檐底下燕子，那也算上你养的。"

李志刚："叔，狗是不能算的，我问的就是，你还养没养什么可以给你带来其他收入的？"

柳二勇连连摇头："没有没有。"

⊙ 柳家坪赵宏伟家 日 内

高枫问赵宏伟："那咱屋除了这个种地以外，还有没有别的经营的经济呀？还有别的收入？"

赵宏伟："那之前我屋养过蜂，我听人说养蜂挣钱嘛，我就借钱跟着养了。"

高枫："嗯，养蜂啊。然后呢？后来为啥不养了？"

赵宏伟："哎呀，你不知道，我拉着架子车到处跑，我累的成啥了都，好不容易到花期了，又赶上下雨，天天下大雨。"

宏伟媳妇："哎呀，行了，别说了，别说了，就是赔了，赔了。"

高枫："行。"

赵宏伟："别说蜂蜜了，蜜蜂皮都没看见呢。"

高枫："行。哎，娃现在多大了？"

赵宏伟："娃上初中两年了。眼看着上高中，这学费都没着落。"

宏伟媳妇："枫娃。你一定得给我家评上贫困户啊，我家肯定是贫困户。"

赵宏伟："一定评上啊。"

高枫："我先给咱记下啊。"

宏伟媳妇："啊。"

赵宏伟说着又哭起来。

⊙ 山南县城民族楼饭店豪华套间内 日 内

柳大满问柳小江："那你打算啥时候回村里看一下？村里人见着你也高兴嘛。"

柳小江："村里头不着急嘛，我回来主要看你呢。"

柳大满："那你也看一下你书和叔嘛，我还跟他是老搭档，还是支书。"

柳小江："书和叔，哦，我跟他不熟嘛，见不见都行。"

柳大满："那你想见谁嘛？"

柳小江："没谁了。"

说罢沉吟片刻，问："英子咋样？"

柳大满："英……英子还跟春田在一块呢，春田身体不好，这弄得一家子，过得不是很好。"

柳小江："喝茶。"

柳大满："啊，好，嗯。"

⊙ 柳家坪山道上 日 外

柳美群："娜娜。"

韩娜娜："啊？"

柳美群："我这山路不好走，你还可以吧？"

韩娜娜："没问题，婶子，我跟你讲，我在学校一千五百米，我能跑冠军呢。"

柳美群指着不远处："哎呦，哎，到了，那就是柳春田家。"

⊙ 柳家坪柳春田家屋内 日 内

英子："哎，哎，美群姐，你来了。"

柳美群："哎，来了来了。"

英子："坐坐坐。"

韩娜娜："英子婶。"

柳美群："春田。"

柳春田:"哎。"

柳美群:"好些没?"

柳春田:"唉,还是老样子嘛。"

说着一阵咳嗽。

韩娜娜:"哎,叔。"

柳春田:"啊,没事。"

韩娜娜:"今天外面太阳可好了,你这没事让英子婶带你出去转转,晒太阳对身体好。"

柳春田:"不爱动弹嘛,坐。"

柳美群:"哦,对,哎,来来来,娜娜,坐坐坐,来,坐。你躺下,啊。"

柳春田:"没事。"

韩娜娜:"婶儿,您家叔这个情况,咱有没有加入新农合?"

英子:"新农合参加呀,但是你春田叔这个病,不在那报销范畴之内,不给我们报。都是我们自己花钱的。"

韩娜娜:"婶儿,今天是我们工作队正式入户摸排,得登记下咱们的基本情况。你把那个身份证、户口本,你给我拿一下。"

英子:"哦,好。"

⊙ **柳家坪柳多金家屋内 日 内**

赵亮:"多金。"

柳多金:"哎呀,来了。"

多金媳妇:"枫枫娃来了。"

高枫:"叔,婶儿。"

柳多金:"枫枫娃来了。"

高枫:"来了。"

多金媳妇:"来来来,坐。"

柳多金咳嗽着。

多金媳妇:"刚把药喝了。"

高枫:"刚把药喝了。哎,婶儿,那天村委会我看我叔不是好多了吗?这咋又咳上了?"

多金媳妇:"你叔这病,就这样子,一会儿好一会儿不好的,就这样子,那天见你，他是高兴。"

高枫："婶儿，那，我叔这情况，你一个人顾得过来吗？"

多金媳妇："习惯了。"

赵亮："哎，你家柳明呢？柳明忙啥呢？"

高枫："就是，娃呢？"

多金媳妇："哎呀，那也不知道成天都忙啥呢，明明现在学也不上了，明明娃学习挺好的。可是我屋这样子，娃也上不成了。"

⊙ 柳家坪柳春田家院子 日 外

柳美群："呦，柳枝回来了。"

韩娜娜："柳枝你回来正好，叔婶，我正有个事想要跟你们说呢，柳枝上学的事解决了。"

英子："啊？啥意思？"

柳春田："咋解决的嘛？"

韩娜娜："我们联系了一个基金，他们专门资助像柳枝这样子，因为贫困上不了学的孩子，就是说，咱柳枝以后上学的这学费，他们都管了。"

柳枝喜出望外："真的？"

柳美群："真的。"

柳春田："哦。"

英子激动一时无语。

柳春田："那意思就是，我就不用花钱了。"

英子："啊。"

柳春田："我娃就能上学了是吧？"

韩娜娜："就是就是。"

柳美群："这下把心搁肚子里。"

英子对女儿道："快谢谢姐姐。"

柳枝目露感激："谢谢姐。"

韩娜娜："不谢，好好上。你去收拾收拾你的书包、文具盒啥的。"

柳枝："啊，好。"

韩娜娜："最近是不是落功课了？"

柳枝："嗯。"

韩娜娜:"赶快把那些功课补上啊。"

柳枝:"好。谢谢姐,谢谢。"

韩娜娜:"这,这是我们工作队应该做的。"

英子:"谢谢你们了。"

韩娜娜:"不用,婶儿,你坐。"

柳美群:"来,坐下,坐下说。"

英子:"其实,呃,我们农村人有地呢,不愁吃喝,要不是你春田叔病了要花钱,柳枝上学要花钱,其实我们凑合能过,能过。"

韩娜娜:"像春田叔这个情况,属于丧失劳动力了,那这家里面所有的担子也都落在婶子你一个人身上了。"

柳春田:"唉,我这原来还能进城打个工,这现在身体不行了,只靠你英子婶一个人呢,唉。"

柳美群:"春田,这往后就别担心了啊,咱扶贫工作队来了,就是给咱解决困难的啊。"

柳春田:"好!好着呢。"

韩娜娜:"婶儿,咱家一共几亩地?"

英子:"一口人是八分二的地,三口人就是,不到两亩半。"

韩娜娜:"还有没有别的收入?"

柳春田摇头。

⊙ 柳家坪柳多金家 日 内

高枫:"咱国家对于贫困户都是有规定的,像疾有疾病呀,包括残疾,我都要如实上报呢。"

多金媳妇:"哦。"

高枫:"所以你放心啊。另外婶儿,你给我叔看病的那些医疗单子,还留着吗?"

多金媳妇:"哦,留着呢,我都留着呢。这儿,这儿也有。"

柳多金:"哎,这儿有呢。"

高枫:"哦,对,行。那个啥,是这样,回头你把这些都给我,我要汇总一下,要记录。"

多金媳妇:"哦,那,我现在去给你拿。"

高枫:"啊,不用不用,婶儿,是这,你先把那户口本、身份证给我拿来,我登记一下。好吧？"

多金媳妇："啊，好。"

柳多金："去拿……"

多金媳妇："那你俩先聊着啊。"

高枫："对，好。"

柳多金咳嗽。

高枫："呀，来，叔，叔，喝点水。"

⊙ 柳家坪柳二勇家 日 内

李志刚："真没有了？"

柳二勇："真没有了。"

夏大禹："你说你几十岁的人了，咋一点不诚实呢？啊？嘴里在这儿胡交代呢。小李不了解情况，咱是一个村子的，我还不知道你屋啥样，你那五只羊就没卖嘛。"

柳二勇："关你屁事呢，把你夏家事管好，少掺和我柳家事。"

夏大禹："我咋就不能管了，这是我的工作嘛，我还不能来了？你这人咋是个这呢？"

柳二勇："哎，你拿这话，是想打人是咋？是要我命呀？"

夏大禹："小李你做证了，我没碰他。"

柳二勇："我不活了，赶紧，我不活了。"

夏大禹："小李，我可没碰他……"

⊙ 柳家坪柳多金家 日 内

柳明进屋："爸，妈，我回来了。"

多金媳妇："明明。"

柳明："哎。"

多金媳妇："你看这谁来了。"

柳明："呀，高枫哥。"

高枫："哎呀，个子美得很嘛。"

柳明："高也没啥用嘛，呃，你们这是调查呢。"

高枫："这是第一天摸排嘛。"

柳明："哦，摸排摸排，行，那妈你好好跟人说啊。"

说罢转身欲走。

多金媳妇:"哎,你,你干啥呀?"

柳明:"我回来寻东西呢,走了,妈,走了。"

多金媳妇:"哎,明明。"

柳明:"啊?"

多金媳妇:"你枫枫哥在,你不聊一下?"

柳明:"哎,不聊了,我还有事呢啊,走了。"

多金媳妇:"哎,明明……"

赵亮:"柳明,你干啥去?"

多金媳妇:"哎呀,你看这娃,成天都是这,急急火火的,也不知道在干啥呢。"

柳多金:"不管他,你坐坐,坐,坐。"

多金媳妇:"哎,行了行了,不管他,不管他,你坐。"

高枫:"行行,坐。"

画外音(赵雅奇):柳家坪扶贫工作队的建档立卡工作就在这样的鸡毛蒜皮和磕磕绊绊中艰难展开了。只有在扶贫第一线的人才能体会到其中的艰辛,精准扶贫就像在绣花,需要针针到位,针过有痕。

⊙ 柳家坪村委会屋内 日 内

高枫:"哎,回来了?"

韩娜娜:"队长。"

李志刚:"队长。"

高枫:"嗯,怎么样?今天走了几户?"

李志刚:"我今天走了三户,挺顺利的。"

韩娜娜:"我走了四户,你呢?队长。"

高枫:"我也三户。"

韩娜娜:"那我今天是冠军。"

高枫:"你冠军。"

韩娜娜:"呵呵,嗯,队长三户,你三户,我四户,这样下来我们一天能走十户,那咱村一共有306户,那照这么下来,我们一个月走完了?"

李志刚:"哎,对啊。"

高枫:"咱这今天才是第一天,咱们今天走的这些人家都是离咱这儿特别近的,而且今天这天气好,你要碰上大雨,那农村的路可不好走,地上全都是泥,而且还有,万一咱们去了之后,人村民要是不在家呢,是不是扑了个空,还得隔天再去,对吧?你把这些因素都考虑进来,你觉得咱一个月还能走得完吗?"

韩娜娜、李志刚互相对视一眼。

高枫:"是不都饿了?"

李志刚:"我早就饿了。"

韩娜娜:"我也饿了。"

高枫:"行,走,去叔家吃饭,吃饭。"

韩娜娜:"队长,我今天有点累。我感觉走不动了。"

李志刚:"队长,我也有点虚。"

韩娜娜:"要不咱就还吃泡面吧?"

李志刚:"哎,可以可以。"

韩娜娜:"好,我去给大家泡。"

李志刚:"哎,美食。"

高枫:"可这每天都吃泡面,这也不是个办法呀。这么下去身体都垮了。"

韩娜娜叹气。

高枫:"哎,志刚,我记得你之前说,让柳枝她妈来给咱做饭?"

李志刚:"嗯。"

韩娜娜:"啊,对。"

高枫:"哎,我觉得这还真是个好办法。"

第二十集

⊙ **柳家坪村委会内 日 内**

高枫："哎，我觉得这还真是个办法，反正吃饭的问题迟早要解决，要不咱就这么办。"

韩娜娜："那咱商量下给她多少钱？"

高枫："嗯，一个月给她三百吧。"

韩娜娜："啊，三百太少了。"

高枫："这是农村，跟城里情况肯定不太一样。咱就一人一百，在这儿正合适。"

李志刚："嗯，一个月三百，这一年就是三千六，他们拿这个工资刚好可以解决他们的问题。"

韩娜娜："那照这样的话，又解决了咱吃饭问题，然后还帮他们脱贫了。"

李志刚："嗯。"

韩娜娜："这不就是一举两得事吗？"

李志刚："就是。"

高枫："还是想简单了，你想啊，咱们现在是驻村扶贫，咱们雇她来给咱做饭，她是有收入的对吧，那等咱们走了呢，她是不是就没有收入了。所以咱们还是要做好眼下建档立卡的工作，找出他们家真正贫困的原因才能从根本上解决困难，解决问题，对吧。行，反正这事就这么定了，泡面吧，饿得不行了。"

⊙ **柳家坪柳大满家屋内 夜 内**

赵书和进屋："大满，在吗？"

柳大满:"哎,在呢。"

说着从里屋走出来。

赵书和:"哎呀,这一天干啥去了?寻你一天。"

柳大满:"我刚从城里回来,哎。"

赵书和:"啊。"

柳大满:"人家,人家开着那车把我送回来,那车我都没见过。"

赵书和:"谁回来了?"

柳大满:"柳小江。"

赵书和:"小江回来了?"

柳大满:"小江娃现在穿着西装,留着胡子,大老板的样子。"

赵书和:"啊。"

柳大满:"人家娃,现在承包了个那市里的那体育馆,多大个项目交给那娃了。"

赵书和:"哦,呀,好着呢。"

柳大满:"嗯。"

赵书和:"娃还是闯荡开了。"

柳大满:"哎,我跟你说。那娃现在,请我吃的那饭,一桌子菜,就我俩人,上的那酒我都没见过,呀,那味道喝的美得很。"

赵书和:"嗯。"

柳大满:"他把我专门送回来。"

赵书和:"嗯。"

柳大满:"他跟我说回来,要把他屋修,重修一下,还要给咱村,还要,还要投资呢。我想着是这我跟你商量一下。"

赵书和:"啊。"

柳大满:"他那体育馆那项目需要的人多,那项目大,把咱村这伙都弄去,看看能不能在那干点啥,挣点钱。"

赵书和:"好着呢,好着呢。这事你来定,啊。"

柳大满:"好。"

⊙ 柳家坪柳根家屋内 日 内

赵亮陪着高枫来柳根家入户调查。

赵亮:"柳根,柳根,开门。"

柳根:"咋了嘛?咋了嘛?"

说着看门看见高枫:"枫枫娃来了。"

高枫:"啊,叔。"

赵亮:"柳根,你在家,咋不开门呢?你这藏人,还是藏东西呢?"

柳根不悦地:"你不要胡说啊。你要干啥嘛?"

赵亮:"工作队的同志来摸排一下。"

柳根:"工作队这摸排啥嘛,我屋也没有啥可摸排的嘛,你要看啥?啥他都知道,你不管咋摸咋排,我屋都属于是贫困户。"

高枫:"叔,咱那天开会不是说了这个入户摸排的重要性的吗,咱得落实嘛。"

柳根:"好。"

高枫:"理解一下。"

柳根:"进来,进来看。"

高枫:"好,理解一下。哎,叔你是这,你把那个户口本跟身份证给我拿一下,我得登记一下咱屋这个具体情况。"

柳根:"好,好,我给你取。"

高枫看看屋内的陈设。

高枫:"咱屋这日子可以嘛,还有电视呢。"

柳根:"啊,这,这是娃跟娃媳妇儿家里头不要的破烂东西,拿回来撇到我这儿了,我又用不上,还费电。"

说罢将户口本递给了高枫:"给。"

⊙ **柳家坪柳满仓家院子 日 外**

柳美群带着韩娜娜走进院子。

韩娜娜:"婶儿,这是柳满仓家。"

柳美群:"哦,柳满仓,满仓。"

柳满仓:"嗯,谁?"

柳美群:"哎呀,看闲着没事干,又喝酒呢,你都喝成酒迷瞪了,还喝呢。"

柳满仓晃晃手里的啤酒:"我喝酒又不是喝你的酒,你干啥呢嘛?"

韩娜娜上前:"叔,我是扶贫工作队的韩娜娜,今天来咱们家里面了解点情况。"

柳满仓:"你,你喝酒吗?"

韩娜娜:"啊,不喝,叔。"

柳美群:"来,坐下说。"

柳满仓:"哎,对,对,坐,坐坐坐。"

韩娜娜:"好。"

柳美群:"哎,对了,你去把身份证、户口本拿出来,登记一下。"

柳满仓:"啥?身份证,户口本。哎呀,那在屋里不知道塞哪儿了,你去翻一下吧,你去。"

柳美群:"这么重要的东西,你都胡塞呢,啥时候你再把你丢了。"

柳满仓:"呵呵……"

韩娜娜:"那个,叔,咱报身份证号也行。"

柳满仓:"哎,身份证号那么长,我哪记得住嘛,你,你就写上那个柳满仓就行了。呵呵。"

韩娜娜:"那就等你找到了,咱再记。"

柳满仓:"啊,好好好,呵呵。"

韩娜娜:"然后叔啊,你看啊,咱这表格,今天的问题会比较多,像家里有几口人,有无配偶、子女,还有你的身体状况,文化程度,这些问题咱都要问呢,你呀就按照咱家里的实际情况如实回答就行。"

柳满仓:"哎呀,柳美群,你是干啥吃的嘛?哎,我的情况你不知道?你跟女娃说一下不就行了吗?真是。"

柳美群:"人家调查要你自己亲口说呢。"

柳满仓:"我看她不像调查,像警察嘛。是来审问我呢,我是贫困户。你们写上就行了。"

柳美群:"满仓,算不算贫困户,是要根据人家扶贫工作队摸排登记、审核以后的情况,建档立卡,你要是这个态度,那就给他写上懒汉,自愿放弃贫困户,咋样?"

柳满仓:"你敢?"

柳美群:"咋不敢?"

韩娜娜一笑:"婶儿……"

柳满仓:"你……"

柳美群瞪眼:"咋?"

韩娜娜:"那叔,咱开始问吗?"

柳满仓不说话。

柳美群："配合不配合？"

柳满囤："配合，我配合。我配合。"

正说着，柳满囤走了过来。

韩娜娜问："婶儿，这，这位？"

柳美群："这是他弟，满囤。"

柳满仓招呼满囤："你，你坐。"

韩娜娜："满囤叔啊，我是扶贫工作队的韩娜娜。"

柳满囤："哦，呵呵……"

韩娜娜："那咱接着问？"

柳满仓："问问问问。"

⊙ 柳家坪赵大柱家院内 日 外

夏大禹陪着李志刚正在摸排赵大柱家情况。

李志刚："咱们家现在有几口人呀？"

赵大柱："哎，啥时候发粮发油呢嘛？那，是按那人口发呢？还是按那一家一户发呢嘛？"

夏大禹："大柱哥，别着急嘛，人家工作队有自己的流程。人家小李问啥，你再说啥嘛。"

赵大柱："哦，哦。"

李志刚："咱们家里有几口人？"

赵大柱媳妇："那你们这次在村里头待多久嘛？"

李志刚："啊，我们工作队这次打算留两到三年。"

赵大柱媳妇："哦，时间挺长的。"

赵大柱："呀，那么长时间呢。"

赵大柱媳妇："今天不发米面油啥的，放到村委会，我们自己去拿也行嘛。"

夏大禹苦笑着："你看你两口子，啊？咋就离不开那点吃的嘛。这吃的喝的发到手里，一吃一喝啥也不剩了，不解决问题嘛，人家工作队啊，来咱村，是从根源上消除贫困的。"

赵大柱："吃饱饭就是根本嘛，饭都吃不上，说啥根本呢。"

李志刚："叔，婶，夏会计他没说错，吃饱几顿饭是重要，但是找到根本问题所在，让你们从此都能过上好日子，这更重要。"

赵大柱:"嗯,嗯。"

李志刚:"咱们家有几口人啊?"

⊙ 柳家坪柳满仓家院内 日 外

柳满囤给韩娜娜回答:"一口。"

柳满仓白了弟弟一眼:"那我呢?两口。呃,后来跑了一个,就剩我一个了,一口。"

⊙ 柳家坪柳根家屋内 日 内

高枫问柳根:"咱屋除了种地以外,还有没有啥别的个体经营?"

柳根摇头:"没有嘛。"

高枫:"那还有啥别的收入?"

⊙ 柳家坪柳满仓家院内 日 外

柳满囤:"有。"

柳满仓:"有啥?我咋不知道啊。"

柳满囤:"打牌。"

柳满仓:"打……打……"

柳满囤:"赢了就有收入,那输了没有了。"

韩娜娜:"打牌这个不能算啊。"

柳满仓:"赢的也少。"

⊙ 柳家坪赵大柱家院内 日 外

李志刚边问边记录:"咱现在有没有什么其他的收入来源啊?就比如有没有去打工?"

赵大柱:"呀,我一把年纪了,去哪儿打工?没人要嘛。哎?你给我介绍个工作咋样?"

赵大柱媳妇:"哎,就是。"

李志刚:"我?"

夏大禹:"人家工作队,又不是劳务中介,人家咋帮你介绍工作嘛。"

赵大柱:"那和泥、盖房带铺瓦、种地、打井、修水坝我都会呢嘛。"

夏大禹:"大柱哥,我知道你是个能人,但是呀,你对这个精准扶贫啊,理解得还是不透彻。"

赵大柱："啊。"

夏大禹："不是说工作队今天来了咱村，明天咱一下子就有钱了，不是这样子的。这中间呀有个过程，咱慢慢来嘛。"

赵大柱："哦，那是我着急了，对不起啊。"

⊙ **柳家坪柳根家屋内 日 内**

高枫看着柳根："哎，那我咋听见别人说是，我婶子还在她娘家有个饭馆，你不是还有股份呢嘛？"

柳根顿时恼火地瞪了一眼赵亮："这是哪个长舌妇，跟你在这儿胡说八道，没有的事啊。"

赵亮："呀，你咋张嘴就骂人呢？"

柳根："我骂谁了？我骂谁了？"

赵亮："你……"

柳根："哦，我骂你了，那你也不能胡说嘛。"

赵亮："我胡说？是你家婆姨亲口跟我说的。"

柳根急忙向高枫解释："这事情是这个样子的。红莲她弟确实开了个饭馆。"

高枫："嗯。"

柳根："当初看我屋穷。他说是给点股份，但是到现在为止，我一分钱都没有拿过呀。"

⊙ **柳家坪赵大柱家院内 日 外**

李志刚问赵大柱："那咱们家现在月收入有多少？还有那个年收入大概有多少？"

赵大柱媳妇："哎呀，自从水泥厂关了，就没收入了嘛，哪来的年收入，全靠那点地了。"

赵大柱："对嘛。"

夏大禹："哎，这也确实是实际情况。"

李志刚点头记录着。

⊙ **柳家坪柳满仓家院内 日 外**

韩娜娜："家里有没有养牲畜家禽？"

柳满仓："呃……"

⊙ 柳家坪赵大柱家院内 日 外
赵大柱："啊，有！两只老母鸡。"
李志刚："嗯，两只。"
赵大柱："呃，让黄鼠狼叼跑了。"

⊙ 柳家坪柳根家屋内 日 内
赵亮看看家里的电视机："哎，枫枫娃。是不是家里有电视，就不能评贫困户了？"
柳根闻言顿时急了："啥？有电视就不能评贫困户？来，赵亮。"
赵亮："哎，哎。"
柳根："你看看我屋还有啥不能评贫困户的，你现在就跟我说，我现在就把它砸了。"
说罢就要砸电视机。
高枫急忙拦阻："哎，好，好，好好。"
赵亮："柳根，我就是随便问一下，你至于吗你？"
高枫："对呀对呀，激动啥嘛，来，坐，叔，给你说，没有那么绝对，也不是说咱屋有电视，就不给你评了嘛，咱要看屋里面的具体情况呢。啊。"

⊙ 柳家坪赵大柱家院内 日 外
赵大柱媳妇望着眉清目秀的李志刚："你今年多大了？"
李志刚："我……"
赵大柱："结婚没有啊？"
赵大柱媳妇："你有娃没？"
赵大柱："你年收入多少？"
赵大柱媳妇："你年收入多少？"
夏大禹："嘖，这咋成了你问人家了嘛，是人家问你俩的嘛，听小李说，听小李说。"

⊙ 柳家坪柳满仓家院子 日 外
柳满仓显得不耐烦地："哎呀，你这个女子，你麻烦得很嘛。我给你说你就写上，柳满仓贫困户，句号。就行了嘛，真是，我打牌去了。烦人得很。"

韩娜娜："哎，叔……"

柳美群喝止："满仓。"

柳满仓："麻烦得很嘛，真是。"

说罢离去。

韩娜娜："我这还没填呢。"

柳美群："你给我回来。"

柳满囤拉住韩娜娜："哎，来！到我屋看一下，来，到我屋去，我贫困户，来来，去看一眼，看一眼。"

柳美群打开满囤的手："哎呀，放开。"

柳满囤看着韩娜娜："哎呀，我配合你，我积极地配合。你问啥我说啥，呃。"

韩娜娜："行。"

柳满囤："我身份证，还是户口本，还是，来来，进屋，慢一些啊，咱没灯。呵呵……"

柳美群："哎呦，你看这屋……乱的呀。"

柳满囤："哎呀，来来来，来。"

柳美群："都没处下脚。"

柳满囤："呵呵。"

⊙ **柳家坪村委会屋内 日 内**

柳小江西装革履走了进来："大满叔。"

赵书和："你是，谁呀？"

柳小江笑而不语。

赵书和一番打量："呀，小江。你，你，你咋来了呢？"

柳小江："好久不见了。"

赵书和："是啊，好久不见，好久不见，哎，来来，坐，坐下坐下。哎呀，哎，给你倒点水喝。"

柳小江："不麻烦，不麻烦。"

赵书和："喝点水嘛。"

柳小江："喝过了，喝过了，不麻烦，聊一下。"

赵书和："啊。"

柳小江："你坐。"

赵书和："好嘛，好嘛，好，哎呀，小江，我听你大满叔说了，你现在出息了，干得都是大事，对吗？"

柳小江："我也是赶上好时候了。"

赵书和："啊。"

柳小江："我一路回来，看村里变化挺大的，这村委会都用上红砖墙了。"

赵书和："你离开村子都多少年了，肯定是有变化呢嘛。"

柳小江："嗯，是。哎呀，我这一路回来，看地里啥都没长嘛，现在不种地了？"

赵书和："哦，哎呀，咱这个地呀。"

正说着，柳大满走进来："小江，哎，哎呀，我一看那门口有车，我就知道你跑回来了。你这回了村子了，你也不说一声，给我打个电话嘛。"

柳小江："我回自己村，有啥招呼的。"

赵书和："就是的嘛。"

柳大满："哎，你跟你书和叔聊了啊。"

赵书和："聊了，聊了。"

柳大满："我带你去咱村里看一下吧，咱现在，村子变化大得很，让乡党们都见一下你嘛。"

赵书和："对嘛。"

柳小江："现在去？"

柳大满："走走走，走嘛。"

赵书和："好嘛，走走，看看去。"

柳小江："那我去？"

赵书和："去吧，去吧。看一下。"

柳小江："我去了。"

赵书和："啊，去吧。"

柳大满和柳小江出门。

⊙ 柳家坪村头 日 外

柳大满带着柳小江边走边聊着。

柳大满："小江，你看咱村这老井你还记着吗？啊？"

柳小江:"嗯。"

柳满仓看着柳小江:"还是那样子,还用着呢。也没有多大的变化。"

柳大满:"哎,认得谁吗?"

村民甲:"咱村的那高才生,小江。"

柳大满:"对嘛。"

村民女乙:"小江。"

柳大满:"啊,人家这现在是大老板。"

村民女乙:"小江,你认得我吗?"

柳小江:"翠红婶儿嘛。"

村民女乙:"哎呀,真是大老板了。"

村民乙:"啥时候回来的?"

柳大满:"刚回来,今天回来,人家来咱村看一下,转一下。我到那边看一下,你先忙着,你先忙着。"

柳小江:"忙着。"

村民乙:"好好好,好。"

村民女乙:"哎呦,跟以前不一样了。"

柳大满:"走走走。"

村民女乙:"哎呀,有出息得很嘛。"

高枫走来:"哎,叔。"

赵亮:"大满哥。"

柳大满:"哎,不亮,你,你睁大眼睛看看这是谁?认得吗?啊?"

赵亮:"小江,对呀。"

柳小江:"不亮叔。"

赵亮:"哎,啥时候回来的?"

柳小江:"哎呀,回来没几天。"

赵亮:"好,好着呢。"

柳大满:"今天,今天刚到村里来看一下。"

赵亮:"哦,好好好。"

柳大满问高枫:"你……认得不?"

高枫:"哎呀,小江哥嘛。"

柳小江:"这是……"

柳大满："高校长的娃，枫枫娃。"

柳小江："高枫。"

高枫："啊。"

柳大满："哎，这娃现在也厉害得很，是咱扶贫队的队长，高队长，人家从城里回来，帮着每家这建档立卡，这摸排呢，我也不懂，长江后浪推前浪。"

柳小江："哦，是啊。在村里做事呢。"

高枫："啊。"

柳小江："好得很，好得很。"

柳大满："你小江哥现在更厉害，从南方回来当了大老板了，办的都是大项目，都是大事。我今天刚回来，人家在村里转一下，我带着看一看。"

高枫："对，那叔你带我哥转，我俩还要入户摸排呢。咱回头聊嘛，哥。"

柳小江："忙着忙着。"

柳大满："你忙你忙。"

高枫："走了，叔。"

⊙ 柳家坪柳三喜家屋内 日 内

柳三喜媳妇蓉蓉热情地："枫娃，亮哥，你们喝水啊。我去叫三喜去。"

高枫："好。"

说罢对赵亮说道："哎，我看三喜叔他家这条件可以嘛，你看啥啥都有。"

赵亮："三喜家的情况啊，之前是可以，在城里开了饭店，不过后来关了，但具体情况，我也不清楚。"

高枫："嗯。"

赵亮："哎，枫娃。这两天陪你摸了那么多家，这个表该咋填，我也知道了。"

高枫："咋填？"

赵亮："嗬，三喜家的表应该这么填啊，家庭生活条件明显富裕。建有钢筋混凝土结构住房。自购大件家电齐全，对的吗？"

高枫："你可以啊。"

正说着，柳三喜被蓉蓉叫回来了。

高枫："呀，叔。"

柳三喜："枫娃。"

赵亮："呀，三喜。"

柳三喜："哎，坐坐坐。"

高枫："好好，对。哎，叔那个啥，你把那个户口本，跟身份证拿一下，我得登记一下。"

⊙ 柳家坪赵刚子家屋内 日 内

夏大禹领着李志刚进了屋子："刚子，大娟。"

赵刚子媳妇大娟："啊。"

夏大禹："这是工作队的小李同志，家里啥情况，跟人家一五一十地说。"

赵刚子："那高枫咋没来嘛？"

夏大禹："枫枫去别人家了嘛，这工作队谁去谁家，是人家早都定好的事，咋？枫枫不来，你还说不成了？"

大娟："哎，能说能说，我屋啥情况，他最清楚了，我刚子就是给村上修水坝，把腰伤了，现在啥都弄不成，你说一个男人把腰伤了，那能弄啥嘛？"

赵刚子："你说那话弄啥呢嘛？"

大娟："啧，我说……"

夏大禹："小李呀，刚子这个人啊，头脑聪明，人也勤快，没有受伤之前啊，干活绝对是个好手，可惜得很。"

李志刚："嗯。"

大娟："那还不是给你村上修水坝，把腰伤了，你要管呢。"

夏大禹："谁也没说不管嘛，工作队到你屋来，就是了解你屋最基本的情况嘛，好从根本上解决问题嘛。"

大娟："那你倒是解决嘛。"

李志刚："哎，婶儿，你先别着急。嗯，我这边有一些问题，叔婶呢，就按照家里的实际情况，来回答我就好了。"

大娟："那实际情况就是我刚子给村上修水坝，把腰伤了，体力活干不成，进城打工都没人要。"

夏大禹："哎哎哎，这事都说过了，说别的。"

大娟："我再说遍不行啊？"

赵刚子："你说点有用的能行嘛？"

大娟："啥有用？种地有用，啊，种地，我屋就三亩半的地。"

李志刚："呃，这一年，咱们大概这地能收成多少？"

大娟:"啥收入呢嘛,就没有几个钱,还他都拿到城里去摆地摊,赔完了。"

赵刚子:"摆地摊咋了?摆地摊还是为了叫你过上好日子嘛。"

大娟:"你挣上钱了吗?"

赵刚子:"那没挣下我有啥办法呢嘛?"

夏大禹:"别喊了。"

⊙ 柳家坪柳三喜家屋内 日 内

柳三喜苦涩一笑:"枫娃,是不是看我屋还可以。实话跟你说了,我现在恨不得把这家具家电全卖了去。"

高枫:"为啥呀?为啥要卖?"

柳三喜:"还债嘛。"

高枫:"还啥债?"

蓉蓉:"开饭店开赔了,欠了一屁股的债。"

高枫:"不是,你跟我叔不是开了两年饭店,还没一点积蓄了?"

蓉蓉:"本来辛辛苦苦干了这些年,还有点积蓄呢,可三喜非要在城里再开个大饭店,还得开个带包间的大饭店。"

高枫:"嗯。"

蓉蓉:"就租了一个两层的楼,房租费、装修费、人工费、水电费,这些都要钱的嘛,干了两年干不下去了,就赔了,就关门了。欠了亲戚朋友一屁股的债,哪还有啥积蓄呢嘛。"

高枫:"嗯。"

柳三喜:"其实不瞒你说,这原来的日子确实好得很,这在村里头也是数一数二的,啊,现在也是数一数二,只不过倒数了。这人家虽然日子穷,但是也不欠债嘛,不像我。"

蓉蓉埋怨丈夫:"当初让你听我的,不要开那大饭店,你就非得开,这下好了。"

柳三喜:"哎呀,你就不要往伤口上撒盐了。"

⊙ 柳家坪赵刚子家屋内 日 内

李志刚:"哎,呃,叔婶,咱们这一步一步来。我这先问一下,咱们这的户主吧,户主的名字是?"

赵刚子:"户主赵刚子。那户主说了不算嘛。"

李志刚一笑。

大娟:"户主,张大娟。"

李志刚:"你们的年纪?"

大娟:"我属鸡的,45。"

李志刚:"45。"

赵刚子:"我48,属马的。"

大娟:"你不是属蛇的吗?"

赵刚子:"我腊月的生日。"

大娟:"那你结婚的时候还跟我说你是属蛇的。"

赵刚子:"我腊月的生日,后半年就是属马的嘛。"

夏大禹:"行了!"

李志刚:"咱们家有几口人?"

大娟:"四口,除了我俩,还有一儿一女。"

李志刚:"哦,那孩子们呢?现在还在读书吗?"

赵刚子:"上啥学呢嘛,我屋这情况还能上得起学吗?跟他舅到深圳打工着呢。"

大娟:"嗯。"

李志刚:"啊,那就是外出务工。"

大娟:"嗯。"

李志刚:"那他们一个月大概能往家里寄多少钱?"

大娟:"哎,一分钱都没见着,每次回来,我还要给他钱呢。"

赵刚子:"深圳那个地方它消费高嘛,你给娃给两个钱咋了嘛?"

大娟:"我没说不给嘛,你看人家问下的嘛。"

赵刚子:"你给娃不给钱,那谁给娃给钱?"

大娟:"我没说……"

李志刚:"叔,叔婶,你听我说得对不对啊,呃,那也就是说,咱们家只有这个三亩半的田的收入?"

大娟:"对着呢,我一个人种下的。"

赵刚子:"你种着的,别人都睡觉着呢。"

大娟:"那你可不睡觉呢。"

李志刚:"婶儿……"

赵刚子嚷起来了:"你一个人活着,叫人死了去。"

李志刚:"婶儿……"

大娟:"我就是一个人,你都……"

李志刚:"还有一个问题,还有一个问题,我问一下,两位的学历。"

大娟:"啥?"

夏大禹:"文化程度。"

大娟:"啊?"

赵刚子:"啊,文化程度,就一般那汉字都认得。"

大娟:"我还会算术。"

赵刚子:"你能算个啥嘛?哎呀。"

大娟:"我咋不会算?"

赵刚子:"你连一兜子麦,卖多少钱你都不知道。"

大娟:"每次收麦不都是我去算的?"

赵刚子:"每回用计算器算的。"

夏大禹对李志刚道:"你记没记完?你要记完了,咱这回真,真赶紧走,让他俩喊,我……"

李志刚:"我还有一页。"

夏大禹无奈地:"那赶紧问,赶紧问。"

赵刚子:"那个,小李,其实说实话,是不是贫困户我倒不关心。"

大娟:"啧,哎。"

赵刚子:"就是我娃今年都19了,快到结婚年龄,咱们有没有政策,给我娃弄点钱,把婚给结了。"

大娟:"哎,刚子说得对,就是。"

李志刚:"结婚?"

大娟/赵刚子:"啊。"

李志刚:"真没有。"

赵刚子:"那你想想办法嘛,你总不能叫娃打光棍吧。"

大娟:"就是。"

夏大禹:"打不打光棍那是你的事,你自己想办法嘛,你难为人家工作队干啥呢嘛?"

赵刚子:"那,那你总给娃想办法呢嘛。"

夏大禹:"想办法?咋?你是老天爷你说了算,地球都得围着你转。"

赵刚子:"我发现你话就多得很,你看你起个那名字,叫夏大禹,夏大禹,我听着你这个名字我都不感冒。"

夏大禹:"我名字咋了?"

赵刚子:"夏大禹,夏大禹,要不是下大雨,我半山村能叫水淹了?"

夏大禹:"你,你村淹了跟我名字有啥关系呢嘛,我要叫个地震,咋?地震也赖我呀?"

赵刚子:"你起下这名字就妨我村着呢。"

夏大禹:"哎,你看你这没水平的样子,我真不想跟你说,小李,咱不说,咱去下一家。走走走。"

赵刚子:"没说完呢,你催个啥东西呢。"

夏大禹:"走走走,哎呀。"

大娟:"就是。"

赵刚子:"你看你起下这名字人都听着不顺眼。"

李志刚起身:"叔婶,下次再来。"

赵刚子:"你别管,你跟,你跟那人坐一块,把你人都弄傻了都。"

⊙ 柳家坪村委会屋内 日 内

李志刚叹气。

韩娜娜一脸愁容。

高枫走了进来:"呦,回来啦?哎,怎么样?今天摸排的情况怎么样?走了几户啊?"

李志刚不语。

高枫:"碰钉子了吧?"

韩娜娜:"哎,比碰钉子还气人。"

李志刚开口道:"光气人还不说,关键是人家压根就不配合你,啊,我今天这一天,从早忙到现在,也没摸排成几户。"

高枫:"噢。"

韩娜娜:"我这边,你问东,他就跟你扯西,我提一个问题,一问三不知,那我就耐心问,人家还不乐意了,那照这样下去,咱们怎么往下进行工作呢?"

高枫笑:"说完了?我就知道你们今天受挫了。那几户,可是咱们村难度系数最高。等你们把那几户都摸透了,那其他的就太简单了。"

405

韩娜娜:"这是咱摸排的第二天,咱才摸了几户啊,咱后面还有那么多户呢,真的,就照他们这个态度,就咱仨,咱怎么帮他们脱贫呢?"

高枫:"怎么能是咱仨呢?你知道咱省里,派给驻村的扶贫干部有多少吗?咱们背后还有单位,还有国家,和党的政策,咱们是代表国家来驻村扶贫的呀,咱们身后有这么强大的后盾和资源,咱们可不是孤军奋战。"

李志刚:"行,就算像你说的,咱们有后盾,咱们完成建档立卡了,那之后呢?咱们怎么帮扶人家?今天被他们这么一弄啊,我心里一点底都没有了。"

高枫:"咱现在不是还没到那一步呢嘛,你就算到了那一步,靠咱们三个坐这儿干想,不也没用吗?我刚不是都说了嘛,咱们身后有强大的资源,咱们要加以利用啊。"

韩娜娜:"怎么利用?"

高枫:"你看啊,咱们现在处在建档立卡的摸排阶段,等咱们都摸排清楚了,把咱们村符合国家标准的这些贫困户,上报给乡里和县里。同时,再把咱们统计的数据,和摸排出来的真实情况,啊,提供给专业的机构,让他们进行科学的分析,再给出咱们专业的建议和策略。同时再结合咱们村的真实情况,因地制宜,因人施策。"

韩娜娜与李志刚对视。

高枫:"行了,都先别想了,你们都不饿啊?我都饿死了,先吃饭吧。啧,哎呀,我今儿忙的把这事给忘了。这样,咱今天晚上再先对付一下,等明天,我找柳枝她妈给咱把这吃饭的事解决了,好吗?"

⊙ 柳家坪柳春田家屋内 日 内

柳春田朝屋外走。

英子:"还要出去溜达呀?"

柳春田:"我透口气。"

黄艳丽进门:"英子。"

柳春田:"呦,来了。"

英子:"哎,嫂子。"

黄艳丽:"呦,咋,春田你要出去啊?"

柳春田:"嗯,我出去转一圈去。"

黄艳丽:"那你病好些了没有?"

柳春田:"就这样子吧。"

黄艳丽:"哎呀,你放心,你看,大满托人从城里给你拿的药,一定能好,啊,来,把这药一收。"

英子:"谢谢嫂子。"

柳春田:"你坐,坐啊。"

黄艳丽:"好,你慢些啊。哎呀,春田这病啊,真是。"

英子:"嫂子,坐嘛。"

黄艳丽:"哎,英子,我来我跟你说个事来了。来,你坐下。嫂子跟你说,你知道柳小江回来了吗?他今天到村委会去了,你说人家现在外面混的好得很,都成了大老板了,有钱了。哎呀,上次还,还,还让大满去他那个,哎呀,豪华酒店喝过酒呢,我记得那个房间号还是个666,你看牛气吗?"

英子:"嫂子你吃了没?我准备给春田做饭呀,你要不要吃一点?"

黄艳丽:"哎呀,还吃啥饭呢,话还没跟你说完呢嘛,我跟你说,你不要误会。嫂子跟你说这话意思是,你看,你屋现在这情况,你看春田这病,啧,我想是,你能不能让柳小江来帮下你。我觉得都是乡里乡亲的,帮一下忙也没有啥关系嘛。呃,那是这,你要是不好意思,我给你去说,你看咋样?"

屋外窗前,柳春田听着,神情复杂。

⊙ 柳家坪柳大满家 日 内

柳大满正打着电话:"啊,干干干,我这活干呢啊,最近啊,是这个精准扶贫工作队到了我村上了,我这村干部,啊,啊,不是配合人家工作呢嘛,等我忙完这一阵,啊,我就回来把你这活接着给你干,没问题。好好好,啊,那就这,啊,啊,感谢感谢啊,等我回到城里我请你吃饭啊,呵呵,再见再见。"

赵书和进门。

柳大满一怔:"你这准时得很嘛,啊,我屋啥时候吃饭,你是算得准的呀。"

赵书和:"呀,我今天来要跟你说个事呢。"

柳大满:"你哪天到我屋不说个正事嘛?"

赵书和:"就是有正事嘛。"

柳大满:"好,你说你说,你说,你说。"

赵书和:"你看枫娃他们工作队,这每天摸排从早到晚,吃饭都没个正点嘛,我想跟你商量一下,咱们要不要给娃们家买个冰箱?"

柳大满:"冰箱?"

赵书和:"啊,能吃点新鲜的嘛。"

柳大满:"啊,好事嘛,好事嘛,我咋没想呢,哎,这事你交给我了,我去办去。"

赵书和:"好。"

柳大满:"我给娃们买,我给娃们买。"

赵书和:"你来办啊。"

柳大满:"就这事?"

赵书和:"就这事。"

柳大满:"你说枫枫娃,这一天从早忙到晚,都多长时间没到屋里吃过饭了。"

赵书和:"嗯。"

柳大满:"你说他这建档立卡,这摸排这,这,它啥时候是个头嘛?"

赵书和:"我哪知道,哎!你发现没有,最近总是,总是不饿?"

柳大满:"闲的。"

⊙ 柳家坪柳春田家门口 日 外

高枫:"婶儿。"

英子:"哎,枫枫娃。你咋来了?"

高枫:"我叔呢?"

英子:"出去了,你进屋坐。"

高枫:"我不坐了,我是想跟你商量个事呢,我三个工作队现在在咱村委会嘛,但是我三个现在吃饭是个问题,你看你方便能不能给我三个做个饭,我每个月给你工资。"

英子:"啊,方便嘛,娃想吃啥,婶给你做就行了。"

高枫:"行。"

英子:"就是这钱……"

高枫:"啊。"

英子:"不要了。"

高枫:"我三个已经商量过了,一个月给你三百,你看成吗?"

英子:"成嘛,好事,好事。"

高枫:"那你到时候给我春田叔说一声。"

英子:"哦。"

高枫:"我就先去摸排去了。啊,我先走了。"

英子:"好,娃慢点啊。"

高枫:"哦,走了,婶。"

⊙ 酒店走廊内 日 内

柳春田敲门。

柳小江一怔:"你来寻我做啥呀?"

柳春田看看豪华套间:"这日子,确实是过得好。啊,好着呢。你回来的事啊,村上都传开了,都知道了。那,我屋的事你是不是也知道了?"

柳小江:"知道一些。"

柳春田:"哎,这些年日子过得穷,哎,没办法嘛,这水泥厂这一倒,日子过得一天不如一天了,哎,英子跟着我啊,一天福都没有享过,光遭那罪了。喷,所以,我想着是啥事……"

柳小江:"你是不是需要钱啊?"

柳春田:"不是钱的事。是我想让你给我,帮个忙呢。"

柳小江:"你说。"

柳春田:"(喘息)我这身体,不行了,治不好,再治下去吧,也就是个累赘,所以我就想着,我死了以后,你能不能帮帮忙,把英子,跟我娃,照顾一下。就看在,就看在当年你和英子的这个情分上,帮个忙。得成?(喘息)"

柳小江:"当年都是穷闹的。"

柳春田:"当年的事,是我对不起你。"

柳小江:"当年事别再提了。"

柳春田:"(喘息)好,不提了,我就这一个事,柳老板,你只要答应了我这一件事,我下一辈子,(喘息)给你当牛做马,我报答你。你看得成?(喘息)"

⊙ 柳家坪柳春田家屋内 日 夜

柳春田喘着气。

英子:"你去寻柳小江了?你为啥去寻他呢嘛?咱现在跟他还有啥关系呢?真是的。再说,娃上学的事情已经给咱解决了呀。"

柳春田:"我是,我是怕我死了以后啊,这不光是娃上学的事嘛,你娘俩这事多着呢。你一个女人家家的,好多事,没法弄嘛。(喘息)"

英子哭："人家柳小江赚的钱，是人家自己的，跟咱有啥关系嘛。咱自己过日子，你把门关上过自己的，我以后不允许你再去寻他。你以后有啥事跟我说就行了，啊！"

柳春田："嗯。好！"

英子："再说了，人家枫枫娃也想办法帮咱的嘛。我相信，咱这以后的日子，会好起来的。你这病肯定也能好起来的。"

柳春田："嗯。"

英子："我不愿意你，你说这丧气话。我不想听，我以后也不允许你再说这丧气话。"

柳春田："嗯。好。不说了。"

说罢一阵剧烈的咳嗽。

⊙ 柳家坪村委会屋内 日 内

韩娜娜："志刚，你今天去哪儿啊？"

李志刚："别提了，我今天去的可远。估计是这个村最远的一户了。今天回来，我这腿就算废了。"

韩娜娜："哈，我觉得远点挺好的，我今天第一家，我听说那老头倔得很，我还不知道我能不能摸清楚呢。哎，要不然咱俩换吧。"

李志刚："算了吧，远点我认了。嗯，队长，我们走了。"

韩娜娜："我也吃完了。"

高枫："嗯，好。"

英子："娜娜。"

韩娜娜："哎。"

英子："姊儿做了你最爱吃的香菇馅的饺子。"

韩娜娜："哎呀，谢谢姊儿。"

李志刚："谢英子姊。"

韩娜娜："那我们先走了啊。"

英子："好，好。路上慢点啊。"

韩娜娜："唉。"

高枫电话响了，接起电话："喂，雅奇。"

雅奇："高同学，也不给我打电话，你最近咋样啊？给领导汇报一下情况。"

高枫："汇报啥呀，别闹了。"

雅奇："谁跟你闹啊，我就是想了解一下你的情况。"

高枫："现在的情况就是，在建档立卡的第一阶段，现在我们正入户摸排呢。"

雅奇："咱柳家坪的人口可不少，部分住的还分散，你们要是都摸一遍的话，这工作量可不小啊，哎，你没找我爸和大满舅帮忙吗？"

高枫："哎，这些事我们还是得亲力亲为，不要麻烦人家了。大事我得请他们帮忙嘛，哎，哎，对了，你给我寄的那方便面还有那罐头我都收到了啊，放心吧。"

雅奇："还要啥尽管说。"

高枫："也没啥需求，有需求告诉你，啊。"

雅奇："啊，先挂了啊。"

高枫："嗯。"

英子："枫枫娃。"

高枫："嗯？"

英子："吃完没？婶儿把碗给你收了。"

高枫："好，麻烦婶儿。"

英子："好。"

高枫："哎，婶儿你先不忙活，你先坐下，我还问你个事呢。就咱村那水泥厂倒了之后，咱村是不是就一直是这情况？"

英子："水泥厂关了以后，大家收入就断了，把人急的没办法，支书和村长也急得不行。"

高枫："反正这两年，我也没咋回咱村，好多情况我也都不了解，以后我再有啥情况，有啥问题，我就问你，好吗？"

英子："没问题嘛，你看你们来了以后，帮婶儿大忙了，柳枝也能上学了，我还能在这儿给你们做饭，我开心得很。"

高枫："好。"

英子："以后有啥事跟婶儿说，啊。"

高枫："行，婶儿，那我就先忙去了，啊，好吧。"

英子："哎，枫枫娃。"

高枫："嗯？"

英子："婶儿把盒饭给你放到包里了。"

高枫："啊，好。"

柳大满:"来,慢点。"

赵书和:"不是我说你,给娃们家买个冰箱,你还买个二手的。"

柳大满:"这……那,那说这是九成新,那新的要比这个贵一千多呢。"

赵书和:"哦。"

高枫:"叔,叔这是啥情况嘛?"

赵书和:"啊,给你弄个冰箱。"

柳大满:"呃,你书和叔说让你吃点新鲜的。"

高枫:"哎呀,英子婶给我做着饭呢嘛,你花这钱干啥嘛。"

赵书和:"哎呀,没事,天气热了嘛,对吗?"

高枫:"谢谢叔。"

赵书和:"啊,哎,你这是摸排?"

高枫:"对。"

赵书和:"啊,咋样了?"

柳大满:"这到底哪家能当上贫困户嘛?啊?"

高枫:"这摸排还得段时间,完了我还得汇总呢。"

赵书和:"哦,哎,那现在摸到哪家了?"

高枫:"是这,叔,我这来不及了,好吧?我先去了,等我回来再聊。"

赵书和:"啊,好。"

高枫:"咱回头说。走了叔。"

赵书和与柳大满对视一眼无语。

第二十一集

⊙ **中原省扶贫办会议室 日 内**

国文正在接受省电视台记者的采访。

国文:"全国所有的数据,统一汇总到国家的系统内,这是破天荒的。这次我们的扶贫工作队员们,在建档立卡工作当中是非常辛苦,很不容易。所以这份数据也是非常的宝贵。"

女记者手举话筒:"那国主任,这一次的建档立卡全省和国家统计局的数据并网,与以往的数据上报有什么区别吗?"

国文:"这次通过全国12.8万个扶贫工作队,驻村入户摸排的建档立卡数据,无疑更能体现精准扶贫的内涵。这个数据库是动态的,它更加科学,可以说在未来,它可以持续发挥作用。"

严爱国进来:"啊,记者同志啊,对不起,打扰了,我们国主任有一件紧急的事情需要处理,下面我来给大家介绍一下。好吧?"

女记者:"啊,好好,那国主任您先忙。"

国文:"好,谢谢啊。"

女记者:"哎,好。"

严爱国:"来,这边请。"

国文问杜江:"咋回事?"

杜江:"国家扶贫办刚才来电话,说有人反映,在我省镇东县赤南建档立卡的数据上出现了纰漏,您说,咱们怎么跟上面答复啊?"

国文:"还是先要把情况搞清楚啊。然后再向国扶办汇报。"

⊙ 柳家坪村委会屋内 日 内

赵书和正在给农科所的技术员打着电话:"啊?到了,哦,哦,十分钟到,好,好,呃,我和村长迎你们去。好!好!哎,一会儿见。"

柳大满:"哎,书和。我就不去了嘛,我还想跟你商量呢,你看咱俩在这村里整天闲的呀,没啥事干,我还想继续联系联系那城里的业务,带着咱村的那些年轻娃再去打工。"

赵书和不悦:"大满,你去打工,我不拦着你,但是,你必须陪着我,把咱的地弄好。"

柳大满沉默不语。

赵书和:"咋?你把地祸害了,就不管了?啊?"

柳大满:"你,你咋又提这事呢,这事过不去了是不是?"

赵书和:"你去不去嘛?"

柳大满一脸无奈:"去去去,我陪你去。"

赵书和:"就是的嘛,走。"

突然,柳小江司机走了进来:"叔,叔。"

赵书和:"哎,小江。"

柳大满:"你咋又回来了?啊?"

柳小江:"来。给我看一下。"

柳大满:"啥吗?"

柳小江:"我的设计图出来了。"

说罢吩咐司机把手里的施工设计图展开。

柳大满:"哦,设计图,哦。"

柳小江:"你看,还少点啥。"

柳大满瞪起了眼睛:"你屋?盖成这样子?"

柳小江点头。

赵书和:"来,我看一下。"

柳大满:"哎呦,那这也太豪华了吧这。"

柳小江:"啊。"

赵书和:"小江。呃,你要翻修你老屋,我没有意见,毕竟这是你屋,但是,叔有个建议。"

柳小江："叔，你说。"

赵书和："不敢弄成这。"

柳小江："为啥？"

赵书和："你想啊，咱柳家坪还没有脱贫呢，很多人吃不上饭呢，你弄成个这，不合适嘛。再说了，你弄完了你住吗？你又不住，对吗？你说你，啊，当然了，这是叔的一个建议，啊，你自己考虑，好吗？"

柳小江："叔，啊，我是觉得吧，我……"

赵书和："这样，是这，农科所的技术员，在地里等着我们，我们得去一下。呃，你先坐。"

柳小江："啊，行行，你们先忙，先忙。"

赵书和："等着我们回来咱再讨论这事，好吗？"

柳小江："好好好。"

赵书和："你自己倒水喝啊。"

司机："好嘞。"

赵书和和柳大满出了屋子。

柳小江看着司机："不合适。"

司机："确实有点夸张。"

柳小江："走了。"

刚走到门口。

英子进来做饭，二人一怔，擦肩而过，相对无言。

⊙ 柳家坪村委会屋外院内 日 内

柳小江和司机朝自己的汽车走去。

突然，身后传来英子的声音："小江。"

柳小江站住，转身望着英子，神情复杂。

英子苦涩而又淡然："当年的事，你别记恨我。"

柳小江百感交集，一时无语，上了汽车。

⊙ 山脚下 日 外

国文一行的车停下，依次下车。

马建强满身是汗急忙迎上："哎，哎呦，各位领导辛苦了。哎，慢点慢点。国主任。你好，你好。"

国文："你好，你好。"

马建强："我是马建强，是咱们长滩村扶贫工作队的队长。"

国文："哦，这两位？"

马建强："这两位是小刘、小杜，也是咱们工作队的队员。"

国文："啊，你们好，你们好。"

小刘："国主任好。"

小杜："国主任好。"

国文："呀，你看这路是……"

马建强："是，这个车只能开到这个地方。前面进村只能步行了。"

国文："啊，没事没事，走，走。你们这个工作队一共三个人？"

马建强："对，就我们三个人，都在这里了。"

国文："啊，好好，小马啊？你来这之前，是在哪儿工作呀？"

马建强："我大学毕业以后，就分配到市机关工作了，已经工作三年了，后来才来的这个地方。"

国文："哦，感觉咋样？你在这里工作，相比市里机关的工作啥区别？呵呵。"

马建强："刚来肯定是不习惯嘛。"

国文："啊。"

马建强："但是现在还好，已经适应了。"

严爱国："小伙子，你也是从市机关派下来的，对这个数据应该是很严谨的，咋还出错了呢？"

马建强："是这样，国主任，我给你们汇报一下，我们扶贫的这个长滩村啊，这其中有那么几户人家，他住那个山顶上，刚开始我们没找着路，那个山顶我们就没上去，所以就把山顶上的那几户人家估算着给报了个非贫困。"

国文："你这小伙子，这身体好着呢，你上不去？那住在那的人咋上去的？"

严爱国："对嘛。"

马建强："后来我们上去了。"

国文："你看，那不还是上去了嘛。"

严爱国："对嘛。"

国文批评道："就是下沉不到位。"

马建强:"是,那个山顶的问题我们解决了,那数据也及时纠正了,今天我们要去核查的呢,是当时漏报的那几户,国主任,咱能不能先等一等。"

国文:"等?"

马建强:"那个县里的康副县长知道你们来了,专门打过招呼说,等他一下,他要带你们进村。"

国文:"不管他,你认识路吗?"

马建强:"我认识。"

国文:"走,走走,快。"

马建强:"啊,好,好好,走,这边。"

⊙ 柳家坪村外农田 日 外

赵书和看着荒芜的土地:"李技术员。"

李技术员:"哎。"

赵书和充满期待地:"这次检测之后,咱这地就能种了吗?啊?"

李技术员:"呃,根据前几次的检测结果来看呀,这个地确实是好了一些,但能不能恢复生产,还要看这一次的结果。"

赵书和:"我知道,我知道。"

李技术员:"嗯,好,那赵支书,我们就先走了,还要去下一个村子。"

赵书和:"哦,好嘛,辛苦啊,谢谢,谢谢。"

李技术员:"应该的,应该的。"

赵书和:"出了结果,赶紧告诉我啊。"

李技术员:"一定,一定。"

赵书和望着农科所技术员们的背影,侧脸看着柳大满:"看见了吗?麻烦吗?"

柳大满:"麻烦,真是麻烦。"

赵书和埋怨地:"就是,就是因为你。"

柳大满:"这没想到这污染,这么麻烦啊,这个时间这长还没好。"

赵书和:"我给你说柳大满,这次的检测结果要是好,这事就算过去了,要是不好……"

柳大满:"好,一定会好。"

赵书和:"你说了算,啊?"

⊙ **镇东县赤南山上一村庄 日 外**

马建强领着国文等一行人进村。

马建强:"国主任,这边走。你看,这就是当时我们漏报的那几户的其中两户,看,房子都这样了。"

国文:"这房子这一直住着人呢?"

马建强:"当时我们也以为没有人住,上次来的时候天黑还下着雨,就以为没人了嘛,也没找见人,所以就漏报了。"

国文:"那后来是咋联系上的?"

马建强:"后来听村里的人说,其实这里还有人住。我们才刚刚把数据给补上。小心脚下,别扎着。"

国文:"就这样土坯结构的房子,最怕就是下雨。"

马建强:"是。"

村民女走过来:"来人了。"

马建强:"哎,大嫂。"

国文:"哎,嫂子,你好,你好。"

村民女:"你好。"

国文:"我们是省扶贫办的,今天过来到你这儿想看一看,生活的情况。"

村民女:"啊。"

国文:"平时一直住在这儿?"

村民女:"是,我就住在这儿,就是下雨的时候,老漏雨,我就到他二舅那儿去住了。"

国文:"哎呀,嫂子,这不是说下雨的问题,你这房子你看看,这年久失修了,这住着人,是危险啊。"

村民女:"我给你去烧水去。"

严爱国:"不用麻烦了。"

孙处长:"不用麻烦。"

国文:"嫂子,这村里的干部,到你这儿来过没有?啊?"

村民女苦笑:"我给你去烧个水去。"

严爱国:"嫂子,不用麻烦了。"

村民女:"给你烧水去。"

说罢进了屋。

国文:"小马。"

马建强:"哎。"

国文:"这村里面的干部呢?"

马建强:"我们都来了这么长时间了,一直就没见过。"

孙处长一怔:"没见过?不可能吧?"

马建强:"真的,之前听村里人说,以前有个村里的老支书,一直都是他管着事,但是去年这个村支书去世了,后来就没人管了。"

严爱国:"那村主任呢?他也不在?"

马建强:"上一届的村主任,他们全家都在广东那边打工,一直就没回来过。至于这次发现这个数据有问题,就是这个村主任发现的。"

国文:"那村里面的党员,平时你们接触过没有?"

马建强:"没有。"

国文:"支委?"

马建强:"也没接触过。"

国文:"那是这啊,你们现在找几个村里的党员,我见一下子。"

马建强:"好,好。小刘。"

小刘:"哎。"

马建强:"你赶紧去联系联系。"

小刘:"行行,我现在就去。"

马建强:"快啊。"

小刘:"好好好。"

马建强:"国主任,那咱们再去另外两户漏报的家里去看看。"

国文:"走,咱去下一家再看看。你跟嫂子打个招呼,你说我们走了啊。"

马建强:"哎,好好,嫂子,我们先走了。"

村民女:"啊。"

马建强:"哎,改天再过来啊。"

村民女:"慢些走啊。"

马建强:"哎,好。"

⊙ 镇东县赤南山顶村子 日 外

马建强:"哎,这边,小心头。国主任,这就是当时我们遗漏的另外两户。"

国文神情凝重:"小马,这条件成啥样子了?这也能遗漏?"

马建强:"哎呀,是我们的失误。但凡当时我们能多留一下,多看一眼,也不至于造成这个数据不实的这个失误。"

国文:"这不是失误和遗漏的问题啊,你一个村子漏几户啊,全国多少个村子,你一个村子的数据不准,你会影响到乡,乡影响到县,最后影响到全国,那全国的数据都不准,咱这建档立卡咱有啥意义?就没有意义了嘛。"

老汉甲:"谁呀你是?"

马建强:"哎,大哥,你,你这……"

国文:"哎,老哥,你是这家的主人?"

老汉甲:"这是我屋啊。"

国文:"啊,你好,老哥。"

老汉甲:"你好。"

马建强:"大哥。我们是那个扶贫工作队的,我是小马,这是我们国主任。"

老汉甲:"啊,你好,你好。"

马建强:"前两天我们来过你家,你不在。"

老汉甲:"下地了,不在。"

国文看着马建强:"你看人大哥还替你说话呢,你心里不愧疚吗?你这是工作没有耐心。啊,你们来都来了,走马观花一看,就走了,你们能看见啥?你啥也看不见嘛。"

马建强:"是。"

国文:"你说这是还有一户?"

马建强:"这是一户,这边是另外一户。"

小刘:"马队长。"

马建强:"哎。"

小刘:"马队长,这位是咱村里的老党员。"

国文:"哎,你好你好。"

米姓村民:"哎,你好。"

国文:"你,你坐你坐。"

米姓村民:"来来,你坐。"

国文:"哎,老大哥,你今年高寿?"

米姓村民:"过六十了。"

国文:"六十了啊,贵姓?"

米姓村民:"免贵姓米。"

国文:"啊,米大哥,平时咱这党员,搞啥活动吗?"

米姓村民:"这都没有。"

国文:"没有搞过活动?"

米姓村民:"没……"

国文:"那发个啥书籍、材料、文件学习一下吗?"

米姓村民:"这就更没有了。"

国文:"哦,那咱村两委平时召集过大家一起见见面,谈谈心,聊一下,有这事没有?"

米姓村民:"哎呀,不瞒你说,咱这两委会,多年了,都没改选。"

国文一愣:"嗯。"

米姓村民:"班子里头的老领导,老的老了,死的死了,走的走了,这些年也没发展党员,就剩我一个了,我跟谁开会去。"

国文沉重地叹气。

这时,康副县长奔了过来:"哎呀,哎呀,不好意思啊,不好意思,来迟了,来迟了。"

马建强:"康副县长。"

康副县长:"哎,小马。"

马建强:"这是国主任。"

康副县长:"国主任你好。"

国文:"哦。"

康副县长一脸歉意:"实在对不起哦,书记和县长都到市里开会去了,实在来不了,我一得到这信息,我就赶快来了。"

马建强:"国,国主任,这是县里的康副县长,也是县扶贫办的主任。"

康副县长望着国文:"啊,我听过咱国主任的报告。呵,我认识你,你不认识我。那个,呃,我姓康,呃,就是奔小康的康。你好,国主任。"

国文:"你好啊,康副县长。"

康副县长:"哎,好。"

国文:"这两位同志是?"

康副县长:"哦,这是我县里搞接待的。"

国文:"啊,搞接待的,是这啊,康副县长。我们今天呢,主要是对在建档立卡的过程当中……"

康副县长:"啊。"

国文:"遗漏的贫困户进行入户调查。"

康副县长:"噢。"

国文:"如果这些贫困户符合国家贫困的标准,那就要建档立卡。"

康副县长:"对对对。"

国文:"那你后续呢,具体是咋帮助他们扶贫,具体拿出个什么方案,你们还是要根据具体的情况,开会讨论,拿出一个具体办法来。能行吗?"

康副县长:"呃,行,咱就按照国主任的办法办。"

国文:"哎,不是按照我的办法,你要根据老乡们实际的情况,你们回去开会要讨论。"

康副县长:"喔。"

国文:"拿出一个决定来。能行吗?"

康副县长:"行,就按照你刚才说的这个决定咱们来决定。"

国文:"不是按我的决定,你要根据他们实际的情况。"

康副县长:"哦。"

国文:"回去你们要讨论拿出一个方案办法研究决定。"

康副县长:"哎呀。"

国文:"不是,我咋这话说不明白嘛?"

康副县长:"明白明白。"

国文:"你明白吧?"

康副县长:"国主任,我刚才是有点紧张,你的意思我现在全部明白了,我明白。我明白。"

国文:"康副县长。"

康副县长:"啊。"

国文:"我了解一下,就像这村两委不健全的村子,咱这还有多少?"

康副县长:"哎呀,这个,这,好像有几,有几个,呃,具体情况没有统计过。"

国文责问道:"你为啥不统计呢?"

康副县长:"这不归我管。"

国文:"那你管啥?"

康副县长："我主要是管扶贫嘛。"

国文："你管扶贫？"

康副县长："对。"

国文："那他们的情况你了解多少？"

康副县长："呃……"

国文："他们这贫困户，一年收入是多少？有几口人？需要多少粮食？你们有记录没有？要不你打个电话问一下。"

康副县长："不，不，国主任，咱是这，以后这个事情，我就给你做个详细的汇报，行不行？咱是这，你看，国主任，时间也不早了，咱先吃点东西，看，昨天晚上我这县里头也准备了一点，那个，小马，以后这种小事情，你就不要麻烦领导嘛，你看这事情……"

国文："康副县长，你刚才说啥？这是小事情？"

康副县长不以为然："啊，这事也不大嘛。"

国文严肃地："扶贫工作是全党全国一盘棋，康副县长，我看你这是当官老爷当惯了吧，你能干不能干？你要还是这样麻木不仁的话，我就向市委建议，让能干这事的人来干。"

康副县长："不不不……"

国文："你不能干你换个位置，好吗？"

康副县长："不不不，你听我给你解释……"

孙处长："行了行了，康副县长，你少说两句。"

严爱国："好好好，你别说了，别说了。"

孙处长："不说了不说了。"

严爱国："国主任，你别急。"

国文叹息。

⊙ **省委钟书记办公室 日 内**

国文在向省委钟书记汇报工作。

国文："这种现象呢，在全省也不在少数，这次扶贫工作队下去以后，确实是发现了很多年没有发现的一些问题。"

钟书记："关键是组织涣散，一个村，连组织建设都搞不好，那还怎么推动脱贫工作呢？"

国文:"是,我临走的时候,还和这刘县长、驻村工作队的同志们强调。"

钟书记:"嗯。"

国文:"这基层党建的工作一定要抓牢抓实。"

钟书记:"看来呀,光派扶贫工作队下去还不够啊。关键,要派党员干部,中央嘛,最近也正在考虑,要选派一些优秀的机关干部,下到农村,任第一书记,抓党建,促扶贫,为精准扶贫呢提供有力的组织保障。同时,也是改进机关作风,培养和锻炼干部,这是一举多得的。"

国文:"是啊,这也是扶贫工作队下一步工作的重点呀。"

钟书记:"全省建档立卡工作这都接近尾声了。国文,下一步工作扶贫帮扶的任务更重了。"

国文:"明白。"

钟书记:"嗯,接下来就是要尽快考虑第一书记的事情了。"

⊙ 柳家坪小学教室内及外面 日 内/外

黑板上画着一个电脑键盘,每个学生的桌子上也都放着一个画着电脑键盘的硬纸板。

一位支教年轻女教师正在给学生们上"电脑课"。

女老师:"好,同学们,我们先将我们的手指,放在我们的键盘上,来,好,那么大家看到了,这是我们的键盘,老师给大家再示范一下,我们打的第一个字是,山河锦绣的山,山的第一个字母是哪个?"

众学生:"S。"

女老师:"S在我们哪个指头上面呢?"

众学生:"左手无名指。"

女老师:"好,我们一起来用左手的无名指,按一下S,接下来是H,H是在哪个手指头上呢?"

众学生:"食指。"

女老师:"然后再按一下我们的A,A在我们左手的哪边?"

众学生:"小拇指。"

女老师:"对,非常的棒啊,在我们左手的小拇指,按下A,最后一个字母是N,N是怎么按呢?"

众学生:"右手的食指。"

女老师:"是,我们的右手的食指,按一下 N,是不是我们第一个字就打好了?"

众学生:"是。"

女老师:"啊,接下来是个河,河的字母,第一个字母是?"

众学生:"H。"

女老师:"非常棒啊。先打 H,H 是在哪个手指?"

柳小江在窗外看着学生们没有电脑的电脑课,神情复杂。

柳秋玲走过来:"谁啊?请问是学生家长吗?"

柳小江一怔,扭头看着柳秋玲:"秋玲老师。"

柳秋玲:"哎呀,是小江啊,我听书和说你要回来了,啥时候回来的?"

柳小江:"回来几天了,你咋样?"

柳秋玲:"我天天上课。呵呵。"

柳小江:"你还老样子,没有老嘛。"

柳秋玲:"那不可能的,老多了。呵呵。"

柳小江:"我走的时候你就这个样子。"

柳秋玲:"你咋到学校来了?"

柳小江:"我回来看看嘛,毕竟是我的母校嘛。"

柳秋玲:"对对对对。"

柳小江:"学校没咋变样子,还是有点破破烂烂的。"

柳秋玲:"这都是翻新过的。"

柳小江:"啊。"

柳秋玲:"你忘了以前娃们写字都趴在地上呢,现在好得很。呵呵。"

柳小江:"是,我原来在那个屋头上课嘛。"

柳秋玲:"嗯。"

柳小江:"连窗户玻璃都没有。"

柳秋玲:"对着呢。呵呵,现在多好,呵呵。"

柳小江:"嗯。"

柳秋玲:"啊,对了,你以前也是个高才生啊,要是没事,回来给娃们上上课。"

柳小江:"哎呀,我多少年不拿书本了,我不行,你不要开我玩笑。"

柳秋玲:"哈哈,来,到我办公室坐一下。"

柳小江:"我不坐了,不耽误你工作,我就看看。"

柳秋玲:"哦,行。"

柳小江:"你忙,你忙。"

柳秋玲:"好好好,常来啊。"

柳小江:"好。"

⊙ 柳家坪村委会屋内 日 内

韩娜娜苦口婆心地在劝说着一个闹事的妇女:"嫂子,咱评定结果还没出来呢,你听我的,咱们先把孩子抱回去行吗?"

妇女:"哎呀,不用跟我说那么多,这贫困户给我要是评不上,我的娃你就给我养。"

韩娜娜哭笑不得:"你这不是一个解决问题的办法。你,你要这样,那嫂子你可就是胡搅蛮缠了。"

妇女:"哎,你可不要给我扣这帽子,我一没骂人,二没打人。你给我评上了,我就把娃领走,啥也不要说了。"

李志刚上前:"嫂子,你讲讲理好不好啊?"

正说着,赵书和进来:"来来来,让一下,让一下。干啥呢吗?啊?"

韩娜娜:"哎呀,支书,来锁嫂说,她要是评不上贫困户。这娃就放到我们工作队养了。"

赵书和:"啥?你咋了?啊?"

妇女:"叔,这事你别管。"

赵书和:"我不管?这是我的办公室,我不管,谁管呢?"

妇女:"这评贫困户,你也做不了主。"

赵书和:"啊,你也知道我做不了主,咋?你能做主?"

妇女:"我做不了主啊,他俩能做主,我就寻他俩解决嘛。"

赵书和:"结果还没出来,着啥急呢?啊?"

妇女:"出来结果就晚了,我就评不上了。"

赵书和:"那你咋知道你评不上了嘛。"

妇女:"我,我感觉是嘛。"

赵书和:"你,哎呦,你这不是胡闹呢吗?快快快,把娃,把娃抱走。"

妇女:"哎呀,别动别动,我连我自己都养不活了,我还养娃呢。"

赵书和:"你看你说的,把自己吃这么胖呢,还养不活娃了你。"

妇女:"哎呀,不抱不抱,养不活。"

赵书和:"你抱不抱嘛?"

妇女:"哎,我不抱,养不活嘛。"

李志刚:"叔。"

赵书和:"啊?"

李志刚:"她这样,咱咋办呀?"

赵书和:"那我也不知道咋办嘛。"

说罢看着那位闹事的妇女:"啧,你,你,你真不要了?啊?"

妇女:"不要。"

赵书和:"哎,把娃给我。"

韩娜娜:"啊?"

赵书和:"我给你大满叔送过去。"

韩娜娜/李志刚:"啊?"

赵书和:"你大满叔和你艳丽婶,想要娃呢嘛,对吗?一直没要上,正好,赶明一个墩墩,啊,我给送过去,把娃给我。"

韩娜娜:"这能行吗?"

赵书和抱起孩子:"哎呀,咋不能行呢嘛,哎,正好,连姓都不用改,到时候我让你大满叔把户口一改,哎,你艳丽婶看见娃,能把嘴笑烂了。来来来,过一下。"

说着就朝外走。

妇女见状顿时急眼了,上前拉住赵书和:"哎哎哎,哎,叔,叔叔叔。"

赵书和:"干啥?"

妇女:"你,你干啥呀?"

赵书和:"我把娃给你大满叔送过去。"

妇女:"哎呀,可不敢,可不敢,我这娃一天都离不开我。"

赵书和:"呀,你养不活嘛。"

妇女:"能养,能养,我能养。"

赵书和:"不是,影响你评贫困户呢。"

妇女:"不影响,人家还摸排呢嘛,还没出结果呢。"

赵书和:"我先送过去,等结果出了,你再跟你大满叔商量娃的事。"

妇女:"哎呀,叔,叔。"

赵书和:"干啥呢?"

妇女:"哎呀,你别闹了,我错了,我错了,我娃还没吃饭呢,我得给他做饭呢啊。"

赵书和:"你看你。"

妇女抢过孩子:"你忙吧,你忙吧,我走了啊,你忙啊。"

赵书和:"你别硬撑啊。"

妇女:"我走了,走了走了啊。"

众人一片哄笑。

赵书和:"哎,散了先散了散了,哎。"

韩娜娜:"哎,呵呵。"

李志刚:"哎呦,还是我叔厉害啊。"

韩娜娜:"支书。"

赵书和:"嗯?"

韩娜娜:"还是你有办法啊。"

赵书和:"啥办法?我说的真的,本来还想给你大满叔一个惊喜呢。"

画外音(韩娜娜日记):转眼间,我们建档立卡入户摸排工作进行大半年了,随着工作的深入,我们更加了解到乡亲们的疾苦,这对于我这个长在城市里的孩子来说无疑是一段难忘的经历。工作在一天天推进,我也在一天天成长,工作中的我很平凡,但我相信无数个平凡无数个我终将铸成伟大的事业。

⊙ 柳家坪小学办公室 日 内

柳秋玲走进来:"哎?咋回事?杨老师。"

男老师:"哎,校长,看,新书,好得很。娃们肯定喜欢。呵呵。"

女老师:"秋玲姐,你看,电脑。"

柳秋玲:"电脑?"

说罢突然看见正在那边指挥校工搬运东西的柳小江,不由一愣。

柳小江:"我跟你说啊,电脑是六台,呃,书是十箱,文具应该是两箱,反正我记不清了,你自己分啊。"

柳秋玲:"小江。"

柳小江:"嗯?"

柳秋玲:"是这,呃,学校里没钱,这电脑,这……"

柳小江:"我捐的要啥钱?"

柳秋玲一怔:"捐的?"

柳小江:"对啊。"

柳秋玲一脸激动:"小江,不行啊,太多了,太多钱了,这不行的,小江。"

柳小江:"有啥不行的,这也是我的母校。我现在条件也可以,给学校做点贡献,没啥,哎,这个,我也不知道现在还缺点啥,要是还缺啥你跟我说。"

柳秋玲:"小江,哎呀,我都不知道该咋感谢你了。哎,是这。明天,明天,我,我在学校里办一个捐赠仪式,我们好好地谢你一下哈。"

柳小江:"那是这,要是想表示感谢的话,让你书和请我喝顿酒,行吗?"

柳秋玲:"这不是喝酒的事嘛。我跟书和说一下。"

说罢打电话:"哎呀,咋不接电话呢,这个书和,这,哎呀,小江。"

柳小江:"嗯。"

柳秋玲:"我代表学校,代表娃们,谢谢。"

柳小江:"呵呵。"

柳秋玲:"谢谢你,小江。"

柳小江:"哎,弄得我都不好意思了,呃,电脑会装吗?"

柳秋玲摇头。

柳小江:"哎,没事,我这人会装。阿城。"

司机阿城:"哎。"

柳小江:"一会儿电脑全部装好,调试好,然后才能走,好吧?"

阿城:"好的,放心。"

柳秋玲:"啊。"

女老师:"谢谢啊。"

柳小江:"客气客气客气。"

柳秋玲喜极而泣:"哎呀,太好了,太好了,哎,哎,娃们,终于有了真的了。哎呀,好着了,好着了,喷,谢谢……"

⊙ 柳家坪赵书和家院子 日 外

赵书和在给农科所技术员打电话:"喂,张技术员吗?是我,我是这个柳家坪的赵书和呀。啊,是这啊,我看了一下日子,咱这个柳家坪的土又该检测了,哦,哦,明天不行啊?那,后天呢?好!就后天!"

说罢挂了电话。

柳秋玲走过来:"我打电话你咋不接呢?"

赵书和:"啊?你打电话了?咋了?"

柳秋玲:"柳小江,柳小江。"

赵书和:"咋了?"

柳秋玲:"今天给学校捐了六台电脑。"

赵书和:"六台电脑?"

柳秋玲:"还有好多的书和文具。"

赵书和:"小江有心得很嘛。啊。"

柳秋玲:"嗯,呵呵,他刚回来的时候,我还觉着那是暴发户,现在看来,冤枉他了。"

⊙ 柳家坪村委会院子 日 内

村民们吵吵嚷嚷,将正要出门的高枫、李志刚、韩娜娜堵在了院子门口。

赵二梁:"哎,枫枫娃,哎呀,这么长时间了,贫困户这个事情到底定下来没有嘛。"

高枫:"啊,叔,咱村有306户人,我得全部摸排一遍之后才能定嘛。"

赵二梁:"我不管那事,哎呀,大侄子,我的情况你知道嘛,这再不定下来,你婶儿跟我要离婚呢。"

李志刚:"叔,婶儿,不止是你们,所有人的,只要我们去摸排过,我们全都记下来所有的问题了,再给我们点时间,让我们汇总一下。"

赵刚子:"哎呀,你们这些人都着啥急呢嘛,这几个娃一天忙的饭都吃不到点儿上,那到时候该给你就给你了,急啥呢嘛?"

大娟:"那咋能不急呢?你站着说话不腰疼呢。"

赵刚子:"我腰疼不疼你不知道?"

村民甲:"哎,我屋这情况你都知道的。"

李志刚:"都说了。"

村民甲:"要先记我屋的。"

韩娜娜:"哎,知道。"

村民乙:"还有我呢。"

众人叫嚷起来:"就是!还有我屋呢!还有我!"

韩娜娜:"叔、婶儿,你们的情况我们都知道的,我们去摸排就是查这些去了,只要咱们够这个标准,我们肯定都往上报呢。"

高枫:"我知道、我知道,咱放心。"

赵刚子:"你忙你的,你忙你的,忙你的,枫枫娃。"

高枫:"啊?"

赵刚子:"你忙你的,忙你的。"

赵二梁:"大侄子,想着点啊。"

赵刚子:"你忙你的,这儿有叔呢,走走走走,哎呀。"

赵二梁:"枫枫娃,想着叔的话啊。"

赵二梁:"大侄子。"

高枫:"哎。"

赵二梁:"记着我的话。"

赵刚子:"都再别着急,这枫枫娃是咱村里长大的,谁家是个啥情况,人家都知道,到时候就给你了嘛。"

赵二梁:"你是不是已经定下来了?"

赵刚子:"那我腰疼,我是工伤,那大家都知道嘛,还用定呢嘛?枫枫娃咱村里长大的,那还怕啥嘛。走走走,散了散了,哎呀,你们这些人我都,快点,走走走走。"

⊙ **柳家坪村头 日 外**

柳大满遇见赵书和:"书和。"

赵书和:"嗯?"

柳大满:"村委会一个人都没有的。没人嘛。"

赵书和:"哦,那这是又去摸排了。"

这时,英子朝村委会走来。

柳大满:"哎,英子。"

英子:"大满哥。"

柳大满:"哎,给工作队做饭去呀?"

英子:"啊,做饭去。"

柳大满:"娃们都吃着好着吗?"

英子:"放心吧。"

赵书和:"好好,去嘛。"

英子:"好。"

赵书和:"哎,英子,那个,他们工作队,弄得咋样了嘛?"

英子:"我也不知道,娃天天一早就走了,回来得也晚,啊,回来了又弄表格、电脑啥的,捣鼓半天,我也不懂,呃,就是看着娃辛苦得很。"

柳大满:"哎,那他们平常都聊些啥吗?"

英子:"没聊啥,呃,有时候问我咱村这一家那一家啥情况,我就大概给他说了一下。"

赵书和:"啊,好嘛,你去吧。"

英子:"好。"

柳大满:"好,你做饭去,别让娃吃冷饭啊。"

英子:"放心吧,好。"

英子离去。

赵书和:"大满。"

柳大满:"啊?"

赵书和:"你觉得,枫枫娃,请英子过来,咋样嘛?"

柳大满:"好事嘛,这不是让她做饭,是帮人家春田和英子呢嘛,好事。"

赵书和:"想简单了。"

柳大满:"啊?"

赵书和:"他们是要通过英子了解咱村的情况呢。"

柳大满:"是不是的?"

赵书和:"啊,但是咱也可以通过英子了解他们的情况嘛。"

柳大满:"嗯。"

柳大满:"哎,别着急,那枫枫娃为啥不从咱这儿了解咱村的情况嘛?"

赵书和:"你说呢?"

第二十二集

⊙ **柳家坪村委会屋内 夜 内**

高枫等工作队员们在开会。

高枫:"经过将近一年的入户摸排,又咨询了村两委的意见和三轮的村民评议,咱们柳家坪 78 家贫困户的建档立卡工作算是基本完成了。"

韩娜娜、李志刚如释重负地对视点头。

高枫:"这样,咱们再核查一遍,如果没什么问题,咱们就报到乡里了。"

韩娜娜:"嗯。"

李志刚:"哎,队长。咱们现在说说柳根和柳二勇他们两家吧,这两家的争议还挺大的。"

高枫:"行。哎,这两家复排的时候的情况是什么样的?"

李志刚:"经过几次摸排,柳根他们家是真的很困难,但有一个问题。"

高枫:"嗯。"

李志刚:"柳根的媳妇儿夏红莲,她的娘家条件还不错。所以,他们家兄妹几个人呢,就一起在乡里开了个小餐馆。"

高枫:"嗯。"

李志刚:"柳根他们家占 10% 的股份,如果算上这个的话,他们家就不符合这个贫困户的评定标准了。但是柳根又一直在说,他拿的是空头股份,实际上一分钱都没拿到。"

韩娜娜:"那这个钱他到底拿没拿到?"

李志刚:"钱拿没拿到,真不好说,但这个股份是确有其事的,而且单就这一点,他们就不符合这个贫困户的评定标准了。"

韩娜娜:"那我这边的柳二勇家和柳根家情况还不一样,柳二勇这个情况有点恶劣。偷藏粮食、家禽、家畜,这也就是典型的为了争当贫困户而弄虚作假的行为。"

高枫:"那就严格按照国家的政策办,柳根家和柳二勇家一律都不能申报贫困户。"

李志刚:"嗯。"

高枫:"那除了这两户,其他户还有没有类似的情况?"

李志刚:"我这边暂时没有了。"

韩娜娜:"我这边也没有。"

高枫:"行,那咱就实事求是,不够咱就不报,但是有一点,不能漏报,也不能多报。"

突然,哐当一声,窗户玻璃被飞来的砖头砸碎了。

仨人大惊。

李志刚望着满地的碎玻璃:"我知道村里有人对我们工作不满意的,但也犯不着这样吧?"

韩娜娜:"这事咱真不能这么算了,不行我们就报派出所。"

高枫:"哎哎哎,没必要。咱也别小题大做了啊,其实咱们心里面都很清楚,国家对于贫困户的这个评定标准是很严格的。但是咱们摸排之后发现,真实情况是那有的贫困户和非贫困户之间就差那么一斗米,你说没评上的,内心有点愤恨,那也是很正常的。"

韩娜娜愤愤地:"但他这个行为真的是太过分了!"

李志刚一脸委屈:"我们说到底是来帮他们的吧?"

高枫:"对对对,是。这样吧,这个事你们别管了,交给我来处理。好吧?"

李志刚叹气。

⊙ **柳家坪村头 日 外**

赵书和追上柳大满:"听说了吗?咱村委会玻璃昨晚让人给砸了。"

柳大满:"我不但听说了,我估摸着是那几个货干的呢。这几个人胆子也太正了啊,太不把村长当干部了嘛这。"

赵书和:"就是的。"

说罢二人急急朝村委会走去。

⊙ 柳家坪村委会屋内 日 内

赵书和查看着被砸坏的窗户："太过分了。哎？"

柳大满："哎呀。"

赵书和看着高枫三人："人没事吧？"

高枫："没事，叔。"

韩娜娜："没事。"

高枫："砸的时候我们三个都在那边坐着呢，没事。"

赵书和："哦，哦，没吓着吧？"

韩娜娜："没，没有。"

赵书和："咱这个村子啊，人就是这，没上过学，也没啥文化，遇到点啥事呢，就爱冒个火，对吗？"

柳大满："你这事，你都不管了，就交给我了，我都知道这砖头是谁撒的，我给咱抓去，我把他弄来给你们几个都道个歉。"

赵书和："好，好。"

高枫："哎，不用，不用，叔，没必要，昨天晚上我跟他俩都说了，我说我们没有必要小题大做嘛，其实我们心里面也都明白，你说，有的评上贫困户的人，和没评上贫困户的人，差距就这么一点点，人家心里面有点怨气，也是可以理解的嘛。这种事情以后可能还会发生，我们还是要面对呢嘛。"

柳大满瞪起了眼睛："咋面对嘛？你都不知道这砖头是谁撒进来的。"

赵书和："就是的嘛。"

柳大满："你面对谁呢啊？哎，再说了，这事就不能这样完了嘛。"

赵书和："而且你以后的工作咋开展嘛？"

高枫："我其实没必要知道他是谁，我现在想的是咋把这个问题解决，其实我已经想好了，我们不能说是光管这些评上贫困户的人，那，那些没有评上贫困户的人，我就不管了？我们还是要管的。所以，我想了一下，我们明天还是要召开一次村民大会。"

柳大满："还要开村民大会呢？"

赵书和："哦。"

高枫："要开。"

⊙ 柳家坪打谷场上 日 外

村民们在开大会。

赵书和环视众人:"人都到得差不多了,啊,我先说一下,是这啊,之前在村委会发生的事情,今天,我不想再提了。今天高枫高队长,再给大家开一次关于扶贫的会议。但是我希望,大家先认真地听,有啥看法、想法,开完会之后再说。"

柳大满:"书和把我想说的都说了,我就不多说了,你都干了啥你心里清楚。枫枫娃,你想说啥你说,我看谁还敢再拧訾。"

高枫站起身:"乡亲们,经过这一年的入户摸排,咱柳家坪的建档立卡的工作已经完成了。贫困户的名单也公示了,今天是我主动要求开这次大会的。因为我想说说我的心里话。"

草帽男:"你说啊,你几个娃这一段时间,这个建档啊,摸排啥的,咱都看在眼里边,吃了不少苦,你说,咱村民心里头都亮着呢。"

赵刚子:"对着呢,你说你的。"

众人:"你说,说!"

高枫一脸郑重地:"说实话啊,本来呢,我不是派到咱柳家坪的,但是领导考虑到,我是咱柳家坪出来的,我对咱村的情况比较了解,才把我派过来。我这一想,好着呢,这一来,我确实想为乡亲们做些事情。二来,能给我个机会,报答乡亲们对我的恩情。其实大家都知道,我一出生的时候,就没了妈,四岁的时候,我就没了爸……我是在咱柳家坪正儿八经地吃百家饭长大的,谁家的饭我都吃过,谁家的炕我也都睡过。"

赵刚子:"你说这话弄啥呢,都过去的事了。"

高枫:"所以那天回村了,当天晚上,我就在咱村委会那床上,我就想,我咋样才能把握住这个机会,回馈乡里。其实我心里面知道,我这一段时间的工作让乡亲们心里不舒坦、不舒服、不平衡了。可能有些乡亲们心里面还记恨我。但是确实,经过这一年的入户摸排,我们确实也发现了一些现实存在的问题,有的评上贫困户的人,跟没有评上贫困户的人,收入的差别其实很小。但是这个呢,国家可是有政策的,标准是非常严格的。我个人也没有办法,我们工作队私底下商量过,也讨论过,我们不是说只管这些评上贫困户的,我们未来还要发展咱村的集体经济呢,就是那些,那些没有评上贫困户的人,我们还是要管。我们要带领全村的人走向脱贫致富的道路呢。"

柳二勇:"你光能耍嘴皮子,都一年了,你帮过我啥?"

柳满囤："你看你说的那是啥吗？要我说呀，这三个人不容易。"

柳满仓："哎呀，你就带着我这个贫困户脱个贫就行了嘛。"

多金媳妇："别难为娃了。"

柳满仓："你还带全村，你带不动嘛。"

柳满囤："就是。"

草帽男："你说个啥嘛？"

柳满仓："干啥呢嘛？"

草帽男："你闭嘴吧。"

高枫："我们工作队呢，虽然只有仨人，但是我们背后，有党的政策，有国家的支持，我们可以利用国家的资源、社会的资源，这个精准扶贫是党中央制定的，是要带领所有贫困的人摆脱贫困，走向致富的道路。那你说这么重要的事情，我高枫敢谋私吗？我不能啊，我肯定会严肃认真地落实，一就是一，二就是二。但凡我高枫只要做出一件目无党纪国法的事，乡亲们，不用你们戳我脊梁骨，我自请纪律处置。今天来的，都是我的亲人，都是把我从小看到大的亲人，手心手背都是肉，我高枫现在唯一要做的，就是一碗水端平。要让咱村真正贫困的人能享受到国家的精准帮扶。所以乡亲们，给我们一些时间，咱得一步一步来。这是个长期的事情，但是请你们相信，你们的枫枫娃，永远是你们的枫枫娃。"

⊙ 中原省委会议室 日 内

钟书记："在咱们省啊，现在还有很多地方，那个穷根子扎得是很深的了，不好拔呀。党中央呢，这次是下了巨大的决心，要在全中国彻底消灭贫穷。同志们，建国几十年了，为官一任，造福一方啊，现在中央的政策这么好了，要是我们还不能让咱们的老百姓过上好日子的话，那只能说明，咱们这些干部，每天在瞎忙活，事情没有做到点子上。"

⊙ 柳家坪村委会屋内 日 内

赵书和赞叹道："呀，枫枫娃，你今天在会上说的，好，妙得很嘛。"

柳大满："哎，你会上说的那个集体经济，到底能不能弄嘛？啊？"

高枫："那肯定要弄呢嘛，叔，我跟你说，发展集体经济是咱柳家坪整体脱贫的出路，我还想问呢，咱柳家坪除了那水泥厂之后，还有没有开发过啥别的项目？"

柳大满："呃……"

赵书和:"哎呀,你说嘛。"

柳大满苦笑着:"弄过是弄过,你看弄了个有机蔬菜合作社,那没干多长时间就完蛋了。"

韩娜娜:"为啥没干成?"

柳大满:"没有钱嘛,然后这伙就没有积极性,弄了好几个,都没弄成。哎,枫枫娃,你能给咱弄来多少钱嘛?"

高枫:"叔,就这个事情,我一直想跟你聊。但是前段时间,我们不是一直在摸排嘛,也没这时间,我们几个私底下开会已经商量过了,钱的事情,你不用操心。现在关键是咱要寻一个好的项目。"

赵书和:"嗯。"

高枫:"还有就是咱村两委要出一个负责人,专门负责这个事。"

赵书和:"负责人,那,你大满叔。"

柳大满:"我是二把手,我当不合适。"

赵书和:"啧,我要管地里的事嘛,再说了,钱上的事,你,你在行呢嘛,对吗?"

柳大满:"啊,你要说这,那我比你强一点。"

高枫、李志刚、韩娜娜笑。

柳大满:"枫枫娃。"

高枫:"啊?"

柳大满:"你给咱能弄来多少钱?啥时候能到位呢嘛?"

高枫:"叔,是这,这个发展集体经济,这是个长期的事情。"

赵书和:"嗯。"

高枫:"咱得一步一步来,关键是咱现在要寻一个好的项目,我才能给咱落实资金,关于项目这个事情,是这样,我们几个也动用我们的关系,去给咱寻,你动用你的关系,给咱寻。咱一块想办法,你看能成吗?"

赵书和:"能成。"

柳大满白了赵书和一眼:"啧,你个种地的就不要乱插嘴了。"

赵书和:"好好好,你说,你说。"

柳大满:"能成!"

高枫:"那就好。"

李志刚对视韩娜娜而笑。

⊙ 柳家坪赵书和家屋内 日 内

柳秋玲进屋。

柳光泉："秋玲。"

柳秋玲："爸。"

柳光泉："哎哟，你下课了？"

柳秋玲："嗯，我刚回来。"

柳光泉："哎呀，秋玲，今天你要是没有课的话，这个村民大会啊，你真应该参加一下。"

柳秋玲："说啥了？"

柳光泉："嗯，高枫这次带领工作队到咱村搞扶贫，他这个工作做得好，做得细，看得出来有成绩。"

柳秋玲："娃长大了，呵呵。"

柳光泉："也看得出来，娃这次工作压力大，把娃累得难受得跟啥一样。秋玲，你看这样行不行？过两天等娃闲下来了，把娃叫回来，跟娃吃个饭。"

柳秋玲："今天吧，我现在喊他去。"

柳光泉："今天不行，今天娃还忙着呢。"

柳秋玲："啊，好，爸，吃面行吗？"

柳光泉："嗯，随便随便。"

柳秋玲："嗯，好。"

柳光泉："哎，娃成事了，娃成事了。"

⊙ 柳家坪村委会屋内 日 内

赵有庆和柳明进来："哥。"

高枫："哎，你俩咋来了？"

赵有庆："找你有事。"

柳明："嗯。"

高枫："有事，你坐，坐下说。啥事？"

柳明："那个，那个，哥。"

高枫："啊。"

柳明："我想能不能把我屋从贫困户名单上摘下来。"

赵有庆："把我屋也划了。"

高枫一怔:"为啥要划啊?"

赵有庆:"我们觉得丢人。"

柳明:"就是嘛。那你说,我俩年轻轻的,有手有脚的,凭啥要靠吃国家的救济嘛。这说出去不好听。再说了,那,我俩靠我自己,也能致富。"

赵有庆:"对,我们种着木耳呢。"

高枫一愣:"种木耳?"

柳明:"嗯,对着呢,我俩在电视里都看了,他们种的木耳那都卖到城里了,都赚了好些钱了,我们俩想,我们俩要在村里把这个木耳给种起来了,我俩在村子就把钱赚了。"

高枫:"嗯,首先啊,关于这个贫困户的问题,这不是你俩说了算,也不是哥说了算,咱这工作队就是要把你们家里的情况汇总,然后报给县里,县里再报给省上,最后再报到国家,由国家来判定你们是不是贫困户,对吧?呃……这第二个呢,你俩现在是年轻,但是你们要为家里人考虑,柳明你爸还生着病呢,万一这病重了?你爸,是不还背着债呢?这都是现实存在的问题。对不对?是这,你们现在这个木耳种到啥程度了?"

柳明:"暂时是没有成功,但是我们一定会成功。"

赵有庆:"对,我们相信我们一定能行。"

高枫:"那你这木耳在哪儿种的?"

赵有庆:"棚棚,有个小棚棚,我们弄了个小棚棚,里面还有好多木头。"

柳明:"就是嘛。还有,我们还有一本教材,我们按照那个种,肯定能种出来嘛。"

赵有庆:"对嘛。"

高枫:"嗯,啧,这样啊,这个贫困户的事咱就听国家的,好吧?国家有规定和政策。关于这个木耳呢,你等哥忙完这段时间,你俩到时候带哥去你那棚里看一下,如果可行,咱就商量一下,下一步咋办。能成吗?"

赵有庆:"行!"

柳明:"能成!"

⊙ **柳家坪村柳大满家客厅 夜 内**

柳大满在打着电话:"呃,这活我要呢啊,我这伙年轻娃们都,我都跟人家说了,商,商量好了,啊,绝对没问题,你这活一定给我留着啊,放心放心,最近啊,是我媳妇有病呢，这烧一直退不下来嘛，我陪着她，然后她病一好，病一好，我就来了，这回来的都是年轻娃，能干得很，有劲得很，一定给我留着，好好好，对对对，一定留着啊，一定留着。"

黄艳丽端来洗脚水，不悦地："你看你，你咋不说你自己病呢？说我病呢？是不是咒我呢。"

柳大满："哎呀，找，找个活不容易，我这不是找个理由让人家把这活给我留着吗？"

黄艳丽："你也怪得很，一直想找活，那活来了，你可往后推。"

柳大满："你不知道，我这活我得留着，今天下午不是枫枫娃开了大会，我又在村委会开了个小会，枫枫娃又说搞这集体经济呢，上到赵书和下到工作队，集体表决啊，一致通过，让我当这领头人呢。这弄不好，这事就是个好事，我最近得把这工作重心先放到咱村上。"

黄艳丽："那你就把城里那活推了就对了嘛，咋？你还想吃着碗里看着锅里，两头都想占着。"

柳大满："这，这集体经济，我跟书和都搞了多长时间，不是那么容易一下就能弄成的，再说了，这枫枫娃还有这工作队，都是些年轻娃，工作经验又不丰富，我就想着走一步看一步嘛。"

黄艳丽撇撇嘴："喊，走一步看一步，我跟你说，我说话你肯定又不愿意听，叫我说，你干脆把城里那活推了就对了，你看下午枫娃开会的时候，话说得多好的，把我这伙都感动了，我看枫娃这次肯定行，你是他叔呢，你要全力支持枫娃呢。"

柳大满："我没说不支持娃嘛。"

黄艳丽："啧，你看看你，你这些年都接的啥活，啊？不是给人家掏大粪，就是让人家给骗了，你说你岁数也不小了，你不要到最后，两头都想占，结果啥也没占着。"

柳大满踢了一下洗脚盆："好了好了，我不洗了。"

黄艳丽："你看，我就知道我说话你又不爱听。"

柳大满："你还别不信，弄不好，我这两头都能占着了。"

黄艳丽："想的好得很。"

⊙ **柳家坪村委会屋内 日 内**

高枫等在伏案工作。

李志刚："队长。"

高枫:"嗯。"

韩娜娜:"OK。"

李志刚:"咱们柳家坪村78户贫困户的数据已经上传到乡里了。"

高枫:"行,我知道了。"

韩娜娜说罢起身:"走吧,走。"

高枫:"哎哎哎,干啥去?"

韩娜娜:"摸排啊。"

李志刚:"走访啊。"

高枫:"咱刚把这数据才上传完,你们还摸排啥啊?"

李志刚和韩娜娜对视一眼。

李志刚:"咱俩这傻子。"

韩娜娜:"是。"

高枫笑着:"呵呵。"

韩娜娜:"平常都习惯了,那……"

李志刚:"我这都忙糊涂了。"

韩娜娜:"那队长。"

高枫:"嗯?"

韩娜娜:"咱今天干点什么?"

高枫:"从现在开始,咱们要把那78个贫困户的资料再一一细分一下,有主动意愿脱贫的,还有不太积极的。"

韩娜娜:"嗯。"

高枫:"还有对咱们工作有抵触情绪的,这些咱们都要再划分一下。"

韩娜娜:"好。"

高枫:"然后根据实际情况,咱们再制定具体的帮扶计划。"

李志刚:"帮扶计划。"

韩娜娜:"行。"

高枫:"咱第一户是,这个柳成林,啊,他家一共是四口人,四口人……"

⊙ **柳家坪赵书和家院子外 日 外**

柳大满走来,看着等在此处的赵书和:"哎,书和,你咋知道我要来呢?你在这儿迎我呢?"

赵书和:"你咋来了？我正要找你有个事想跟你聊一下呢嘛。"

柳大满:"那刚好嘛，哎，那是你先说嘛？我先说？"

赵书和:"你先说。走走走，上屋说。"

柳大满:"哎，不进去了，不进去了。坐这儿，坐这儿美着呢，坐这儿两下就聊完了。"

赵书和:"哦，好嘛，你说。"

柳大满:"啊，我这几天在屋里啊，我想了，不是枫枫娃前两天跟咱开会说要搞集体经济呢？"

赵书和:"嗯。"

柳大满:"我就想给你安排个任务。咱之前也搞过一些项目，没成功嘛，这回头枫枫娃这钱来了，咱这没有项目不合适嘛。"

赵书和:"嗯。"

柳大满:"你就帮忙给想一下看有啥合适的项目，好吗？"

赵书和:"好嘛，我想一下。"

柳大满:"好好好。哎！你寻我啥事嘛？"

赵书和:"哦，我也要给你个任务呢。"

柳大满:"我这刚给你个任务，你咋给我还回来了？"

赵书和:"咋？让不让说嘛？"

柳大满:"让，让让，你说你说。"

赵书和:"你还是要帮我查一下，到底是谁，把咱村委会的玻璃给砸了。"

柳大满:"人家枫枫娃都说不计较这事了，你咋还要查呢？"

赵书和:"枫枫娃嘴上说不计较，心里咋想的？你知道吗？啊？你看工作队到咱柳家坪，是来帮咱扶贫的，人家辛辛苦苦地工作到后半夜，'啪'地飞进来一块砖头，换你，你心里舒服吗？"

柳大满:"嗯。"

赵书和:"反正这事，一直在我心里堵着呢。这性质太恶劣了嘛。必须要把他查出来！然后好好教育一下，以后也要杜绝隐患呢。"

柳大满:"就这事？"

赵书和:"啊。"

柳大满:"不用查了，我知道是谁。"

赵书和:"谁啊？"

柳大满："把他叫来一问，他就招了。"

⊙ 柳家坪村一角落 日 外

赵书和与柳大满一左一右地并排坐在石桌子前。

柳大满盯视着柳满囤和柳满仓兄弟俩说："啧，知道叫你俩来干啥吗？"

柳满囤："嗯，知道。"

柳满仓："知道，知道。"

赵书和："说。"

柳满囤："就，肯定就是上一回那扶贫补助那事。"

柳满仓："枫枫娃说的扶贫补助。"

柳满囤："我，我就是想问一下那是一年一发呢？还是一个月一发？"

柳满仓："呃，我俩是一块发？还是一个一个发？"

赵书和："不是这事。"

柳满仓："那是发米、发油的事？"

柳大满："也不是这事。"

柳满囤疑惑地挠头："还有啥事？呵，没有，是不是没有，我两个人没有得上贫困户？"

赵书和："评贫困户是工作队的事。我俩做不了主。"

柳满仓："那，那啥事嘛？"

柳大满："叫你俩来，是让你俩来交代问题的，交代得好，这贫困户就有可能评得上，交代不好，就肯定评不上。"

柳满仓："交代啥嘛？"

柳满囤："交代啥呀？"

柳大满："说，你俩为啥要砸村委会的玻璃？"

柳满囤一怔急了："哎，哎，满哥，可不敢胡说呢这。"

柳满仓："满哥，这不能胡说啊。我没有砸村委会玻璃。"

柳满囤："哎，我也没砸！"

赵书和："不是你俩砸的？谁砸的？"

柳满仓："支书，你看以我俩的条件啊，肯定评上贫困户嘛，我一砸村委会玻璃，那就评不上贫困户了嘛，我为啥要砸玻璃嘛，没有道理嘛，砸玻璃没有动机。"

赵书和："还动机，知道还挺多的。"

柳满仓:"那电影电视上都演了嘛,就是你破案是不是也得讲究个那个动机、证据,你说我砸玻璃,你有啥证据嘛?"

柳满囤:"对嘛,你,你有啥证据呢嘛?"

柳大满瞪着眼睛:"你俩平常的表现就是证据嘛。"

赵书和:"就是的。"

柳满囤:"哎呀,你不能按平常的。"

柳满仓:"满哥,你是……"

柳满囤:"这啥证据?"

柳满仓:"你是在这诈我呢!你在这儿胡猜呢嘛,你真是,你就没有证据,你在这儿诈我呢,真是,吓我一跳。"

柳满囤:"哎呀,你想嘛。"

柳满仓:"就是嘛。"

柳满囤:"我俩现在是贫困户,好不容易得了扶贫补助了,我砸个玻璃,扶贫补助没有了,哎,要是换作你两个人,你俩会砸吗?"

柳满仓:"对呀。"

柳满囤:"八千块钱呢。"

柳满仓:"我去砸,砸玻璃,我现在一砸,评不上了,我俩是不是瓜?"

柳满囤:"哎呀,我又不傻。"

柳满仓:"咋可能去砸玻璃呢。"

柳满囤:"谁是瓜子,是不是瓜,胡说呢,吓唬人呢。"

赵书和:"好了好了。"

柳满仓:"现在我已经是贫困户了,还去砸玻璃。"

柳满囤:"吓唬人……"

柳满仓:"不可能嘛。"

赵书和:"对了,对了。"

柳满仓:"真是。"

赵书和:"坐。"

柳满仓:"哎。"

赵书和:"哎呀。"

柳满囤:"这胡猜嘛。"

柳满仓:"就是嘛,胡猜。"

赵书和："叫你俩来，不是说就是你俩砸的，第一这就是个警告，打个预防针。"

柳满仓："哦。"

柳满囤："哦。"

赵书和："你想嘛，咱村委会的玻璃，里面坐的是扶贫队的人，这性质都就不一样了嘛。不能干这事嘛。"

柳满仓："不能干嘛。"

赵书和："第二就是，有啥线索提供一下。"

柳满仓："线，线索……"

赵书和："啊。"

柳满囤："线索……"

赵书和："就是，你觉得应该是谁砸的？或者是像是谁砸的？想一下。"

柳满囤："线索……"

柳满仓："要说咱柳家坪砸村委会玻璃这事，确实像我俩干的。"

柳满囤："但这回绝对不是我俩干的。"

柳满仓："对，这回……"

柳满囤："肯定不是。"

柳满仓："呃，不是……"

赵书和："你好好想一下嘛。"

柳满仓："我想……"

柳满囤："哎呀，会不会是？"

柳大满："哎，书和。"

赵书和："嗯？"

柳大满："别让他俩胡猜了，我知道是谁了，肯定是他！"

赵书和："你确定？"

柳大满："嗯。"

⊙ 柳家坪村村委会屋内 日 内

高枫三人在讨论工作。

韩娜娜："队长，我们整好了。我这个是有意愿脱贫的，一共32户。"

高枫："哦，好。"

李志刚："队长，我这边是26份，脱贫的意愿不明确，属于中间状态的。"

高枫："我这是 20 户，不愿意脱贫的。这样，娜娜你先拿把椅子，志刚坐。"

韩娜娜："好，行。"

高枫："这样，首先先把这些有意愿脱贫的人，给他们制定明确的扶贫方式。"

韩娜娜："嗯。"

高枫："然后这些意愿不太明确的，咱们要转变他们的观念，给他们做工作，让他们主动地有意愿地去脱贫。"

李志刚："好。"

韩娜娜："那队长你这 20 份呢？这就想当贫困户的，咱怎么办？"

高枫："嗯，这样，咱一步一步来，我相信到最后，肯定都想脱贫。啊，没事。"

英子过来："娃。"

高枫："哎。"

英子："那饭我都热了三回了，你是不是不爱吃我做的饭？"

高枫："哎呀。"

英子："那我喊师傅做去。"

高枫："没没没，婶，哎呀，咋能不爱吃你做的饭嘛，我再不爱吃，咋能请你来给我做饭呢。"

英子："我就是操心你们。吃饱肚子才好干活嘛。"

⊙ 柳家坪一角落 日 外

柳大满盯视着面前的赵刚子："说！赵刚子，你为啥砸村委会的玻璃？"

赵刚子："咋？砸玻璃这事是按照长相定的？我即使长得像砸玻璃的，我也不会去砸玻璃呀，我这腰疼的属于是工伤，我就是砸不砸玻璃，这贫困户都少不下我的，我为啥要去砸玻璃？啊？再说了，咱一笔写不下两个赵字，打你赵书和在半山村当村支书的时候我就支持你，最后当柳家坪村支书我也支持你，现在下来了，我照样支持你。"

赵书和："我……"

赵刚子："你就是下不下来我都支持你，你为啥冤枉我呢？啊？咱寻砸玻璃这人，咱能寻着来寻，寻不着了就找派出所来寻，不能冤枉人嘛，谁要是敢说我赵刚子把玻璃砸了，我就放了谁的气！欺负人呢嘛你这是。"

说罢，赵刚子愤愤离去。

一直插不上话的赵书和和柳大满面面相觑。

447

赵书和看着柳大满："你咋不说话呢？啊？"

柳大满："你好像也没说。这审讯工作还挺危险我觉得，书和。"

赵书和："嗯？"

柳大满："别急！我真知道这回是谁了。"

赵书和："你确定吗？"

⊙ 柳家坪村委会屋内 日 内

高枫："哎，婶儿。"

英子："哎。"

高枫："婶，你坐，我问你个事。你们先吃。"

韩娜娜和李志刚："好。"

高枫："那个，红莲婶儿她屋是啥情况啊？"

英子："我俩都是石头村的，又是同一年嫁到柳家坪的。"

高枫："嗯。"

英子："你想了解啥？"

高枫："就是她屋除了种地以外，还有没有干过啥别的事？"

英子："养过来行鸡嘛。"

高枫："嗯。"

英子："有好几年他都过不了鸡瘟那一关，我去帮忙呢，可是咱都不懂那技术嘛，一下就欠了上万块钱还不上了。"

高枫："行，那那个得民家，我记得我小的时候他屋还可以嘛。"

英子："得民也是个倒霉蛋。"

高枫："嗯。"

英子："你去当兵那几年，他听说养蜜蜂赚钱呢，他拿着水泥厂打工挣下的积蓄，全买蜜蜂了。"

高枫："嗯。"

英子："那养蜜蜂是要看节气的，采的蜜少，卖的钱就少，他一气之下，把那蜂箱全盘给外县人了，光景也就不行了。"

⊙ 柳家坪一角落 日 外

柳大满看看赵书和："书和。"

赵书和:"嗯?"

柳大满:"你问。"

赵书和:"我问?"

柳大满:"对。"

赵书和:"之前都是你问的。"

柳大满:"哎,这回你问,你说,你说。"

赵书和:"好嘛,好嘛。"

说罢,对坐在二人面前的柳二勇说道:"二勇哥,我问你啊,咱这个村委会的玻璃让人给砸了,这你知道,对吗?会不会是你砸的呢?嗯?呀,你说话啊?"

柳二勇一言不发。

柳大满:"二勇,村委会的玻璃是不是你砸的?啊?说!"

柳二勇把头扭到一边,还是不语。

赵书和严肃地:"呀!你说话。我跟你说,坦白从宽、抗拒从严呢。"

柳大满:"你,你要再不说啊,这事就算是你默认了,就,就当是你干的。"

赵书和:"就是的。呀,你倒是说话嘛。"

柳大满:"是不是你?"

赵书和:"是就是,不是就不是。到底是不是?你要说话嘛。你,哎呀。"

柳大满气得无语叹气。

柳二勇终于开口:"这事,你俩问完了?"

赵书和:"啊。"

柳二勇:"那我走了。"

说罢起身便走。

赵书和:"啊?"

柳大满:"哎,你刚才咋能那样子问人家呢嘛?啊?那是个问问题的样子吗?"

赵书和:"那我咋问嘛?我觉得不是他嘛。"

柳大满:"不是他,你也不能哄着问呀,你肯定要先把……"

赵书和:"你觉得是他吗?"

柳大满:"我,我现在彻底不知道是谁了。"

赵书和:"就是嘛,之前你肯定得很嘛。"

柳大满:"那咱村就……"

话音未落,柳根走了过来:"主任,支书。"

赵书和一愣:"哎,柳根,你咋来了?"

柳根:"听说你俩在破案呢。"

柳大满:"啊。"

赵书和:"啊。"

柳根:"找这砸玻璃的凶手。"

柳大满:"哎,你有线索?"

柳根:"有,我砸的。"

赵书和:"你砸的?"

柳大满:"不是,呃,是有线索的,我奖励你,不是说你承认了,我奖励你。"

柳根:"我知道,就是我砸的。"

赵书和:"你?你为啥砸呢?"

柳根:"我不服气呀。主任、支书,那天开会,枫枫娃也说了,我也听进去了。但是,没有把我评上贫困户,我就是过不去。我屋啥情况,枫枫娃不知道,工作队不知道,那村长、支书,你们还能不知道吗?就因为红莲她娘家小饭馆,为点股份,我真的是一分钱都没有拿过呀。就为这不给评贫困户,我,我肯定想不通啊。"

柳大满:"那你这想不通,你也不能砸村委会的玻璃嘛,你有啥可以跟我俩说嘛。"

柳根:"村长,枫枫娃那天说搞集体经济,但是这集体经济啥时候才能落实到个人啊?"

柳大满无语。

柳根:"我知道,这个事我做得不对,我也挺后悔的,我也害怕伤到枫枫娃,所以,我今天就是来坦白、来承认的。反正你们要杀要剐,我没二话说。"

柳大满怒其不争:"这,这咋能是你干的呢?"

赵书和:"早说嘛。"

⊙ 柳家坪村委会屋内 日 内

高枫:"咱们一会儿把后面的工作碰一碰啊。"

李志刚:"好。"

韩娜娜:"嗯,行。"

正说着,赵书和走进来。

李志刚:"哎,叔。"

赵书和:"啊。"

高枫："哎呀，叔来了。"

韩娜娜："赵支书。"

赵书和："哎，吃完饭了？"

高枫："刚吃完。叔你吃了吗？"

赵书和："我吃完了。我看一下玻璃，装上了啊。"

高枫："哎，装上了，结实得很。"

赵书和："结实。好嘛，好着呢。"

高枫："叔你坐嘛。"

赵书和："没事。哎呀，中午吃的啥吗？"

高枫："英子婶给我炒了几个菜，土豆丝啥的。"

赵书和："啊，土豆丝啊。"

高枫："啊。"

赵书和："哎，你还记得吗？"

高枫："嗯。"

赵书和："你小时候在村里吃的那豆腐？"

高枫："啧，记得嘛。就柳根叔家做的那豆腐嘛。"

赵书和："嗯嗯嗯。"

高枫："哎，我小的时候你跟我婶不老拿那蘸盐给我吃呢嘛。"

赵书和："对着呢嘛。好吃吗？"

高枫："呀，味道确实美。"

赵书和："美得很。"

高枫："嗯。"

赵书和："吃不着了。"

高枫："咋了嘛？"

赵书和："人家这些年早就不做了。"

高枫："哦，那是可惜了。行，叔，你先坐，我给你倒点水去。"

赵书和："嗯，哎，你忙啊。"

李志刚："嗯，啥可惜了呀？"

赵书和："豆腐嘛。"

画外音（韩娜娜日记）：将近一年多的入户摸排工作已经结束了，这一年我对柳家坪的乡亲们有了更深入的了解，他们都是非常善良的人，在他们当中有许多人有着非常强的脱贫意愿，只是缺少了帮助，在接下来的帮扶工作中，我会尽自己全力去帮助他们，加油，韩娜娜。

⊙ 泥河乡党委办公室 日 内

工作人员："刘书记。"

刘达成："哦，泥河乡的建档立卡任务全部完成，经过乡里公示后，无异议，现上报山南县政府公告。"

工作人员："好。"

⊙ 山南县聂爱林办公室 日 内

工作人员："聂书记，昨天是我们山南县建档立卡摸排数据公告的最后截止日期，在规定日期内，没有接到投诉和异议。公告的内容真实有效。"

聂爱林："行。抓紧时间，把这数据赶紧给人家市扶贫办报上去。"

工作人员："好。"

⊙ 柳家坪村柳根家院子 日 外

高枫和赵亮走进柳根家院子。

赵亮："柳根。"

高枫："叔。"

赵亮："弄红薯呢。"

夏红莲："哎呀，枫娃来了。"

高枫："忙着呢。"

柳根："枫娃来了。"

夏红莲："来来来，快快快，快坐。我给你倒水去啊。"

高枫："不不不，婶，不麻烦了啊，我说两句话就走。叔，我这回来，主要是跟你说个事呢。"

柳根没好气地："说啥嘛，你都扶贫的人，我又不是贫困户，找我说啥？"

夏红莲："你看枫枫娃来看你来，你咋是这样说话呢？"

高枫："叔，是这样，那天我工作队开会的时候，我就突然想起来，我小的时候，我爷做的那豆腐香得很，香得很。但是后来，爷走了之后，咱家豆腐咋就不弄了呢？"

柳根:"弄啥嘛,又不挣钱。"

高枫:"那为啥不挣钱呢嘛?"

夏红莲:"那个时候你小,你不知道,人都穷得很,就拿豆子跟我换豆腐,那换着换着,就都开始欠了,你想欠的,没有黄豆,拿啥做呢嘛,那就做不成了。"

高枫:"哦。"

柳根:"你爷那会儿,拉不下脸,他就给大家欠,我也管不下他,但是你叫我给大家欠,我欠不起嘛,我也得过日子嘛,对吧?"

高枫:"嗯……但叔,我觉得呀,这个手艺不能丢。我那天在村里面转了,好多家都跟我说,呀,都好长时间没吃咱屋的豆腐了。"

夏红莲笑。

高枫:"想得很,想得很,关键我也想你。知道吗,所以,叔,我觉得这个手艺你得捡起来。"

柳根:"啥手艺不手艺的,这么多年没做了,都忘了。"

高枫:"呀,叔呀,咱那天开会的时候不都说了嘛,不管是你评上贫困户的,还是没有评上贫困户的,我们工作队都是会管的,咱村未来还要发展集体经济呢,虽然说这个集体经济的事情是个长期的事情,而且找一个特别好的项目也不容易。所以我就想着,先从个体开始,咱每家每户先做起来,刚好你有这手艺嘛。叔我知道,你是担心那钱的事情,我工作队后面有支援呢,有国家给支持呢,对不对?国家有专项的扶贫资金,你有啥怕的嘛。"

夏红莲:"那意思是还给我钱呢?"

赵亮:"就是嘛,再不成,啊,还有小额贷款呢嘛。"

高枫:"对啊。"

夏红莲:"哎,哎,那这事能弄呀。"

柳根脸色阴郁道:"枫娃,叔跟你说,这事呢,谁愿意弄谁弄,我弄不了。"

第二十三集

⊙ 柳家坪村柳根家院子 日 内

夏红莲推了一下柳根:"哎,那这事能弄呀,人家政府给咱出钱呢,你说咱俩这也闲着,这些东西都在这闲着,弄嘛。"

柳根:"你个女人家,都知道些啥?"

夏红莲:"啥叫我知道啥嘛,那我知道人家枫娃来跟我说,那还能哄咱吗?"

柳根:"少说两句。枫娃。"

高枫:"啊。"

柳根:"叔跟你说,这事呢,谁愿意弄谁弄,我弄不了。我知道你忙着,我这也忙着。"

说罢起身离去。

赵亮一怔:"哎,你……"

夏红莲:"你看你,哎,你说你叔,你叔这倔的真是,哎呀,油盐不进的。"

高枫:"婶,这样。因为我工作队评估过了。"

夏红莲:"嗯。"

高枫:"我觉得这个事情是可以弄的。"

夏红莲:"啧,我听你的,我也觉得好得很。"

高枫:"所以说回头,你跟我叔再商量商量,再想一想,我还有事呢,我就先走了。"

夏红莲:"我回头劝劝他。"

高枫:"好。"

夏红莲:"哎,不是,你,你吃饭吗?"

高枫:"哎,不用。"

夏红莲:"我一会儿中午给你做饭。"

高枫:"不做了不做了,我还有事呢,过两天我再过来。"

夏红莲:"明儿想吃啥,明儿就来啊,想吃啥跟婶儿说,婶儿就给你做。"

高枫:"行。"

赵亮:"好。"

高枫二人离去。

夏红莲不满地瞪着柳根:"不是,你是咋想的你说?人家政府给咱出钱让咱挣钱呢,帮咱呢。这事有啥不能弄的?"

柳根:"哎。"

夏红莲:"我跟你说话,你是不是准备种一辈子红薯呢,就这一点点红薯地,你就天天种?"

柳根叹气。

夏红莲:"跟你说话呢!瞧那倔样子,你,你就是生下来吃红薯的,你这一辈子就吃一辈子红薯。"

⊙ 天阳市委办公室 日 内

主任:"第一阶段的工作就这样安排下去了,大家分头工作吧。散会。小赵,你留下。"

雅奇:"好。"

主任:"坐,你来市委工作有两年时间了吧?"

雅奇:"嗯。"

主任:"表现得还很出色,大家都很认可。"

雅奇:"谢谢主任。"

主任:"这次中央组织部下发文件,要求选派优秀的干部到农村一线担任驻村第一书记,培养锻炼年轻干部,很重要,这对你今后的发展很有帮助啊。"

雅奇:"主任,嗯,组织培养年轻同志,我没问题,我服从组织安排。可是这块业务,我不熟悉。"

主任:"这个你不用担心,组织上已经安排好了。这是全省第一书记培训班,明天你就去报到。"

⊙ 柳家坪村委会屋内 夜 内

李志刚:"队长。"

高枫:"嗯。"

李志刚:"这 32 户呢,就是咱们第一批帮扶对象了,你再看一下有没有问题。"

高枫:"嗯。"

韩娜娜:"那我们下一步的工作就是一对一帮扶,我们现在给出来的种植、养殖,都是很传统的项目,乡亲们以前也都干过,你说就靠这个,能不能让乡亲们脱贫?"

李志刚:"是啊,队长,你说像咱们村这些贫困户,本来脱贫的意愿就没那么高,这要是咱们第一次的帮扶没有什么成效的话,之后咱的工作就更难开展了。"

高枫:"是,你们俩提的这些问题,其实这两天我也一直在想,但是我觉得,这一步总得迈开,其实像踢足球一样,对吧?总得有人开那一脚。"

李志刚笑。

韩娜娜:"嗯。"

高枫:"那咱们工作队,就得迈出这第一步,哪怕只有一户人家的日子有了起色,那我相信,他也能带动咱们村其他人脱贫的积极性。"

李志刚:"嗯。"

高枫:"而且咱们之前不是把咱们村每个人的资料和数据都给了相关部门和机构了吗?等他们的意见下来之后,咱们再根据这个,因地制宜,因人施策。"

韩娜娜:"嗯。"

李志刚:"嗯。"

高枫:"所以我觉得,咱们还是要给咱们村有意愿脱贫的贫困户再开一次大会,了解一下他们心里是怎么想的。"

李志刚:"好。"

韩娜娜:"行。"

高枫:"嗯。"

李志刚:"那我先准备一下。"

⊙ 柳家坪打谷场 日 外

打谷场上几乎没人。

韩娜娜:"这通知的是九点,现在十点钟了,这啥情况?"

李志刚:"唉。"

赵书和走过来:"哎,枫枫娃。"

高枫:"嗯。"

赵书和:"你们今天开的这个会是要说啥呢?"

高枫:"这次就是把这些评上贫困户的人叫过来,然后咱……"

柳大满也急急走了过来:"哎,不好意思,不好意思,我来晚了,哎呀,迟到了。"

李志刚:"大满叔。"

赵书和:"你接着说。"

高枫:"啊。"

柳大满:"哎,哎,你,你这会开完了?这么快的?"

赵书和:"还没开呢。"

柳大满:"那咋一个人都没来?这,这大伙咋一点思想概念都没有嘛?对着吗?枫枫娃。"

高枫沮丧地:"就是嘛。"

⊙ 柳家坪村委会屋内 日 外

赵书和劝慰道:"枫枫娃,没事啊,我和你大满叔太清楚,这种事经常发生。"

柳大满:"就是这开会一个都不来,这事还头一回。"

高枫:"我本来今天对这个贫困户开这个帮扶会,唉,没想到是个这情况。"

李志刚:"对,叔,咱们村里现在是这个情况,一共评出了78户贫困户,有32户想要脱贫,20户暂时不想脱贫,还有26户脱贫意愿尚不明确,今天叫他们来啊,也是为了商量下一步的事,所以这个会还挺重要的。"

柳大满:"哎哟,你们这工作还搞得这么细呢啊,我就说这枫枫娃天天忙啥呢。"

正说着,赵大柱站在了门口:"还开会吗?"

高枫:"哎,叔。"

柳大满训责道:"你有没有一点时间观念?啊?这都几点了?"

赵大柱:"哎呀,不是说打谷场开会呢吗,我去都没人了嘛。"

赵二梁:"不是,以后开会能不能放到下午?"

赵书和："你迟到了，你还有理了。"

赵大柱："那会还开不开？不开我回去了。"

高枫："哎，叔。"

韩娜娜："开呢，你们坐。"

李志刚："叔，坐这边，坐这边。婶子。"

高枫："婶儿。"

赵书和："坐吧坐吧，就你们几个？"

赵大柱："哦。"

赵二梁："都来了。"

赵书和："好嘛，枫枫娃。你跟他们说。"

高枫："叔，是这样啊，咱这个扶贫会呢，咱是要……"

话音未落赵刚子走了进来："在哪儿开会呢嘛？"

赵书和："在这儿开呢。"

赵刚子："你换地方了，也不说一声，你折腾人呢嘛。"

赵书和："来来，坐下来啊，开会了。"

高枫："叔，婶，咱今天这个帮扶会，主要是要……"

赵元宝又走了进来："哎呀，你看看，你看看，我就说是在这儿开会呢嘛，一天瞎跑啥呢。"

赵二梁："赶紧坐、赶紧坐下。"

赵书和："干啥去了，啊？"

赵山："寻不着地方了。"

赵书和："几点了？"

高枫："叔。"

赵书和："啊？"

高枫："还有人吗？"

赵书和："哦，我看一下。应该没人了，开吧，开吧。"

高枫："好，叔，婶，这样啊，今天呢，咱这个帮扶会，主要是要聊一下。"

赵书和："枫枫娃，你们开着，我俩先忙着。"

高枫："行行行，好。"

赵书和："嗯。"

赵大柱："慢些，书和。"

赵书和:"好好。"

赵大柱:"慢些。"

韩娜娜对众人说道:"叔,婶,咱摸排已经结束了,这贫困户也定下来了,下一步啊,我们就要开展一对一的帮扶,然后今天把叔婶们叫过来啊,就是想问问你们,咱都擅长些什么?或者说你们就想干些啥,然后我们再根据你们说的这个,再制定咱每一家具体的这个帮扶的方法。"

李志刚:"大家都可以说说。"

二梁妻子:"哎,不是,娃,你们是来帮我们扶贫的是不是?我们想问你呢,你咋还问我了呀?"

赵刚子:"就是的嘛。"

李志刚:"婶子,你说得对,我们扶贫队呢,的确应该给大家一个具体的方案,但是吧,咱们各家各户的情况都不一样,这不能一刀切嘛,今天想先问一问大家自己的想法和意见,也是为了不走弯路,节省时间。"

赵刚子:"啥想法?我先人手里就没想法,要是有想法,打我爷手里那就脱贫了嘛。"

众人笑。

高枫:"叔,是这样,咱今天这个帮扶会呢,主要是要讨论一下,就是你们擅长啥,有没有啥手艺,这样我们也好给你制定具体的这个帮扶措施嘛,对吧?大家有啥想法都可以说啊。"

韩娜娜:"都说。"

赵山:"枫枫。我没有啥手艺,但是我跟元宝是有驾照的,我俩以前干过运输。"

赵元宝:"对对对,讲过呢嘛。"

赵刚子:"那不是赔了吗?"

赵元宝:"你哪壶不开你提哪壶。"

赵二梁:"枫枫娃。"

高枫:"哎。"

赵二梁:"我二姨原来种菜种得挺好的,卖得还不错。"

高枫:"啊。"

赵二梁:"但是,但是我不会种啊,你们要是能帮我种个菜啥的,能卖点钱,那我也愿意学。"

高枫:"那叔,你想种菜吗?"

赵二梁："想种嘛。"

高枫："你要是想，我就联系农科所，看看咱村适合种啥，你看咋样？"

赵二梁："能成，不管种啥，能挣着钱就行。"

高枫："对，好。"

柳三喜："哎，那枫枫。"

高枫："哎。"

柳三喜："我之前炸过油条，还开过小饭店嘛，你没说把我也帮扶一下嘛。"

高枫："你这情况我知道，那叔，你还想开饭店吗？"

柳三喜："那当然想了。"

高枫："你只要想，我们就肯定帮。"

蓉蓉："想呢想呢。"

高枫："想啊？那就给你记上啊。"

柳三喜："好好好。"

赵宏伟："我之前还养过蜂。"

李志刚："那，那叔你想不想再试试？"

赵宏伟："呀，我可不敢再试了，那，那个蜂它蜇得我包都没断过。"

赵二梁："他养窝蜂，把他蜇得跟猪头一样。"

众人哄笑。

柳子旺："高枫。"

高枫："啊。"

柳子旺："我就养过一次鸡，抓了一窝子鸡娃，长大全是公鸡，不下蛋嘛。"

赵二梁："他那鸡全都、都给吃了。"

赵大柱："枫枫娃。"

高枫："啊？"

高枫："叔们、叔们、婶们，稍等啊，稍等一下。"

韩娜娜："安静一点。"

高枫："你说。"

赵大柱："我以前养过扶贫兔嘛。"

高枫："好。"

赵大柱："后来都跑了嘛。"

赵刚子："呵呵，我都跟你没说嘛？你有一个偷跑到我屋里了，叫我清炖给吃了。"

赵大柱:"啊?跑到你屋了?"

韩娜娜:"大柱叔,我觉得咱养兔子挺好的,你这还愿不愿意,咱就继续养?"

赵大柱:"哎呀,我可不养了,那不好养。"

赵刚子:"啥不好养,是你不会养嘛,你把那兔子给我,我把兔子养得跟猪一样。"

赵二梁:"你不敢让他养,他养啥死啥,养啥吃啥。"

大娟:"让你养呢,早就叫饿死了,还养猪呢。"

赵刚子:"哎呀,你倒懂个啥嘛,那以前跟现在不一样,人家现在有政策呢,扶贫的,人家有钱的,又不是白养的,对着吗?"

韩娜娜:"这样,刚子叔,你呀,和大柱叔,你俩就一起养兔子,这到时候咱兔子长大了,我们给你找路子,咱们把兔子一起卖出去。"

赵刚子:"哎呀,这事是个好事,那我屋里的事是婆娘说了算嘛。"

大娟:"那兔子养大了?你真给管呢?"

高枫:"婶儿,叔,只要你们愿意养,我们肯定管。"

韩娜娜:"嗯。"

高枫:"你放心。"

大娟:"那行,那我试一下。"

高枫:"好!"

赵大柱媳妇:"枫枫娃。"

高枫:"啊?"

赵大柱媳妇:"那女娃,帮着我们卖兔子是真的假的嘛?"

高枫:"真的嘛,肯定是真的嘛。"

韩娜娜:"肯定是真的。"

赵山:"那我那运输队的事你要落实。"

⊙ **省委党校会议室 日 内**

驻村第一书记培训班结业仪式。

国文:"同志们,你们是即将前往贫困山村任职的第一书记,组织上对你们寄予重任啊,人民群众对你们寄予希望,这是一场战斗,你们要有信心,有决心,打赢这场脱贫攻坚战。咱们贫困山村的基层党组织啊,普遍存在着一些软、散、乱⋯⋯

这样突出的问题,你们作为第一书记,下去首要的任务就是要加强建设,组织机制。发挥党的堡垒作用,要大力地宣传我们脱贫开发、强农惠农的政策,要为精准扶贫户想办法、找路子、拿策略。我们大家是去造血的,我们要把好的可持续发展的方案、政策、主意,留在那儿。要留得稳健、留得扎实、留得牢固。让班子成员不得力的村级党组织得以见证,使村级党组织班子有人大胆去抓,村里的困难有人大胆地去管。贫困是全人类的问题。现在我们党和国家把它当成了头等大事,这也是在为全人类脱贫做着贡献啊。同志们,大家要咬紧牙,攥紧拳头,前赴后继地投入到这场战斗当中去。我相信未来你们会为今天的工作,会为今天的付出引以为傲!同志们,加油!"

⊙ 柳家坪村打谷场 日 外

柳大满:"哎,乡党们,乡党们,都听着啊,今天是个好日子,这马上就要给大家发东西呢,先让咱的高队长跟大家说几句啊。"

高枫:"乡党们,是这啊,咱今天第一批的这个帮扶的家禽家畜已经到了,咱一会儿就按这个名单,喊到谁家,谁家就排队,然后去领,好不好?"

众人:"好,好。"

高枫:"好,那咱就开始了啊。"

众人:"好。"

李志刚:"赵大柱。"

赵大柱:"哎,来了,我在这。"

赵大柱媳妇:"好了,谢谢啊。"

李志刚:"赵二梁。"

韩娜娜:"赵二梁。"

赵二梁:"哎,来了。"

高枫:"你看多金叔来了。"

多金媳妇上前问:"大柱哥,你们领的啥呀?"

赵大柱:"兔子。"

多金媳妇:"哎,兔子。"

柳多金:"哎呀,好着呢。"

韩娜娜:"叔,婶,你们来了。"

柳多金:"啊,来了。"

多金媳妇:"娜娜。"

韩娜娜:"啊,我给你们看看啊,你看,小鸭,小鸡,那边还有那个羊和猪呢。"

多金媳妇:"看见了,看见了,呵呵,好得很嘛,好得很。"

韩娜娜:"这养大了都能换钱的。"

多金媳妇:"我俩……"

柳多金一阵咳嗽。

多金媳妇:"你叔身体不好,三天两头地要跑医院,我怕我照顾不过来。"

二梁妻子:"多拿几个嘛。"

男甲:"一家三……"

二梁妻子:"多拿几个。"

男甲:"一家三……"

韩娜娜:"有我们工作队呢。"

柳满囤凑上前来:"哎,这个猪美得很嘛,啊?咱们弄个猪。"

夏红莲:"哎,我看人家那猪美得很嘛,过年那卖多少钱呢,哎。"

男乙:"哎。"

夏红莲:"你咋,你咋是鸭子?那猪你咋不领呢?"

男乙:"那成本太高,咱就养个鸭子就行了,你没领?"

夏红莲:"啊,啊。"

男乙:"我先回了。"

夏红莲:"啊,啊。"

柳根:"你看啥呢嘛,你去看人家好像给你发一样?人家那是……"

夏红莲:"我看一下人家都领啥呢嘛。"

柳根:"人家那是给贫困户发的,你是贫困户吗?"

夏红莲:"你看看这猪,你看看这猪,叫得欢实的,哎呀。"

柳根:"你在这儿看吧,我回啊,你回吗?"

英子笑着看着大家。

高枫:"呀,婶来了。"

英子:"哦。"

高枫:"咱这第一批家禽家畜都到了,我那天看开会你也没说话,也没报名,这会有想法吗?"

英子:"唉,你春田叔病着呢,我得照顾他呢嘛。还有你柳枝妹子在县里上学呢，那娃回来我还得管她呢。"

高枫："嗯，对。"

英子："我怕我顾不过来。再说，我现在给你们做饭呢，我已经很满足了，日子好着呢，先不要了，不要了。"

高枫："没事，婶，你也不着急，啊，再想一想，这是第一批，这完了还有第二批、第三批，这源源不断地都来了，啊，你到时候要是想好了，你随时跟我们工作队说，好吧？"

英子："好。"

⊙ 省委党校会议室门口和走廊 日 内

国文遇见参加第一书记培训班的雅奇。

国文："哎呀，这一晃，这大学都毕业了啊。这毕业几年了？"

雅奇："两年多了。"

国文："啊，毕业两年了。"

雅奇："嗯。"

国文："哎呀，我原来这市里面的老同事老提起你呢。说雅奇这娃不错，哎，工作非常认真，积极要求上进，我看着你就想起你爸年轻的时候，你爸也这样，工作认真不含糊。我看你，身上有他那个劲头。"

雅奇："我还差得远着呢，我要向我叔、我爸努力学习。"

国文："哎，慢慢来，慢慢来，我们也是从年轻这样一步一步学过来的。"

雅奇："嗯。"

国文："你看现在党和国家，对于下派驻村第一书记的力度多大，非常重视。哎呀，你是哪个村子？"

雅奇："不知道。"

国文："哦，这回头会有安排的，这村里面和市里面的工作可不一样，你要有个心理准备啊。"

雅奇："叔你忘了，我是从村里走出来的。"

国文："哈，对，你是从村里走出来的娃嘛。"

雅奇："就是。"

国文："对的，咋样？你跟你爸你娘说了没有？你这马上就要去村里了。"

雅奇："我妈一直希望我留在城里，我现在还不知道咋和他们说呢，等培训完了再说吧。"

国文："但是你干这事啊，雅奇，非常有价值，是有历史意义，是有长远意义的。"

雅奇："嗯。"

国文："这对你未来的工作是有非常大的好处的。你要坚信这一点。"

雅奇连连点头。

国文："所以你娘那边呢，需要你慢慢地给她做工作，让她了解你在干啥。"

雅奇："嗯。"

国文："好吧，我现在去市里开个会，啊。"

雅奇："好。"

国文："哎，你有我的联系方式吧？"

雅奇："有，有着呢。"

国文："有事就给我打电话。好吧？"

雅奇："嗯。"

国文："叔祝你成功啊，看你们的了啊。"

雅奇："好。"

⊙ **柳家坪村赵刚子家 日 外**

大娟喜滋滋地给刚领回来的扶贫兔喂草："看，兔子，好看得很啊。"

赵刚子："你这个乡里婆娘，啥都没见过一样。"

大娟："喊，乖得很。"

赵刚子："我跟你说。"

大娟："咋？"

赵刚子："当时这养兔子是你决定的，我可没同意，现在兔子回来了，你养你的，我不管，跟我一分钱关系没有。"

大娟："咋？我养兔子咋了？这是国家的扶贫项目，就贫困户才能养呢，你以为谁都能养？"

赵刚子："贫困户咋了？要不是我这腰伤，能给你评上贫困户吗？"

大娟："哎哟，你那腰，人家不知道啥情况，我还不知道吗？"

赵刚子："咋？我跟村委会赖都赖上了。"

大娟："哎呀，我要知道你不干活，我都不养这兔子。"

赵刚子："你这，这，你爱养不养。臭毛病多得很你就。"

说罢逗弄兔子。

大娟:"别动我兔子。"

赵刚子:"我没动,我看一下。"

大娟:"你看都不准看。"

⊙ **柳家坪村头 日 外**

李志刚:"今天又辛苦您了。"

夏大禹:"哎,辛苦啥呢,工作嘛。"

柳满仓:"哎。"

柳满囤:"嘿嘿。"

柳满仓:"哎,志刚。"

柳满囤:"志刚,志刚。"

李志刚:"哎,满仓叔,满囤叔。"

柳满囤:"哎。"

夏大禹:"你俩在这儿晃悠啥?"

柳满囤:"我寻志刚,说个事。"

柳满仓:"寻志刚,啊……"

夏大禹:"你俩能有啥事嘛?"

柳满囤:"没啥事你,你就先回吧。"

柳满仓:"你回。"

夏大禹:"行了行了,别在这儿演节目了,有啥事赶紧说,快快快。"

柳满仓:"一块说了啊,呃,是个这,我看是发那个啥,鸡、鸭,那个羊啥的,我也想领一个。"

柳满囤:"嗯。"

夏大禹:"呀,今儿个太阳从西边出来了啊。你俩还知道干正事呢。"

柳满囤:"那扶贫呢嘛。"

柳满仓:"对,脱贫嘛。"

柳满囤:"为了脱贫呢嘛。"

柳满仓:"不能拖了脱贫的后腿嘛。"

柳满囤:"对对对。"

李志刚:"叔,你们愿意说这个话,我太开心了。"

柳满囤："呵呵。"

李志刚："你们如果真的要养，我现在就回去给你们填申请表去。"

柳满囤："好。"

柳满仓："哎，好好。"

夏大禹："想脱贫是好事情，把那坏毛病都改一改，酒别喝了，也别打牌了啊。"

柳满仓："哎呀，这不是改着呢嘛。"

柳满囤："改，改。"

夏大禹："我把这事回去给村长和支书一说，他俩肯定也高兴得很啊。"

柳满囤和柳满仓笑。

李志刚："咱既然决定要做，就做出个成绩来。"

柳满囤："对。"

柳满仓："对对对。"

⊙ **柳家坪村木耳棚里 日 内**

木耳种植失败，柳明和赵有庆显得愁眉苦脸。

赵有庆："这回咱是一个步骤一个步骤按书上说的来的。菌种用好几包，那你说上回两个木头长的木耳，这回呢？一个都没有。你说这咋回事？"

柳明："就是嘛。我也纳闷呢。是不是我们有些地方还是不对。是不是，是不是这个棚棚不对，我们应该搬到山上去，这样，我们搬到山上去，再建一个棚棚，再弄一下我们就行了。"

赵有庆："停停停，你说棚棚不对，你知道这棚棚花了我多少钱吗？你知道这个菌种花我多少钱吗？你从头到尾没掏一分钱。哎，有，你掏了，就是这，这本书，就这本书，你知道你花多少钱吗？六毛。"

柳明："行了行了，行了行了。"

赵有庆："你就花六毛钱。"

柳明："你别一天天就提你那钱钱钱，前期不是说好了，你投得多，那我爸那病，我没有钱嘛，那后期量产了，分红了，分你多点，上次咱，是不是这么说的？"

赵有庆："停停停，分红分红，你老说分红，量产，产呀，现在哪能产，你跟我说，现在这，这这，咋产？"

柳明："你不得有耐心吗，那一茬一茬咱得种嘛，啊？你不实验你咋知道？"

赵有庆："我还没耐心呢？来多少遍了？你知道，这个菌种，这个浪费我多少钱了？"

柳明："那现在地方不对嘛，地方不对嘛。"

赵有庆："又说地方不对。"

柳明："搬到山上去，再盖一个不就行了？"

赵有庆："我跟你说柳明，你爸呢，是躺床上，站不起来了。你呢？你就是站着说话不腰疼。"

柳明："我跟你说，你说事就说事，不要提我爸。"

赵有庆："行，我不说了，我也不跟你吵了，我不干了。你不是喜欢种吗？种！我让你种，种！种！"

柳明："你摔呀，摔我脸上，不干了，你不干了，我也不干了。谁干？谁爱干？不种了！种不了了。"

⊙ 柳家坪村赵书和家 日 内

赵书和一脸兴奋地接着电话："啊，好了，啊呀，太好了，这，这是彻底好了啊。好好好，我知道了，啊，谢谢啊，李技术员，辛苦啊，好，好好，哎呀，太好了。"

⊙ 柳家坪村头 日 外

村民 A："哎，支书，干啥去？"

赵书和喜不拢嘴："村委会，一会儿听喇叭啊。"

村民 A："好。"

村民 B："书和叔。"

赵书和："哎。"

村民 B："今天有啥喜事，这么高兴呢？"

赵书和："听喇叭，听喇叭。"

村民 B："好好好。"

村民 C："书和，干啥去？"

赵书和："你，你那个。"

村民 C："听喇叭。"

赵书和："听喇叭，啊，听喇叭，嘿嘿。"

⊙ 柳家坪村委会屋内 日 内

赵书和站在桌前对着广播话筒："啊，啊，喂，我是赵书和，啊…我现在要给大家说个事情。我刚接到这个农科所的电话，人家跟咱说，经过一年多的时间，咱柳家坪的地终于恢复了！咱们又可以种庄稼了。哈哈哈，啊好。"

⊙ 柳家坪村道上大喇叭 日 外

几个村民正听着树上的大喇叭。

村民 D："哎，哥。咱能种地了？"

村民 B："对呀，你听。"

村民 E："太美了。"

村民 B："书和叔说能种地了。"

村民 F："地都恢复了。"

村民 G："能种庄稼了。"

村民 F："对嘛，这是好事啊。"

⊙ 柳家坪村委会屋内 日 内

赵书和对着话筒神情更加激动："这一下咱地好了，咱的心劲儿又可以聚回来了。这事咱就算过去了，啊，我以后肯定不会再提大满你把地弄坏的事了，哈哈！下面我给大家放个歌，大家高兴一下。"

⊙ 柳家坪柳大满家屋内 日 内

柳大满："放歌呢嘛这不是。哎呀。"

黄艳丽："哎呀。"

柳大满："哎，我一看报就困，啊。"

黄艳丽："我刚明明听见喊的大满嘛。"

柳大满："哎呀。"

黄艳丽："是我听错了？"

⊙ 柳家坪柳明家屋内 日 内

赵有庆奔进屋内："柳明，柳明。"

柳明正在看书："哎呀，喊啥呢嘛？喊啥呢嘛？咋了？"

赵有庆："走，走，跟我走。"

柳明："去哪儿嘛？"

赵有庆："还能去哪儿，棚棚嘛。"

柳明："不去。你不是都不干了嘛，我看书。"

赵有庆："看啥书看书。"

柳明："关你啥事？"

赵有庆掏出几个木耳："看。"

柳明："这哪儿来的嘛？有庆，你把话说清楚嘛。有庆……"

⊙ 柳家坪木耳棚里 日 内

柳明望着新长出的木耳，疑惑地问："咋？你种出来的？"

赵有庆："不是我，我还以为是你。"

柳明："咋可能嘛。那，这是咋出来的？"

赵有庆："你说会不会是那天，我一撒，给撒出来的？"

柳明："哎呀，我真服了，哦，我们天天按照那个书本上写的，一遍遍地种，就不行，啊，你一撒，就长满了。"

赵有庆："是啊，你说，那天我在棚棚里撒，撒的到处都是，为啥就这样出来了？"

柳明："你问我，我问谁去嘛？"

赵有庆："要不然找高枫哥问一下。"

柳明："行。"

⊙ 天阳市委组织部办公室 日 内

杨副部长："小赵。"

雅奇："杨部长。"

杨副部长："你为什么要求回你的原籍柳家坪村当驻村第一书记？你是怎么考虑的？"

雅奇："嗯，其实，在参加驻村第一书记培训班之前，我对驻村第一书记是没有概念的。但是参加完培训以后，我了解到驻村第一书记在脱贫攻坚战中，它的责任和意义。我就是从柳家坪走出来的，我相信，没有人能比我更了解柳家坪。我也能更好地为我的乡亲们服务。既然要驻村去帮扶大家，我为什么不能去帮扶我自己的家乡呢？这些年我在外面，我接受了好的教育，享受了现代文明，可是我的家乡还停滞不前，我觉得我的家乡太闭塞了。我想要回去。如果组织有规定，第一书记不能回原籍的话，我服从组织安排。"

杨副部长："没有明确规定，只要你坚决贯彻执行党的路线方针政策，善于做群众工作，敢于担当，不怕吃苦，甘于奉献，我们就把你派到最能发挥你作用的地方。"

雅奇："杨部长，这么说，我是不是可以回柳家坪了？"

杨副部长："呃，我们还要集体商议一下，你先等候通知。不过不管去哪儿，都希望你是一个优秀的公平公正的驻村第一书记。"

雅奇兴奋地："谢谢杨部长。"

⊙ **省农科院—办公室 日 内**

孙教授："哎，坐。"

赵书和："哦，好好，我来我来我来，谢谢，谢谢。哎呀，呀，农民啊，除了种地，啥也不会。呵呵，廖教授跟我说了，他说，他退休之后，我如果有啥问题，就来寻你。"

孙教授："我这不是在等着你嘛。"

赵书和："太好了，是这啊，孙教授，我们柳家坪的地呀，之前是被污染了，这经过，呀，将近两年的时间，终于是恢复了，终于可以种庄稼了。所以，我来咨询你们专家一下，呃，有啥好的建议？或者是有啥新的品种推荐一下。"

孙教授："我问一下，你们那儿的水源情况怎么样？"

赵书和："水源，泥河上游的大坝建成之后，水源没有问题。"

孙教授："哦，那水源是没有问题了。"

赵书和："嗯。"

孙教授："我们目前啊，正在大力推广一种旱改水水稻。"

赵书和："旱改水水稻？"

孙教授："你看……"

赵书和："哦。"

孙教授："我们在富县和康安地区都进行了试种，产量都在千斤以上，如果管理得当，产量会更高。"

赵书和："产量这么高呢？旱改水的水稻，呀，孙教授，我们之前可没有种过水稻。"

孙教授："我们这儿有一片试验田，如果你感兴趣的话，我们可以去看看。"

赵书和:"感兴趣,肯定是感兴趣嘛。"

孙教授:"好。"

赵书和迫不及待地:"那,现在能看吗?"

孙教授:"可以啊。"

◉ 农科院试验田 日 外

赵书和:"啊,孙教授,这就是你们推广的这个旱改水的水稻啊?"

孙教授:"是啊,你看长势不错吧?"

赵书和:"是啊。"

孙教授:"优质稻米的经济价值,比小麦要高很多呀。"

赵书和:"嗯,那,那我们柳家坪也想种水稻,您能不能给我们指导一下?"

孙教授:"好啊!我们现在正在做大力地推广,只要你们有需要,我们一定大力地支持。"

赵书和:"呀,太好了,那咱约个时间。呃,到时候,先到我们地里看一下。"

孙教授:"那没问题。"

赵书和掩不住兴奋:"好好好,好呀,太好了,呵呵。"

◉ 天阳市委赵雅奇办公室/柳家坪村委 日 内

赵雅奇正跟高枫通电话。

高枫:"啥?你要回柳家坪当驻村第一书记了?"

雅奇:"对,高兴吗?这事啊,是我自己申请的。"

高枫:"哎,不是,这么大的事情,你咋跟我捂这么严实呢?"

雅奇:"我想着,等成了再告诉你嘛,不成跟你说干吗?"

高枫:"哎,那你这突然回柳家坪,你咋想的嘛?啊?"

雅奇:"我咋想的你还不知道?我今天给你打电话主要是担心,喷,担心我妈不同意。"

高枫一笑:"你还知道担心妗儿。"

雅奇:"秋玲老师这一关肯定是要过的,你先帮我跟她透透风,看她啥反应,我再想接下来的办法。"

高枫:"哎,你这小心思,就是让我帮你排雷呢嘛,是不是的?"

雅奇:"我这不是要回去帮你工作了,这点小忙你还不帮啊?再说了,你不是我哥吗？"

高枫："行行行，回头，给你打个预防针啊。"

雅奇："交给你了。"

高枫："嗯，好。"

⊙ 柳家坪村赵书和家屋内 日 内

柳秋玲一愣看着赵书和："啥？雅奇回来？"

赵书和："是啊。"

柳秋玲："回来干啥？"

赵书和："回来工作嘛，反正枫枫娃是这么说的。"

柳秋玲："不是在市里干得好好的，咋说回来就回来呢？"

赵书和："呀，回来还不好吗？那回来了，娃离咱也近了，再说了，你不想娃？啊？我反正是想得很嘛。"

柳秋玲："她不会犯错误了吧？"

赵书和："咋可能嘛。"

柳秋玲："书和，你想一下，雅奇从小就学得好，大学一毕业，就在市里找了好的工作，她一直都好好的，咋突然就回来了？"

⊙ 柳家坪赵书和家/天阳省扶贫办国文办公室 日 内

赵书和正与国文通电话。

国文："哎呀，书和。"

赵书和："你方便吗？我问你个事啊。"

国文："啊，没事，你说吧。"

赵书和："是这啊，雅奇呀，突然就回柳家坪工作了，之前在市里干得好好的嘛，对吗？你能不能帮我打听一下，就是，啧，不会犯啥错误了，啊？"

国文笑着："我跟你说啊，她不但是没有犯错误，工作上是做出成绩的，那好干部才能派下去呢，她是市里面重点培养的人才呢。"

赵书和："啊，哎呀，没事没事，嘿嘿，不是我，秋玲，秋玲在这儿瞎担心，呵呵。"

国文："你跟秋玲说啊，不要担心啊，这秋玲培养了个好女子。这次派第一书记驻村是党中央的决定，哎，全国是都派下去了，雅奇这孩子呀很优秀，你跟秋玲，还有大满，在村子里面要好好支持人家的工作。"

赵书和:"哎,哎,好嘛好嘛,你忙嘛。"

说罢挂断电话看着柳秋玲:"哎,放心了吧?吓死我了,也不看是谁闺女。你又想啥呢?"

柳秋玲:"我心里不踏实。"

赵书和:"国文说的你也不信了?"

柳秋玲:"按照国文说的。"

赵书和:"嗯。"

柳秋玲:"雅奇是国家派到这里来工作的。"

赵书和:"就是的嘛。"

柳秋玲:"那,她咋工作呢?"

赵书和:"她咋工作,那肯定是要好好工作嘛。"

柳秋玲:"那,她还能回到市里工作吗?"

赵书和:"她要是好好工作,工作得好的话,那领导肯定是要让她回去嘛。"

柳秋玲:"不对。"

赵书和:"咋不对了?"

柳秋玲:"我要是领导。"

赵书和:"啊。"

柳秋玲:"雅奇她干得越好,我越是让她一直干下去,一直干。她要是不好好地干。"

赵书和:"还不好,你呀,你这成天你想啥呢吗你?还你是领导,所以,你不是领导嘛。你……"

⊙ 柳家坪村委会屋内 日 内

韩娜娜:"队长,给你看看这是啥?柳根叔家的豆腐。队长,你这啊,真是不一样,你这一出马,柳根叔家的豆腐摊就支起来了,这才几天啊,而且他家生意巨好,我真要是晚去几分钟这豆腐就没了。"

高枫:"我给你说我从小就爱吃他家的豆腐,他家这豆腐味道真的特别好。"

韩娜娜:"要不咱今天晚上吃炖豆腐吧。"

高枫:"行啊。"

韩娜娜:"嘿嘿,我给英子姊啊。"

第二十四集

⊙ 柳家坪村柳大满家屋内 日 内

柳大满愕然地瞪大了眼睛:"你要干啥?你要在咱柳家坪种水稻?"

赵书和:"嗯。"

柳大满:"啊?这事弄不成。"

赵书和:"为啥呢?"

柳大满:"你看嘛啊,咱柳家坪祖祖辈辈种的都是小麦、玉米,再说了,咱的那地都是旱地,没有水田嘛,种水稻这事咱没干过,这事肯定干不成嘛。"

赵书和:"水泥厂你也没有干过,你咋还干了呢?啊?"

柳大满:"水泥厂……"

黄艳丽:"那不是黄了嘛。"

赵书和:"那是他干,要是我干,肯定黄不了。"

柳大满:"要是你干,你碰上陈大化那厂长,肯定也得黄。书和,听人劝吃饱饭,水稻这事你听我劝你几句嘛,你之前种的那金小麦呀、优质小麦,那好着呢,你就接着弄就完了嘛,对吗?"

赵书和:"这都多少年过去了,早就更新换代了。人家孙教授说了,这个水稻啊,它是新品种,哎,弄好了,亩产能过千斤。"

黄艳丽:"啊,这多呢。"

赵书和:"知道吗?"

柳大满："那那，新品种，那就悬得很嘛，啊，那要弄不好，是一斤都没有的嘛，对着吗？"

黄艳丽："就是的。"

赵书和："那肯定还是要先弄试验田呢嘛，试验田成功了，能种了，我再大面积地在咱柳家坪开种呢，你以为我是你呀？啊？啥也不管，埋个头就开干。"

黄艳丽："哎呀，书和你也真是的。你跟个不爱种地的人说种地，你也有意思得很。"

赵书和："你说得对，我跟大满说这些干啥呢嘛，我也是闲的，我走了啊。哎，跟你说过了啊。"

柳大满："你跟我说过了也没用，我不同意啊。"

黄艳丽："呀，没让你同意，就是通知你一声，来。"

说着给大满递上茶水。

柳大满："我不喝。"

⊙ 柳家坪村街头 日 外

柳根推着车卖豆腐，村民们在争先购买。

高枫走了过来："叔。"

柳根："哎。"

高枫："生意不错嘛。"

柳根不好意思地掩饰道："枫枫娃，哎呀，就是那天你婶子说，她想吃豆腐。"

高枫："啊。"

柳根："非叫我给她做，结果我，我现在，掌握不住分量了，一下做多了。"

高枫："哦，好。"

柳根："吃不完她说是浪费得很，就叨叨叨，就……呵呵。"

高枫："好着呢。"

柳根："呃，给你，给你拿一块吧。"

高枫："我不要，我不要。"

柳根："啊？"

高枫："你先忙，叔，我走了。"

柳根："哎，枫娃。叔，就不说谢了啊。"

高枫一笑："哎呀，走了。"

一村民："柳根。"

柳根："哎。"

村民："哎呀，这多长时间都没见你了。"

柳根："哎呀，哈哈，这不是一直都没做嘛。"

村民："想你的豆腐都想的邪气了。"

⊙ 天阳市赵雅奇出租房内 日 内

柳秋玲盯视着女儿："你不要跟我兜圈子，你就跟我说实话，你到底是不是要回柳家坪？"

雅奇："妈，你就为这事来的呀？"

柳秋玲："我就是为这事来的。你说话呀。"

雅奇："妈，你先坐，先坐下嘛。嗯，实话跟你说吧，市里确实要派一批干部下去扶贫，我也确实参加了这个培训班，但是一百多号人呢，人家不一定选中我呀。"

柳秋玲："咋选不中？你这么优秀，咋选不上呢？"

雅奇："这大城市优秀的人多了，再说了，就算选中我，也不一定把我派哪儿去呢。"

柳秋玲："哎呀，雅奇，我跟你说，你不要去参加这样那样的培训，那些不重要，你这么年轻，就在这么好的单位找到了工作，你要珍惜。你看你现在在你单位里同事啊、领导啊那都是值得你学习，能让你提高，能让你进步的，对吗？你要是回到柳家坪那样的地方，你天天面对的都是柳满囤、柳满仓那样的人，哎呀，我跟你说，能把你气死。你忘了当年？你爸当年被人泼了脏水，那就是他们干的。柳家坪那样的地方，救不活的，你去了，没有任何发展。雅奇呀，这几年，对你是最重要的。好好地在单位里，好好工作，好好进步，以后好好发展。听见吗？"

雅奇："听见了，我一切服从组织安排。我也听你的话，好好学习，好好工作。"

柳秋玲："皮得很。还有啊。"

雅奇："嗯。"

柳秋玲："你一个人，在市里，我们不在你身边，遇到啥事给我们打电话，不要自己瞎做决定。啊？"

雅奇："放心吧，你这眉头都皱一块儿了，都不美了。"

柳秋玲："都是让你气的。"

雅奇："走，妈，我带你去吃好吃的。"

柳秋玲:"干啥去呀?"

雅奇:"去吃好吃的咯。"

柳秋玲:"吃啥好吃的?"

雅奇:"走走走。"

柳秋玲:"哎呀,又花钱。"

⊙ 柳家坪村柳满仓家院子 日 外

韩娜娜和柳美群带着几个人走进院子:"满囤、满仓叔。"

柳满囤上前:"哎呀,呀,来了。来,快快快。"

韩娜娜:"给你们把猪拿来了。"

柳满囤:"呀呀,这快得很,这,这……"

柳满仓:"好着呢这个,哎呀,真送来两头猪,这真是……"

柳满囤:"好好好。"

柳满仓:"哎呀。"

柳满囤:"你看,你看,你看。"

韩娜娜:"我看你们把棚搭好了。"

柳满囤:"哎,咋样?"

柳满仓:"对,猪圈。"

柳满囤:"搭好了搭好了,你看,不漏雨,是不刮风,两猪睡在正当中。"

柳满仓:"哎呀,你还一套一套的。"

柳满囤:"呵呵。"

韩娜娜:"我给你们发的养猪手册看了吗?"

柳美群:"看了嘛。"

柳满仓:"哎呀,看了,但是我觉着不用看嘛,这养猪有个啥嘛,那当年我是见别人养过猪。"

柳满囤:"前五六年呀,我俩就想养呢,那个时候没钱,所以就不敢嘛。"

韩娜娜:"那这现在有了,咱好好养啊。"

柳满囤:"好好好。"

柳满仓:"肯定好好养,我现在拿这两头猪当,当我亲娃来养。"

柳美群:"别光卖嘴,咱要看行动呢。"

柳满仓:"你放心,我绝对行动,你,我指望这两头猪来脱贫致富呢嘛。"

柳满囤:"呃,对,对着呢,对着呢。"

韩娜娜:"咱工作队是要来定期看的啊。"

柳美群:"嗯。"

柳满仓:"欢迎来嘛。"

柳满囤:"没问题,没问题。"

柳满仓:"欢迎随时来。"

柳满囤:"欢迎欢迎。"

韩娜娜:"那这,我后面还有别的工作呢,我们就先走了。反正之后有啥你们找我们就行。"

柳满囤:"不坐一会儿就走了。"

柳美群:"走走走。"

韩娜娜:"不坐了。"

柳美群:"不坐了。"

韩娜娜:"你们一会儿把猪给放进去。"

柳满囤/柳满仓:"好好好,行行行。"

柳美群:"说话算数呢。"

柳满囤:"没问题,姐。"

柳满仓:"哎呀,柳美群你就放心吧,你真是,走走走。"

韩娜娜:"走了啊。"

柳满囤:"谢谢啊。"

柳满仓:"走走走,好好好,哎呀,也没有喝口水,你看真是。"

韩娜娜:"不喝了不喝了。"

⊙ **柳家坪木耳棚里 日 内**

高枫欣喜地看着新长出的木耳:"这还真长出来了,哎,你俩确定是随便这么一撒,这都长出来了?"

赵友庆:"真的,我那天撒的满棚棚都是,但就这一块长出来。"

柳明:"就是嘛,怪得很。"

高枫:"哎呀,啧,但是我记得我小的时候,咱村就老吃这木耳,咱那后山上长的都是木耳,但那些都是野生的。哎,但说明一个问题,说明咱村这个地理环境还真适合种木耳。哎,说不定还真让你俩撞上了。"

柳明:"我就说嘛。"

赵友庆:"你说啥嘛,也不是我们种的。所以说哥,把你寻来,给我们想想办法。"

高枫:"啧,你俩也先别急,啊,这样,过两天我去一趟农科所,问一下人家那技术员,人家是专业的,说不定能给你俩一些建议呢。"

柳明:"能行,能行,我们就全靠你了,你啥时候去嘛?"

⊙ 柳家坪村委会屋内 日 内

乡组织委员:"中共山南县委组织部文件,关于任命赵雅奇同志为村第一书记的通知,泥河乡党委、柳家坪村党支部、柳家坪村村委会、驻村工作队,根据中共中央组织部、中央农村工作领导小组办公室,和国务院扶贫开发领导小组办公室,联合印发的《关于做好选派机关优秀干部到村任第一书记工作的通知》,为整顿基层党组织软弱涣散村,强化基层党组织的战斗力和凝聚力,经研究,任命赵雅奇同志为泥河乡柳家坪村驻村第一书记。任职时间从 2015 年 5 月 13 日起,中共山南县委组织部,2015 年 5 月 13 日。"

赵书和:"呵呵。"

乡组织委员:"这就是县委对赵雅奇同志的任命,赵雅奇同志入驻柳家坪村,任第一书记,在今后的工作当中,村两委要全力配合,赵支书。"

赵书和:"嗯?"

乡组织委员:"表个态嘛。"

赵书和:"呵呵,呃,欢,欢迎,欢迎赵雅奇同志到咱柳家坪,啊,咱柳家坪肯定是要全力支持第一书记的工作。"

柳大满看着乡组织委员:"呃,这个,奇奇娃是在我们柳家坪长大的娃嘛,啊,于公于私我都全力配合娃的工作,啊,你放心。"

赵书和:"就是。"

乡组织委员:"赵雅奇同志,你也说两句。"

雅奇:"首先我想感谢组织对我的信任,再有呢,我想跟我的家人们表个态。虽然这次回来,我的身份发生了变化,但是我还是之前的那个赵雅奇,大家有任何问题也可以随时找我,我也会为咱们柳家坪村的基层党组织建设做最大的努力,积极配合村两委和扶贫工作队的扶贫工作,用实际行动尽快地融入到工作当中,为我们柳家坪的发展做出一份贡献。"

赵书和:"好,好。"

夏大禹："好，好，讲得有水平，有水平。"

乡组织委员："好，那我乡上还有点事，我就先回去了。"

赵书和："好。"

乡组织委员："好，再见啊。"

柳大满："好好好，再见。"

赵书和："慢走啊。"

高枫："我们去送一下。"

柳大满："啊，送送送，送，送一下，哎呀，奇奇，你这，第一书记了，啊？"

赵书和："先不要说第一书记、第二书记，雅奇。"

雅奇："嗯。"

赵书和："赶紧回屋，你妈还不知道你回来了。"

⊙ 柳家坪村柳大满家客厅 日 内

柳大满坐在沙发上喝着茶水："媳妇，我就有个事想不通啊，你说这枫枫娃、奇奇娃从小到大都学文化，都出去了，这咋一个个都回来了？啊？枫枫娃当的是这扶贫队长，这奇奇娃这一回来，第一书记。"

黄艳丽："第一书记？那是个啥官嘛？"

柳大满："你想嘛，第一，排在最前头。"

黄艳丽："哦，那，那是不是她要是第一的话，书和是第二，那你不就第三吗？"

柳大满叹气不语。

黄艳丽："呦，这官越当越小。"

柳大满："不管排在第几，咱都是给乡党们弄事呢嘛。"

黄艳丽："哎，是啊，还是有娃好呀。"

柳大满顿时脸色阴郁："你说了个啥？啊？"

黄艳丽："咋了？说啥了？"

柳大满："是我不能生娃吗？啊？是我不想要娃吗？我不知道，呃，生了个娃好吗？"

黄艳丽："你……"

柳大满："咱屋那诊断书放哪去了？我好多年都没看见了，你给我寻出来。"

黄艳丽："哼！"

柳大满："媳妇，在咱屋，这娃这事是个敏感话题嘛，那，咱就能不提就不提，行吗？"

黄艳丽："我说啥了？不就说了个有娃好吗，你看你那怂样子。"

柳大满："哎，好了好了，你先别生气了，我知道我样子不好，那，那要不然是这，我给你道歉行吗？对不起？啊？你要真的在屋里闲得没事干，那我要不然给你弄个猫弄个狗，你先养着。喷，那要不然我给你找个事干，行吗？"

黄艳丽："对了对了对了，哎呀，给我寻事呢，你自己都快没事干，还给我寻事呢。"

柳大满："谁说我没事干了？啊？我，多少人都指望着我这村主任呢，我一天到外面忙的跟啥一样。"

黄艳丽："哎呀呀，你这一天到晚不吹牛能死啊？哼，你以后少动不动就发那大脾气，我也就提了一下没啥嘛。"

⊙ 柳家坪村赵书和家屋内 日 内

柳秋玲盯视着女儿有些生气地："赵雅奇，你咋回事？啊？你咋跟我说的？你不是说不回来吗？才几天你就回来了？你咋学会骗人了呢？"

雅奇："我没有说不回来啊。我说的是……"

柳秋玲："说普通话，市里的干部。嗯？"

雅奇："你都说了，市里的干部，那我更得服从组织安排了，是不是？"

柳秋玲："咋这么巧呢？啊？一安排，就把你安排到柳家坪来了？啊？"

雅奇："我申请的，我一申请就回来……"

柳秋玲看着赵书和："申请的？咋回事？"

赵书和："啊？"

柳秋玲："到底是组织安排的？还是申请来的？"

赵书和："我不知道嘛。"

柳秋玲："你咋能不知道呢？"

赵书和："那……"

雅奇："妈，这都不重要了，我已经回来了，改不了了。"

柳秋玲："赵雅奇，你想气死我是不是？啊？我咋跟你说的？柳家坪这个地方，它变不了了。它，喷，你看你爸，在这干了一辈子了，柳家坪有改变吗？没有变化。柳家坪就是一个穷，它变不了了。"

雅奇："时代不一样了，妈。我们有了新的理念、新的知识、新的方法，而且这么多年我在外面，我就是想把我所学带回来，回报柳家坪。你要相信我呀。"

柳秋玲："雅奇，我不是不相信你。"

赵书和："哎呀，秋玲秋玲秋玲。"

柳秋玲："这个地方它变不了。"

赵书和："秋玲，秋玲。"

柳秋玲："这……"

赵书和："秋玲，好了好了，娃好不容易回来，又开了一天的会，都乏了，你问她，你困吗？"

雅奇："嗯，困得很嘛。"

赵书和："就是的嘛，走，睡觉去，啊。"

柳秋玲："你……"

赵书和："明天再说，明天再说。爸送你过去。"

雅奇："爸，组织有规定，我不能在家里住。"

赵书和一怔："啥？"

柳秋玲："那你住哪里去？"

雅奇："我去工作队，和娜娜挤挤啊。"

赵书和："啊？"

柳秋玲："你？"

雅奇："我走了。"

说罢离去。

柳秋玲："哎，你没吃饭呢，你吃了饭……"

赵书和："哎？咋回事嘛？咋还不能住家里？"

柳秋玲不悦地："我还问你呢。你不是跟我说她回来，离咱们近了，不能吃，不能住的，咋近呢这是？"

赵书和："这，我也不知道嘛。"

柳秋玲："赵书和。"

赵书和："呀。"

柳秋玲："你也骗我，你们都一起骗我。"

赵书和："我没有骗你嘛。"

柳秋玲："我不管，你把她给我弄回去。"

赵书和："这组织任命的，咋能说改就改呢？"

柳秋玲："我不……"

赵书和："哎呀，你坐下，你坐下。"

柳秋玲："我跟你说她年轻。"

赵书和："好了，好了。"

柳秋玲："她不知天高地厚的。"

赵书和："好好好，你喝点水。"

柳秋玲："她，她弄不成的。"

赵书和："你喝点水啊。"

柳秋玲："她，她在这儿没有前途。"

赵书和："啧。"

柳秋玲："没有发展，她干不下去的。"

赵书和："你跟我说这没用嘛，你喝点水，你不要着急。"

柳秋玲："我不喝。"

赵书和："别着急，别着急。"

柳秋玲："气死我了。"

⊙ 柳家坪村委会 夜 内

李志刚："正好二梁家现在已经有了种子，但咱们还需要再给他技术支持，然后这个柳大柱家吧，他有了兔子，但是兔粮还缺几份。"

高枫："嗯。"

韩娜娜："这是前几家，302……"

正说着，雅奇走进来。

高枫："哎，回来了。"

雅奇："嗯，回来了。"

李志刚："雅奇。"

韩娜娜："回来了。"

雅奇："回来了。"

高枫："咋样？我婶儿那关不好过吧？"

雅奇："慢慢来嘛，不着急。"

高枫："啧，我估计也是。想蒙过我婶，应该是行不通的。"

雅奇："我不糊弄她，根本回不来。今天就让她骂两句呗，等她气消了，情绪发泄完了，我这一关也算过了。"

高枫："哎呀，你就过一天是一天吧。"

雅奇："你就笑话我吧啊。好了，不说这个了。我想了解一下，咱们村党员和支委的基本情况，你们驻村一年了，基本资料有吧？"

高枫："有，拿一下啊。看一下。"

雅奇："好，谢谢。"

高枫："这个就是当年的登记资料，你可以参考一下。"

韩娜娜："咱村一共是有八个党员，有一个是长期不在村里的。"

雅奇："长期不在村里的这个？"

韩娜娜："让女儿给接到省城了，看外孙。"

雅奇："啊。"

高枫："我觉得，你想了解这个党员的情况，还是要跟你爸好好聊聊。"

雅奇："我有我自己的办法。"

⊙ 柳家坪村头大槐树下 日 外

赵雅奇在排查村里党员的情况。

雅奇："顺爷，还认得我吗？"

老党员："你以为爷老糊涂了，你是山杠的孙女，书和的女子嘛。"

雅奇："对着嘞，你记得很清楚嘛。"

老党员："我还记不得你。"

雅奇："呵呵。"

老党员："听说你都在村当第一书记了？"

雅奇："对着呢。"

老党员："哎呀，你这女娃有出息了，好得很，好得很。"

雅奇："为咱们村做服务了。"

老党员："嗯，对。"

雅奇："听说你是咱们村的老党员了，还记不记得你是哪一年入的党啊？"

老党员："哪一年入的党？不记得了。但是，我知道我是十八岁那年入的党，到今年，52年了。"

雅奇："厉害着咧。"

老党员："我怕是咱村年龄最长的党员。"

雅奇："嗯，咱们村这些年党组织的活动，你参没参加过？"

老党员："活动嘛，这些年少得多了。哎，也没见谁来叫我嘛。年纪大了，叫咱也没用。哎，不过你爷这觉悟还是有的，每月这个党费都存在这箱箱里头，半年人家村上来收一次。"

雅奇："这个交党费，不是每个月要主动交的吗？"

老党员："我在村子都是照规矩，到半年人家才来收呢嘛。"

雅奇："顺爷。"

老党员："哎。"

雅奇："你是咱村的老党员，呃，以后这样，你有啥意见和建议，你直接找我。"

老党员笑而无语。

⊙ 柳家坪村委会 日 内

雅奇边问便记录着："亮叔。"

赵亮："哎。"

雅奇："你也是老党员了？"

赵亮："啊，啊。"

雅奇："今天我有一些事想向你请教一下。"

赵亮："好，你说。"

雅奇："像我们村党支部平常都组织过一些啥活动啊？"

赵亮："哦，我想一下啊。"

雅奇："唉。"

赵亮："活动，在半山村的时候啊。"

雅奇："嗯。"

赵亮："那，不光种地，呃，我们几个党员还吃过几回饭。"

雅奇："啊，那像开展批评与自我批评，学习党史，还有重大会议的精神传达，像这样的活动，有没有组织过呀？"

赵亮："雅奇，太难了，我，我记不住嘛，呵呵。"

雅奇："记不住，咱不是有笔记吗？笔记上肯定有。"

赵亮："我，我不用记笔记，啊，支书记，支书让我干啥，我就干啥，哎。"

雅奇："亮叔啊。"

赵亮："哎。"

雅奇:"你的入党介绍人是谁呀?"

赵亮:"你爸嘛,你爸是我的第一介绍人,呃,你顺爷是我的第二介绍人。"

⊙ 柳家坪村柳满囤家院子 日 外

韩娜娜和柳美群走进院子:"叔,我给你们拿饲料了。"

柳满囤和柳满仓蹲在墙角沉默不语。

柳美群:"咋了?"

韩娜娜:"来,先。"

柳美群:"说话嘛。"

韩娜娜:"咋了呢?叔。"

柳满囤:"啧,那猪……"

韩娜娜:"猪,猪咋了?"

说着走到猪圈一看,愣住了:"哎?这猪呢?这猪咋没了?"

柳美群:"猪呢?"

柳满仓:"死了。"

韩娜娜惊惑地:"我,我这不前几天看还好好的吗?"

柳满仓看看柳满囤:"你说。"

柳满囤看着韩娜娜:"那天你走的时候,人家就是好好的,你还教我咋养呢,我也听了,你不是说了吗?让它在院子里多跑一跑,运动一下。"

韩娜娜:"对啊。"

柳满囤:"这样吃得好,消化也好,我就那样子弄的,就还是跑,但是,突然有一天就……"

柳满仓:"就是前两天,呃,突然发现猪跑……跑得不欢实了。我想是不是生病了?一摸那个猪头,咦,烫得很,发烧了,还,还一直那个抖。"

柳满囤:"还抖。"

柳满仓:"我想着是不是猪在这猪圈里边着凉了,感冒了,我就把猪抱到我的那个炕上,晚上跟我一块儿睡,哎,你别说,两天之后它好像是好了,谁知道今天早上一看,凉了。死了。真是……"

柳满仓:"哎呀。"

柳美群怀疑地:"我咋听着你俩这是编的吧?"

柳满囤:"好我的姐啊,我编这干啥,我骗人呢?"

柳满仓："就是嘛，你咋说话嘛？"

柳满囤："谁不想脱贫呢嘛？"

柳满仓："你咋说话嘛，我，我心里正难受着呢，你这猪死了，你还说……"

柳美群："那现在猪呢？"

柳满囤："埋那河边去了。"

韩娜娜："那这叔，你们有困难咋不找我们帮忙呢？"

柳美群："就是啊。"

柳满囤："不好意思嘛，猪一病，我们两个就慌了，慌了我咋敢去呢，害怕给人家添麻烦，让你再……再说我两个，咋办呢嘛这。"

柳美群："哎呀。"

柳满仓："别，别说了，要不是个这，你看能不能再给我发两头这个扶贫的猪，我一定好好养。"

柳满仓："对啊。"

韩娜娜："这申请吧，它也得有时间，呃，但，但你们的问题我肯定都记下了，我肯定想办法帮你们解决。"

柳满仓："行，我等着。"

柳满囤："坏就坏在没文化上了。没办法呢嘛。"

柳满仓："就是。"

韩娜娜劝慰道："别难过，别难过。"

柳美群："没文化还有嘴呢吗？"

柳满囤："那看不懂嘛，书。"

柳美群："看不懂不会问？"

韩娜娜："婶儿……"

柳满仓："你别生气嘛，我这心里也难受得很嘛。"

正说着，柳大满走进来："咋了？"

韩娜娜："主任。"

柳美群："大满，你来了。"

柳满囤："满哥。"

韩娜娜："叔们养的猪死了。"

柳大满顿时瞪着眼睛望着柳满仓兄弟俩："咋？你俩把猪养死了？"

柳满囤/柳满仓："嗯。"

柳大满:"我再问你最后一遍,猪呢?"

柳满仓:"死了。"

柳满囤:"埋河边了。"

柳大满:"走,带我去河边。"

韩娜娜:"别,主任,那叔们都挺伤心的,猪今天早上刚刚死,这,我们正在想着呢,我们下一次申请啊,给叔们再申请几只。"

柳大满:"你根本不了解这两个货嘛。"

说罢进屋,不久便拎着一个装满猪骨头的塑料袋走出来:"你看你这屋里脏的,乱的。倒是把这东西收拾得干净,啊?还装个塑料袋里头。你们几个都看一下,看这是啥东西。"

韩娜娜愕然:"这,这,这是那两头猪?"

柳满仓:"不……那,那猪死了,不能浪费嘛。"

韩娜娜顿时生气地:"哎哟,柳满囤、柳满仓,我告诉你们,你们没救了你们。"

说罢愤愤离去。

柳美群追上:"哎,娜娜,呀,你俩真是没皮没脸的。"

柳满仓无语。

柳大满无奈:"好着呢。"

说罢离去。

柳满仓埋怨柳满囤:"不是,骨头你不是扔了吗?你真是的。"

⊙ 柳家坪村委会屋内 日 内

韩娜娜委屈地哭着:"他们这样,真的一辈子都脱不了贫。"

李志刚:"哎,娜娜……"

赵书和和柳大满走进来。"枫枫娃。"

高枫:"哎,叔。"

李志刚:"满叔。"

赵书和:"你大满叔都告诉我了,啊。"

韩娜娜抹着眼泪:"叔。"

赵书和:"呀,娃还哭着呢,啊?别哭了。"

高枫:"先坐,先坐。"

赵书和:"这俩货,枫枫娃,你满仓、满囤叔,别人不知道,你还不知道吗?"

柳大满："枫枫娃。"

高枫："嗯。"

柳大满："你这工作队，一天到晚忙啥，我其实一直关注着呢，经常都是你们在这儿开会呢，我在旁边也就是个旁听的，今天来呢，也想跟你们几个聊一下，呃，也是好心给你说几句心里话，作为你们的长辈，也想给你们开个会，你们这样子弄，弄不成。你这，多少年前我跟你书和叔就给人家这些贫困户送过鸡啊、鸭啊、鹅啊啥的，让养着，这么送下去，不是个事。这事弄不成，浪费。"

赵书和："枫枫娃，我要是知道是你给他们送的猪，我早就拦着你了。你不要说送猪了，你就是送啥他们都能给你吃了。"

韩娜娜委屈地："那这事就不能这么办嘛，他咋能这样呢？"

赵书和："就是的嘛。"

高枫："叔，其实他们这个猪啊，吃了就吃了，我们倒还不怕。"

柳大满："啥？"

赵书和："啥？"

高枫："啧，因为现在吃这个帮扶的家禽家畜，目前只有他这一家，但是人家其他人都养得好好的，其实我们基本在摸排的过程中也发现了一些问题，咱们村其实有好多人，这个自主脱贫的意识不够强烈，所以我们就想着，先让他们养起来，哪怕是养个半年、一年，挣个几十块钱、几百块钱，也是他们通过自己的双手辛勤劳动得来的，我们就想通过这种方式来提高他们这个自主脱贫的积极性嘛。"

赵书和："啊。"

韩娜娜："扶贫，得先扶志，要是这个志没有的话，那真就是一个扶不起的阿斗。"

赵书和："娃你说得太对了，扶贫就是要扶志呢嘛，人就是要活出个精气神呢嘛，对吗？"

柳大满："对。"

赵书和："我就说种地，之前……"

柳大满："书和。"

赵书和："我跟他们说过多少……"

柳大满："你咋又聊你的地了，人家今天在这儿说这猪的事，说这扶贫的事呢。"

赵书和："我说种地咋了吗？"

柳大满："种地好着呢，咱今天先不聊种地了，让娃们说，行吗？"

赵书和:"好嘛,好嘛。"

柳大满:"你说你说。"

李志刚:"叔,我们工作队的帮扶呢,绝不只是给大家提供物资而已,对于村民们在养殖期间有的任何问题,我们都会结合专业的技术部门给的意见和建议,向大家提供帮助的。我们就是要力求他们这一次的养殖成果一定要比从前好。"

赵书和:"嗯。"

李志刚:"就像大柱叔家嘛,他们家以前也养过兔子,成效就一般,但这次在我们工作队的帮助下,他们家的兔子养得特别好,我有信心,大柱叔家以后的日子一定会比从前好。"

赵书和:"哦。"

高枫:"还有啊,叔,现在让他们养这些帮扶的家禽家畜只是第一步,到了未来,还有农科所,还有其他的部门,给咱提供更多的这个养殖项目,等那个时候,咱就可以把咱村现在养得好的这些养殖能手都聚到一块,对吧?成立一个合作社,等这合作社弄起来之后,我相信,就能提高咱村更多的人这个自主脱贫的积极性。"

李志刚:"对。"

柳大满:"哦,你这一步一步地都规划好了啊。"

高枫与李志刚对视而笑。

柳大满:"呃,娜娜娃,你别再难受了啊,那个,那两个货我回头让他们专门过来给你们工作队赔礼道歉,啊。"

赵书和:"对。"

韩娜娜:"哎,不用,我没,没事。"

柳大满:"没事就好,没事就好。"

⊙ 柳家坪韩娜娜宿舍 夜 内

台灯下,韩娜娜在桌前写日记。

画外音(韩娜娜日记):满仓叔、满囤叔把我们送的扶贫猪崽吃掉这件事情还是大大出乎我的意料。我真的是难以接受。但看着队长他们处理得如此沉稳,我感受到自己还是很幼稚,快点成熟起来吧韩娜娜,我相信你可以做到的。

⊙ 柳家坪村头 日 外

雅奇在走访村里党员。

小军："呃，你要是说入党，我在部队的时候就入党了。复员回来，一直也没找到工作嘛，我就去南方打工，呃，一年就是秋收的时候我才回来一次，至于村上党组织的工作我还真是不太清楚，至于活动什么的我就更没有参与了。"

雅奇："一点都不清楚？"

小军："我一点都不清楚啊。"

⊙ 柳家坪村街上 日 外

雅奇询问："你觉得我爸这个村支书当得咋样？"

一老党员："呀，工作能力还是有的，但是就是，啧，要求不是太严。"

⊙ 柳家坪一家院子外 日 外

雅奇："你觉得我爸这个村支书当得咋样嘛？"

柳美群："当得好嘛，你看啊。"

雅奇："嗯。"

柳美群："咱村这大事小事，哪个事情不得你爸管，他有时候忙的啊，连饭都顾不上吃。"

雅奇："那没有啥要改进的吗？"

柳美群："改进就是要多睡觉。"

雅奇："那我换个问题啊，你觉得我爸有没有要提升的要进步的？"

柳美群："提升，进步，都干成这个样子了，还提升啥呢？他都是我们全村学习的榜样呢。"

⊙ 柳家坪村外试验田 日 外

赵书和："孙教授，您看一下，我就准备把这块地种上水稻，咋样嘛。"

孙教授："我问一下水源在哪啊？"

村民："教授，这水没问题，你看，我们这后面就是渠，立马就能把水引进来。"

孙教授："那看来这水源是没什么问题了啊，但是还得看看这土壤的情况。这个土壤的深层，如果都是沙石结构，那沙石结构它就存不住水，它就漏水，漏水就种不了水稻。"

赵书和："噢。"

村民："咋这复杂？"

赵书和:"不复杂,试一下就知道了。"

村民:"就是,咱试一下就知道了。"

孙教授:"只要水做了实验,他不漏水就没有问题。"

赵书和:"那还有啥需要注意的?"

孙教授:"还有一个关键点,这水稻的插秧和播种都需要很大的人力,如果能够连成片便于机械化操作,那插秧的时候用插秧机,收割的时候用收割机,那效益就上去了。"

赵书和:"那你的意思就是它要大?"

孙教授:"对呀,都得连成片,连成了片就便于收割。"

赵书和:"看到没,要连片呢。"

村民:"可又是大规模。"

孙教授:"这也是现代农业发展的趋势嘛。"

⊙ 柳家坪村赵大柱家院子 日 外

赵大柱:"啧啧啧。"

夏大禹陪着李志刚走进院子:"大柱哥,嫂子。"

赵大柱:"大禹来了。"

赵大柱媳妇:"大禹来了。"

李志刚:"叔,婶。"

赵大柱媳妇:"哎。"

赵大柱:"哎,小李。"

夏大禹:"哎,你俩那老脸,没啥看的,我带小李看看兔子。呵呵。"

赵大柱:"那你看兔子去,不用看我。"

李志刚:"好嘞。"

赵大柱:"坐坐坐。"

赵大柱媳妇:"坐下,坐下。"

赵大柱:"来,喝水。呀,把你们辛苦的……"

李志刚:"哎,叔,婶。我们这次来就想问问你们,最近养兔子有没有啥问题呀?"

赵大柱:"没问题,好着呢。"

赵大柱媳妇:"没问题,嗯。"

李志刚:"我看也是,这养的这个多呀。哎,叔,这两天我还想呢,咱们现在养的这个兔子是咱们村现在养得最好、剩得最多的一户了。"

赵大柱:"啊。"

李志刚:"我就想说,你们要是有空的话,能不能去村委会给其他养兔子的人讲讲心得啊。"

赵大柱:"呀,那没问题嘛。"

赵大柱媳妇:"行嘛,呵呵。"

夏大禹:"大柱哥本来就是个能行的人,原来啥都干过。"

赵大柱:"养兔子我有经验。"

赵大柱媳妇:"就是现在,你知道吗,有个小问题,这兔子一窝一窝生得太快了,眼看着笼子都不够用了。"

夏大禹:"哈哈哈。"

李志刚:"婶子,叔,你们不用担心这笼子的问题。"

夏大禹:"我跟你说,你就听人家小李的,没问题,一点都没问题,大柱哥你就好好养这兔子,以后你这日子就是,嚼着甘蔗爬楼梯,步步高升节节甜嘛。"

赵大柱:"大禹有才呢,一套一套的。"

李志刚:"夏会计会说。"

赵大柱媳妇:"还楼梯呢,呵呵。"

⊙ 柳家坪村委会屋内 日 内

夏大禹看着赵雅奇:"雅奇书记,咋了?我账算错了?"

雅奇:"我今天找你呀主要是想了解一下咱柳家坪基层党组织的建设情况。"

夏大禹:"哦,这事呀,吓我一跳,我以为我账算错了呢。"

雅奇:"呵呵,账算得好着呢,那我就直接说了啊,咱们村这些年有没有发展新党员?"

夏大禹:"哎呀,新党员这个事,这事你还是得问支书呢嘛,他了解的更多一点嘛。"

雅奇:"这个发展新党员是要支部大会讨论的。你没有参加过这个会?"

夏大禹:"这会我就没参加过嘛。"

雅奇一怔:"没参加过?"

夏大禹:"啊。"

雅奇："那说明没有新党员呀,那预备党员呢？"

夏大禹："呀,这个情况我,我也不太清楚嘛。"

雅奇："那入党积极分子呢？"

夏大禹："哎呀,雅奇书记,你就别难为我了嘛,我就是个耍算盘的,你要说查账,我对答如流,这事情我,我说不清楚嘛。"

雅奇："好。我知道了。那民主生活会,多久开一次呀？"

夏大禹："呀,我记得是前年过完春节开过一次。"

雅奇："前年？"

夏大禹："啊,然后去,去,反正这几年开过几次,啊,开过几次,呃,我这账还没算清楚呢,我先忙去了啊。"

雅奇叹气。

⊙ 柳家坪村头 日 外

雅奇与赵山边走边说。

雅奇："山叔,你是咱们村党支部委员,你对咱们村党支部组织的工作有啥建议？"

赵山："建议咱不敢说,我就说一点我个人的感受吧。"

雅奇："你说嘛。"

赵山停住脚步："你看,我是党员。"

雅奇："嗯。"

赵山："我感觉我跟一般群众没有啥区别啊,除了我要交党费,人家不用交党费,这恐怕……不合适吧？"

雅奇："这肯定不合适,作为党员,我们要做起模范先锋的带头作用。"

赵山："哎呀……我倒是想起这先锋模范带头作用,可是村里的情况都是亲戚连亲戚,我这手伸太长,到时候弄得就成了我跟别人的个人矛盾了嘛。"

雅奇："你今天说的这些情况,我作为第一书记,我来解决这些问题。你敢不敢配合我？"

赵山："哎呀……这有啥不敢的嘛,你爸当时带领我工作的时候,我都全力配合呢,现在你回来了,我肯定全力支持。只要你说的是对的,我义无反顾。"

雅奇："好着呢。"

⊙ 柳家坪村柳子旺家 日 外

柳子旺在喂鸡："咕咕咕咕……"

赵亮陪着高枫走进院子。

赵亮："子旺。忙着呢？"

高枫："叔。"

柳子旺："枫枫娃，哈哈，看这鸡我喂得咋样？"

赵亮："好。"

柳子旺："长得也好。"

高枫："就是。"

柳子旺："哎呀，吃得好。"

高枫："叔，这回这饲料可以吧？"

柳子旺："哎呀，这饲料好，上次吧，哎呀，不知道咋回事，鸡不好好吃，还死了两只，哎呀，把我心疼的，呵呵，自从换了这饲料之后，你看，鸡吃得好，哎呀，我把这大鸡都卖了好几茬子了。"

高枫："叔。还有啥需求吗？跟我提。"

柳子旺："这咋好意思呢？"

高枫："有啥不好意思的，这是我工作队该做的事嘛。"

赵亮："就是。"

高枫："有啥要求你就提。"

柳子旺："你们都来好几回了，哎呀，说实话，真感谢你们工作队啊，是这。"

高枫："啊。"

柳子旺："这鸡娃子，太小了，没办法吃，呵呵，我屋里头有鸡蛋呢，你俩一人拿上一筐。"

高枫："哎，不不不。"

赵亮："不不不。"

柳子旺："啊，回去荷包着吃、炒着吃、煮着吃都可以。"

高枫："我这想吃，我就过来了嘛。"

赵亮："对。"

⊙ 柳家坪村赵书和家 夜 内

柳光泉闷头抽着旱烟，不说话。

赵书和:"咋了,爸。"

柳光泉叹气:"哎,雅奇娃回来这么多天了,也不让娃在屋吃个饭,弄得这都啥事嘛。"

赵书和看看一旁忙活的柳秋玲:"听见没?嗯?爸想娃了。你差不多就行了。啊?哎,我跟你说啊,这雅奇来咱村的这几天,呀,那党员干部挨个谈话,啧,挺是那个意思的。嗯,可以。我估计这两天,雅奇就会向我汇报工作了。所以你不要总是冷着个脸子。嗯?不然娃咋进门呢?"

柳秋玲:"赵书和,我说的话你当耳旁风啊?"

赵书和:"没有嘛。"

柳秋玲:"我告诉你。"

赵书和:"啊。"

柳秋玲:"要不,让她回去。要不,不要回来。"

赵书和:"啥?你到底是让她回去?还是回来?我咋没有听明白。"

柳秋玲:"你不要打岔。"

赵书和:"不是,娃跟我们谈工作呢,那……"

柳秋玲:"到村委会谈去,我不想看见她。"

赵书和一怔:"哎。"

⊙ 柳家坪木耳棚里 日 内

农科所专家甲:"这木耳长得不错,耳片厚实,但是要像你们所说的随便撒撒就出耳了,偶然现象。"

柳明:"我知道这是偶然事件,但是我们之前确实是按照书上认认真真地种了一年了,就是种不出来,我就是要知道,到底是啥原因嘛?"

专家乙:"首先那个木耳呢,它属于菌类,菌类对自己生长的环境的温度、湿度有着极高的要求。"

第二十五集

⊙ **柳家坪木耳棚里 日 内**

柳明和赵有庆认真地听着。

专家甲:"你们一直培育不成功的原因有这么几种。第一,你们可能选错了品种,你们用的可能是退化菌种。这样是很难长出木耳的。第二种情况就是,这个木段,很有可能早就感染了病虫害。"

柳明和有庆对视:"嗯。"

专家乙:"第三种情况就是它生长的环境,卫生比较差,接种的时候呢,消毒时间又不够长,这样也是长不出木耳的。"

柳明:"嗯。"

专家乙:"第四种情况就是,出菌发芽的时候,对温度掌控得不够,发菌出耳呢,它的温度一定要掌握在20度左右,千万不要超过25度。你看,温度低了,它菌丝发不出芽,你只能干着急。温度高了呢,又容易烧菌,我们只要耐心地细心地把这些问题全部都解决了,肯定能培育出合格的木耳。"

专家甲:"来,你们再看看。你们给木耳生长营造的小环境,不太理想啊。"

赵有庆:"哦。"

专家甲:"虽说你们考虑了背光向阳的因素,可是,这种简易塑料棚布对保温保湿很难控制,另外在发菌期的背光性也不好。所以说整个棚子的遮光性和密封性还需要加强。菌种只有在高温高湿通风透气的条件下才开始发菌,我觉得你们这些树木又轻又干,哪儿来的?"

赵有庆："在我屋后头捡的，还有好多是村周边捡的。"

专家甲："你们太随意了。木耳对于培育基质的水分含量是有要求的。另外在生长过程中，它还从培育基质当中摄取碳素、氮素和无机盐这些养分。"

高枫："哦。"

柳明看看高枫："这里边还有这么大学问呢！"

专家甲："这样，我们可以给你们介绍一种新型的培育方式，叫作菌袋种植。"

赵有庆："呃，菌，菌袋种植，种植……"

柳明："菌袋种植……"

专家甲："呵呵，菌袋种植的基质原料主要就是碎木屑、玉米芯、稻草、麦麸还有米糠，装入塑料袋中，然后再引入木耳菌苗进行培植，因为是农产品边角料的再利用，所以成本很低，特别适合平原式经济发展模式。啊，我们也可以给你们提供一些优质的菌种。"

高枫："哎呀，真是太好了教授，那咱啥时候弄啊？"

专家甲："这个地是肯定不行了，这样，咱们呢重新找一个地儿，建一个试验棚，就算是我们农科所和你们柳家坪村的合作项目，怎么样？"

高枫："呀，那这太好了，教授，这我们求之不得呢。"

⊙ **柳家坪村委会屋内 日 内**

赵书和笑吟吟地拎着一盒饺子走进："赵雅奇同志。"

正在泡茶的雅奇扭头笑着："哎，爸，来了。"

赵书和："你干啥呢啊？"

雅奇："泡你爱喝的茶呢。"

赵书和："等着我呢？"

雅奇："对着呢。"

赵书和："啊，好。"

雅奇："坐。"

赵书和落座："哎呀，雅奇呀，你说你啊，走访了这么多人，终于是轮到我了，啊？"

雅奇："爸压轴嘛。"

赵书和："嘿，对着呢，我是压轴的。看，这是啥？饺子。"

雅奇："你做的？"

赵书和："我背着你妈偷偷包的。"

雅奇："哦，哇，香得很。"

赵书和："啊，我给你拿筷子去。"

雅奇："不要了，爸。"

赵书和："啊？"

雅奇："嗯，我一会儿吃。"

赵书和："哦。"

雅奇："先聊工作。"

赵书和："啊，对着呢，对着呢，工作重要。女子出息了，说说，呃，最近啥感受嘛，啊？"

雅奇："这几天，走访了咱村的党员和一些群众。"

赵书和："嗯。"

雅奇："确实发现了很多问题。"

赵书和："啧，就是的。现在知道了，啊？农村的工作就是不好干。"

雅奇："嗯。"

赵书和："遇到啥问题了，跟你爸说一下。"

雅奇："呃，这些问题，虽然都不同啊。但是，归根结底，都指向了一个方向。"

赵书和笑着："哦，啥方向？"

雅奇严肃地："咱柳家坪党支部组织能力涣散，缺乏创造力、凝聚力和战斗力。"

赵书和一怔，脸上的笑容僵住了："嗯？你，啥意思嘛？"

雅奇："说白了，就是咱柳家坪党支部没有发挥应有的作用，你是村支书，你……"

赵书和："你等一下！雅奇，你爸我在部队就入了党了。"

雅奇："嗯。"

赵书和："也是几十年的老党员了，啊，我当村支书也有二十多年了，没有你的时候我就是咱柳家坪的村支书。你，你来咱柳家坪工作才几天的时间，啊？你，你不能用这几天的时间，就把你爸这几十年的工作，都给否定了嘛。"

雅奇："爸，我没有否定你这几十年的工作，我就是把我了解到的问题，反映给你。"

赵书和："你说的是咱柳家坪党支部组织能力涣散？"

雅奇："对着呢。"

赵书和:"然后缺乏这个,这个创造力呀,凝聚力,战斗力啥的。"

雅奇:"爸,你要面对,你是村支书,你要负主要责任。"

赵书和愕然:"我负主要的责任?"

雅奇:"对着呢。"

赵书和不冷静地:"那你啥意思?你的意思就是说,咱柳家坪所有的问题都是我的问题?"

雅奇:"我没有这么样说,爸。"

赵书和:"啊?你的意思就是咱柳家坪贫穷落后的现状都是我造成的?"

雅奇:"爸你不要激动,你听我说。"

赵书和:"我不听,我不听。"

雅奇:"这都是……"

赵书和打断道:"我不听!工作的事情,啊,咱不要底下说,咱开会嘛,好吗?咱开个党员大会,你爸工作到底咋样,咱让大家说,好吗?我走了。"

雅奇:"爸……"

赵书和:"呀,我每天看你这忙来忙去的,我心里想,哎呀,这娃辛苦得很,啊,本来我还心疼得很呢,但是我心里也美着呢,我看你娃身上有你爸的影子呢,哎呀,还等着压轴呢,最后,给你爸唱这么一出啊。"

雅奇:"爸,你不要这么偏激嘛,我们看问题要全面。"

赵书和:"把饺子吃了。"

说罢离去。

雅奇望着父亲的背影叹气。

⊙ 柳家坪村赵书和家屋内 夜 内

柳秋玲进来看见赵书和独坐着,神情郁闷。

柳秋玲:"书和,你吃饭吗?"

赵书和:"我不饿。"

柳秋玲:"还不饿,都八点多了。你咋了?嗯?"

赵书和:"没事。"

柳秋玲:"没事?没事咋不吃饭呢?是不是这几天没有人找你汇报工作,郁闷了?"

赵书和:"汇报了。"

柳秋玲:"汇报了?你……咋了?赵雅奇工作上有问题呀?"

赵书和苦笑着:"赵雅奇同志的工作没有任何问题。是赵书和同志的工作出现问题了。"

柳秋玲一怔:"赵书和同志能有啥问题呀?"

赵书和:"哼,哎,按照第一书记赵雅奇同志的说法,赵书和的问题,大了。"

柳秋玲:"那不是赵书和同志热烈欢迎赵雅奇同志来的吗?真是的,哼,哎……"

⊙ 柳家坪村委会 夜 内

雅奇重重地叹气。

高枫关切地:"跟你爸聊得咋样?"

雅奇:"不咋样。"

高枫:"嗯。没事,慢慢来嘛,但我觉得吧,你看你回来就一直住在村委会,是,虽然有规定,你不能回家住,但是你回家吃个饭总是可以的嘛,对吧?你说你老这么绷着,也不是个事嘛,这未来还影响工作呢。我叔的性格你又不是不知道,你指望他主动给你找台阶,肯定不可能嘛。"

雅奇:"那你啥意思嘛?"

高枫:"还得你主动找台阶。对吗?"

⊙ 国文家客厅 日 内

赵书和和柳大满坐在客厅沙发上。

国文:"今天让你们两个人来呀,有一件非常重要的事情,咱们三个人要庆祝一下。"

赵书和:"庆祝啥嘛?"

柳大满:"你又升了?啊?"

国文:"嘿嘿,你俩还记不记得有一回,咱们三个人在那大秦山上,我让你们看我的愿望,那大满当时说,这愿望咋能看见嘛?今天就看见了。这水坝马上就要竣工了。呵呵。"

赵书和:"水坝修成了?"

国文:"嗯,对着嘛。"

赵书和:"呀。"

柳大满："好好好。"

赵书和："我说这大老远叫咱过来呢，好事，好事。哎呀没有你，咱这泥河不可能有这水坝嘛。"

柳大满："国文你这事办的是功在当代，利在千秋。"

国文："呵呵。"

赵书和："还是你会说话。"

柳大满："呵呵。"

国文："哎，你也不敢这样说，这事是由党和政府主导，啊，这是全社会各界共同的努力才完成的。"

柳大满："哎呀，你就别谦虚了，你干了些啥，出了多少力，受了多少委屈，别人不知道，我跟书和还不知道吗？"

赵书和："就是的。"

国文："哎，所以，咱今天边吃边聊，好好喝几杯。我做几个菜啊，这味道不管好坏，请你们两个人多担待。哈哈。"

说罢起身就要进厨房。

赵书和："国文，你等一下，等一下，你先坐下，你先坐。"

国文："啊。"

赵书和："啧，我想跟你说个事。"

柳大满："他想说这个事憋了很长时间了。"

国文："啥事，说。"

赵书和："啧，是这啊，你看，你看这雅奇，作为第一书记到咱柳家坪有一段时间了，对吗？"

国文："嗯。"

赵书和："刚开始的时候吧，啧，我也高兴得很嘛。"

国文："啊，那后来咋了？"

柳大满："都是咱娃嘛。"

赵书和："后来，咋就有点扫兴了。"

国文不解地："有点扫兴，你这……他这话是啥意思这是？"

柳大满："他就是觉得，人家是第一书记，他是二把手了，现在靠边站了，啊，难受得很，你终于能理解我这二把手不容易了吧？"

赵书和："你说的……"

柳大满："不好干。"

赵书和："你说得也不准确。"

柳大满："你说你说，你说得准确，你说。"

赵书和："是，我是有点难受。"

国文："你看，那大满说得这是准确的啊。"

赵书和："是，那主要是觉得，我和大满这，不到岁数呢嘛，还能干事呢。"

国文："那当然是能干了，没有人说不让你们干事情。喷，人家雅奇他们来是帮助你们的，是来帮忙的。"

赵书和："帮忙的？"

国文："哎。"

赵书和："那咋叫第一书记呢？这名字叫的，我咋觉得我是帮忙的呢？"

国文："你看，哎呀，书和，正好借着今天这个机会，我把这个第一书记是咋回事，跟你们俩人说清楚。"

柳大满："好。"

赵书和："啊。"

国文："这个第一书记的由来呢，是这样的啊，是咱国家啊，到下面，全国的贫困地区进行一次调研，发现了一个现象。"

赵书和："啥现象？"

国文："所有的贫困地区，普遍存在基层党组织涣散的问题。那反过来讲啊，这个村子里面基层党组织涣散，基本上全都是贫困村。"

赵书和："得是的？"

国文："当然了。所以党中央决定，由中组部下派第一书记到全国各个贫困地区，第一个任务，就是解决基层党组织涣散的问题，加强党建。那第二个任务呢，把党的政策，哎，把社会上好的资源，带到咱这贫困村里来，帮助你们，助力你们。你这回你明白了吗？"

赵书和："哦，你要这么一说，喷，这个事情我是明白了。但为啥叫第一书记呢？"

国文："哎呀。"

赵书和："啊？"

国文："哎，我说你书和，你看，你不要纠结于这个称呼嘛，这就是一个称呼嘛。怎么？再说了，那不光是雅奇一个人，全国有十几万个第一书记，在各个贫困地区呢。你现在要考虑的就是咋能协助好工作队,配合好第一书记的工作。让咱这贫困村脱贫致富,这是你要考虑的。好吧?书和。不要纠结这事情。"

柳大满:"我都听懂了,你听懂了没有嘛?啊?你还没听懂?"

赵书和:"哎,行行,做饭了。"

国文:"哎,这明白了。"

柳大满:"呵呵。"

国文:"来来来,你俩也给我打个下手啊。"

说罢三人去厨房。

柳大满看着墙上的一幅油画:"哎,国文,我上回来,就看着这幅画了。这画的是谁嘛?啊?"

赵书和:"这一看就是画的咱农民嘛。"

国文:"哦,这幅油画的名字叫《父亲》,说是上世纪八十年代非常轰动的一幅作品。"

赵书和:"啊。"

国文:"你看这画的是咱中国农民典型的形象。"

赵书和:"一下子让我想起我爸来了。啧,这画画得真好,啊,这感觉就是,啧,咱农民太不容易了。"

国文:"是啊,咱中国的农民兄弟们,多少年来都是脸朝黄土,背朝天。这在新中国的建立和建设当中,流血流汗,可歌可泣。可是这么些年过去了,现在还有很多的农民兄弟们,生活得非常艰苦,还没有彻底摆脱贫困。"

赵书和:"嗯。"

国文:"所以党中央,一直是把三农问题,放在治国理政的重要位置上,你们在村里面经常看到这党中央下来的一号文件,一直在强调农业农村农民嘛。"

赵书和:"对。"

国文:"现在发动全党、全社会进行精准扶贫,到2020年彻底摆脱贫困。你看嘛,这是多大的决心?多大的魄力?当年我在山南县当副县长主管农业的时候,这幅画就挂在我家里呀,后来呢,不管是我搬家,到啥地方,我都带着它。我就想时刻提醒着自己,到啥时候也不能忘了农民和土地。到啥时候也不能忘了自己身上的责任跟担子。"

⊙ 石头村村委会屋内 日 内

李响:"经过一年的摸排和复核,咱们石头村的建档立卡工作已经全部完成了,情况很不乐观。咱们村的贫困发生率高达 32%,已经不只是全县最高了,现在是全省最高。"

杨书记:"我作为第一书记下派到咱们村来,我来之前,省扶贫办的国文主任找我谈话,要求我们务必在今年年内,完成好危房改造工作,让每一个村民都能住到安全的房子里。"

李响:"我们村第一批需要改造的危房已经开始动工了,下一批危房改造的专项资金也即将到位,村民也在村两委的安排之下得到了妥善的安置。之所以这么顺利,全靠叶支书,叶支书在做群众思想工作方面,很有一套。"

杨书记:"是嘛?"

⊙ 柳家坪村外蔬菜地 日 外

赵二梁:"哎,刘老师。"

专家丙:"啊。"

赵二梁:"你看,我种这白菜咋样?"

专家丙:"还可以,挺好的,这里有半个月了吧?"

二梁妻子:"嗯,差不多半个多月了。"

赵二梁:"差不多。"

专家丙:"嗯,那这间苗不够,还得继续间苗。"

二梁妻子:"这两天有点忙,我忘了。"

专家丙:"你平常怎么浇水啊?"

赵二梁:"平常挑水浇。"

专家丙:"挑水浇?"

赵二梁:"我村里种地都是挑水浇的。"

专家丙:"有没有考虑喷灌?"

赵二梁:"啥是喷灌?"

专家丙:"哦,喷灌就是在井里面放一个抽水机,完了用管子接过来,在地里面喷水。"

赵大柱媳妇:"这二梁是不是?"

赵大柱:"哦,二梁嘛,你不认得?"

赵二梁:"那还花钱呢吧?"

专家丙:"呵呵,那肯定得花钱啊。"

二梁妻子:"啊,现在我们两个人可以,可以,浇水可以。"

专家丙:"嗯,现在是可以,要是等到大面积种植的时候,咱就忙不过来了。"

赵大柱媳妇:"那白头老汉是个谁呢?"

赵大柱:"那是枫枫娃请来的专家嘛。"

赵大柱媳妇:"哦,专家。"

赵大柱:"专门研究种菜的。嗯。"

赵大柱媳妇:"哦。"

专家丙:"好,来,到前面看看?"

赵二梁:"好。"

专家丙:"哎,走。"

赵大柱媳妇:"呀,那二梁是不是行了嘛,专家都请来了,肯定能弄成呢嘛。"

赵大柱:"嗯,那没问题嘛。"

赵大柱媳妇:"好着呢。"

⊙ 柳家坪村赵书和家 夜 内

一家人在吃饭。

柳光泉起身。

赵书和:"吃完了?"

柳秋玲:"吃饱了?"

柳光泉:"吃饱了。"

话音未落,雅奇进门:"外爷,我回来了。"

柳光泉:"呀,雅奇,你,好呀,娃你回来了,你吃饭了没有?"

雅奇:"回来吃嘛。"

柳光泉:"哎,好啊,快给娃拿筷子,快。"

赵书和:"嗯,我去拿。"

柳光泉:"哎,对对对。"

雅奇:"呵呵。"

柳光泉:"哎呀,我听说你都回来好几天了,也不来看外爷?"

雅奇:"那工作忙着呢嘛,这不是回来了嘛,呵呵。"

说罢看看一直不说话的柳秋玲："啊，但是好像有些人不太欢迎我回来嘛。"

柳光泉："谁敢不欢迎你？啊？你听外爷跟你说，这屋除了你，跟高枫，外爷谁都不待见，知道吗？"

雅奇："外爷最好了。"

柳光泉："呵呵，快快快，我娃饿着呢，来来来，来。"

赵书和："快吃。"

柳光泉："趁热吃，趁热吃。哦，别光吃饭嘛，陪着娃说话。"

赵书和："嗯。"

柳光泉："啊，雅奇。"

雅奇："嗯。"

柳光泉："你先好好吃，吃完饭到外爷屋里咱俩好好聊。"

雅奇："好着呢。"

柳光泉："好吗？外爷去抽根烟去。"

雅奇："一会儿聊。爸……"

赵书和："嗯？"

雅奇："那天我跟你说的那几个问题呀……"

赵书和："雅奇，爸不是说过了吗？啊？工作上的事情，不要在屋里说。开会的时候再说，好吗？"

雅奇笑着看着母亲："妈，最近学校忙不忙啊？好嘛，不说工作就不说了。嗯，妈这个面条是你小时候就做过的，味道还是一样的好。"

柳秋玲突然起身："我吃饱了，书和。"

赵书和："嗯。"

柳秋玲："你陪我出去溜达溜达，我吃撑了。"

赵书和苦笑，看看雅奇："你慢慢吃，我陪你妈去溜达溜达，啊。"

雅奇目露尴尬："我……"

⊙ **柳家坪村委会内 夜 内**

雅奇神情沉重，望着高枫："照你说的我自己觍着脸回来了，现在我遭遇冷暴力了，都不理我了。"

高枫："继续坚持。"

⊙ 中原省扶贫办国文办公室 日 内

严爱国："你说，啊。"

孙处长："严主任，你说。"

国文："咋呀这是？咋还让来让去。说啥事情要？"

严爱国："国主任，我告诉你一个好消息。"

国文："啥好消息？"

严爱国："明天泥河水坝就要竣工验收了，上午十点，他们举行一个竣工仪式。呃，天阳市的领导，还有山南县的领导都问了我好几次了，问你啊，能不能参加他们的这个竣工仪式？"

孙处长："国主任，其实我早都知道，这个泥河上游这个大坝呢，是你多年来的心愿，现在呢，终于落成了。"

严爱国："是。"

孙处长："哎，不管咋你都应该出席一下嘛。"

杜江："对呀，国主任，您应该出席一下。"

国文沉吟片刻："哎呀，我不去了，我就不去了，呵呵。"

孙处长："哎，这……"

严爱国："这咋不去嘛？"

国文："哎呀，这都离开多少年了？你去了以后，净给地方同志添麻烦。咱不是常说嘛，这功成是不必在我，功成必定有我嘛。啊，不去了。明天我跟钟书记有个会议，啊，这样，你帮我跟天阳市的同志们解释一下吧。"

严爱国："好，要是这么个情况，那我跟他解释一下。"

国文起身望向窗外，百感交集："哎，泥河水坝，二十多年了……"

⊙ 国文家客厅 夜 内

电视机声音："今天上午八时整，泥河湾水坝最后一仓混凝土顺利收仓，标志着泥河湾水坝正式落成。在落成典礼上，当大坝建设总指挥宣布泥河湾水坝全线建成时，现场的人群……"

国文喃喃着："功成不必在我，功成必定有我。"

电视机声音："它是泥河沿岸人民多年来的梦想，今天这个梦想终于实现了。泥河湾水坝的建成为泥河流域粮食产业发展促进现代经济改善民生方面打下了新的基础。"

⊙ 柳家坪村委会内 日 内

高枫看着一脸沉思的雅奇:"雅奇书记,想啥呢嘛?"

雅奇:"哦,明天是我回柳家坪第一次召开全体党员大会,想想咋开嘛。"

高枫:"你想好了吗?"

雅奇:"你看我这样子,像想好的吗?"

高枫:"呀。"

雅奇:"高队长。"

高枫:"嗯?"

雅奇:"哎,你刚来村的时候,工作是咋开展的嘛?"

高枫:"我电话里不是都跟你说了嘛。哎。"

雅奇:"高队长。你知道的,我之前就找我爸说了村里的问题,他那个态度啊,我担心明天。"

高枫:"嗯,我知道。哎,你看啊,咱村这个基层党建工作中暴露出来的问题,不是一天两天形成的。你要解决,也不是一天两天的事。更何况你爸,在咱村干支书干了多少年了,这些问题他能不知道吗?所以我觉得,你明天开这个大会,首先是要让你爸对你提出来的这些问题认同呢,没有办法反驳。第二呢,咋了?"

雅奇起身:"我知道了。"

高枫:"你知道啥了?我还没说完呢。"

雅奇朝外走:"知道了就是知道了嘛。谢谢。"

⊙ 柳家坪村柳大满家 日 内

柳大满一抬头便看见赵书和进屋:"哎,你这一大早跑我屋来干啥来了?啊?今天不是要开党员大会呢嘛?"

赵书和:"我不是怕你迟到嘛。啊,等着你。"

柳大满:"那走嘛,咱走嘛。"

赵书和:"不着急嘛,没有到点呢。哎,你屋有茶叶吗?"

柳大满:"有。"

赵书和:"嗯。"

柳大满:"你这小心眼,还跟雅奇在这儿较劲呢。"

赵书和:"你才小心眼呢。"

柳大满："嘿，哎，走。"

⊙ 柳家坪村委会内 日 内

柳家坪的党员们陆续进屋开会。

柳美群："呀。"

赵亮："呀，来了。"

高枫："婶儿。"

柳美群："来来来了，你都来得比我早，那你都吃了吗？没吃，我刚蒸了一锅红薯我给你取去啊。"

李志刚/韩娜娜："吃了吃了。"

夏大禹："哎呀，这开会呢，吃啥红薯呢嘛。"

雅奇："来了。"

赵山："啊。"

雅奇："坐。"

赵山："没迟到吧？"

夏大禹："没迟到，没迟到。"

赵山："哎，小军让你给人家请假，你请了吗？"

夏大禹："呀呀，我忘了，雅奇书记，有个情况我忘汇报了，就是那顺义爷，前天晚上心脏突然难受得很，小军带到县城住院去了啊。"

雅奇："现在咋样啊？"

夏大禹："现在人是稳定了，但今天来不了了嘛，让我给请个假呢。"

雅奇："知道了。"

说罢环视众人："那现在除了村支书和主任，大家伙都到齐了吧？"

话音未落，柳大满和赵书和一前一后进来。

柳大满："呃，村支书和村主任也来了啊。"

赵亮："村长，支书。"

赵书和："啊，来了啊。"

柳大满："呃，看着时间来的，还有一分钟啊。"

赵书和："大禹，呃，人都到齐了吗？"

夏大禹："到齐了。"

赵书和落座："啊，那到齐了开会嘛。"

夏大禹："雅奇书记，支书说开会。"

雅奇："好，那我们现在开始开会，今天呢，是我回柳家坪村，以第一书记的身份，第一次召开党员大会。我也想通过这个会，把我最近了解到的一些情况，跟大家汇报一下。最近我走访了咱们村的党员还有部分群众，发现了一些……党建问题。我把它整理出来了，来，辛苦了，高队长。"

赵书和："你先发那边。"

高枫："啊，好。"

韩娜娜："嗯。"

柳大满接过："哎呀，这奇奇娃这工作弄得细啊，我看看都写了些啥，第一，党内民主生活会没有定期召开，批评与自我批评活动严重缺乏。"

说罢看着赵书和："这，这，有这事没有啊？啊？"

赵书和："你先念嘛。"

柳大满："好，第二，对于重大会议精神传达和学习不及时。"

赵书和闻言打断："哎，你等一下，雅奇，呃，第一书记，啊，关于这个重大会议精神传达……"

雅奇笑笑："赵支书，不着急讨论，咱先把问题看完，好不好？"

赵书和："啊，好嘛好嘛，好嘛，念嘛。"

柳大满："第三，有些党员党费没有及时缴纳。"

赵书和："这夏大禹的事嘛，啊？"

赵亮："哎，支，支书，我打断一下啊，大禹，我，我的党费可是一直都交呢啊。"

柳美群："我也交着呢。"

夏大禹："对对对，都交着呢。支书、主任、我，也都交着呢，都交……"

雅奇："先不着急讨论，咱们把问题看完。"

赵书和："啊，就是，就是嘛，有些党员嘛。"

赵亮："哦。"

赵书和："没有说全部嘛，跟咱没有关系。"

赵亮："对着呢。"

赵书和："接着念。"

柳大满："第四，党支部……我不念了，这都是你这支书的事嘛，你念，我不念了，你念。哎哟，我不念了。"

赵书和接过念着:"啊,好嘛。第四,党支部长期没有发展新党员,造成党员队伍后备力量不足。啧,哎呀,这个,没有发展这个新党员啊。"

雅奇:"赵支书,先看嘛,先把问题看完嘛,好吗?"

赵书和:"好的呢。第五,集体经济名存实亡,大满,这是你的事。啊,你来念。"

柳大满瞪起了眼睛接过纸:"啥,啥你的事我的事,这不是集体嘛,啊,好,我念。第五,集体经济名存实亡,成空壳状态,另外,还有的群众提出,部分党员干部没有为群众办实事,办事拖延、推诿,这不还是你的事嘛。第六,还有一些同志工作方式简单粗暴,不够细致,停留在用大喇叭里喊的思维方式和工作方法上。这用大喇叭喊,就是你爸经常就是这,在大喇叭里啥事都往外喊呢,你爸成天用大喇叭,又是喊吃的,又喊喝的,该喊的不喊的全都往出喊呢。呵,第一书记,这一条我严重不同意啊,这买大喇叭,就是为了喊嘛,对着嘛,这一喊村里人都知道了嘛。"

赵书和:"就是呢嘛,不然立在那儿,不是成摆设了吗?"

赵山:"对着呢嘛,咱农村人,交通靠走,治安靠狗,那通信啊,就靠吼了嘛,已经习惯这大喇叭的交流方式了。"

赵书和:"啊,就是。"

柳美群:"对着呢。"

柳大满:"要不然还去跑到他屋,那多浪费时间嘛。"

赵书和:"嗯。"

柳大满:"一家一家通知的,对着嘛。"

赵书和:"就是嘛,第一书记,咱这六条都列出来了,啊,问题呢,也看到了,啊,会议还有啥内容吗?"

雅奇:"支书,主任,大家伙对这些问题,有什么要补充的吗?"

赵书和:"哎,讨论一下嘛,啊,有啥意见,提一下。"

夏大禹:"支书。"

赵书和:"啊。"

夏大禹:"我没有啥补充的。"

赵书和:"你……"

赵山:"我,我补充一下,就这第四点,发展新党员,咱村现在这年轻娃,都到县里市里打工去了,留在村子里头,都是年纪大的,咱这没有发展新党员的这个条件嘛。"

赵书和："就是的。"

雅奇："是这样啊，新党员是不按年龄划分的，只要年满十八岁，且个人主动积极，愿意加入，我们就可以发展。"

柳大满："呃，奇奇娃，我说一下，这问题没有那么严重嘛，啊，你说每个村子发展它都有一些各自的难处，都不容易。对着吗？你不敢把这事一下都弄到这白纸黑字上，这，这一下子问题就大了嘛。"

雅奇："主任，把它打印出来呢，是为了大家更好地、更清楚地认识问题。我们也更有效地去解决问题，你说对不对？解决办法呢，我也初步地列了几条，大家传阅，也看一下。高队长。"

高枫："嗯。"

雅奇："来，大家伙看看。"

高枫："解决方案都出来了。来，叔。"

赵山看着："哎哟，全面得很嘛，这不是。"

雅奇："也麻烦高队长，给我们念一下。"

高枫："啊，针对上述问题，解决方案如下：一、严格落实'三会一课'，定期召开党支部党员大会、党支部委员会议、党小组会；按时上好党课，严格按照'三严三实'，即严以修身、严以用权、严以律己，谋事要实、创业要实、做人要实的重要论述，树立良好的党员形象。二、严格落实党员组织生活的考勤制度。"

韩娜娜："三、要求党员按月积极主动地交纳党费。四、每位党员在群众当中发展积极分子，年度内，在全村的入党积极分子当中，发展三到五名新党员。"

李志刚："五、推行集体经济负责人制度，选出负责人。要求全村党员面对群众有问必答，有呼必应，及时解决，起到一个党员应有的先锋模范带头作用。六，切实改变工作作风，提高干部履职能力。"

柳大满："这选择负责人不是选出来了吗？我就是负责人嘛。这咋……"

雅奇："这六条可能写得没有那么全面啊，也欢迎大家作补充。如果大家对这六条没有补充的话，咱们就举手表决吧。同意的请举手！"

众人纷纷举手。唯独赵书和没举。

雅奇："赵支书。"

赵书和："嗯？"

雅奇："看来，你有不同的意见？"

赵书和："哦，我没有举手，就是同意的意思。嗯，啊。"

柳大满："呃，你爸要是同意，我就同意。"

雅奇："好着嘛。"

赵书和："那，这举手表决完了，咱这会就开完了？"

雅奇："开完了。"

赵书和："好，散会。"

雅奇："支书和主任留一下，其他的同志，散会。"

高枫："嗯，走。"

柳美群："哎，娜娜。"

赵亮："村长，走了啊。"

赵山："我们走了，走了啊。"

柳大满："好好好。"

夏大禹："支书，村长，我走了。"

柳大满："先回先回，啊。"

柳美群："走了啊。"

柳大满："嗯。"

画外音（赵雅奇）：散会后，我以第一书记的身份把村子里在党建、发展党员后备干部培养等方面的问题一一严肃地提了出来，虽然跟父亲的谈话很辛苦，但我必须这样做。这是我的职责，也是我驻村工作的重点。

⊙ 柳家坪村柳大满家屋内 日 内

柳大满："哈哈哈……"

赵书和："瓜嘴张着笑啥呢？"

柳大满："我笑你呢嘛，笑啥呢，雅奇说得哑口无言了，哎，你平常不是说我的时候，你那滔滔江水，延绵不绝，都不带重样的，你今天咋了？啊？吃了黄连了，哈哈哈……"

赵书和："话咋这么多呢？我不是不说，是不想说。跟娃，不能太计较。"

柳大满："你不是不计较，你是计较不过人家娃。"

赵书和："我为啥要计较呢？啊？咋？雅奇说得不对？她说的问题，啊，这些问题，存在吗？存在呢。我有没有责任？"

柳大满："有嘛，你肯定有嘛。"

赵书和："你有没有责任？"

柳大满迟疑地:"我,我有。"

赵书和:"就是的嘛。"

柳大满:"那你为啥还拉着个脸,还给我使眼色呢?"

赵书和:"当着这么多人的面,她娃训她爸,脸肯定是挂不住吗,对吗?我心里肯定是不舒服嘛。"

柳大满:"哎,不过人家,奇奇娃弄的这,好着,确确实实,咱有责任的。"

赵书和:"哎,这事也是怪我,之前光想着种地了,这些问题全都忽略了,哎。"

柳大满:"我就不能想,奇奇娃,嗯,你女子,嗯,厉害……"

赵书和:"有病。"

柳大满:"你不在我屋吃饭了?"

赵书和:"回了。"

柳大满嘿嘿笑着。

第二十六集

⊙ 柳家坪村委会内 夜 内

雅奇走进来。

高枫："哎，回来了？"

雅奇："你觉得我今天这个会，表现咋样？"

高枫："表现得不错。"

雅奇："有你一半的功劳呢。哎，但是，啧，我觉得这个会开得不是很成功。"

高枫："咋了？"

雅奇："你看我爸那个样子啊，心里肯定不服气。"

高枫："嗯，是。"

雅奇："开完会我就一直在想，从长远的角度，咱们还是要发展新党员。"

高枫："对，你这个说得确实对。你看啊，不管从咱村的党支部的后备力量来说，还是从咱村未来的集体经济的接班人来说……"

雅奇："嗯。"

高枫："咱都需要发展这个新党员。"

雅奇："对着呢。嗯，你回村工作的时间比我久，你有没有发现一些要求进步的青年呢？"

高枫："要求进步的青年，嗯，啧，主要咱村好多娃都出去打工去了。我想想啊。嗯，柳明和有庆，我觉得他俩可以发展。"

雅奇："柳明是那个多金叔的娃？"

高枫:"哎,对。"

雅奇:"好着呢。"

高枫:"你记下。哎,对,还有,柳小江。"

雅奇:"柳小江?我不熟,你给我介绍一下。"

高枫:"柳小江也是咱村的人,只不过那时候咱俩小,人家就到南方去打工了,那发展得还不错,现在回了咱村,在县城搞工程。"

雅奇:"啊,好着呢。你把他们三个电话发给我。"

高枫:"我现在就给你发。"

雅奇:"好。"

⊙ 中原省扶贫办国文办公室 日 内

严爱国将一份文件递给国文。

严爱国:"国主任,全省危房改造督察的分工下来了。你看一下,我好跟民政、财政,还有住建厅协调一下分组的情况。"

国文看着文件:"你看这国家下了多大的力气。"

严爱国:"嗯。"

国文:"呀,光咱省的扶贫办上报的危房就有三万两千七百七十套。"

严爱国:"对的。"

国文:"再加上民政部门认定的低保户、五保人员,你就算每一户是7500元的标准吧。"

严爱国:"嗯。"

国文:"那加在一起是多少了?是两个多亿这是。哎呀,这么些地方,我在想咱这些干部跑不过来啊。"

严爱国:"是。哎,国主任,你先别急,办公厅给咱们协调了138名专家协助咱们的工作,啊,再加上咱们两年的这个贫困地区建档立卡数据库的建立,省了咱们这个大量的人力、物力,还有时间,你放心,哎,咱们在决战时刻一定把这个事情给干好。"

国文:"脱贫攻坚是一号工程。"

严爱国:"嗯。"

国文:"党和国家高度重视,有再大的困难必须克服。考验我们的时候到了。"

⊙ 柳家坪木耳棚里 日 内

黄教授在耐心辅导柳明和有庆。

黄教授:"在接种之前,我们要给大棚进行一次消毒,只要在地面均匀地撒上生石灰就可以了。一定要铺撒均匀,接种之后呢,15天之内,要把温度控制在20到22度之间。接种15天之后,咱们再把温度升到25度以上,让菌丝快速生长。可是当菌丝快长满的时候,咱们还得把温度降回到18到22度之间。"

⊙ 柳家坪村柳三喜家 日 内

柳三喜有些为难地看着李志刚和韩娜娜:"我之前在城里头开了个小油条铺,你们这让我开农家乐,我还真的有点搞不懂这个。"

李志刚:"叔,你不用把这事想得太复杂,这开农家乐和开饭馆那些都差不多。"

蓉蓉:"那城里人愿意到咱农村来吃饭吗?他们不会嫌弃咱农村吧?"

李志刚:"其实咱们在这儿开农家乐,是有自己的优势的。"

韩娜娜:"嗯。"

李志刚:"咱的地理位置,还有乡间特色,都会是很好的卖点。"

韩娜娜:"嗯。"

柳三喜:"哎呀,你刚说这话确实有道理,……但是我前几年在城里弄过油条铺,破产了。我跟蓉蓉现在手头也没有多少资金。"

韩娜娜:"哦,叔,钱的事你们不要操心,国家是有政策呢,像你们这个情况是符合国家扶贫贷款标准的,咱只要是想干,我们就去银行给你们申请贷款去。"

⊙ 天阳市某县乡下一村口 日 外

国文带领一行人风尘仆仆地进村检查危房改造工作。

村支书:"哎,来了,哎哟,国主任。"

国文:"哎,你好。你是咱这村的支书啊?"

村支书:"是啊。"

国文:"啊,咱现在先去哪一家?"

村支书:"先到这一家。"

国文:"啊,好。"

村支书:"好。"

国文:"这就是下完雨之后的房子,走,咱这边走啊,走走走,这是土坯结构的房子，是吧？"

邓县长："是啊是啊。"

村支书："就是这一家。"

国文："哦。"

村支书："你看，就这个。到了到了到了，国主任。"

国文："这一场雨这房顶都塌了？"

村支书："啊，这房子，不经雨。"

国文："啊？这还有个娃呢，小朋友，来来，出来出来，小朋友，里面太危险了，快出来，把那小孩子弄出来。"

村支书："哎哎哎，好。"

国文看见一对老夫妻在倒塌的房子废墟里寻找着什么，便上前问道："哎呀，嫂子呀，受苦了受苦了，受苦了。老哥，你这是干啥？这寻啥呢这是？"

村民甲："哎呀，把钥匙不见了。"

国文："啊，你不要寻了啊，这是危房，太危险了啊。来，快把老人家……"

村支书："来来来……"

国文："请出去，快请出去，不要寻了。"

村支书："别寻了，别寻了。赶快赶快赶快，出去，回头我帮你寻啊。"

村民甲："好好好。"

孙处长："来，叔坐这儿，哎，慢点慢点。"

村民甲："哎呀。"

国文："哎呀，老哥，嫂子，你们受苦了啊，你们放心啊，党和政府不会让你们无家可归的，啊，我们会尽快地安置你们的住处，好吧！啊，还有这娃不敢再往里跑了，太危险了，这房子不能住了，咱尽快啊，尽快，那咱现在是住在哪儿呢？"

村民甲："我现在就在外面凑合着。"

国文："在……"

村民甲："这这这……"

妇女甲："几十年的老房子了。"

村民甲："哎，几十年老墙了，雨一下多就塌了嘛，不怪人嘛。"

国文："支书，你们村这工作是咋干的？这棚子能住人？"

村支书："国主任，你是不知道，他们家就不是贫困户，也不是民政上认定的低保户和特困户，他有儿有女呢，都在一个户口本上，儿女去打工去了，挣钱了，把两个老人往家里面这么一撇，看娃呢，其他啥也不管。这，这情况叫人咋管呢嘛？"

国文："邓县长。"

邓县长："哎。"

国文："这省里面，危房改造款早就拨下来了啊。这钱干啥去？你看看，你看看这房子，你给我解释一下。"

邓县长："国主任，他们家这房子原本还……还行，主要是这几天这雨下得又紧又大。"

孙处长："像这种房子连雨都挡不住，哎，这还不算是C级D级危房？如果你们能把这个工作做到前面的话，还会发生今天的事情吗？我给你说，两位老人没有发生什么意外，那是不幸中的万幸，否则的话，那可是人命关天的大事情。哎，你说你们担得起吗？"

国文："邓县长。"

邓县长："哎。"

国文："这村子里面，像这样的危房还有多少套？"

邓县长："这个村还有14套，我跟县里统计过了。"

国文："改造过多少套？"

邓县长："我们，啊，我们县四大领导班子，整体研究过，对危房改造，各个单位都表示全力支持，对咱们危房改造……"

严爱国："哎呀，邓县长，啥表示支持啊，你看这房子都破成这样了，你不要说这些官话、套话，想蒙混过关，我们和住建是危房改造的主责部门，出了问题我们是要追责的。梁处长，你们住建厅啥意见？"

梁处长一时无语。

国文："走，再去看看其他的危房。"

村支书："走走走，我来带路。"

众人继续朝前走去。

国文走到一危房前站住："就这一户？"

村支书："这几家都是我们村的危房，哎呀，你看这天气今天这么热，要不然我给咱先弄一点水喝一喝。"

画外音（赵雅奇）：实现农村贫困人口不愁吃、不愁穿，保障其义务教育、基本医疗和住房安全的"两不愁三保障"，成为农村贫困人口脱贫的基本要求和核心指标，尤其是贫困户的住房安全是"两不愁三保障"的重要组成部分，然而眼前的这一幕让国文伯伯感到危房改造迫在眉睫。

国文:"邓县长。"

邓县长:"哎。"

国文:"你有啥苦衷?"

邓县长:"我没,没苦衷。面对错误,回去努力改正吧。"

国文:"你这话说得是言不由衷,你,你是遇着啥难处了?你有啥问题?咱来就是解决问题的。"

邓县长:"没问题,真的。"

国文:"没有问题,你看看,你看看这房子,这是没有问题?邓县长,这危房改造是咱国家推行'两不愁三保障'工作的重心,这项工作的重要性你知道吧?"

邓县长:"知道,当然知道。"

国文:"刚才那两位老人你看见了吗?"

邓县长:"啊。"

国文:"你看那住的是啥环境?那是,要是你的亲人,住在那样的环境里,你啥心情?咱将心比心嘛,你是当地的干部啊,你不执行国家危房改造的政策,那你这不如回家嘛。吆鸡关后门,抱娃收鸡蛋。"

严爱国:"我说邓县长。"

邓县长:"啊?"

严爱国:"国主任都来了,你有啥困难,你说嘛,啊,我给你反映一下,你不说,你等到啥时候嘛?"

邓县长:"没有,回去,回去我们马上改正,马上拿出举措。"

国文:"你拿出啥举措?你发现啥问题了?省里面这个危房改造款早都拨下去了,那现在是哪个环节出问题?你能说不能说?哎呀,你是怕得罪人?怕得罪领导?你怕得罪领导,你不怕得罪当地的老百姓,你眼睁睁看着他们就住在那样的环境里。好,你不说,我自己也能查出来,我不问你了,走,咱下面去哪一户?"

村支书:"走,我带你。"

国文:"走。"

村支书:"哎,国主任,这里边还有我们村两间危房,你先看一下。"

邓县长:"国主任……"

国文:"咋了?"

邓县长:"国主任,如果你真想听实话的话,那我就实话实说吧。"

国文:"你说。"

邓县长:"其实,上面拨给我们的危房款,根本就没有到位。"

国文:"你说省里面的钱,拨下去你这县里没有拿到?"

邓县长:"没有。"

国文:"你要对你讲的这话负责任。"

邓县长:"我负责任。哎,既然话也说到这儿了,我就多跟您……唠叨几句吧,是他们市里、省里把工作没干好,光把板子打在我们这些基层身上,不公平啊。"

国文闻言一怔,神情凝重。

⊙ 公路上返程车上 日 外

车在公路上行驶。

车内,国文急切地:"老孙,你回去给我联系一下住建厅的彭厅长,我要见他。"

孙处长:"好。"

⊙ 河边河滩地 日 外

赵书和孤身一人,背着水壶和干粮在查看河滩地。

画外音(赵雅奇):我的父亲赵书和秉承了中国农民最朴实的信念,此时的他像逆流而上的纤夫一样,执着于实现土地与粮食的梦想。

⊙ 中原省住建厅厅长办公室 日 内

彭厅长看着一脸怒容的国文:"国文,你消消气,消消气啊。哎,那个危房改造款啊,不管是财政厅,还是我们,早就拨给各地市了,一分钱不少,你相信我。如果像你说的,县里没有收到钱,那问题肯定出在市里。这个事啊,中央盯着,省委省政府呢督促着,谁吃了熊心豹子胆,敢截留挪用啊?"

国文:"所以把这事要查清楚呀,你现在就是一笔糊涂账,哪个环节出问题了?国家给这么好的政策,老百姓啥好处也没有得到,这叫啥事情?这得查呀。我现在就去市里,我去找孙书记去。"

彭厅长劝阻道:"哎,国文,国文,你听我说,你不能带这个情绪过去啊,我可听说啊,孙书记马上要调到省里来当副省长了。你别动不动就发脾气、拍桌子的。你这以后啊,见了面以后怎么开展工作?"

国文无语叹气。

彭厅长:"哎,国文,你听到了没有啊?"

⊙ 柳家坪村委会 日 内

柳大满匆匆走进:"哎,书和,哎,书和。"

赵书和:"嗯。"

柳大满:"好几天没见你,你忙啥去了啊?"

赵书和:"我这几天,把咱柳家坪泥河边上的滩地,全都走了一遍。"

柳大满:"你跑那儿干啥去了嘛?"

赵书和:"啊?"

柳大满:"这,这,这都是啥吗?你咋还弄得这打狗棍了啥的啊?"

赵书和:"呵呵,水坝弄成了,这水也有了。咱河滩地不能闲着嘛,要利用上。"

柳大满:"你弄这干啥呢?"

赵书和:"嗯?"

柳大满:"你是要开荒呢?"

赵书和:"哦。"

柳大满:"那谁跟你去呢吗你这是?"

赵书和:"咱村子里的年轻娃们,都闲着呢,他们肯定能去嘛。"

柳大满:"现在这年轻娃人家能跟你去吗?你那活多累人的。"

赵书和:"不累。喷,就是几块烂石头,那石头一搬,地一翻,这事就弄成了。嗯,哎,你去吗?"

柳大满:"我,我是不去了,人家枫枫娃给我安排的工作,我得配合人家娃嘛,哦,呵呵。"

赵书和:"好嘛,好嘛,哎哎,我给你看一下,你看一下,我这几天的成果,你看,这都是我走过的啊,我准备呢,把这块地先开出来。"

柳大满:"这一片你全走了?"

赵书和:"啊,我算了一下啊,大概,呀,有一百多亩。"

柳大满:"哎哟,那不少呢嘛。"

赵书和:"嗯,咋样?美着呢吗?啊?"

柳大满:"美美美,哎呀,你,你,你这身上这味道也美着,你赶紧回去先洗个澡去,一身的汗气味。"

赵书和:"啊,好嘛好嘛。"

柳大满："我还有事，我去寻枫枫娃去了。"

赵书和："啊，好，你忙去。"

柳大满："嗯。"

赵书和："哎，你还嫌弃我呢啊？"

柳大满："你赶紧洗澡，那味道真的美得很。"

赵书和："好好好，好好好，哎呀，美着呢。"

⊙ **中原省某市委书记办公室 日 内**

国文在与市委孙书记谈话。

孙书记："国主任今天来，为了这个事啊？我知道，中央和省财政下拨的款项，地区专款专用。可我们的情况是，市里好几个重点项目，骑虎难下，眼看就要烂尾了。所以，市委班子经过商量，根据本市的情况，把那笔资金统筹安排了。"

国文："统筹安排了？你统筹到哪儿去了？啊，你们市里把国家拨下来的危房改造资金给统筹出去了？"

孙书记："我们之所以这么做，也确实没有办法。市里的财政捉襟见肘，这也是没有办法的办法。"

国文："孙书记啊，你到村里去看一看，那老百姓住的啥地方？那是住在棚子里面。"

孙书记："啧。"

国文："你们这么干，你不怕老百姓在背后戳你们脊梁骨啊？那危房塌了，是要出人命的呀。"

孙书记："国主任，我们知道危房改造的重要性，市委市政府一直在积极推进，我也想一下子把全市所有农村危房全都改造好。可确实太难啊。哎，现在这一言难尽啊。还请国主任多多理解。哎，国主任，我这么给您说吧，统筹危房改造款，在咱们省不是只有我们一个市这么做的，那别的市也有这么干的。"

国文："好，好，我不管其他的市，其他的市咋干，到时要具体查证，我现在就知道你们市是这么干的，你们把这笔钱给统筹了。孙书记，我现在就请求你，你把我这个危房改造资金，从这个所谓的统筹里面拿出来，用在危房改造上面来，行不行？"

孙书记："我们试着看吧。"

⊙ 柳家坪村木耳棚里 日 内

柳明："黄教授，你看我们这木耳长得咋样嘛？"

黄教授："嗯，看起来不错，你看像这些，再过一两天，就可以菌袋开口了。"

柳明："就是嘛。我们都是按照你说的严格要求的，都是菌种刚种下的时候，我们是按照20到22度，然后菌丝开始发芽，然后到中期的时候我们把温度就升高了，升到25度，它就长得快，现在呢，就是温度又降下来，到18度。"

黄教授："啊。"

柳明："呃，我们都是严格地按照你说的一步一步来的。"

黄教授："呵呵，对了，你这个温度测量，是以哪层为准的？"

柳明："呃……"

赵有庆："以这层还有最下层为准。"

柳明："呃，对，对着呢。"

黄教授："嗯，只要保持低温，菌丝充分分解，吸收营养，肯定长得壮。这样菌袋出耳早，分化快，产量高，抗病力还强。"

⊙ 柳家坪蔬菜种植大棚 日 内

赵大柱："哎呀，二梁。"

赵二梁："哎。"

赵大柱："这棚棚啥时候弄的嘛？"

赵二梁："这是枫枫娃给弄的嘛，美吗？"

赵大柱："呀，美着呢嘛。"

柳子旺："这美得很。"

赵大柱媳妇："这地下弄的嘴嘴是干啥的呢？"

赵二梁："这是高科技，浇地用的，先进得很，这将来咱都不用打水了。"

柳子旺："啊，就是。"

赵大柱："那么先进。"

赵大柱媳妇："哎呀，先进的嘛，是不是？"

赵大柱："你准备种啥呢嘛？"

二梁妻子："呃，小油菜、菠菜、油麦菜，你想种啥种啥嘛。"

柳子旺："啊，那，冬天能种吗？"

赵二梁："可以啊，要不然搭这棚棚干啥嘛。"

柳子旺:"啊。"

赵二梁:"现在外头冬天还要吃西瓜呢嘛,就是这嘛。"

柳子旺:"啊,就是。"

赵大柱媳妇:"我们也能种吗?一起种嘛。"

赵大柱:"哎,对着呢嘛。"

赵二梁:"没问题,咱兄弟俩一块种,我跟你说,枫枫娃这一套我都学会了。将来我教你。"

赵大柱:"呀,好着呢嘛。"

赵二梁:"咱一块弄嘛。"

赵大柱媳妇:"就是,人家还有专家呢,对吗?一起学嘛。"

柳子旺:"哎,不是,你们弟兄两个发财,把这好事,把我也引上嘛。"

赵二梁:"咋了?你,你也想种菜?"

柳子旺:"肯定的嘛。"

赵二梁:"你那下蛋公鸡不养了?"

众人哈哈笑了。

柳子旺:"种菜跟养鸡不冲突嘛,菜要是种烂了,我回去还能养鸡呢。"

赵二梁:"能成,呃,我这儿没问题。你到时去跟枫枫娃一说,咱就一块种。"

柳子旺:"能行能行。"

⊙ 泥河岸边河滩地 日 外

赵书和领着一群人带着工具走了过来:"好了,到了。"

村民乙:"叔。"

赵书和:"哎。"

村民乙:"这就是你说的那片地?"

赵书和:"嗯。"

村民乙:"我的妈呀,这得多少亩?"

赵书和:"呃,一百多亩嘛。"

村民丙:"一百多亩?"

赵书和:"嗯。"

村民丙:"叔,就咱这几个人,咱那要弄到啥时候去?"

赵书和:"呀,寻路靠走,干活靠手。光靠嘴,啥也弄不成嘛,再说了,人家愚公把山都移了,平片地怕啥呢嘛,对吗?散了,干活了,啊,干活。"

村民乙:"好,弄弄弄。"

村民丁:"来,弄吧。"

村民丙:"叔,这全是石头吗?"

赵书和:"呀,把石头弄走了,不就河滩地了嘛,哎。"

村民丙:"你这不是哄人呢嘛?"

赵书和:"别说话,干活。"

村民丙:"唉,干……"

⊙ 中原省委钟书记办公室 日 内

国文给钟书记汇报工作。

钟书记:"国文,这次你为了危房改造资金没到位的事情,找了住建厅厅长,还找了一个市委书记?跟人家瞪眼珠子了吧?"

国文:"的确是我态度不好。"

钟书记:"呵呵,你就不怕人家给你穿小鞋?"

国文:"我怕呀,但是钟书记啊,我更怕咱这危房改造的政策落实不下去。"

钟书记:"我看你国文,是天不怕地不怕,行啊,我没看错你,省委更没有看错你。"

国文:"但是我这态度不好,哎,态度不好,该接受批评嘛。"

钟书记:"对了,我可真是要批评你呢。"

国文:"好。"

钟书记:"我听说你为了扶贫工作,经常在外面跑啊,这次,得有跑了三个月没回家吧?"

国文:"哎呀,没事我家里头,这扶贫任务这么艰巨,咱省的问题这么严重。"

钟书记:"嗯。"

国文:"我心里也急嘛。"

钟书记:"国文,你是我们省扶贫工作的司令员,你就是跑到战壕里,未必你能把工作做得好。"

国文:"但是钟书记啊,那要我天天在办公室里面,不去村里面调研,咋能看见这废墟里面,这倒塌的房屋里面,那满脸皱纹的两位老人。"

钟书记:"你担心的问题已经通过政策手段,得到了解决,放心了吧?"

国文:"哎,是。"

钟书记:"呵呵。"

⊙ **柳家坪村委会内 日 内**

雅奇找柳明和有庆谈心。

雅奇:"我在高枫那儿,还有村两委那儿都了解过你们的情况了,今天来的主要目的呢,就是想问一下你们,有没有入党的意愿?"

赵有庆激动地:"入党?我们当然有了。"

柳明:"我们一直就有这想法。"

雅奇:"真的啊?"

柳明:"嗯,我们之前跟书和叔说过这事,但是后来,水泥厂关了之后,我爸就病了嘛,他爸也是欠了债,我们就没有心情想这事了,后来不是把木耳又种上了,我们就忙起来了,把这事就一直耽搁,耽搁到现在。"

雅奇:"那你们,种木耳的主要目的是什么呢?"

赵有庆:"我们种木耳,不光是为了赚钱,我们种木耳想的是,我们能带领全村人,一起过上好日子。"

柳明:"就是嘛。还能实现一下我们的……"

赵有庆:"自我价值。"

柳明:"对!自我价值。"

雅奇:"好得很,你看你们刚才说的,不管是从思想上,还是从行动上,其实已经具备了成为一个党员的基本条件了。你们不是一直想入党吗?"

柳明:"是的啊。"

赵有庆:"对。"

雅奇:"那如果我和高枫作为你们的入党介绍人,咋样?"

柳明:"好着呢。"

赵有庆:"那当然好着呢嘛。"

⊙ **柳家坪村赵山家院子 日 外**

赵山和元宝在跟高枫谈事。

赵山:"我俩一直想到工作队去寻你。"

高枫:"啊。"

赵山:"就怕你忙。"

高枫:"哎呀。"

赵山:"是这,你看,现在全村人该帮扶的都帮扶了。"

高枫:"嗯。"

赵山:"养鸡养鸭,就剩我俩。"

赵元宝:"对着呢嘛。"

赵山:"我欠着外债呢,主要是……"

高枫:"我知道,叔,其实我工作队啊,已经想好了,我们觉得你俩还是跑货运。"

赵元宝:"不是,还跑货运?"

高枫:"嗯。"

赵元宝:"那跑货运不成啊,那头一回开车,就撞人赔钱了,二回还弄这能成吗?"

高枫:"叔,你上回出事情,那是因为车没有及时保养,你想你那车买的都是几手了?你成天来回跑,也不保养,咱现在有经验了,叔,咱下回注意就完了。"

赵山:"我觉得你说这话是对的。"

高枫:"啊。"

赵元宝:"对对对,你又对上了,对啥着呢嘛。那头一回撞了车,钱都还没赔上呢,这拿啥买车呢嘛?"

高枫:"哎,叔,我这回过来,要说的重点就是这,咱国家对于贫困户有无息贷款,只要你们愿意,我工作队就可以申请。可以直接拿这个钱买车。"

赵山:"那我肯定干呢,现在就看你元宝叔了。"

高枫:"叔那你咋想的嘛?"

⊙ 中原省扶贫办国文办公室 日 内

严爱国匆匆进来:"国主任,你找我?"

国文:"哎,严主任,是这啊,咱扶贫办呢,现在要请省电视台,拍摄一部反映咱省贫困地区真实情况的纪录片。"

严爱国:"哦。"

国文:"你要全程陪同。"

严爱国:"好,我全程陪同。"

国文:"要求就是一定要真实。"

严爱国:"嗯。"

国文:"不要规避任何的问题。"

严爱国:"啊。"

国文:"是啥样就拍成啥样。"

严爱国:"嗯。"

国文:"一定要反映出咱贫困地区真实的情况。"

严爱国:"嗯。"

国文:"你明白吗?"

严爱国:"啊,我明白。"

国文:"这事我跟省电视台的领导也打过招呼了,你一定要办好啊。"

严爱国:"我一定办好。"

国文:"好。"

严爱国:"我马上去安排一下。"

国文:"好好好。"

⊙ **柳家坪木耳棚内 日 内**

教授在辅导柳明和有庆:"避光性现在没有,对吧,正确养殖木耳的办法,你们看一下,来再看看这个。菌丝纤细,密度比较小,说明长势不太好,而且还有杂菌。"

柳明:"我看看。"

教授:"看清楚,这对你们以后有很大的帮助。"

二人点头。

⊙ **柳家坪柳春田家屋内 日 内**

高枫:"那这样,婶儿,呃,最近咱县里面推广了这个养鹌鹑,而且咱下一批这个帮扶的家禽家畜,马上就就位了,里面主推的就是养鹌鹑,到时候有专家来专门指导,你觉得咋样?"

英子:"我没养过,哎,养鹌鹑是不是比鸡好卖价呢?"

高枫:"呵,这样,养鹌鹑有几个好处,第一,鹌鹑的体积小,就咱那院子都可以养。第二呢,这个鹌鹑的产量非常高,而且还吃得少,鹌鹑蛋营养价值特别的高,而且这个鹌鹑肉还可以卖钱。第三,这鹌鹑的粪便是一种天然的有机肥,咱种地、种菜都可以用得上。咋样?"

英子:"呵,我,呵,我……"

高枫:"婶儿,是这样,呃,因为其他几个乡,有些村,已经开始养鹌鹑了,而且收益都不错,但是咱村现在还没有人养,就看你愿不愿意做咱村第一个养鹌鹑的人?"

英子看看李志刚和韩娜娜:"行嘛,我愿意。"

高枫:"行,志刚,那你给婶儿记下。"

李志刚:"我这就帮……"

韩娜娜:"你给,你给婶儿记上。"

李志刚:"我这就写申请表。"

⊙ 中原省委会议室 日 内

会上正在播放专题片。

播完后,钟书记对众人说道:"国文同志跟我建议,说开会前,让大家呢,看看这两部专题片,我觉得挺好。我们这扶贫工作搞了这么多年,可是我们的老百姓,还这么困难,不搞好这场脱贫攻坚战,我们上对不起党中央,下对不起老百姓。"

国文:"这扶贫工作就好像是在这个柴火上呀烧开水,这个锅架在那个柴火上面,这原来嘛,我们经常是这个水刚烧到七八十度,就撤火了。"

钟书记:"我们绝不能撤火,要加柴,要把扶贫这把火烧得更旺,一定要把这锅水给它烧开,烧沸腾。"

国文:"嗯。大家都知道啊,中央下了死命令了啊,接下来呢,党中央会和中西部各省签扶贫工作的军令状,咱省的省委书记钟书记、省长,都要和党中央签扶贫工作的责任书了。"

⊙ 泥河岸边河滩地 日 外

烈日下,赵书和带领乡亲们在汗流浃背地平整河滩地。

⊙ 中原省委会会议室 日 内

钟书记一脸庄重:"同志们,我们中原省啊,现在贫困县呢有 56 个,贫困户呢,有 105.72 万户,贫困人口呢,316.7 万人哪,扶贫任务艰巨啊。"

说罢,将手里的脱贫攻坚责任书展示给众常委:"大家看看,这份脱贫攻坚责任书,这是国文同志刚刚从北京拿回来的。拿在手里沉重得很,我现在呢,就代表中原省各级党政领导,庄严承诺,动员一切力量,一定要在 2020 年以前,完成党中央交给我们的扶贫任务。一定要实现全省贫困人口全部脱贫的扶贫目标。我们的人民群众一定要全部脱贫。从我开始,全省五级书记都要签脱贫攻坚责任书。"

⊙ **柳家坪村头 日 外**

夏大禹正在墙上书写标语。

柳满仓凑上看着:"这是又换标语了?夏大禹。"

夏大禹:"啊。"

柳满仓:"哎呀,你这字现在写得越来越好了啊。"

夏大禹:"呵呵,熟能生巧嘛。"

柳满仓:"哎呀,好着呢,好着呢。这是,坚决打……"

柳满囤:"我看那第四个字是个啥字嘛?那笔画太多了。"

柳满仓:"哎呀,坚决打……赢……坚决打赢的赢字嘛。"

夏大禹:"从仓颉造字,到新华字典,咱中国这汉字都好几千年了嘛,啊?赢字你不认得?我跟你说,最应该认得这行标语的就是你俩了。一人给念两遍啊。"

柳满仓:"念两遍这?"

柳满囤:"呃。"

柳满仓/柳满囤:"坚决打赢脱贫攻坚战。"

⊙ **柳家坪村头 日 外**

赵山和元宝开着车进村子。

韩娜娜:"呀,山叔。"

赵山停下:"哎。"

韩娜娜看着车:"这,这咱的车回来了?"

赵山兴奋地:"回来了,回来了。哎呀,还是要感谢你扶贫队呢,你这办事效率太快了,钱一到,我就把车开回来了。"

李志刚:"呵呵。"

韩娜娜:"我看这车嘛,美得很嘛。"

赵山:"呀,你这当地话现在也说得好得很嘛。"

韩娜娜:"呵呵。"

赵山:"好着呢,能提回来,我就开始干活挣钱了。"

韩娜娜:"啊,这以后注意安全啊。"

赵山:"哎。"

赵元宝:"哎呀,对着,放心,到时候你们要进城开会啥的,跟叔说,叔带你们去嘛。"

赵山:"你俩做啥去?"

韩娜娜:"叔,我们正要去英子婶家呢。"

赵山:"哦。"

韩娜娜:"我们走了啊。"

赵元宝:"我带你去吧,开车带你去吧。"

李志刚:"不用不用,我们自己……"

韩娜娜:"不用不用,叔……"

赵元宝:"开车方便嘛。"

李志刚:"没事,不用了。"

韩娜娜:"走了啊。"

李志刚:"辛苦,注意安全,注意安全。"

赵山:"有啥事你就说啊。等回头到我屋里头给你做饭吃。"

李志刚:"好嘞。"

赵山:"哎呀,人家这俩娃也好着呢。"

⊙ 柳家坪柳春田家院子 日 外

柳春田正在喂鹌鹑。

英子:"咦,不敢这样,就给撑坏了,啊,不敢这样喂。"

柳春田:"啊,那这事得听你的。"

英子:"哦。"

柳春田:"你是咱屋的专家嘛。"

英子:"那可不,那培训手册我都看了两遍了,专家之前也教过我。"

柳春田:"多亏了我媳妇儿啊,能干得很,呵呵。"

英子:"对了,对了,你进屋歇歇,歇着去。"

柳春田:"咋吗?"

英子:"我弄,我弄。"

柳春田:"哎呀,没事嘛,我这都好得多了,我跟你说,我就看见这呀,哎呀,我是高兴。"

第二十七集

⊙ 山南县聂爱林办公室 日 内

敲门声。

聂爱林:"嗯,进来。"

县长走进:"聂书记。"

聂爱林:"哎,县长。快坐,坐下。"

县长落座:"啊,聂书记。"

聂爱林:"嗯。"

县长:"您的公示期快满了,跟您在一块工作这么久,还真舍不得您走啊。"

聂爱林:"县长,公示期没满,说这些话为时过早。"

县长:"不管怎么说,得祝贺您。"

聂爱林:"祝贺的话说早了,咱得等人家省委组织部把章子一盖,这才算数。"

县长:"啊,对对。"

聂爱林:"县长你来是……"

县长:"哦,那个,有一个扶贫项目,还得您看一下。"

说罢将手里的项目书递给聂爱林。

聂爱林接过看着:"嗯,这……环境没有啥问题吧?"

县长:"没问题。"

⊙ 泥河岸边河滩地 日 外

赵书和带着众人劳作。

⊙ 柳家坪村委会 日 内

高枫与雅奇在谈事。

高枫:"哎,你知道你爸在河滩开荒的事?"

雅奇:"知道呀。"

高枫:"哎呀,我觉得你爸确实不容易,一个人带着咱村那几个人在那儿人力开荒,你说那得开到啥时候去?是这样。"

雅奇:"嗯。"

高枫:"我有个想法,前两天我到县里去开会,刚好碰到一个工程队的负责人,人家说只要咱村有关于脱贫攻坚的问题,就可以寻他们帮忙。而且他们是免费的。"

雅奇:"真的?"

高枫:"这样,我把这个人的联系方式给你发过去啊。这事你爸要是知道,肯定高兴呢。"

雅奇:"就是。"

高枫拿出手机:"给你发过去了啊。"

雅奇:"哎,收到了。"

高枫:"嗯。而且这样你跟你爸,关系还能缓和一下。对吧?"

⊙ 泥河岸边河滩地 日 外

众人在劳作。

几辆挖掘机驶来。

村民甲:"这咋还来了变形金刚了?"

赵书和:"呵呵,呀,人家愚公移山的时候,还有神仙来帮忙呢。对吗?咱也有援军呢。"

村民乙:"呀,这下有这大家伙来支援,那咱就快多了嘛。"

赵书和:"就是嘛。"

村民甲:"今天在这儿挖完有希望了。"

赵书和:"干活了干活了,呵呵。"

⊙ 柳家坪赵书和家屋内 夜 内

赵书和与柳秋玲在围桌吃饭。

赵书和:"哎,秋玲,我提醒你啊,一会儿雅奇回来了,你要注意一下自己的态度啊。"

柳秋玲盯视赵书和:"你不是跟我说,第一书记说你工作上有很大的问题吗?你今天请她吃饭、喝酒,我可提醒你,你不要犯更大的错误。"

赵书和:"啧,呀,说啥呢?"

柳秋玲:"你贿赂干部。"

赵书和:"啥叫贿赂干部?我是赵雅奇她爸,雅奇回家和她爸吃个饭喝个酒,咋了?天经地义的事嘛。"

柳秋玲:"你不要跟我硬撑,到底咋回事?"

赵书和:"哎呀,就是那河滩地的事。"

柳秋玲:"河滩地?"

赵书和:"对啊。"

柳秋玲:"咋了?"

赵书和:"你不知道那河滩地都是大石头,光靠咱村那几个人,又费时又费力的。多亏雅奇调来了这个挖掘机呀、推土机啥的,那干活效率一下子就上去了。嗯,咋样?你女子厉害吗?"

雅奇进来:"爸,妈,我回来了。"

赵书和:"回来了。啊,坐下,坐下,坐下。"

雅奇望着丰盛的饭菜:"这么多菜呢?"

赵书和:"啊,哎,都是你妈给你做的啊。"

雅奇:"都是我爱吃的。"

赵书和:"嗯。"

柳秋玲:"行了,吃饭吃饭。"

赵书和:"哎,等一下,等一下,来,雅奇。"

雅奇:"啊?"

赵书和:"跟你爸喝一个,哎,爸要谢谢你。"

雅奇疑惑:"啥事啊?"

赵书和:"突突突,突突突。"

雅奇:"突突突……哎哟,挖掘机和推土机,爸!其实这事也不是我一个人忙活的。"

赵书和："哎呀，我知道，是枫枫娃的关系。对吗？"

雅奇："对着呢。"

赵书和："但是是你张罗的嘛，你跟枫枫娃都是好娃，都心疼我，我都知道，啊。"

雅奇："就是嘛。"

柳秋玲："再不吃就凉了。"

赵书和："再不吃就凉了，来，吃饭。给。"

雅奇："爸，没有别的事了？"

赵书和："还有啥事嘛？"

雅奇："工作上的。"

赵书和："没有，工作……很好嘛，啊，再说了，工作上的事，不在屋里说，啊，吃饭。"

雅奇端起酒杯："好嘛。我要敬我妈一杯，我妈这么辛苦，做了这么多个菜，我敬你。"

柳秋玲："我不想喝酒。"

雅奇尴尬地看着赵书和。

赵书和一把接过雅奇手里的酒杯："哎，我喝我喝，你妈戒酒了，啊，嗯，我喝呢。"

⊙ 柳家坪木耳棚里 日 内

黄教授拿着两袋木耳在给柳明和有庆讲解。

黄教授："像这种有绿霉的，就是菌棚缺氧，基质末过细，装料过实，所以导致水分偏低。菌丝不透气，长满袋周期拖长，由于袋内缺氧，所以菌丝生长困难，还有就是灭菌不彻底，同时灭菌之后，温度控制没有做好。"

柳明焦灼地："教授，我们现在咋办嘛？"

黄教授："像这种情况多吗？"

赵有庆："反正每个架子上都有几包。"

黄教授："那就赶紧检查所有的菌袋，发现这样的全部扔掉。"

赵有庆一愣："全扔？"

柳明："全都扔了？"

黄教授："对，全部。"

⊙ 柳家坪木耳实验室 日 内

柳明忧虑地望着高枫:"那个,哥。我们从建棚到现在,花了多少钱了?"

高枫:"我不是跟你俩说了嘛,这个事情你们就不用操心了啊,这个我们工作队来负责,你俩就给咱踏踏实实地好好弄,啊,那我先走了。"

说罢起身离去。

赵有庆:"哥你慢点啊。"

高枫:"啊。"

柳明看着有庆:"哎呀,你说,我们这从建棚到搭架子,到买菌种,花了不少钱了。我们上次一个失误,就损失了几十袋,那都是钱嘛。我现在就是心里没有底,要是我们这次又把这事情搞砸了,我还有啥脸面面对村里人嘛?"

赵有庆:"放心,这回肯定不会搞砸了,咱一定能成。等咱种成木耳了,拿木耳换了钱,咱再报答村里人。对吗?"

柳明:"能行?"

赵有庆:"肯定能行。"

柳明:"行,那我们就跟着教授好好学,好好干。"

赵有庆:"对,好好学,好好干,咱一定能行。"

柳明:"一定能行。"

赵有庆:"加油。"

柳明:"加油。"

⊙ 天阳市副市长聂爱林办公室 日 内

聂爱林接着电话。

聂爱林:"哎呀,谢谢谢谢,哎,对着呢,看着是咱从县里往市里前进了一步,其实是肩膀上的担子更重了嘛。咱这为人你知道,走到哪儿咱都是给人家群众做好服务工作嘛。哦,行嘛,谢谢啊。哎,对,那就这。哎呀,嗯,来。"

女秘书走进来:"聂副市长,请问还有什么需要我做的吗?"

聂爱林:"呃,暂时再没有啥事了。"

女秘书:"行,我就在您办公室对面,有需要的话,您随时叫我。"

聂爱林:"好好好,呃,你是小邓?"

女秘书:"对,是的。好,那您没什么事我就先走了。"

聂爱林:"谢谢啊。"

女秘书："嗯。"

聂爱林继续打着电话："对。哎，哎呀，你家伙的，刚从市长办公室出来，第一天嘛，哎呀，你再好的酒我就不喝酒嘛，饭不敢吃。哎，是这，谢谢啊，你的心意我领了，呃，你哪天来，我请你吃包子，看咋样，对嘛，对嘛，啊。"

突然，桌上电话响了。

聂爱林："我接个电话啊，对对，对对对。"

说罢，挂断手机，接起桌上电话："喂。哎，你把电话打到这儿来了，啊，谢谢。这个事情是这样的，我已经移交给新任的县委书记了，你得跟人家请示，到市里来了，你给我打电话嘛。哦，对，对嘛对嘛。"

⊙ 柳家坪村委会 日 内

李志刚正在向高枫汇报工作。

李志刚："上次呢，我们总结了一下，一共包括二梁叔在内呢，有七户是……"

韩娜娜走进来："哎，队长。"

高枫："嗯？"

韩娜娜："我这几天咋没见柳根叔家豆腐摊呢？这是不在这儿摆了？还是有啥问题不干了？"

高枫："哎，这情况我还真不知道。"

李志刚："怪我。是我忘了说了，前两天呢，我就了解了一下这方面的情况。"

高枫："嗯。"

李志刚："是红莲婶子，她娘家不是开餐馆的吗？在乡上，他们就知道柳根叔开豆腐摊这个事了，就把他们家这个豆腐都给包下来了。"

韩娜娜："哦。"

李志刚："呃，柳根叔和红莲婶子他们一琢磨，想说去乡上办的话呢，又稳定，然后卖得又更多，就把这个摊支到乡上去了。"

高枫："哦。"

韩娜娜："那这是好事呀，他这，这以后能赚得更多了。"

李志刚："是。"

韩娜娜："那我想吃豆腐咋办？我以后不好买了呀。"

⊙ 泥河乡柳根豆腐店 日 外

柳根和夏红莲正在豆腐店忙碌着。

高枫进来:"婶儿。"

夏红莲:"哎,枫枫娃来了。"

高枫:"叔,忙着呢。"

柳根:"枫枫娃来了。你先,你先坐。"

高枫:"叔,你先歇会儿,我跟你商量个事。"

柳根:"好,你先,你先坐,我把这弄完。"

高枫:"对,好,美得很嘛,啊?"

夏红莲:"呵呵。"

柳根:"还可以,还可以。"

高枫:"哎,哎,叔,这最近在村里,咋没见你跟我婶,这咋不在村里卖了?"

柳根:"呵呵。"

夏红莲:"我娘家不是在隔壁开了个饭馆嘛,他这要得多,我就在这儿来做了。"

柳根:"这儿能多挣一点。"

高枫:"呀,那你这在这儿弄,咱村里人可吃不上了嘛,对不对?我工作队娜娜就想吃你家豆腐,跑了两三趟,都没见你俩。"

夏红莲:"是不是的?"

高枫:"嗯。"

夏红莲:"哎呀。"

柳根:"关键我俩人忙不过来了,所以只能顾下一头。呵呵。"

高枫:"哎,叔,那你没想着,把这规模再扩大一点?"

夏红莲:"那,就这么大一点地方,就我俩人,扩大了也弄不过来啊。"

柳根:"对呀。"

高枫:"是这,那天我们工作队啊,想了一下,就是在村里面,给你协调一块地,然后盖一个大一点的豆腐坊,再给你派些人手,你看咋样?"

柳根一怔:"派人?派谁呀?"

高枫:"就咱村那些人嘛,他们现在多少人还闲着没事干呢。"

柳根:"那,得给人家发工资了吧?"

夏红莲:"我俩现在挣的这点钱够我俩,你发工资那就……确实不够。"

柳根:"而且,你又是给地,又是人,万一再赔了呢?"

夏红莲:"就是。"

高枫:"这个事情我也考虑过,所以咱在村里给你弄的这块地,包括盖的这个豆腐坊,都是按村里入股,不用你俩掏钱,这个你不用担心。另外叔你想,你这么好的手艺,对不对?现在都已经供不应求了,回头规模再扩大了,对吧?不光咱村能吃上,对吧?乡里面,你这也不耽误嘛,说不定还能卖到县里。"

夏红莲:"哎,县里不敢想。县里……人又不熟呢。"

柳根:"就是,不认得嘛。呵呵。"

高枫:"我工作队给你寻出路嘛,给你寻销路嘛,对不对?那县里的饭馆不比咱乡里多?得是的。"

夏红莲:"哎,那可以呀。"

柳根:"呵呵。"

高枫:"另外,叔你想,咱把这弄起来之后,还能带动咱村的人,对不对?大家一块红火嘛,多好个事情。"

柳根:"你觉得可以?"

夏红莲兴奋地:"我觉得好着呢。反正咱这都弄开了,咱怕啥?信枫娃的嘛。"

高枫:"咋?叔,你不信我?"

柳根:"行,那我俩就听你的。"

⊙ 泥河公路施工指挥部办公室 日 内

夏琴上前与聂爱林热情握手:"哎呀,聂副市长,您看,条件有限啊,没想到您亲自跑来了。"

聂爱林:"呃,我是到咱县上去检查工作,路过你的工地。来把你看望一下。"

夏琴笑着:"太感谢了。"

聂爱林:"这个县里跟我说,咱的公路就要竣工了,想搞一个竣工仪式,夏处长你的意思是?"

夏琴:"哦,我的意见,咱们一切从简,仪式就不搞了。"

聂爱林:"好得很,我就是这样想的。你看,咱这个泥河公路的竣工呀,它不仅仅是说,跟国道连通,它更重要的意义是打通了山南县的经济之路。这么重要的事情,咱兴华集团给干成了,哎呀,这对我们山南县来讲,是一个巨大的贡献。这个意义是更加深远,所以搞不搞仪式,不重要。"

⊙ 柳家坪村柳春田家院子 日 内

多金媳妇看着笼子里的一群鹌鹑，一脸羡慕："呀，都养了这么多了。"

赵宏伟："好得很嘛。"

多金媳妇："来，来英子，来。这鹌鹑好养吗？"

英子："好养嘛，原来没有这么多，这是产了一茬了。"

多金媳妇："呀。"

赵宏伟媳妇："这么快。"

多金媳妇："这都是你一个人养的？哎呀，你真能行。"

赵宏伟："能干嘛。哎，英子，那，我有话就直说了。"

英子："好。"

赵宏伟："啊，呃，之前扶贫队让我养猪，那我就养了嘛，那谁知道，这猪得二百天才能出栏，太慢了，得半年时间，我也听人说，这个英子养鹌鹑养得好，呵呵，我就来问一下，这养鹌鹑到底咋样嘛？我看着，得是跟养鸡差不多嘛。"

英子："这鹌鹑，四十天就能产蛋，养那鸡要四个月才能产蛋。"

赵宏伟："啊？"

英子："对吧，而且那鸡容易得鸡瘟啥的，风险大，吃得又多。"

多金媳妇："对对对。"

英子："你看这鹌鹑，小小一个，抗病能力强嘛，咱风险小。"

赵宏伟媳妇："那，那这价咋样啊？鹌鹑蛋那么小一只，能卖出去不能呀？"

英子："这鹌鹑蛋，是鸡蛋价格的两倍呢。"

赵宏伟："两倍？"

多金媳妇："呀，这么好？"

多金媳妇："我听你这么说，这养鹌鹑比养鸡划算多了嘛。"

赵宏伟 / 赵宏伟媳妇："就是嘛。"

⊙ 泥河岸边河滩地 日 外

一百亩河滩地已经被平整完成。

赵书和戴着草帽光着脚，像个孩子一样在松软的土地上走着看着。

赵书和神情激动，感叹着："成了，这块地终于是开成了。到时候在这地里，把庄稼一种，再把这河里的水一浇，啊，庄稼蹭蹭蹭一长，那长出来的穗穗，那脑袋一个个都耷拉着，呀，赵书和呀，你做梦都能笑醒了。瞧给你自己美的呀，好着呢，呵呵，咋这么一大片呢？啊？这谁干的？嘿嘿，哎呀，啊？"

画外音（赵雅奇）：我想此时的父亲是无比幸福的，对于父亲来说没有比坚实的土地更让他感到踏实和欣喜的。

⊙ 天阳市副市长聂爱林办公室 日 内

两位干部与聂爱林相对而坐。

聂爱林批评道："你现在关键的问题是，有反映就要有回应，你把咱政府的声音要传递出去嘛。你现在看看网上的评论能看不能看？咱一再强调，咱是给人家提供服务的，你的服务意识在哪儿？我没看到。"

说罢，对其中一个正在记录的干部说："你再不要记了，你把我说的都记到脑子上，你落实到行动当中去，这最关键。"

敲门声。

聂爱林："请进。"

杨部长进来。

杨部长："爱林同志。"

聂爱林示意两位干部离去，自己走过来："哈哈，哎呀，欢迎欢迎欢迎，杨部长，快坐，快坐。我先给咱倒个水啊。"

杨部长落座："不用不用，这份文件，你先看一下。"

说罢将手中的文件递给聂爱林。

聂爱林接过文件看着："中共中央组织部《关于脱贫攻坚期内保持贫困县党政正职稳定的通知》。"

杨部长："爱林同志，在这场脱贫攻坚战中，县级领导班子是这次脱贫攻坚的前线指挥部，县委书记、县长，保持贫困县党政正职的稳定，是组织工作服务全党工作大局的一项重要的政治任务。根据党中央精神，全国所有没有摘掉帽子的贫困县干部，特别是一把手，都要保持稳定。如有调动的，也要回到原来的工作岗位。你所在的山南县，至今没有摘掉贫困的帽子，现在根据中央干部任用的要求，宣布你回到山南县继续担任县委书记一职。"

聂爱林黯然地："啊，杨部长，这就，等于是跟我正式通知了？"

杨部长："是啊，爱林同志，希望你呀有个大局意识。啊，严守不脱贫不摘帽不调动的纪律要求。我们换一个角度，也能看出国家对这次脱贫攻坚的决心和力度嘛。"

聂爱林沉吟片刻："是的，我服从组织安排。"

杨部长:"那今天先到这儿。"

聂爱林:"好好好。"

杨部长:"我走了。"

聂爱林:"好,好。"

⊙ 山南县一宾馆豪华套间 日 内

司机阿城给柳大满递上热茶:"来,喝茶。"

柳大满:"哎,好,好,谢谢啊。"

阿城:"客气客气。"

柳小江在一旁接着电话:"好,我知道了,你这个事情你不要再找我了,以后,大事小事都交给你处理,好吧?啊,我这儿也忙着呢,我还有客人呢,啊,好,先这样啊。"

柳大满看看不停打着电话的柳小江:"哦,你这还忙得很,你是不是要出门呢,呃,我就两句话我就说完了。"

柳小江过来坐下:"哎,不存在,没有,小事情,小事情,没事没事。"

柳大满:"哦,今天我来找你啊,是这,我现在也来不了城里几回了,枫枫娃回到咱村当了扶贫队长了,你知道吗?"

柳小江:"我知道嘛。"

柳大满:"啊,他现在给我安排了个事,就是这集体经济的项目啥负责人呢,呃,所以,我这是这么想的,以前呢,我还能带着咱村的那伙年轻娃到这城里打个工了,挣点钱了啥的,现在我这得把我大部分时间放在村里。"

柳小江:"嗯。"

柳大满:"我就想,呃,村里那伙年轻娃不能让他们闲着嘛,就把这伙娃交给你手上了,你给咱操个心,这个拜托你了,你看行吗?"

柳小江一怔:"交给我手上,啥意思?"

柳大满:"你给那工地上给寻个活嘛,让这伙忙活着嘛。"

柳小江:"啊,工地上,呀,叔,是这,你说咱们村里要是有个啥项目啊,资金上有个缺口,我都能解决,这一点问题没有。你说工地上,现在工地吧,那个安全生产,严得很,那个搅拌机啥的,泥瓦匠都得要个证呢,你说咱村这人也没受过啥培训。"

柳大满:"呃,你说这些我也听不懂,我的意思就是,反正你是咱柳家坪出的人才嘛，咱柳家坪的这娃们家你得管嘛。这事就拜托你了，看行不行？"

柳小江："啊，行！阿城。"

阿城："哎。"

柳小江："大满叔这儿你听明白了吗？"

阿城："啊。"

柳小江："明天看看工地上，看哪安排一下，啊。"

阿城："好。"

柳大满："给你添麻烦了。"

柳小江："哎呀，不添麻烦，咱不说这话嘛，喝茶喝茶，喝茶。"

柳大满："好好好。"

⊙ 柳家坪村委会内 日 内

高枫雅奇几人在商讨工作。

高枫："哎，咱们这个一对一帮扶也有一段时间了。"

李志刚："嗯。"

高枫："哎，我发现这个鹌鹑，现在在咱们村特别受欢迎。"

韩娜娜："哎，你别说，最近有好几户村民，都跟我打听这个养鹌鹑的事呢。"

高枫："是吗？所以我就想啊，咱们下一批这个帮扶的家禽家畜，可以主推鹌鹑这个项目。"

雅奇："嗯。我觉得可以。"

高枫："好，哎，对了，呃，咱们村的人，对咱们现在的工作还有没有提出一些新的意见和要求？"

李志刚："我每次去帮扶的时候，也都问他们。他们最近倒是没什么新的要求，不过，他们都在聊换届选举的事。"

高枫："哦，对，你看，啧，刚好三年。"

雅奇："嗯，小时候啊，大满舅就是咱们村的村主任，都多少年了，现在头发都白了。"

高枫："是啊，大满舅为咱村这么多年，尽心尽力的。确实不容易。"

⊙ 山南县一宾馆豪华套间 日 内

阿城："哥，咱中午之前得去趟工地。"

547

正在镜子前梳头的柳小江："我有白头发了。"

阿城："成熟，稳重。"

柳小江："去哪儿？"

阿城："去趟工地。"

柳小江："去工地干嘛？"

阿城："来了批新设备，你不是说，要去看一下吗？"

柳小江："哦，设备来了。你去吧，我得回趟村里。"

阿城："咱不是刚回完村，送完电脑吗？"

柳小江："我觉得电脑不太够，那么多孩子，才六台，我再买几台去。"

阿城："哦。"

柳小江："你去吧，早去早回，啊。"

阿城："好。"

⊙ 柳家坪村柳大满家客厅 日 内

柳大满在与柳小江把酒问盏。

柳大满已经有些微醉："吃啊，你多吃点菜嘛，啊。"

柳小江："好。"

柳大满："你别嫌咱这菜少啊。"

柳小江："哎呀，呵呵。"

柳大满："你不要太在意你书和叔说的那话，他说得对着呢，你那房子设计得那么奢侈的，那么豪华的，你说盖，盖在咱柳家坪盖个你那豪宅，那全村人咋看呢嘛。"

柳小江："不盖了，不盖了。"

柳大满："呵呵，不生气，不生气啊。"

柳小江："哎呀，不生气，生啥气呢？"

柳大满："你现在是大老板，你说话算数呢嘛，你说咱村那伙娃到你那儿去打个工，挣点钱嘛，你考虑一下嘛，上个心啊。"

柳小江："行，叔，这事啊，我上心。不管咋样，一定给你办成了。"

柳大满："好嘛，好好好，有你这话，叔这心里就，就高兴了。吃菜，吃菜，多吃菜。"

柳小江："叔。"

柳大满："嗯。"

柳小江："我给你拿这些好酒你咋不喝呢？"

柳大满看看酒杯："啊？我觉得这红西凤美着呢嘛，这多美的，你咋？觉得喝不惯？"

柳小江："啊，不不，呀，我意思是，你不要不舍得啊，我一会儿让司机再给你搬两箱茅台搁屋里。"

柳大满："我喝不了那，我用不了，我现在这酒量不像当年了，叔不是跟你吹牛呢，叔当年，在城里打工的时候，三杯子就能喝完一瓶子。现在呢，三天也喝不完一瓶子。"

柳小江笑。

柳大满："呵呵，哎呀，叔现在记忆力也不行了。记着要干个啥事，干个啥事呢，记得清清的，要一出门，忘的是干干净净的。这人啊，上了年纪，这不服老是不行呀。哎呀，今天喝了酒了啊，叔跟你说几句心里话。"

柳小江："叔你说。"

柳大满："咱这柳家坪啊，这马上到了换届的时候了，叔给咱柳家坪拉了一辈子的车，有点拉不动了，也有点不想干了。这现在年轻人啊，一茬一茬的，就像庄稼一样，啊，一波一波的新人，这娃们家这思维呀新得很，又是电脑了，又是网络了。那弄的那东西我也弄不懂，我就有点……有心无力，心有余力不足。不干了把这机会留给年轻娃们家，呵呵，哎呀。"

柳小江："叔，你说啥呢啊？你这村长干了几十年了，你跟我书和叔你俩搭班子搭那么好。你不干了，谁能接上你班？"

柳大满："谁都能接我这班嘛，年轻人那么多呢，对着嘛，啊？呃，你看这个，呃，你，你就能干嘛，对着嘛，你看你现在，又是大老板，啊，又有资源，又管那么大个公司，你还能管不了咱这个柳家坪，对着吗？"

柳小江："哎呀，叔，企业那是规章制度，这村里，这儿那儿都是人情世故，那七大姑八大姨的，我不行。我不行。"

柳大满："你咋能不行呢？啊？小江，只要你想干，叔全力支持你，真的。"

柳小江："叔你，你不要说酒话啊。"

柳大满："叔说的不是酒话啊，叔说的是心里话。你放心，只要你愿意干，叔真的全力支持你。你放心。啊，叔喝不动了，叔去方便一下，艳丽啊，这是又跑哪儿聊去了，艳丽……"

柳小江:"叔,那是厨房……"

柳大满:"我不说了拍个黄瓜吗?"

柳小江苦笑,陷入沉思。

⊙ 柳家坪村柳多金家院子 日 外

雅奇、柳美群和韩娜娜抬着鹌鹑笼子进了院子。

柳美群:"调个个儿。"

多金媳妇:"辛苦了,辛苦了。"

柳多金:"来,我来我来,哎,好,好,对了对了,对了,好了。"

众人将装鹌鹑的笼子放好。

雅奇:"好,行。舅妈。"

多金媳妇:"哎。"

雅奇:"养鹌鹑的事啊,娜娜之前和专家咨询过了,你有啥不明白的,你问她。"

多金媳妇:"哦,这养鹌鹑,我确实不懂。这还有啥要注意的吗?"

韩娜娜:"咱这个鹌鹑的这个舍的环境得注意,它们喜欢温暖的环境。"

多金媳妇:"哦,要保暖。"

韩娜娜:"哎,对对对。"

雅奇:"对着呢。"

多金媳妇:"你放心,我给它搭个窝,就跟鸡窝一样,给它弄得暖暖和和的。"

韩娜娜:"哎呀,那太好了。"

多金媳妇:"把我冻着,都不能把它冻着了。呵呵。"

⊙ 柳三喜农家乐餐馆院子 日 外

蓉蓉朝几个女服务员招手:"晴晴,晴晴,你们几个过来。三喜。"

柳三喜:"嗯?"

蓉蓉:"看,我给她们订的衣裳咋样?"

柳三喜看看几个一身正装的服务员:"哎哟,洋气得很嘛,啊?"

蓉蓉:"呵呵。"

柳三喜笑吟吟地:"就跟城里头那宾馆服务员一样,好着呢。"

⊙ 柳家坪柳多金家院子 日 外

韩娜娜："它们喜欢干净一点的环境，咱到时候这个舍呀，你得多打扫。"

多金媳妇："好，好。"

柳多金："这没问题，你婶子给我打扫得干净得很。"

众人笑。

多金媳妇："病了这么多年了，都没让他脏过。"

韩娜娜叮嘱着："到时候这个喂饲料，咱得定点定量。"

多金媳妇："好，定点定量的。那吃啥呢？这，这能行吗？这你舅刚弄的。这喂鸡的，喂鸡的。"

柳美群："来。"

多金媳妇："都是菜呀啥的。"

雅奇："婶子，这是专家给配的。"

多金媳妇："哦。"

雅奇："你呀就喂这个就行了。"

韩娜娜："嗯。"

多金媳妇："专门养鹌鹑的？"

雅奇点头："对。"

⊙ 柳三喜农家乐餐馆院子 日 外

柳三喜看看媳妇："咋了？"

蓉蓉："明天咱店就开业了，我还有点小紧张呢。"

柳三喜："哎呀，你紧张啥呢，你看咱现在这葡萄架，还有咱这院子。啊，还有我这手艺，你有啥不放心的吗？好着呢。"

蓉蓉："可是，咱身上还背着债，欠着款，不紧张是假的。"

柳三喜："我实话跟你说了，我之前在城里炸油条的时候，刚开业，我心里也发毛得很，哎，但是你看现在有工作队给咱帮忙，别担心，啊。"

蓉蓉："真的？"

柳三喜："哎呀，我说话还有假？走，跟我在屋里头择菜。晴晴，呃，把那帮我都收拾好啊。"

女服务员："啊，好。"

柳三喜："我进去择菜。"

⊙ 山南县一宾馆豪华套间 日 内

柳小江在和司机阿城说话。

阿城:"哥,你交代我的事,办不了。"

柳小江眉头一皱:"村里就这十几二十号人,这么大个工地,怎么就办不了了?"

阿城:"咱这都是一个萝卜一个坑,他们没技术啊,那总不能让他们都去当保安吧?"

柳小江:"没技术你带他们去培训啊。"

阿城:"那他们得先给咱们培训费嘛。"

柳小江:"培训费?你收他们的钱,你咋想的?"

阿城:"那可是二十几号人呢,钱都你出啊?你又没亏欠他们的,干嘛非得我们掏钱?"

柳小江:"我不该帮吗?他们都是我的乡亲,我不能让他们像我从前一样,受穷啊。"

阿城:"要我说,一个村村主任这样,那这个村就好不了。那光靠咱们一家公司,怎么能拖动全村啊?你说咱们工程完了,咱们走了,他们找谁去?这村主任他就不行。"

柳小江:"你行?你能?你能当村主任!"

阿城:"哎,行行行,你就当我没说。"

⊙ 山南县一宾馆阿城房间门口 日 内

阿城开门一愣:"哎,哥。还没睡啊。"

柳小江:"阿城。"

阿城:"啊。"

柳小江:"你说,我当村主任行不行?"

⊙ 山南县委聂爱林办公室 日 内

聂爱林正在整理和收拾。

聂爱林背着身子说:"哎,别动,你忙你的嘛。"

说罢回头一看,原来是国文:"哎,主任。"

国文笑笑:"哎,你这话说得对,你这活没有干完呢,你这位子不能轻易挪动。"

呵呵。"

聂爱林:"哎呀,我不知道是主任你来了,你快坐快坐。"

国文:"我这不是到县里办点事,顺便来看看你。"

聂爱林:"哦,哎,那,那我给你倒点水。"

国文:"哎,不用不用,不用。你坐你坐。"

聂爱林:"你看我这刚搬进来,这啥都没准备。你不打个电话嘛你。"

国文:"感觉咋样?"

聂爱林:"好着呢。"

国文:"真好假好?"

聂爱林:"呵,哎呀,好着呢。这熟悉的环境,熟悉的人,熟悉的岗位。没有啥不好的。"

国文:"老聂啊,我看你这话说的,还是带着情绪呢。"

聂爱林苦笑一下:"嗯,说实话,刚接到这个通知的时候,心里确实不美得很,我就抱着这个箱子,再次进了这个门里面,就那一下子,我这脸烧得不行。就好像是在屋里写作业那小学生,给人家把作业没写完,出去浪去了,叫家长提着耳朵给揪回来,跟人家答应得好好的,期中考试、期末考试考一百分,这连试都没考,我就跑了。你说那心里是个啥滋味?"

国文:"哎,老聂啊,你这个比喻啊,不太恰当,不是没有考试,是没有考完。"

聂爱林笑。

国文:"你知道,这次党中央下达的文件,脱贫的任务完不成,这尤其是县上的一把手,不能轻易挪位子。"

聂爱林:"主任你放心,咱这一下子回来,把这试给人家考完了。"

国文:"但是我也要提醒你,这脱贫摘帽的任务,可不是一天两天就能完成的。我估计啊,你现在这个年龄,很有可能就是在这岗位上退休了。"

聂爱林:"那没有啥。呃,要是我在任期间,咱山南县能把这贫困的帽子给它甩了,能如期完成党中央交给的脱贫攻坚的任务,那我这就叫光荣退休,对不对?"

国文:"你这话是说得一套一套的,你心里面真是这样想的呀?"

聂爱林坦荡地:"我真是这样想的。主任,你想一下,全国这八百三十二个贫困县,那领导干部再都像我一样,事情没弄完就给人家跑了,那说不过去嘛。还有人家那将近十三万个贫困村,九千八百多万双眼睛,人家看着咱呢,咱不能当逃兵嘛。"

国文："你这想得是挺明白的，哎，老聂，我要是知道你心里现在是这样想的，我都不来了。"

聂爱林："主任你，你不是还有……有别的事了吗？"

国文："我有啥事？我今天来就为了你这事，有啥事呢。"

聂爱林："哎呀，我，我不知道嘛，那是这，我楼底下有个油泼面不错，我请你。"

国文："吃面。"

聂爱林："走。哎呀，我实在是没想到，领导你是专门来看我的。"

国文："看你来了，我把门给你带上。"

聂爱林："呃，不用不用，我活还没干完，一会儿还回来。"

国文："哦，好嘛。"

⊙ 柳家坪村委会 日 内

雅奇热情地招呼柳小江："来，请坐请坐。小江哥，辛苦你跑一趟了。"

柳小江："没有，不存在。"

雅奇："小江，你知道的啊，我驻村也有一段时间了，我了解到咱们这个村呀，已经好多年没有发展新党员了，这个不正常。我就想在我驻村期间，解决这个问题，发展一批新党员。高枫已经向我介绍了你的情况，今天寻你来呢，就是想问一下，你，有没有入党的意愿？"

柳小江："这事啊？"

雅奇："对着呢。"

柳小江："哎，雅奇书记，我有事情我先问你一下啊。"

雅奇："你说嘛。"

柳小江："不是党员，有没有资格竞选村主任？"

雅奇："没有这个限制，不是党员也可以参加的。"

柳小江："啊。"

雅奇："谁要参加嘛？"

柳小江："呃，是这，那天大满主任寻我，说他有点力不从心了，哎，确实年纪大了，意思说，这不想找个接班人，说我吧，柳家坪的人，出去那么些时候，现在条件也还行，给村里做些事情是应该的吧，但是咱们中国人不就讲究一个做事情名正言顺嘛，你说我有个名头，做事情不是更方便？"

雅奇："我明白了，是你要参加呀？"

柳小江："啊，是我，是我。"

雅奇："你是咱柳家坪人，你的条件完全符合。"

柳小江一笑。

第二十八集

⊙ **柳家坪村委会院子里 日 外**

众人围在村民公告牌前。

柳满囤读着告示:"本届村民委员会换届选举正式候选人。村主任候选人,柳大满,柳小江。"

柳满仓:"那是柳满囤,呃,柳满仓。"

众人哈哈大笑。

赵二梁:"候选人是赵大柱,赵二梁。"

夏大禹上前:"都散了都散了,散了散了。"

柳美群讥讽柳满囤:"可以啊,还认得俩字。"

夏大禹:"散了,都散了都散了,跑村委会赶集来了,啊?"

柳满囤:"看看嘛。"

夏大禹:"你把这看这么仔细,不顶用嘛,那手里的票才管用呢嘛。"

柳美群:"哦,对着呢。"

夏大禹:"这柳小江,生意做得好,不代表能把村子管好嘛。对吧?咱这老村长,几十年了,带着咱风里来雨里去的,是不是?不容易嘛。"

二梁妻子:"照你这样说,那写个大满不就行了嘛,把小江划掉。"

众人:"就是嘛。"

夏大禹:"哎,我没有这么说嘛。"

⊙ 柳家坪村委会门口 日 内

李志刚站在门口朝外面公示牌前的人群看着:"娜娜……"

韩娜娜:"嗯?"

李志刚:"今年这选举,怕是有悬念了。"

韩娜娜走上来看着外面人群:"嗯,我觉得这柳小江很有竞争力,做过生意,人脉也广,反正还挺有优势的,我觉得。"

李志刚:"还真不好说。"

夏大禹不停喊着:"没有啥工作,散了散了啊。"

众人:"散了散了散了。"

⊙ 山南县一宾馆豪华套间 日 内

柳大满提着两瓶好酒,一脸愠色走进房间。

柳小江:"哎,叔,快坐,来,坐坐坐。"

柳大满不悦地:"我不坐,我这长短,坐不起你这深浅,我害怕我坐下去站不起来了。"

柳小江一怔:"叔,这是咋了?那酒不是我给你拿的吗?你咋掂回来了?"

柳大满:"你这酒度数高,我害怕喝完烧心。"

说罢撂下酒转身出门。

柳小江:"哎,哎,叔,咋了嘛?哎,你别走别走,叔,咋了?你坐下,坐下,叔,我可是哪做的不对啊?你……"

柳大满:"你别动。"

柳小江:"哎呀,叔,我要哪儿做的不对,你跟我说嘛,你这是做啥呢?"

柳大满:"你还知道你做的不对啊,啊?你是不是要当村主任呢?你想当村主任,你跟我说一声嘛,你咋能在背后里搞这小动作呢?"

柳小江疑惑地:"我,我做啥小动作了?不是你说的吗?"

柳大满:"我说的?"

柳小江:"啊。"

柳大满:"我啥时候说的?"

柳小江:"你搁你屋里。"

柳大满:"我在我屋,跟你说我不当村主任了,让你当了,我有病呢?"

柳小江:"呀,叔,你是不是忘了。啧,哎呀,搁你屋头嘛,咱俩喝酒,你说这个你干不动了,然后你又说那个找个年轻人,你想起来没有?哎呀,然后你又上厕所嘛,拍个黄瓜。"

柳大满没好气:"你屋才在厕所里头拍黄瓜呢。"

柳小江:"啧,哎呀,叔,哎,你,你真说过这句话,你好好想想,我不能撒谎嘛。"

柳大满:"好好,好,就算是我说的,那也是喝酒说的话,那喝完酒说的话,能当真吗?"

柳小江:"哎呀,我紧着问你是不是酒话?是不是酒话?你说不是酒话,你说我有人脉、有能力,我要选村长的话,你,你支持我。我才去报的名嘛。"

柳大满:"小江娃你别说了,我发现你年纪小得很,你这套路深得很啊。"

柳小江委屈地:"我啥套路了?"

柳大满:"我就说你给村里送这送那的,啊,今天送个这,明天送个那,还给学校里送的电脑,你这都是为了给你当村主任当铺垫呢,是不是?"

柳小江:"叔,我给学校送电脑,那是我一片心意,这和选村主任有啥关系嘛?"

柳大满:"我今天来,就专门想跟你说清楚,这当村长这事,是我在村里一票一票选出来的。你要真的想当这个村主任,你就去选,我看最后,咱俩谁能当上这村主任。"

说罢转身出门。

柳小江追上:"叔,叔,哎呀。"

⊙ **柳家坪村头 日 外**

众人聚在一起议论选举的事情。

村民甲:"这个事情得想好,你知道吗?"

村民乙:"不是。"

村民甲:"不能瞎胡选呢。"

村民乙:"这次的选举,一个年轻的,一个年老的,俩人都有能力。"

村民丙:"啊,对。"

村民乙:"你说到底选,选谁嘛?"

村民甲:"年轻的。"

众人:"年轻的有啥能力嘛?"

村民丁:"咱村要马上选举了,那你都选谁呢嘛。"

村民丙:"我选柳大满。办事公道,我信任他。"

村民丁:"老哥,说到我心里头了。不但做事公道,能力还强。"

村民丙:"啊,对对对。"

村民丁:"我看大满能行。"

村民A:"人家大满叔当了这么多年村长了,你看,咱村里还是这么穷的。"

村民C:"对着呢嘛。我觉得吧,大满叔好是好,但是他这年纪有点大了,能力跟不上了嘛。"

村民B:"就是的嘛,你看小江,又年轻,还进过城,把钱挣下了嘛,人家回咱村能给咱发家致富,带着咱一块致富嘛,对不对嘛?"

村民A/C:"就是的嘛。对。"

村民甲:"我觉得,谁当领导我都没有意见,谁能让我过上好日子,我就选谁。"

村民D:"对,我觉得咱还是吃饱穿暖,我选大满。"

众村民:"对!我选大满。"

村民A/B/C:"我选小江。"

众村民和村民A/B/C:"我选大满。我选小江。"

村民甲:"停停停,你选谁都没用,选我吧,选我。"

村民B:"叔你报名了吗?"

村民甲:"你个小崽娃子,我要报名我还在这呢?"

村民E:"你没报名,连竞选资格都没有的。"

村民B:"不说了,不说了,走走走,你一天光在这儿胡说呢。胡说你这是,别胡说了,真是胡说八道,我走了啊。"

⊙ **柳家坪村—隐秘角落 日 外**

赵书和走来,看见一脸心事的柳大满一愣。

赵书和:"哎呀,大满。蹲这儿干啥呢嘛?啊?"

柳大满:"不是等你呢嘛。"

赵书和:"有啥事非要背着人说呢?啊?"

柳大满:"不能在别的地方说嘛,在别的地方说丢人呢。"

赵书和:"咋了?你跟艳丽咋了?"

柳大满:"不是艳丽的事,是柳小江想当村主任呢,跟我竞争呢。"

赵书和:"柳小江?"

柳大满:"啊。"

赵书和:"要当村主任?"

柳大满:"啊。"

赵书和:"不可能嘛。人家生意做得那么大,对吗,咋还有时间当村主任呢嘛,听谁说的?"

柳大满:"这全村都在说这事,都在议论,就你不知道,你成天就知道下地下地的,你兄弟马上就不是你的搭档了?这心你都不操。"

赵书和:"真的?呀,那你也不要紧张嘛,他能争得过你吗?他肯定是选不上嘛。"

柳大满:"我其实也觉得他选不上。"

赵书和:"就是呢嘛。"

柳大满:"但让我生气的不是这事。"

赵书和:"啊。"

柳大满:"咱村第一书记,支持他,不支持我。"

赵书和一怔:"你,你是说,雅奇支持他?"

柳大满:"啊,你说奇奇娃从小到大,我对她好着呢嘛。"

赵书和:"真的假的?"

柳大满:"真的假的你回去问她,不就知道了?就知道问个真的假的!"

赵书和:"啊?"

⊙ **柳家坪村委会内 日 内**

赵书和走进来:"哎。"

正欲出门的雅奇:"爸。"

赵书和:"雅奇。"

雅奇:"啊。"

赵书和:"你这是干啥去?"

雅奇:"你,找我有事啊?"

赵书和沉着脸:"我问你啊,我听说你要支持柳小江当村长呢,啊?"

雅奇:"对着呢。"

赵书和:"你还真的是……你,你大满舅干了几十年的村主任了,他是工作上出现啥问题了？还是犯啥错误了？你……"

雅奇："爸，你别着急，你听我说，柳小江是咱柳家坪的村民，他本人也是有意愿参选的，又符合咱们村民委员会的选举条件。我没有理由反对啊。"

赵书和："你可以不反对，但也不能支持嘛。你看你是第一书记，你这一支持，全村的人都，都跟着你投柳小江了，你大满舅咋办呢？这不公平嘛。"

雅奇："爸，你这么说我，对我不公平。"

赵书和："咋呢？"

雅奇："咱村民每个人都有投票权，人家村民选谁、投谁，我左右不了啊。再说了，这国家是有政策的，他是鼓励像柳小江这样的返乡青年回乡创业，参加选举，还能带领大家致富。"

赵书和一下被噎住了："啧，哎呀，你……"

雅奇："爸，我还忙着呢，有啥事你再给我，给我打电话。"

赵书和："你这娃，这娃呀，这事没有你想的那么简单嘛，呀……"

⊙ 柳家坪柳大满家客厅 日 内

柳大满满脸郁闷地枯坐着。

黄艳丽端着一杯热茶："哎呀，不要跟他置气了，先喝点水，啊，来。"

柳大满："我不喝。"

黄艳丽："喝一口。"

柳大满："我不想喝。"

黄艳丽："哎呀，你听我说啊，你看，那柳小江那就不是个东西，你跟他置啥气呢嘛，那就是个白眼狼，当年要不是你，他连他爸都埋不起，你看他现在牛的，哦，有钱了，开个破车车，全村乱转。哎呀，就好像怕那个所有的人都不知道他有钱是咋的。能的他，那么有钱，那么有钱咋不买个飞机，还跑回来跟你竞争村主任来了，他咋不上天？能的他！"

柳大满笑了："媳妇，对着呢，你说得对着呢，你接着说，接着骂。"

黄艳丽："大满，他肯定抢不过你，为啥呢？你想啊，这些年，你带着咱村全村人出去打工，为了啥？又不是为你自己。"

柳大满："就是嘛。"

黄艳丽："你还不是为了大家的生活能好一些吗？"

柳大满："哦。"

黄艳丽:"哦,虽然咱钱没挣下,但是咱挣下人气了。你看,不论你的地位,你的威望。"

柳大满:"嗯。"

黄艳丽:"啊,你村主任的光辉形象。"

柳大满:"啊。"

黄艳丽:"哎呀,就凭这些,那他肯定抢不过你。"

柳大满:"对着呢。不,不就是个小娃嘛。"

黄艳丽:"就是的,能的他,还抢村主任呢。呀,不对。"

柳大满:"咋了?哪儿不对?"

黄艳丽:"我突然想到你说,他那么有钱的,万一在背后,动点坏心眼,每家每户都转一圈,说不定,说不定那些票就跑过去了。"

柳大满:"媳妇,你说得对着呢,你分析得很全面,提醒得好,这事我可想简单了。"

黄艳丽:"嗯,你得好好地从长计议。"

柳大满:"我得找书和再聊一下。"

⊙ 山南县城一宾馆豪华套间 日 内

阿城疑惑地看着柳小江:"哥,你真要当这村长啊?"

柳小江:"话都说出去了。"

阿城:"那你真要当这村长,咱得做点准备工作啊。"

柳小江:"啥准备工作?"

阿城:"你看,你这么多年没回村了,是不是得联络联络感情?"

柳小江:"咋联络感情啊?"

阿城:"那简单啊,咱就买点这个米面粮油,挨家挨户都送到。"

柳小江:"嗯。再买点鸡蛋肉啥的吧,多买点。办去吧。哎哎,回来,不搞这些小动作了,要选就光明正大选嘛,是不是?"

阿城:"嗯。"

⊙ 柳家坪赵书和家院子 日 外

赵书和坐在桌子前和柳秋玲在说话。

赵书和:"她大满舅对她多好呢,公然地支持柳小江参选村长。秋玲。"

柳秋玲:"嗯?"

赵书和:"我跟你说啊,回头你劝劝雅奇。这娃现在不听我的。"

柳秋玲:"我没办法帮你劝。"

赵书和:"咋的?"

柳秋玲:"因为,我也支持柳小江。"

赵书和一愣:"你等一下,啥?你也支持柳小江?为啥呢?"

柳秋玲:"因为柳小江年轻,有文化,经过商,还见过世面,最关键的是,他不光自己富了,还不忘了咱们,不忘了娃们。啧,我觉着,柳小江可以当村干部。"

赵书和:"秋玲,你不要因为柳小江给你们学校捐了几台电脑,你就支持他。你不能让他的电脑麻痹了你的大脑。"

柳秋玲:"我不是因为电脑。"

赵书和:"那你为啥呢嘛?"

柳秋玲叹气:"啧,书和,时代发展了,社会进步了,好多的观念,都不一样了。哎呀,反正我就是觉得,现在这个时候,就是应该让像柳小江这样的年轻人当村干部。"

赵书和:"年轻人?年轻人咋了?啊?年轻人有经验?年轻人有……这个群众基础?你的意思就是,我和大满都老了,对吗?现在是大满,下一个就轮到我了,对吗?"

柳秋玲:"我不是嫌你老。"

赵书和:"我跟你说柳秋玲,你和你女子,谁都不许支持柳小江。"

柳秋玲:"我……"

赵书和:"这事就这么定了。听我的。"

说罢起身离去。

⊙ 柳家坪柳大满家客厅 夜 内

柳大满与赵书和商量竞选村主任之事。

柳大满:"哎呀,你赶紧想嘛,你赶紧说,一会儿秋玲回来了。"

赵书和:"我想出来了。就这啊,我在咱村委会大喇叭广播一下,让他们都投你。不许投柳小江,咋样?"

柳大满:"哎呀,你就知道个大喇叭,那大喇叭一喊,脸烫得很嘛。我觉得不美。"

赵书和:"也是啊,这拉票拉的太明显了,就像咱选不上一样。"

柳大满:"啊,就是嘛。"

赵书和:"啊。"

柳大满:"哎,那咱不喊大喇叭,能不能挨家挨户跑嘛,挨家挨户的做下工作。"

赵书和:"挨家挨户的太麻烦了,你时间不够了。"

柳大满:"那咋弄嘛?哎,我把这伙不选我的全请到我屋,做几顿好饭,一聊,一热闹,让他投我,咋样?"

赵书和:"肯定不行嘛,你这是违反纪律嘛,再说了,谁不投你,你咋知道?"

柳大满:"奇奇娃,我从小到大对娃好着呢嘛,娃咋能选柳小江,不选我呢?"

赵书和:"好了好了好了,跑题了,跑题了。"

柳大满:"她还能……"

赵书和:"跑题了。"

柳大满:"咋是个这货呢。"

赵书和:"实在不行就这啊,呃,你在打谷场开个全村大会,你给大家讲一下。"

柳大满:"讲啥吗?"

赵书和:"如果你继续能当村长之后,咱们村你看是咋发展,大家一听有了信心了,肯定就投你了。"

柳大满:"弄不成,弄不成,你看上回,咱村开大会,就没来几个人嘛。"

赵书和:"啊。"

柳大满:"再说了,哎,我在会上说啥吗?你不把人家煽惑起来,人家能投你吗?"

赵书和:"哎呀。"

柳大满:"不行不行。"

赵书和:"那咋弄呢嘛?大满,我就想不明白了,咱这是干啥呢嘛?啊?"

柳大满:"想办法呢嘛,干啥呢?"

赵书和:"你说你在村里,辛辛苦苦工作了这几十年了,啊,咋还一点群众基础都没有?要自信嘛,对吗?再说了,这,这柳小江,回咱村才几天?咱咋让娃吓成这了?"

柳大满:"我是不怕一万就怕万一呢嘛,这万一让人家选上了,咱这老脸往哪儿放呢嘛。"

赵书和:"咱有时就是这个老脸,哎。"

柳大满:"哎,你这一语点醒了梦中人了。你把我点醒了,你刚说自信,群众基础,这咱都有呢嘛。"

赵书和:"啊。"

柳大满:"我想好了,不弄了,咱啥都不弄了。"

赵书和:"不弄了。"

柳大满:"爱谁谁,爱咋咋,酒香不怕巷子深。"

赵书和:"你说得这不准确。"

柳大满:"啊?"

赵书和:"你卖酒呢,应该是身正不怕影子斜。"

柳大满:"啊。"

赵书和:"也不对,是真金……"

赵书和/柳大满:"不怕火炼。"

赵书和:"唉!这对……"

柳大满:"牛……"

⊙ 泥河公路指挥部办公室 日 内

聂爱林来到泥河公路指挥部慰问。

聂爱林:"夏处长,我刚才来的时候,给拿了些慰问品。麻烦你一会儿发放给大家。呃,我代表咱山南县委县政府向大家致以节日的问候。"

夏琴:"哎呦,聂书记,那我就代表大伙儿谢谢领导的关心了。"

聂爱林:"不不不,应该是我说感谢的话。"

夏琴:"聂书记您看啊,从泥河乡到县城,我们要架一条,跨径是两百米的中型桥梁。"

聂爱林:"嗯。"

夏琴:"还得有一段长度是3.1公里,时速是80公里每小时的一个四车道的双向隧道,有望在月底呢,全面贯通。"

聂爱林:"哦,好,好。"

夏琴:"因为呢,我们一直是严格按照一级公路的标准打造的,所以施工进度有点慢,您别催我啊。"

聂爱林:"哎,那我不能催,你这个是个很严谨、很科学的一个事情。"

夏琴:"您这一来我有点紧张,呵呵。"

聂爱林:"夏处,那你不能紧张嘛,你是冲锋在一线打仗的,我是给你做好后勤保障。"

夏琴:"呵呵,好,聂书记,我下个礼拜要去北京,总部让我回去参加一个扶贫会,好像是你们省扶贫办的主任,也要参加。"

聂爱林:"国主任?"

夏琴:"对。"

聂爱林:"我的老领导。"

夏琴:"哦。"

聂爱林:"人好得很,你见面了,一定要代我问好啊。"

夏琴:"一定。那,哎,聂书记,要不我带你到工地上去看一看?"

聂爱林:"行,咱去看一看一线的同志。"

夏琴:"走,呵呵。"

⊙ 柳家坪村头 日 外

众村民聚在一起议论纷纷。

赵刚子:"哎呀,咱村这穷了多少年了,为啥?"

赵大柱:"为啥?"

赵刚子:"就是没有一个好头。这一次选举啊,咱把这头一定要选好了。"

赵大柱:"嗯。"

赵刚子:"照我说,还是选那小江,人家娃是从大城市回来的。手里有钱呢,大满啊,那连大城市都没去过,他能力还是差点意思。"

赵大柱:"啧,我觉得你说得对。"

赵大柱媳妇:"对啥?那大满咋了嘛?没能力水泥厂咋开的?"

赵大柱:"那后来水泥厂不是关张了。"

赵刚子:"那不是黄了嘛,你……"

赵大柱媳妇:"那你不能说人家一点能力没有嘛,人家干,干多少年了。"

赵刚子:"那就强那么一点点。"

赵二梁夫妻俩走过来:"你俩聊啥呢?"

赵刚子:"就说咱村的村长这回事嘛。"

赵二梁:"哦。"

赵刚子:"定了。"

二梁妻子:"定了?"

赵二梁:"定的谁?"

赵刚子:"小江嘛。"

赵二梁:"谁定的?"

赵刚子:"我定了。"

赵大柱:"我们说的定了。"

赵刚子:"嗯,我们说的定了。"

大娟:"听他在这儿吹呢。"

柳根:"谁定了?谁定了?你定了?啊?你定谁了?"

赵刚子:"人家小江那是大城市回来的。"

柳根:"嗯。"

赵刚子:"他有那经济头脑,咱那大满,那连个省城都没去过,就比我强那么一点点,那就把小江定了。他大满和人家就比不成,那为啥叫柳大满,柳大满,就太满了,就这么一点点都放不进去。"

赵元宝:"哎呀,再别争了,再别争了,要我意思,你爱选小江选小江,爱选大满哥就选大满哥,我就选大满哥,对不对?"

众人:"对着嘛!就是嘛!"

柳三喜:"你还可以选我嘛,啊?"

赵刚子:"那大满……"

柳三喜:"哎,刚子哥。那我之前也从省城炸油条回来,那你咋不选我啊?"

二梁妻子:"对嘛。"

众人:"就是。"

赵刚子:"哎呀,老猫不能逼鼠,你啥年龄了嘛你。"

赵二梁:"他小江再牛皮,他现在就只有挣钱的能力。他有能力管人吗?"

大娟:"就是嘛。"

赵二梁:"他有这个能力吗?"

柳根:"这说得对。"

赵刚子:"人家在这个南方挣了好多钱,手有钱呢。"

柳根:"哎哎,刚子,那照你这样说,经济头脑,你今把钱拿出来,大家选你不就完了嘛,啊?呵呵。"

众人:"就是。"

赵二梁嘲讽地:"他连字都写不到一块,还选他。"

众人:"哈哈哈……"

⊙ 柳家坪木耳试验棚内 日 内

黄教授:"还有这儿,看见了吧?现在是出耳期间,有些菌袋的霉菌刚刚冒头,你们把这个,还有刚刚那两个单独摆放,拿开有杂霉的地方,用 0.2% 的高锰酸钾,或者多菌灵溶液喷洒消毒,看看是否还有机会挽救?"

柳明:"行,我们知道了。"

赵有庆:"好。"

黄教授:"现在可是关键时期,你俩得多上点心啊。"

赵有庆:"哎。"

⊙ 柳家坪打谷场上 日 外

换届选举村主任大会正在举行。

乡干部环视众人:"乡亲们,今天咱们柳家坪村的换届选举由我来主持。"

众人:"好!好!"

乡干部:"本届换届选举同往届一样,本着公开、公平、公正的原则,今天参选的候选人有两位,一位是咱们熟悉的村主任,柳大满。另一位是咱们柳家坪村的村民,柳小江。那在正式投票前呢,咱们先请两位候选人,给大家讲一讲他们的参选感言。两位……"

柳大满:"呃,呃。"

乡干部:"哪位先说?"

柳大满:"呃,我就不说了,不说了。"

赵刚子:"哎呀,大满,你是不是害怕选不上,不敢说话啊?"

众人笑着议论着。

赵二梁:"赵刚子,你那闲话多得很,我大满哥选得上选不上,人家投票决定的,拿这决定的。"

赵刚子:"我给操个心嘛。"

黄艳丽:"你操那心干啥呢,赶快坐下呢。"

柳大满:"那要是非得让我说,我就说一句,是骡子是马,拉出来遛一下嘛。"

众人:"好!好!"

赵元宝:"还是大满哥硬气,硬气。"

柳满仓:"哎,拉骡子出来了,满哥你是……"

乡干部看着柳小江:"柳小江,你讲一讲。"

柳小江起身:"好。各位乡党,大家好。"

柳子旺:"哎,你声音大点嘛。"

众人:"啊,听不见。"

柳小江:"大家好。"

众人:"好!"

柳小江郑重地:"我离开村子有十几二十年了嘛,一个机缘巧合我又回来了,我是赶上好时候了,我现在条件好起来,可是我回到村里,看咱村吧,这么些年没啥变化,心里确实不是啥滋味,我就寻思着做些啥事情呢,让大家都好一点。我在村里东逛逛西逛逛的,我总觉得,解决不了根本问题。我就没有方向了,直到前几天,咱们大满主任跟我说,他愿意扶持年轻人。"

柳大满:"哎哎!我没说啊,这不是我说的,我没说。"

众人笑。

赵元宝:"这唬,唬人呢嘛。"

柳小江:"好,这事情可能是个误会啊,但是我既然今天坐到这儿参选了,我也表个态啊,这村主任我要是当上了,我一定不辱使命,有这份责任,带领大家致富。没选上,也没关系,我就用百分之一百二的力气,带领大家赶上好时候,就这么些。"

众人:"好!好!"

赵刚子:"我小江兄弟说话就是有水平啊。"

众人笑。

赵二梁:"刚子,你,你羞你先人呢,你真是看着钱了,你咋辈分还降低了?啊?"

黄艳丽:"就是。"

赵二梁:"人家柳小江管你叫叔呢。"

众人起哄:"哎,对着呢。"

赵书和:"安静!开始投票了。"

乡干部:"好,乡亲们,下面我宣布,本届泥河乡柳家坪村委换届选举投票现在开始。选票都发下去了。那下面呢,大家就按照自己的意愿,选出自己心里满意的候选人。今天一人一票很关键,也很重要,关系到你选的候选人将来带领村民脱贫致富。那下面呢，想好了就在你要选的候选人下边，打上勾，再确认无误了，就把选票投进投票箱。"

众人开始投票："你看那都去了，那投吧，投吧。"

黄艳丽："好了，投完了，投完了。"

老党员："三个箱子都能投啊。"

柳美群："啊，三个箱子都可以投啊。"

小军："三个箱箱都可以投，都可以投。"

柳美群："投完就回去坐好啊。"

小军："三个箱箱都可以投啊。"

柳美群："投了都坐回去啊。回去坐下，回去坐下啊。"

赵书和低声对一脸紧张的柳大满说道："刚才啊，小江，说的有点多了。"

柳大满："哎，就是。"

赵书和："但是你说少了。"

柳大满："人家是有备而来呦。"

柳美群："好。"

夏大禹："投完了都回原位啊。回到原位上坐下。"

柳美群："回原位，回原位，回原位。"

赵二梁："你选谁？"

赵刚子："我选谁呢。"

柳满仓："我跟你说，你个样子赵刚子，一看就是选的就是小江，哎呀，你真是，真是邪了。"

柳美群："好了好了啊。"

乡干部："安静了，安静了，下面开始唱票。"

柳美群："好。柳大满，一票。柳小江，一票。柳小江，一票。柳小江，一票。柳大满，一票。柳大满，一票。柳大满，一票。"

柳美群："柳小江，柳大满，柳小江，柳大满，柳小江，柳大满，柳大满，柳小江……"

众人："好，好。"

柳美群："这个箱子也没有票了。"

乡干部："请计票员汇总选票。"

夏大禹："柳大满柳村主任，252票。"

众人:"好。"

柳满仓:"呀。"

柳满囤:"大满哥是要赢了啊。"

赵亮:"柳小江,247票。"

众人:"好!好!"

柳大满听罢顿时如释重负。

赵书和:"咋样?啊?"

柳大满:"真金不怕火炼。"

赵书和:"嗯。"

柳大满:"这把我放在火上烤呢。"

众人一片议论。

乡干部:"乡亲们,乡亲们,选举结果已经出来了,依据《中华人民共和国村民委员会组织法》和《中原省村民委员会选举办法》《中原省村民委员会选举规程》,本次柳家坪村村主任选举参加投票人数,应到738人,实到502人,参加选举投票人数过半,其选举结果有效。其中柳大满252票,柳小江247票,弃权3票,将把选举结果上报乡里,大家若有不同意见,随时提出。今天选举大会到此结束。"

众人:"好!好!好!"

柳子旺:"满哥,还得是你。"

柳满仓:"哎呀,满哥,咋样?啊?美得……"

柳大满笑容满面:"好,好。"

柳满囤:"满哥,是我是我,选的你!"

柳满仓:"请客!羊肉泡,羊肉泡,我要吃三个馍。"

柳大满:"没问题,没问题。"

一村民:"下一届继续么,兄弟支持你。"

柳大满:"好,好,好。"

赵山对柳小江:"加油,好好干,我看好你。"

柳小江:"好好好。"

柳大满朝众人抱拳作揖:"好,感谢啊,感谢,好,感谢啊,感谢。"

阿城对柳小江说:"咱真不错了,才差了几票而已。"

柳小江淡然一笑。

⊙ 柳家坪柳大满家客厅 日 内

黄艳丽兴冲冲地给满脸喜色的柳大满端来了洗脚水："来，恭喜柳村长，呵呵，来……"

柳大满掩不住得意："哎，还在公示呢。"

黄艳丽："哎，那也跑不了。呵呵，哎，我说咋来着？我就说那柳小江肯定选不过你，你在咱村这多年的威望，那还在那儿放着呢。"

柳大满："其实今天挺悬的，就差那几票，要不然就是人家小江选上了，你说要真的让他小子选上，我这老脸往哪儿放呢？"

黄艳丽："哎呀，你就别管差几票，那就是差一票，他也差着十万八千里呢。"

柳大满："今天啊，啧，让我有了点小感悟。你看啊，人家为啥都选这年轻的？为啥都选柳小江呢？人家肯定是觉得，我柳大满老了，啊，跟不上时代了，思想落伍了，哎。"

黄艳丽："那有啥呢嘛，那，那咱也可以跟着年轻人学习嘛，咱就不能进步了？"

柳大满："对着呢，你说得对着呢。回头我跟书和，得商量一下，嗯。我得有进步，得跟上时代，要不然就被淘汰了。"

黄艳丽喜不拢嘴："哎呀！反正我挺高兴的。"

⊙ 柳家坪赵书和家屋内 夜 内

高枫、雅奇和赵书和及柳秋玲一起围桌吃饭。

高枫倒满酒："来，叔。"

赵书和："嗯。"

高枫："婶儿，我这回来这工作一直特别忙，这我叔知道，啊，呃，一直没回来看看你，这刚好今天放假了，我就跟雅奇我俩就一块回来，看看你，啊。"

柳秋玲："我就不相信，忙的连回来吃饭的时间都没有？"

高枫："那不是，主要是我的时间，我跟雅奇都岔着，今天刚好放假呢嘛，我就一块回来。"

赵书和："嗯。"

柳秋玲："你自己不能来？这不是你的家？"

高枫："是嘛。"

赵书和："哎，好了好了好了，来，咱庆祝一下啊，咱庆祝一下你大满叔当选村主任。"

高枫:"哎,对。"

赵书和:"来,雅奇,一起。"

雅奇:"嗯。"

赵书和:"哎,来。你大满叔,这叫啥?实至名归。"

柳秋玲:"哼。"

高枫:"啊,对,就是。"

赵书和:"哼啥呢嘛?"

柳秋玲:"咋了?哼都不能哼?"

雅奇:"我要是有投票权的话,我也投柳小江。"

赵书和叹气。

雅奇:"人家年轻,有文化,还愿意为咱村办事,为啥不选他嘛。"

赵书和:"干啥?哎呀,好好好,投投投,但是投了也没用嘛,最后还是你大满叔当了村主任了嘛,对吗?"

柳秋玲:"哼。"

赵书和:"哎,枫枫娃。你投的谁呀?"

高枫:"叔,我户口就没在咱村嘛,我没有投票权嘛。"

赵书和:"哦,哦,嗯,如果你有投票权,你投谁嘛?"

高枫岔开话头:"啊,对,叔,今天我回来,还有个正事要跟你说呢。"

雅奇:"哦,对着呢。"

赵书和:"嗯,说!"

高枫:"咱村未来啊,这个养殖种植,咱都要成立合作社的。"

赵书和:"嗯。"

高枫:"我想你不是种水稻着呢嘛。我觉得你也可以成立一个合作社,这样可以带动咱村其他人嘛,大家也都……都可以入股嘛,一块挣钱嘛,对吧?这也是你的本愿嘛。"

赵书和:"好着呢啊。"

柳秋玲:"嗯。"

高枫:"而且啊,你这个合作社成立起来之后,你要贷款了啥其他的事情,咱都好弄了。"

赵书和:"嗯,嗯,好,好好。"

柳秋玲:"好着呢。"

赵书和:"那回头,我和你大满叔说一下。"

高枫:"哎,对。"

赵书和:"好好,哎,吃饭,吃饭。哎,你还没有说完呢。"

高枫:"啊。"

赵书和:"你要是有投票权,你会投谁嘛?"

柳秋玲瞪了一眼赵书和:"你讨厌得很,你让娃吃饭嘛。"

赵书和:"咋?"

柳秋玲:"你问啥呢,枫娃不要理他,来。"

赵书和:"我就问一下嘛。"

柳秋玲:"吃木耳,你不要问了,吃饭了。"

赵书和:"嗯,吃饭,吃饭。"

雅奇:"我妈这个木耳炒鸡蛋啊,是全世界做得最好吃的。"

赵书和:"好吃吗?"

雅奇:"好吃得很。"

赵书和:"嗯。"

柳秋玲:"呵,高枫。"

高枫:"嗯?"

柳秋玲:"以后经常回来吃饭,听见没有?"

高枫:"姊儿,你放心,肯定的,只要以后有时间,我跟雅奇我们就回来,啊。"

柳秋玲:"不要哄我啊。"

⊙ 柳家坪木耳试验棚内 日 内

赵有庆望着长势良好的木耳对黄教授道:"按您这个方法,全长出来了。"

柳明兴奋地:"看,都长满了。"

黄教授:"长得不错,真的不错。"

高枫和雅奇走了进来。

黄教授:"赵书记,高队长,你们来了。"

高枫:"哎,黄教授。"

柳明:"快来快来,你们看看。"

雅奇看着木耳:"哇,好得很嘛。这长得又肥又大。"

高枫:"长这么多呢。"

柳明:"呵呵,你看这长的,美得很。"

高枫:"光顾着乐,你不谢谢黄教授。"

柳明:"哦。"

柳明、赵有庆一起说道:"谢谢黄教授。"

黄教授:"不谢,真的不用谢,这是他俩的功劳,你们辛苦了。"

柳明:"呵呵,不光,不光是我俩的。"

赵有庆:"对嘛。"

柳明:"还有高枫哥还有雅奇姐呢,呵呵。"

高枫:"看给你俩高兴的。"

雅奇:"哈哈哈……"

柳明满脸激动:"哎呀,我们终于成功了。哈哈哈……"

赵有庆:"成功了!"

⊙ 北京兴华集团总部卢伟金办公室 日 内

国文一脸歉意地对兴华集团党委副书记卢伟金说:"哎呀,卢书记啊,真是不好意思,你看,这周末还让你们加班。"

一旁的夏琴笑笑。

卢伟金:"扶贫任务重,而且你们钟书记在背后时时督促我们,我是丝毫不敢懈怠。"

国文:"是啊,这责任在身,我也是一天都不敢耽误啊。"

卢伟金:"哎,国主任,给你介绍一下啊。夏琴同志,是我们兴华集团建筑工程处的处长,分管道路建设。"

国文望着夏琴:"啊,你好,夏处长。"

夏琴:"欢迎您,国主任。我们卢书记早就介绍过你了。"

国文:"我也知道你,夏处长就是主持泥河公路建设嘛,从勘测一直到施工就是雷厉风行,效率非常高。"

夏琴:"哎,过奖过奖,我们应该做的。"

卢伟金:"兴华集团把帮助贫困地区脱贫,当做政治责任,丝毫不敢马虎,希望这条公路啊,能为泥河流域的老百姓带来变化,让他们早日脱贫。"

国文:"哎呀,是,这中央下达了关于打赢脱贫攻坚战的决定,提出了六个精准、五个一批的指导方针,这脱贫攻坚的工作呢,方向是更加的明确了,压力也是更大了。你看这周一开完会,我马上要赶回去呢。"

卢伟金:"脱贫攻坚党中央是下了死命令,再艰难我们也要完成啊。"

国文:"是是是,现在中央给中西部地区各省都下了军令状了,要求是各省的省委书记、省长必须跟党中央签订这个脱贫攻坚的责任书,务必在'十三五'期间,到2020年,完成脱贫攻坚的任务。"

卢伟金:"党中央把脱贫攻坚,当做重大的政治任务,这前所未有。嗯,我们也正在研究中原省的情况,本来打算派夏琴同志去一趟,正赶上你来北京开会,啊,你们可以好好地聊一聊。"

夏琴:"是。"

国文:"是啊,这非常感谢卢书记的大力支持啊,要想真正地让贫困地区摆脱贫困,还是要靠产业扶贫,要靠咱兴华集团从这个人力上、资金上,给我们大力支持啊,卢书记。"

卢伟金:"呵,夏处长。"

夏琴:"嗯?"

卢伟金:"你对中原省的情况比较了解,你聊一聊。"

夏琴:"哦,国主任,是这样啊,公路建设呢,是我们的老本行,可是产业扶贫是我们的弱项,况且我们现在手里还有好几个这个竞标的项目迫在眉睫,所以我们的资金压力也……"

卢伟金打断道:"这些困难我们自己解决,现在全社会主要的任务,是帮助贫困地区脱贫,从另一方面讲,也是要反哺农村嘛。"

国文:"是呀,卢书记说得对着呢,这当年农村把大量的人力、物力都投入到城市的建设当中去了,才有今天咱城市的面貌嘛。"

卢伟金:"嗯。"

国文:"哎呀,在这方面,咱广大的农民兄弟,也是做出了巨大的牺牲和贡献啊。"

卢伟金:"是时候要掉转头来,帮助农民兄弟把生活搞上去了。国家不会忘记他们,兴华更不能忘记。"

夏琴:"是。"

⊙ **柳家坪村外水稻田地 日 外**

村民B:"叔你看。这一片子都是我三个一块插的。"

村民C："对着呢。"

赵书和："好嘛好嘛，我看一下。哎呀，哎呀。"

村民C："叔你看，这穗多饱的。"

赵书和："呀。"

村民C："你看这颗粒，饱满得很。"

村民B："咱长得多好的。"

村民C："以前跟我爸光种麦，咱这儿种米还是头一回。"

村民B："你再别瓜了哥，这是，这是稻子，脱了，脱了壳才叫米呢。"

村民C："我没种过嘛。"

赵书和："哼，哎呀，看来咱这试验田是成功了。啊？哎呀。"

村民C："叔你看，这穗多饱的。"

赵书和："是啊，美得很啊。"

⊙ 泥河公路指挥部/北京兴华集团卢伟金办公室 日 内

卢伟金正与夏琴通着视频电话。

夏琴："卢书记，你好。"

卢伟金："夏处长，你好。集团领导刚刚传达了中央在银川召开的东西部扶贫协作座谈会精神，委托我向你们一线的同志表示慰问。"

夏琴："谢谢领导。"

卢伟金："夏处长辛苦了。"

第二十九集

⊙ 泥河公路指挥部/北京兴华集团卢伟金办公室 日 内

视屏里的卢伟金："夏处长，夏处长辛苦了。看起来黑了瘦了，但更显得健康和阳光了。"

夏琴："是吗？我在这儿挺好的，领导放心。"

卢伟金："我们长话短说啊。公司近期对口帮扶的重点任务，就是根据这次银川会议的精神，加大脱贫帮扶的力度。计划在中原省选择一些产业项目，帮助当地的贫困户，尽快摆脱贫困。至于扶持什么项目？怎么扶贫？你要在当地考察和筛选项目，然后报到集团来。"

视屏里的夏琴："哎呀，卢书记，我的专业是工程和建筑，这个什么产业遴选，我真的不懂，我不能充当内行吧？"

卢伟金："我们兴华集团对口援建的地区呢，已经确定了，是中原省山南县，你将兼任我们公司驻山南扶贫联络员，同时集团也会尽快组织农科专家等技术力量，组成助力团，由你牵头开始产业项目的评估和方案的制定。"

夏琴："是，卢书记。"

卢伟金："好，就这样。具体项目，你要尽快地落实。"

夏琴："好。"

⊙ 柳家坪村赵刚子家院子 日 外

夏大禹陪着李志刚来到赵刚子家院子。

李志刚笑着:"叔,婶儿,我们是想来看看你们最近养兔子养得怎么样?有没有啥问题?"

赵刚子:"哎呀,好是好着呢,就是有一只兔子,一直拉稀呢,好几天了。"

大娟:"嗯。"

李志刚:"是哪一只啊?我看看。"

大娟:"这个,这个。"

赵刚子:"啊,在那儿呢。"

大娟:"我给单独拿出来了。"

李志刚:"我先看一下。啧啧啧,是没什么精神了啊。"

大娟:"是啊。"

李志刚:"婶子,最近这兔子有没有吃什么不该吃的呀?"

大娟:"没吃啥不该吃的,跟平时一样嘛。就是这些。"

赵刚子:"咋没给吃?你昨天不是给兔子还吃了几个烂苹果吗?"

大娟:"烂苹果,你不吃,我不吃,那不给兔子吃。"

赵刚子:"那人吃烂苹果都拉肚子呢,那兔子吃烂苹果能不拉肚子吗?"

大娟:"那咋?我还给它吃些白面馍?"

赵刚子:"你就吃白面馍也不能……"

李志刚:"婶儿,叔,叔,婶子,兔子的肠胃特别脆弱,这腐烂了的食物是一定不能给它吃的。"

赵刚子报怨地:"这养兔子太麻烦了,拉下那屎,又脏又臭,哎呀,成活率又不高,而且又卖不上几个钱。"

夏大禹:"那你说,你这是想干啥?"

赵刚子:"那春田家养的那鹌鹑,肉能卖钱,蛋能卖钱,就连拉的屎都能卖钱,为啥不叫我养呢?我不能养啊?"

李志刚:"叔,我们绝对不是不让你养,也不是觉得你养不了,但你不管是养兔子,还是养鹌鹑,都会遇到相对应的困难和问题,你这一遇到困难就向后退,想换别的路子了,我们可不鼓励。"

赵刚子:"小李,你看能不能先给我申请上几只鹌鹑,我先养着,咱好好地给它养着,咱把这兔子和那鹌鹑都给养着,那两条腿走路,不是走得快吗?你说呢?"

⊙ 中原省扶贫办国文办公室 日 内

国文看完手里的材料叮嘱严爱国："严处长，要上报的这些数据啊，要好好再核查一遍。"

严爱国："好。"

国文："不敢出差错。"

杜江匆匆进来："国主任，北京兴华集团的夏处长到了。"

国文："哎呀，夏处长，你好你好。"

夏琴："国主任，你好你好。"

国文："咱又见面了啊。"

夏琴："没想到这么快就见面了。"

国文："是。"

夏琴："这次呀，我们卢书记亲自派我来，专门负责咱们产业扶贫项目落地的，直奔你这儿来报到了。"

国文："多谢多谢，多谢，快坐快坐，哎呀，你看，夏处长。"

夏琴："嗯。"

国文："第一次呀，咱是因为这泥河公路修建见的面，现在是因为扶贫的项目咱又见面了。"

夏琴："是啊。"

国文："首先要感谢兴华集团，对咱中原省扶贫攻坚事业的大力支持。"

杜江："夏处长，喝水。"

夏琴："谢谢。"

国文："喝点水，喝点水。"

夏琴："您客气了，国主任。这次我们兴华集团的这个脱贫对口省啊，就是中原省，所以呢，我们卢书记也一再地敦促我们，马上尽快地落实具体的项目。"

国文："之前呀，我们两个人也通过电话。"

夏琴："啊。"

国文："我还知道，你们这次要去山南县，这山南县，我之前在那儿工作过好多年了，哎呀，它是属于泥河连片贫困区，这泥河流域啊，自打这个水坝建成以后啊，生态系统得到了有效的改善，这未来我相信啊，跟生态有关系的产业会大量地涌现出来，我也希望呢，能借助咱兴华集团这影响力呀，帮助我们产业升级，产业发展。"

夏琴:"好,国主任,咱们共同努力。"

国文:"哎,好,感谢感谢感谢呀。"

⊙ 山南县县委会议室 日 内

聂爱林主持召开企业帮扶山南县项目会。

聂爱林:"这样啊,呃,刚才咱各自都把自己手里的项目,做了一个介绍。这块呢,我先说一下咱泥河乡报上来的这两个项目,第一个就是在咱柳家坪进行小规模试验种植,并获得阶段性成功的半山木耳项目。还有一个就是咱市上农科所,大力扶持的旱改水,水稻项目,这两个项目效果好,适合推广。我给咱夏处长重点推荐。夏处长,你的意思呢?"

夏琴:"啊,考虑到这个旱改水水稻项目,虽然说好多地区都已经广泛种植了,但是咱们柳家坪好像还在试种阶段,对吧?"

聂爱林:"对。"

夏琴:"现在我们时间紧任务重,我个人的意见啊,要不咱们优先考虑木耳项目?"

众人议论:"木耳项目?"

聂爱林:"好,是这,中午咱在食堂吃饭的时候,我先请你品尝一下咱的半山木耳。咋样?"

夏琴:"好啊。"

众干部笑。

聂爱林:"大家都尝一下,提提意见,看看这个味道咋样,对不对?"

夏琴:"聂书记,呃,吃完饭以后我想去柳家坪具体看一下项目,怎么样?"

聂爱林:"我把车开上,把你一拉,我陪你去。"

夏琴:"好,呵呵。"

⊙ 柳家坪赵刚子家院子 日 外

赵刚子拿着手机正在对着镜头直播:"对着呢,我就是柳家坪的赵刚子。以前养过兔子,对对对,养兔子的那个就是我。现在养鹌鹑着呢,鹌鹑没在屋里养,在那合作社养着,养的多,我现在,呃,是股东,当老板着呢。把我女子也从那深圳给叫回来了,在我公司给上班着呢。啥公司?我女子现在给我打工着呢。在合作社上班着呢,我是股东,那不是我的公司吗?玲玲……"

刚子女儿:"哎。"

赵刚子:"玲玲,你来,来来来。"

刚子女儿:"咋了?爸。"

赵刚子:"你给我看一下,人家这手机上,一直往出跳的这啥嘛?你写下这字,我看不懂啊。"

刚子女儿:"我看。"

赵刚子:"我眼窝花了。"

刚子女儿:"爸。"

赵刚子:"嗯?"

刚子女儿:"网友们都要求你说普通话呢。"

赵刚子:"咋了?"

刚子女儿:"说爱听你聊天,但是方言不太能听懂。"

⊙ 北京兴华集团卢伟金办公室 日 内

卢伟金与夏琴隔着桌子相对而坐。

卢伟金放下手里的报告笑着对夏琴说:"还真是小木耳大产业啊,不光要建智慧温室大棚,还有配套的加工厂、仓储、包装。"

夏琴拿起一包木耳样品:"卢书记,这就是柳家坪的木耳,它现在的市场零售价,比普通的木耳高出两成左右呢。这都是因为泥河流域的这个小气候和独特的水土,我们的农科专家分析过,它现在的营养价值和口感,都优于一般的木耳。"

卢伟金:"这需要占地100亩?"

夏琴:"是,这个是我们根据柳家坪建档立卡的数据,贫困发生率在25%左右。加上在指标边缘线上易返贫户169户,如果按我们的木耳每年每亩收益能达到0.85万元,完全可以确保达到脱贫攻坚的目标啊。"

卢伟金连连点头:"嗯,好,我会尽快向公司董事局提请审批。"

⊙ 柳家坪蔬菜种植大棚里 日 内

柳子旺一脸感激地看着赵大柱和赵二梁:"大柱哥,二梁哥,哎呀。真是太感谢你弟兄两个帮我领上种菜,不是你两个,你说我,我这鸡咋养呢嘛,呵呵。"

赵大柱媳妇:"指望你是能干的嘛。"

赵二梁:"兰花。"

二梁妻子："啊？"

赵二梁："咱这长出来的不是小油菜啊。"

二梁妻子："这不是小油菜，这是啥嘛？"

赵二梁："咱这长出来的是人民币嘛。"

柳子旺："呵呵。"

赵大柱："那都是钱嘛。"

柳子旺："我就爱听你说话。"

二梁妻子："咱这地里头能长钱呢，你知道吗？"

赵二梁："哎呀，等着卖钱过好日子。不要伤了菜啊。"

二梁妻子喜不拢嘴："知道。"

⊙ 柳三喜农家乐饭馆 日 内

蓉蓉热情地招呼着客人："来了。"

服务员："坐坐坐。"

蓉蓉："鱼来了，吃鱼了啊。"

客人甲："这猪蹄不错。"

蓉蓉："不错。"

客人甲："谁做的？"

蓉蓉："这个猪蹄是我们柳家坪自己养的猪。"

客人甲："自己养的？"

蓉蓉："全都是纯天然无公害的，对。"

客人甲："真不错，真不错。"

蓉蓉："喜欢了，我回头再给你们做啊，都吃呢啊。"

众客人："好好好。"

⊙ 泥河岸边河滩地里 日 外

烈日下，赵书和和几个村民走来。

村民甲："叔，这天热得很。"

赵书和："啊，哪天不是个这。"

村民乙："哎呀，还没走到地去呢，这衣服都湿完了。呵呵。"

村民丙突然指着前方："哎，书和叔，你看，那些人在咱地里干啥呢？"

村民甲:"咋还整俩车呢？"

赵书和一怔:"我问一下。"

说罢朝前走去:"你们这是干啥呢？"

刘工:"赵支书，你好你好。"

赵书和:"你好。"

干部甲:"你好，赵支书。"

刘工:"我咱县扶贫办的。"

赵书和:"哦，扶贫办的。弄啥呢？"

刘工:"呃，这块地，我做个勘测。"

赵书和:"勘测？"

刘工:"哎。"

赵书和:"啥项目？啊？"

刘工:"要不这样吧，呃，夏处长。"

夏琴走了过来。

刘工:"赵支书了解下情况。"

夏琴:"哦。"

刘工:"来，你们说。"

夏琴看着赵书和:"您是？"

赵书和:"呃，我是柳家坪的村支书，赵书和。"

夏琴:"哎呦，赵支书你好。"

赵书和:"你好你好。"

夏琴:"我是山南县产业扶贫对口单位，北京兴华集团的夏琴。"

赵书和:"呀，北京来的。"

夏琴:"呵呵。"

赵书和:"啊，你们这是弄啥呢嘛？"

夏琴:"哦，是这样。我们准备在柳家坪找一块合适的地方，建一个智能木耳大棚，这不，正勘地呢嘛。"

赵书和:"啊，弄木耳呢。"

夏琴:"嗯。"

赵书和:"哦，好着呢，好着呢，但是，不能在这儿种。"

夏琴一愣:"为啥？"

赵书和："这块地是我亲自带人费了劲了开出来的，我是要种水稻呢嘛。啊，你看那，我准备要水稻连片上规模呢。"

夏琴："哦。"

赵书和："啊，不能种木耳。"

夏琴："不过我们现在用哪块地，现在还没有最后定，正在到处勘测呢。这不正找着呢嘛。"

赵书和："好嘛好嘛。"

夏琴："哎呀，赵支书，了不起呀，这么大块地，你一个人就把它开出来了。"

赵书和："哦，也不是我一个人干的，我带村子里的人一块干的嘛。"

夏琴："那也了不起，你看看。"

赵书和："但是你们也辛苦，专门跑过来，帮我们扶贫呢嘛。"

夏琴："我们应该的，应该的。"

赵书和："好嘛好嘛，呃，我先去了啊，你们忙嘛。"

夏琴："好好好。"

赵书和："辛苦啊。"

夏琴："那您忙啊。我们再到其他地方看一看。"

赵书和："哎，好，好。"

⊙ **柳家坪村委会内 夜 内**

高枫、雅奇等几人在商议扶贫工作。

高枫："呃，经过这段时间的帮扶啊，咱们村这三十二户有意愿脱贫的贫困户的生活，已经不同程度有所提高了。"

雅奇："嗯。"

高枫："其中呢，有五户，他们的年纯收入已经远远超过了国家的扶贫标准。所以我们现在要讨论的就是，这五户的退出的问题。"

韩娜娜："那我们第一步，把这五户的基本情况，提交给村民代表大会，然后让他们进行民主评议。"

高枫："对。"

韩娜娜："让每一户本人确认，签字退出。"

李志刚："其实我觉得，识别出这些应该退出的贫困户不是难事，就怕这里面，他有人会不愿意退出。"

韩娜娜:"嗯。"

正说着,柳大满和赵书和走了进来。

柳大满:"啥?哎,我咋听你说是让贫困户退出呢,是不是?"

赵书和:"啊?"

柳大满:"这好不容易评的贫困户,人家咋能愿意退出呢嘛?"

赵书和:"就是。"

雅奇:"是这样子的,咱国家啊,对贫困户的认定,和退出识别,它是一个动态的机制。只要收入超过国家贫困标准线的都得退出,这是政策,是红线。"

柳大满:"不管红线不红线,你想咱乡党们,没有那觉悟嘛,他,他好不容易评上的贫困户,一年给八千块钱呢,你说第二年没有了,那些村民肯定来找你事呢嘛,肯定要闹你们呢。"

高枫:"所以说叔,咱得配合把这个工作做好嘛。"

雅奇:"对着呢。"

柳大满:"这工作不好干。"

赵书和:"对着呢。这个,这个工作肯定是要做的,但是枫娃,我有个问题啊,你肯定是没有想到。"

高枫:"叔,我知道你在担心啥,你就是担心他们会返贫嘛。"

赵书和:"啊,对,就是返贫的事。"

高枫:"这个事情你们不用担心,咱还有这个缓冲机制。"

雅奇:"对着呢。"

赵书和:"缓冲机制?"

高枫:"就是在缓冲期内,咱保持原有的扶贫政策不变。"

雅奇:"嗯。"

高枫:"一直确保他们稳定脱贫,我们肯定不会撒手不管嘛。"

柳大满:"哦。"

赵书和:"啊,还有缓冲期。"

柳大满:"哦,那就是,退出了以后还管呢,不是不管了。"

高枫:"对。"

雅奇:"就是。"

柳大满:"哎呀,你这事复杂得很嘛。"

赵书和:"嗯。"

高枫："那肯定的嘛，叔，你想嘛，咱国家有那么多的贫困人口，所以说这个扶贫工作是一个长期的系统工程。我再给你讲个两天两夜也给你讲不完。呵呵。"

柳大满："哎呦，啊，那行，那，那你们忙，那你忙。"

赵书和："忙吧啊。"

柳大满："听不懂，听不懂。"

赵书和："接着开会。"

雅奇："好嘞好嘞。"

⊙ 山南县委聂爱林办公室 日 内

敲门声。

正在伏案工作的聂爱林："请进。"

赵书和推门进来："老聂。"

聂爱林起身："哎，书和。你咋来了？"

赵书和："呵呵。"

聂爱林："哎呀，快来来来。"

赵书和："我来看看你嘛。"

聂爱林："坐坐坐，坐，坐下，哎呀，你都是稀客嘛。呃，给你，给你倒点茶？"

赵书和："不不不，不喝不喝。"

聂爱林："白开水。"

赵书和："我不喝，你坐下。"

聂爱林："哎呀，都多长时间没见了。"

赵书和："就是嘛。我听说你让人给撸下来了，啊？"

聂爱林："你听谁说的？"

赵书和："那你咋回来了？"

聂爱林："哎呀，中央政策，没有完全脱贫的县的主要领导，不能调离。活没干完，跑不了。呵呵，不是撸下来……"

赵书和："啊，不是撸下来的。"

聂爱林："哎呀，咋能是撸下来的。"

赵书和："呀，我还以为你犯错误了呢。"

聂爱林："我再犯了错误了，你还能在办公室见我？"

赵书和："啊，就是的。嗯，好，说实话，我希望你回来。咱们山南这儿离不开你，脱贫攻坚需要你。"

聂爱林："书和，你这个评价太高了，不敢。"

赵书和："我说的是真的嘛。"

聂爱林："咱再不说我了，那你今来是？"

赵书和："我就是来看你的嘛。"

聂爱林："专门来安慰我的？"

赵书和："对。"

聂爱林："哎呀，谢谢谢谢。"

赵书和："那大满以为你犯错误了，都不敢来寻你了。"

聂爱林："是不是？"

赵书和："嗯。开玩笑呢，呵呵。"

聂爱林："哎呀，你呀。"

赵书和："他忙别的事情。"

聂爱林："我就说嘛。"

赵书和："让我给你代问好呢。"

聂爱林："好好好，呃，你，咋样嘛？忙啥呢？"

赵书和："我忙地里的事嘛。"

聂爱林："还忙地里的事。"

赵书和："哦，我跟你说，最近，我在弄那个水稻连片的事呢。我把咱的地都连上，连成一片。"

聂爱林："好。"

赵书和："上规模，咋样？"

聂爱林："太好了。哎呀，我没想到你有这个想法，咱原来是一窝一窝地种，你现在把它连成片，上了规模，上大机械，这不光是解决咱的口粮，这是中国人吃饭的问题啊。"

赵书和："就是嘛。"

聂爱林："大事情。"

赵书和："哎呀，之前那产业扶贫的，还看上我的滩地了。"

聂爱林："啊。"

赵书和："说是要种木耳，盖大棚，我直接就给撵跑了。"

聂爱林："还舍不得你这块地？"

赵书和:"那当然,我开的地,我是要种粮食的,种啥木耳嘛。"

聂爱林:"对着,叫他另外寻一块地去。不过话说回来,呃,产业扶贫是脱贫攻坚工作的重中之重,该支持的时候咱还要支持啊。"

赵书和:"我知道,我知道,让他们寻别的地方去。"

聂爱林:"对。"

⊙ 石头村村头 日 外

王亮、李响和叶小秋看见杨书记,急忙迎上来。

王亮:"嗯,杨书记回来了。"

杨书记:"回来了。"

李响:"怎么样?省里有什么最新的精神传达吗?"

杨书记:"省扶贫办研究决定,咱石头村下一阶段的扶贫工作重心,由危房改造,逐步转向易地搬迁。"

李响:"嗯?"

叶小秋:"易地搬迁是啥意思?"

杨书记:"省扶贫办啊,全面分析了咱石头村的,呃,贫困状况和致贫原因,认为咱石头村的资源承载力严重不足,属于不具备发展条件的地区。换句话说就是,呃,属于一方水土养不起一方人的地区,且咱村的各项条件,均符合国家关于易地扶贫搬迁的政策指标。认为啊,咱石头村应当采取整村搬迁的扶贫方式。"

王亮:"全村搬迁?"

杨书记:"嗯。"

王亮:"搬去哪里?"

杨书记:"搬到省上,在碾子沟村设立的安置点。哎,人家这个地方啊,地处平原,交通便利,配套的基础设施也已经建成了,同时啊,还有另外两个村,跟咱村一块搬过去,合并成为碾子沟新村。"

李响:"这可是个大工程啊。"

叶小秋:"你开啥玩笑,这么大一个村子,这么多人,咋可能说搬走就搬走嘛,我跟你说,这事弄不成,真的,真弄不成。"

杨书记:"弄不成,也要弄。为了咱村的脱贫问题,国家投入了大量的资源,省上也制定了科学详细的规划,这是关系到老百姓生活的大事。不是咱个人能够左右的问题。再说了,咱村的情况大家都知道,七山两水一分地,这也不是靠人力能够短时间之内就能改变的。现在国家给咱指明了一条正确的道路，咱就应该统一思想，全力以赴地做好本职工作。接下来啊，咱几个就要挨家挨户的做动员了。争取在两年之内，完成易地搬迁。"

⊙ 柳家坪一片荒地 日 外

孔主任："哎呀，慢点啊，刘工。"

刘工："哎。"

孔主任："来，测量的怎么样了？"

刘工："面积是够了。现在最大的问题是，你看，交通不方便，你看这地方，还有一个离水源比较远。"

孔主任："啊，不靠近水源。"

刘工："对。"

孔主任摇摇头："这是个大问题。哎呀，行，咱们再找找。"

刘工："好。"

⊙ 山南县委聂爱林办公室 日 内

孔主任匆匆进来："聂书记。"

聂爱林："哈，孔主任，啥事？"

孔主任一脸愁容："哎呀。"

聂爱林："说嘛。"

孔主任："聂书记，还是木耳种植大棚用地的这个事。这不是考察了好几天了嘛。"

聂爱林："是啊。"

孔主任："这别的地方的地呀，都不合适，要不就是不靠近水源，要不就是这个面积不够，这个交通也不便利，这考察来考察去呀，啧，还就是人家柳家坪这块河滩地合适。"

聂爱林："不是，我想问一下，你带人去了没有？"

孔主任："我带人去了呀。"

聂爱林："一块合适的地都没有？"

孔主任："没有啊。"

聂爱林："怪了你你倒是，还非看上人家赵书和这块地了。"

孔主任："哎呀，书记，不是非看上他这块地，他这块地确实……合适。"

聂爱林:"那你啥意思?"

孔主任:"啧,哎呀,书记呀,你说我直接找他吧,我说这个事我觉着不合适。您和这个赵支书也熟,要不,你去跟他说说,做做他的思想工作。"

聂爱林:"嗯。"

⊙ 柳家坪赵刚子家院子 日 外

刚子女儿正在耐心地手把手地教赵刚子做直播:"爸,你看啊,直播的时候要戴上耳机,声音大小可以这样调。"

正说着,高枫走进院子:"婶儿。"

大娟:"哎,枫枫娃来了。"

高枫:"叔。"

刚子女儿:"枫哥。"

高枫:"哎。"

赵刚子:"高枫来了。"

大娟:"快来,快来坐。"

高枫:"叔这弄啥呢?啊?"

刚子女儿:"教我爸直播技术呢。"

高枫:"哦。"

赵刚子:"这前段时间家里养了些兔子,养了些鹌鹑,我把那都拍成视频发到网上,涨了十几万粉丝呢。"

高枫:"哦。"

赵刚子:"我现在都不敢出门了。"

高枫:"啊。"

赵刚子:"出门都得戴着眼镜,怕人把我认得。"

高枫:"好着呢,我今天来啊,就是想跟你聊一下这个直播的事情。"

赵刚子一愣:"咋?咋?我,我直播犯法了?"

高枫:"哎,没有没有,不是,是这样,我工作队那天跟雅奇我们开会,我们商量了一下,说你现在直播不是直播的挺好的吗?看能不能跟我村合作一下。"

赵刚子:"呵,那有啥合作呢?我这直播那是闲的没事干,打发时间,耍呢嘛。"

高枫:"这不是耍,这现在是正事。"

赵刚子:"啥正事嘛?"

高枫:"是这样,你看咱村现在这个合作社不是弄起来了吗?"

赵刚子:"啊。"

高枫:"但是缺乏这个宣传力度。我就想你直播呢嘛,刚好也帮咱宣传宣传,带带货呢嘛。"

赵刚子:"啊,直播带货呢。这都是你村委会的那大事,我,我还耽误你那时间,弄不成嘛。呵呵。"

大娟:"哎呀,他就不行,原来养兔子,养养不养了,后来养鹌鹑,现在合作社养着,成天捣鼓的啥都不干,就弄这没名堂的事,你那正事他不行。"

赵刚子白了一眼媳妇:"你说不行就不行?那我这一次就成了。"

大娟:"哎呀,嘴硬的,你啥时候弄成了?"

高枫:"哎,叔,婶儿。"

刚子女儿:"好了好了。"

高枫:"是这样,不着急啊,这事你可以再商量商量啊。"

赵刚子:"没有啥商量的,我说了就算,你这活我接了。"

⊙ 山南县委聂爱林办公室 日 内

聂爱林匆匆进门:"书和。"

一直坐等聂爱林的赵书和起身:"哎,聂书记。"

聂爱林一脸歉意:"对不起啊。"

赵书和:"会开完了?"

聂爱林:"哎呀,说是开到十一点,这一下说说,说到十一点半。叫你等的时间大了。"

赵书和:"没事没事,这正常的。"

聂爱林:"走,咱坐那儿。走。"

赵书和:"哎,不,不不,就坐这儿,就坐这儿。"

聂爱林:"哎,茶味道美着?"

赵书和:"美着呢,呵呵,你现在就是太忙了啊。"

聂爱林:"哎呀,没办法嘛。这2020的时间节点是定好的,我现在百分之八十的精力,都在脱贫攻坚上,剩下的工作百分之二十的时间,我就把它弄了。"

赵书和:"啧,哎,你看,我也帮不上你啥忙。"

聂爱林:"我今叫你来啊,就是有个忙要叫你帮。哎,只有你能帮这个忙。"

赵书和:"真的?好嘛,你说,啥事?"

聂爱林:"呃,你那天跟我说你开的那一片河滩地。"

赵书和:"啊。"

聂爱林:"咋样嘛?"

赵书和:"美得很嘛。我跟你说,一百多亩。"

聂爱林:"啊。"

赵书和:"又靠近水源,交通还方便,呀,太适合种水稻了。"

聂爱林:"呀,要不说你有眼光。"

赵书和:"嘿嘿。"

聂爱林:"你这个河滩地啊,特别符合人家产业扶贫里头那种植木耳大棚那个要求。"

赵书和:"啊?这么巧吗?"

聂爱林:"哦,我跟你说,木耳,是个经济作物,咱的水稻是个大田作物,我想双管齐下,助力咱这个脱贫攻坚,这是多好的事情。"

赵书和:"哦,双管齐下。那就是一边种水稻,一边种木耳?"

聂爱林:"啊?"

赵书和:"问题是,我不会种木耳嘛。"

聂爱林:"哎,不不不,哎,书和,你理解错了。不种水稻,光种木耳。"

赵书和:"光种木耳?"

聂爱林:"啊。"

赵书和:"那水稻呢?"

聂爱林:"水稻咱放到别的地方去种嘛。"

赵书和:"那地呢?"

聂爱林:"先让出来。"

赵书和:"让出来?"

聂爱林:"你看,这个木耳它的经济价值啊……"

赵书和:"你等一下,你等一下。"

聂爱林:"啊?"

赵书和:"哎,聂书记。"

聂爱林:"咋?"

赵书和:"我刚看的报纸,哎,这上面写的啊,种水稻的好处。"

聂爱林："对对对。"

赵书和："水稻，跟咱小麦是一样的。"

聂爱林："是。"

赵书和："它是主粮嘛，对吗？"

聂爱林："你先坐，你先坐下。"

赵书和："你之前是咋跟我说的？咱的水稻是大田作物。"

聂爱林："嗯。"

赵书和："对吗？咱这个水稻能够解决人的这个吃饭的问题，能保住咱中国人饭碗的大事。"

聂爱林："对嘛。"

赵书和："咋说变又变了呢？"

聂爱林："没变嘛。"

赵书和："咋没变呢？"

聂爱林："这木耳是个经济作物，时间短，见效快嘛，你水稻是口粮，这一边保住口粮，一边保住人的腰包增加收入。"

赵书和："那咋？"

聂爱林："这不是个好事吗？"

赵书和："以后不吃大米了，光吃木耳，木耳能吃饱？"

聂爱林："书和你，你这话是跟人抬杠了啊。"

赵书和："我不是抬杠，聂书记，不是我没有听懂你的意思，是你没有听懂我的意思。"

聂爱林："好，那你说，我听。"

赵书和："啊，种木耳，可以。"

聂爱林："嗯。"

赵书和："好事。"

聂爱林："对。"

赵书和："但是，你种木耳，你不要占我的河滩地嘛。"

聂爱林："对嘛，那现在关键的问题是，你柳家坪跟前寻遍了，没有一块地，能符合人家建木耳大棚的这个要求嘛。"

赵书和："那它有它的要求，我还有我的计划呢，我的计划是要水稻连片呢，我这也是大计划嘛。"

聂爱林："你是大计划呀。那你的大计划，你也得符合咱县上的统一协调安排嘛。"

赵书和："不行不行，聂书记。"

聂爱林："你不能说是……"

赵书和："肯定是不行嘛，你让他们寻别的地方去。"

聂爱林："这伙娃把地方都跑遍了，寻不下一块合适的地方。"

赵书和："那他们肯定是没有好好寻。让他们好好寻一下，好吧？啊？"

聂爱林无奈："书和，你咋知道人家没好好寻吗？我专门给安排的工作，都跑的呀。"

赵书和："那就这，聂书记，实在寻不着，再说，行吗？你不能一上来就看上我的河滩地了，对吗？不合适嘛。"

聂爱林："呀，没有谁说一上来看上你河滩地。"

赵书和："我这撅着屁股，费了半天劲。"

聂爱林："都知道你费了半天劲。"

赵书和："对吗？"

聂爱林："哎哎，哎哎。"

赵书和："啊？"

聂爱林："你弄啥啊？"

赵书和："啊，我回了。"

聂爱林："哎，书和，我给你拿点茶叶。"

赵书和："哎，我不要，我不要。"

聂爱林："啊？"

赵书和："我弄我的河滩地去了。"

聂爱林："你等一下。"

赵书和："你忙吧，我回了。"

聂爱林："书和，书和，书和，哎呀。"

⊙ **石头村叶小秋家屋内 日 内**

驻村第一书记杨书记进了屋子："叶支书，叶支书在家吗？"

赵细妹："哎，谁呀？"

杨书记："呃，我。"

赵细妹:"哦,小秋。"

头缠绷带躺在床上的叶小秋坐起身:"哎,杨书记,你咋,你咋来了?"

杨书记:"咋?头还疼吗?"

叶小秋:"不疼了不疼了,快坐,细妹,倒水倒水。"

赵细妹:"啊,给。"

杨书记:"啊,谢谢啊。"

赵细妹:"那你俩先聊,我去给爸弄药去了,啊,我去了。"

细妹离去。

杨书记:"咋样?现在头还晕吗?"

叶小秋:"头没事,不晕了。"

杨书记:"哦,那天啊,要不是你帮我挨了一下,这受伤的肯定就是我了。"

叶小秋:"杨书记,不敢这么说,我被打了,那是村里自己的事情,要是把你打了,受伤了,那就是大事了,不敢不敢。"

杨书记:"我以前啊,就想过,这个动员工作肯定很难做,但没有想到会这么难做。我就不明白了,这新村的条件这么好,有配套的医院,还有配套的学校,国家引进了配套的工厂,这么好的政策,咱村的村民为啥就那么抵触呢?"

叶小秋:"像他们一辈子也没有出去过,没见过啥世面,让他一下子从住了这么多年的地方搬走,他心理上他,啧,接受不了。"

杨书记:"那天啊,咱不是组织群众去参观新村吗?"

叶小秋:"啊。"

杨书记:"呃,好像是根子他爸周老汉,对,周老汉好像比较感兴趣,啧,他拽着我问东问西,问政策,他应该对搬迁有意愿吧?"

叶小秋:"哎呀,他肯定是有意愿的,他家情况是个啥,那周老汉身体也不好,有高血压,平常都是他孙子照顾,但他孙子今年上了初中,那初中不比小学,路上远得很,每天四十里地,往返好几个小时,这当爷爷的也是心疼娃,想着要是早点能搬到村子里,上学就不用这么折腾了。他肯定想搬。"

杨书记:"哎,你看啊,新村的医疗条件好,周老汉去了新村,直接能看病,娃呢,去了新村,直接办入学,他家的困难不是一下就解决了嘛。"

⊙ **柳三喜农家乐饭店 日 外**

韩娜娜:"叔,婶儿。我们来了。"

柳三喜:"呀,来了。"

李志刚:"叔。"

蓉蓉:"娜娜、志刚来了呀。"

韩娜娜:"忙着呢。"

蓉蓉:"中午别走,留下来吃饭,尝尝你叔的手艺。"

韩娜娜:"呀,行呢嘛,我也想吃我叔做的饭了。哎,叔,婶儿。"

柳三喜:"嗯。"

韩娜娜:"咱的生意好着呢?"

柳三喜:"马马虎虎,马马虎虎。呃,最近这生意还行,啊,具体的让你婶儿跟你说啊。你说你说。"

蓉蓉:"就是每个月刨去房租、水电,啊,各种杂七杂八的费用,还能剩一点呢。"

韩娜娜:"呀,那好着呢嘛。"

李志刚:"那不错啊。"

韩娜娜:"那咱这是盈利了啊?叔,婶儿,这饭店嘛,咱就是要一步一步做起来的,攒口碑呢。"

柳三喜:"对着呢。"

韩娜娜:"反正你也别有压力。"

柳三喜:"没压力,呃,这之前弄的这油条店跟饭店,我也是慢慢养的,我相信我开这个农家乐,也能成,啊。"

李志刚:"叔,婶儿,我和娜娜也都跟我们城里的朋友说过了,让他们都帮咱们宣传着。咱们这儿的客人只会越来越多。"

韩娜娜:"对着呢,我都给你拉客了嘛。"

柳三喜笑着。

蓉蓉:"照这样下去的话,咱欠的账都能还上了。"

柳三喜:"对着呢,那这贷款也能还上了。"

韩娜娜:"呀,肯定是没问题嘛。"

柳三喜:"我中午炒的鸡子,要不……这儿尝一下。"

韩娜娜:"我闻闻。"

李志刚:"这一开锅就香啊。"

柳三喜:"是不是的?"

韩娜娜:"香得很嘛。"

⊙ 泥河边河滩荒地 日 外

聂爱林走过来:"哎,孔主任。咋样嘛?"

孔主任:"聂书记,哎呀,不行啊,没有适合的地儿啊。"

聂爱林:"不行?"

孔主任:"啊。"

聂爱林:"哎呀。"

孔主任:"哎,聂书记,你看的那儿咋样了嘛?"

聂爱林:"我看这一片也是都不行。这离河太近了,这将来一发水这成大问题。"

孔主任:"对。"

聂爱林:"嗯,再不行是这,咱往上游看,对吧?"

孔主任:"聂书记,这上游我都去过了,不行,没有适合的地方。你看,这个地儿就说的这个上游,这个地方,这个地方我都去了。"

聂爱林:"啊。"

孔主任:"都不合适。"

聂爱林发愁道:"这下麻烦了,这还真寻不下一块合适的地方。"

⊙ 山南县委聂爱林办公室 日 内

聂爱林正在打着电话:"你不要跟我解释那么多,咱就抓落实。进来。"

夏琴进门:"聂书记。"

聂爱林:"夏处长,你来了。快坐坐,坐,坐。"

夏琴:"好好好。"

聂爱林:"我给你倒杯茶。"

夏琴:"不用不用。"

聂爱林:"啊?"

夏琴:"聂书记,无事不登三宝殿啊,还是那件事。我们要的那块地,什么时候能落实?"

聂爱林:"哎呀,从你一进门,我就知道,木耳大棚用地,交通、水源、面积,这都种到我脑子了。"

夏琴:"有什么用啊?我们规划也做了,现在资金也到位了,这,让我们等到什么时候啊?"

聂爱林："夏处长，这不是说是叫你等到啥时候，你看上的这块地，刚好是人家村支书带人人家开的，咱得给人家把思想工作做通，不能拿来就用嘛。"

夏琴："那我们现在就什么都不干，就这么等着呀？"

聂爱林："那不是，你现在，最好的办法，再等一下，我去做工作，咱研究制定一个新的方案出来。你等了这么长时间，咱不能叫你白等嘛，对不对？"

夏琴："不是，你们做了这么长时间，你们的工作进展在哪儿呢？你还让我们等到什么时候呢？"

聂爱林："夏主任，你，你别着急，别生气，这是你的工作，也是我的职责，你来给我县上扶贫来了，我不可能往后缩，我绝对是往前大踏步地走了，只不过你没看着，你现在就是人的工作是最难做的，我跟你保证，这个事情我一定说到做到。"

夏琴叹气。

⊙ 柳家坪河滩地田地 日 外

聂爱林走到正在干着农活的赵书和面前："书和，书和。"

赵书和："哎，聂书记。"

聂爱林："哎呀。"

赵书和："咋回事？啊？你咋跑地里来了？啊？"

聂爱林不答反问："我咋跑地里来了，你就这么官僚的，我从一早上就在你柳家坪这周围转圈圈呢，一下转到现在了。"

赵书和："哈哈，干啥呢？"

聂爱林："哎呀，还是人家那木耳基地，给人家寻地呢嘛。"

赵书和："咋样嘛？寻着没？"

聂爱林："没有嘛。我来寻你来了，呃，是这啊，我前后想了一下，咱权衡利弊，你这个河滩地啊，咱还是想用，行吗？"

赵书和一口拒绝："不行嘛。"

聂爱林："你看你看，你……"

赵书和："你看嘛，我那块河滩地咋开出来的？多不容易，你又不是不知道，对吗？"

聂爱林："知道知道。"

赵书和："我有我的大计划呢，计划都弄好了，你又不是不知道。"

聂爱林："我知道，知道。"

赵书和:"哎,我就不明白了啊,假如说,没有我这河滩地,咱这个产业扶贫弄不成了吗?"

聂爱林:"那胡说了,那没有这个河滩地,咱弄别的项目去了。"

赵书和:"那就是的嘛,让他们弄别的嘛,啊。"

聂爱林:"哎,你胡说呢,县委县政府弄的项目,这多少人都忙了这么长时间了,那咋可能说变就变嘛,那可变不了。"

赵书和:"那也不能死盯着我这块地嘛。"

聂爱林:"人家谁是死盯着你这块地嘛,哎,书和,你以为那块地是你的啊,那还不是集体的嘛。"

赵书和:"你说这话我就不爱听了,找我干啥呢嘛?"

聂爱林:"你这,你这不讲道理嘛你,书和,哎,你在我办公室跟我咋说的,你叫我先去寻地,寻不着了我来寻你,那现在这个地就是没寻下,所以我才来寻你来了嘛,你可跟我撂过这话,道理不能都掌在你那面嘛。"

赵书和:"那你啥意思嘛?聂书记,啊?我必须要让出去?"

聂爱林:"咱把这地一让,这是个皆大欢喜的好事情嘛。"

赵书和:"你这是在逼我呢。"

聂爱林:"我逼你弄啥嘛?那你不知道我的难处,为了你这块地,我开了多少协调会了,我把多少人都挡回去了,人家还以为我拿了你多少礼呢。"

赵书和:"我送你啥礼了嘛?"

聂爱林:"啧,人家这样说的嘛,你书和能给我帮上忙了,你帮,帮不上忙,你不敢帮倒忙,你不能叫我在原地再栽一跤,你就太自私了嘛你。"

赵书和一怔:"说了半天,我是听明白了,你就是想保住你的官帽子。"

聂爱林:"书和,哎,你这样说话可就没意思了啊,我跟你说啊,县委县政府的项目,你让也得让,你不让也得让。"

赵书和:"你吓唬我呢?啊?我是长大的,不是吓大的。"

聂爱林暴躁地:"我还真不是吓唬你,我现在回去就行文,红章子一盖,你这地给人家让定了。你是个村支书,人家说你是个啥,你就是个啥,说你不是啥,你啥都不是,你以为你是个弄啥的?"

赵书和一怔,愣愣地盯视着聂爱林:"老聂,我认得你几十年了,今天你是第一次让我觉得,你是个做官的。"

聂爱林:"啥意思?"

赵书和："河滩地我可以让。"

聂爱林："对嘛。"

赵书和："你先把我埋了，啊，我就当是给你木耳基地打地基。"

说罢转身离去。

聂爱林指着赵书和的背影气愤地："赵书和，你是要当钉子户是不是，我拔的就是钉子！"

第三十集

⊙ 柳家坪柳大满家屋内 日 内

一桌丰盛的饭菜。

柳大满看着高枫和雅奇:"哎呀,今天把你俩叫来啊,主要还是要再说一下那河滩地的那事。"

雅奇与高枫对视一眼。

柳大满:"你爸一会儿再来了,我觉得是这样子,奇奇娃。"

雅奇:"嗯。"

柳大满:"你主要是打感情牌,啊,你是你爸的女子,你爸最喜欢你,好着吗?"

雅奇面露难色:"大满舅,打感情牌对我爸没有用,你还不了解,我爸讲理,我们慢慢和他讲,能讲通的。"

柳大满:"哦,也行,反正你是第一书记嘛,你就拿出你那第一书记的那气场,你压他,你看行吗?"

雅奇:"压不管用了,咱就事论事,我配合你就是了。"

柳大满:"好好好,那你配合我。"

雅奇:"嗯。"

柳大满:"哦,那,那枫枫娃你也可以打那感情牌嘛,你书和叔从小最疼你了,你打感情牌。"

高枫:"不不,叔,我也不能打感情牌,我,哦,这样,我就从产业扶贫的这个重要性,和脱贫攻坚的紧迫性,这两个方面切入。"

雅奇："这个好。"

高枫："咋样？"

柳大满："咦，你这队长就是队长，这思想高度高。唉，那就我给他打这感情牌。"

雅奇一笑："哈哈哈……"

柳大满："咱就其乐融融的一块吃个饭，呃，三管齐下，拿下你爸，好吗？"

雅奇："好。"

黄艳丽端着菜上前："哎，大满，那等一会儿我说啥呀？"

柳大满："你不用说啥嘛，你就给咱上好菜，弄好酒就行了，啊。"

黄艳丽："哎，那不一定，说不定你们说不行，哎，我说还就能成。"

柳大满："我需要你的时候我叫你，你先弄菜去，啊，好嘛。"

雅奇："辛苦了，婶子。"

话音刚落，就见赵书和背着手走了进来。

赵书和："呀。"

柳大满："来了。"

雅奇："爸。"

高枫："叔。"

赵书和看看桌上的饭菜："这么丰盛呢，啊？"

高枫："哈，快坐，坐坐。"

柳大满："赶紧来坐下，给你留了一个最主要的位置。"

赵书和："哎，你过生日？"

柳大满："啧，我过生日是哪天，你还能不知道吗？啊？"

赵书和："那这是，为啥呢嘛？"

柳大满："你看一下啊。第一书记在这儿，啊，扶贫队长在这儿，支书在这儿，我这村长在这儿，四个高层都到齐了，你说为啥嘛？你还能不明白？"

赵书和："呵呵，明白了。"

柳大满："快来坐。吃顿好的嘛。你坐啊。咋了？"

赵书和："你先说，到底是啥事嘛？啊？"

柳大满："啧，哎，你坐下我就说嘛。"

赵书和："你不说，我就不坐了。"

柳大满："你看你……"

雅奇："呃，爸，我给你倒杯水啊，你先……"

赵书和:"哎,你别说话。说。"

柳大满:"你咋还不让人家娃说话,啊?"

高枫:"呃,叔,这也是中午了嘛,咱也该吃饭了嘛,你……"

赵书和:"你也别说话,啊?说嘛。"

柳大满:"你……犟的,好好好,我说。"

赵书和:"嗯。"

柳大满:"人家聂书记又打电话来了,专门又说了这个河滩地的事,你就把那签了嘛,咱让一下行吗,啊?"

赵书和:"我一猜就是这事。早说不就完了嘛。"

柳大满:"呵,呵呵。"

赵书和:"我算看明白了,你这个饭啊,好吃难消化,哼!"

柳大满:"嘖,你怎么能这么说呢?"

赵书和:"咋了?就是个鸿门宴嘛。"

说罢转身离去。

雅奇:"爸……"

赵书和:"吃好喝好啊。"

柳大满:"你……"

高枫:"哎……"

柳大满望着赵书和的背影,无奈地:"你干啥呀?"

⊙ 北京兴华集团卢伟金办公室 日 内

夏琴向卢伟金汇报工作。

卢伟金神色凝重:"夏处长,咱们援建山南县柳家坪木耳产业项目,其他各方面已经准备就绪了,为什么迟迟没有开工?问题出在哪儿了?"

夏琴:"卢书记,咱们柳家坪木耳大棚的建设需要两块河滩地,村支书赵书和死活不同意啊,我没办法解决。"

卢伟金:"那其他的村干部都什么态度?还有县乡两级政府。"

夏琴:"那个聂书记,啊,就让我等,说他研究、解决,让我等,我觉得他就是在推托,跟我打太极。"

卢伟金:"你有没有去找扶贫办的国主任帮你协调解决?"

夏琴:"国主任?哎呀,国主任就是出身柳家坪,他跟那个赵书和呀,又是兄弟，又是同学，我还在想呢，这个村支书这么强硬，哎，你说会不会是……"

卢伟金略一思忖："呃，这样，你马上回泥河乡按原计划推进，我尽快去一趟中原省，帮你协调解决。"

夏琴："好。"

卢伟金："嗯。这道坎儿我们就是抬，也要把它抬过去。"

夏琴："嗯。"

⊙ 山南县委聂爱林办公室 日 内

柳大满推门走了进来："哎，聂书记。"

聂爱林："啊，大满？"

柳大满："我，我给你汇报一下工作。"

聂爱林："你说。"

柳大满愧然地："哦，是这，呃，本来我组织了一下村里的这个领导班子，把书和都叫来了，想一块跟他说一下这地的事呢，这没想到还没说两句呢，他就走了，不听我的嘛。他现在就是一个倔驴，啥话都听不进去，哎呀，你交给我这任务，我没完成好，对不起啊。"

聂爱林："哦，是这样子。"

柳大满："呃，是这嘛。我想着回头，我这都计划好了，一个一个还给他说呢，还劝他呢，呃，实在是不好意思，这一回你这任务没完成美。"

聂爱林："嗯，没事，呃，我再想其他办法。"

柳大满："好好好，那聂书记再见，啊。"

聂爱林："好好好。"

⊙ 泥河岸边河滩水稻田地 日 外

村民甲："二虎，你看咱这一片水稻田，马上就要弄好，咱跟着书和叔好好干。"

说罢一愣："哎，书和叔，这些人咋又来了？"

村民乙："还在咱地里插这些桩子。"

赵书和："我看一下。"

说罢上前问道："哎，你们干啥呢？"

刘工："哎，赵支书。"

赵书和："咋回事嘛？"

刘工："那个……"

赵书和："咋又来了？"

刘工："赵支书，这个地被征用了，我们再勘测一下。"

赵书和如雷轰顶："被征用了？"

刘工："对。"

赵书和："谁征用的？"

刘工："这肯定是县上嘛，呵呵。"

赵书和："谁说的？"

刘工："肯定是领导说的嘛。"

赵书和："哪个领导？"

刘工："这……"

一男："哎，支书，你问哪个领导是啥意思嘛？"

赵书和发火道："咋了？我就问一下嘛，哪个领导嘛？啊？"

刘工："不不不，赵支书，赵支书，你听我给你说，我也是听上面领导安排来干事情的，这个你就不要为难我，咱干活人嘛。"

赵书和："好，我不难为你，啊，有手续吗？"

刘工："有有有。"

一男："有有有。"

赵书和："拿来，我看一下。"

刘工："这，这，这个情况，下地干活呢，谁也不可能带手续，手续在办公室，回头我给你拿。"

赵书和："等有手续了，再来干吧。"

刘工："手续有，你放心，没有手续违法事咱绝对不干。"

赵书和："那你拿来嘛。"

刘工："这……"

赵书和："你没有手续你咋干嘛？"

一男："不是，支书，我们也是按照上面领导的要求办事。"

赵书和："你别跟我说这个，没有手续，啥也干不了。"

刘工："赵支书。"

赵书和高声地："拔了，把桩子全都拔了。"

村民甲："对，别弄了，都别弄了，都别弄了。"

赵书和："都摘了。"

刘工："赵支书，咱有话好好商量行吗？"

赵书和："你别说，我不听。都拔了。"

村民甲："给它扔出去。"

赵书和："把这，都撇出去。"

⊙ 泥河旁一树林 日 外

雅奇与父亲谈心，边走边说。

雅奇："爸，你看这儿，你还记不记得？小时候你带我在这儿放过鸭子还抓过蚂蚱，那会儿我老抓不着，就坐这儿哭，你这一着急呀，每次都给我抓一大堆，穿成一个串串，我看着那个毛毛草的串，立马就不哭了，你还记不记得。"

赵书和："在这儿放鸭子没错，捉蚂蚱不是在这儿，你不要看你爸老了，但是你爸啥都记得，包括你小时候咱柳家坪受了灾，大家都吃不饱饭我都记着呢，所以，我为啥要弄这个河滩地。为啥要水稻连片，我就是要让每个人都不再挨饿，让每家每户都粮食满仓。你说你爸做得对不？"

雅奇："做得对。"

赵书和："就是的。"

雅奇："爸，既然你说到这儿了，那我问你一个问题，只是吃饱饭你就满足了？没有更高更好的追求？"

赵书和："你要说啥？"

雅奇："家家户户吃饱饭这不是终点，脱贫也不是终点，而是追求更美好生活的起点，现在兴华集团规划的木耳种植就是让大家过上更美好的生活，咱们就必须往前走，你说是不是？"

赵书和："不许再提地的事嘛。"

赵雅奇："爸，精准扶贫最重要的是要实事求是，因地制宜。兴华集团就是根据咱柳家坪的自然状况做出的规划，可以让我们的木耳种植形成产业化、规模化，从根本上摆脱贫困。"

赵书和："我没有反对产业化、规模化，我要这个水稻连片就是要产业化、规模化，再说了，咱柳家坪种植蔬菜，种植木耳，我都是支持的，这产业扶贫的道理，你爸清楚得很。"

雅奇："爸，我和工作队这几年，在咱柳家坪做的每一件事都是希望大家能够脱贫致富。这木耳大棚是咱们村的升级产业，全村的人都认可了，现在就卡在你这河滩地上，我是你的女儿，也是第一书记，更是第一责任人。你现在这个态度，你叫我们怎么开展工作，你叫大家怎么看我这个第一书记嘛。"

说罢眼里含泪。

赵书和："呀，你这娃咋还哭了呢？好了好了，不要哭了，你和枫枫娃，你这几年在咱村干了多少事情，你包括这个产业帮扶、危房改造啊，还有修建这个卫生室，干的好着呢。大家都看在眼里。不要委屈嘛。"

雅奇："我就是希望你能支持我。"

赵书和："我不是不支持你。"

雅奇："爸，我们做这么多事情，就是希望带领大家打赢这场脱贫攻坚战，再说了，这大棚建好了，集体经济好了也能反哺农业，你也能更好更安心地种地不是吗？那么多人都来劝你了，难道大家都错了？我是你的女儿，你要是真做的对，我一定会站在你这边的。"

赵书和："雅奇，你爸我不是油盐不进的倔老汉，也不是跟这产业扶贫唱对台戏呢，我辛辛苦苦弄得这河滩地，真的是太不容易了，你们一下子就拿走，我这心里真的是过不去。"

雅奇："爸。"

赵书和："好了，你不要再说了，你先回吧。"

雅奇："爸。"

赵书和："你让我再想一下。"

说罢离去。

赵雅奇拨打电话："国伯伯，和我爸聊完了，这些道理我爸都懂，就是可能感情上一下转不过弯吧。对，你再多给他点时间，好吗？"

⊙ 柳家坪村委会 日 内

众村民涌进村委会，围着赵书和七嘴八舌嚷嚷着：

"种木耳，我们就要种木耳。"

"书记，书记，种木耳好嘛。"

"对！挣钱嘛，种木耳，就种木耳，好挣钱。"

赵书和："好好好，我知道了，到底要种啥，我自己心里清楚。啊，不用你们告诉我，赶紧回去。走了走了。"

众人："不是，支书，种木耳，种木耳好。"

赵书和："呀，赶紧回去嘛，我还有工作呢嘛，啊，走了走了，回去。"

一男村民："书和，好好考虑一下。"

众人刚走，柳满仓和柳满囤兄弟俩走了进来。

柳满仓："哎，书和，咋回事吗？"

柳满囤："哎，啥情况？"

赵书和："你俩咋来了呢？啊？"

柳满囤："我，这热闹没看呢嘛，咋人都散了呢？"

赵书和："没有热闹，赶紧回去。"

柳满仓："哎呀，我就来问一下情况嘛。"

赵书和："啥事都没有。"

柳满囤："哎，我俩人嘴严得很。"

赵书和："走了。"

柳满囤："哎呀，你说嘛。"

赵书和："走了！"

柳满仓："你就跟我说一下，我这个，呀，你看你，你咋急了，你这个人真是……"

柳满囤："啥情况嘛。"

柳满仓："哎呀，满囤，你等我一下。"

柳满囤："咋回事嘛。"

柳美群："书和……"

赵二梁："哎，这兄弟俩干啥来了。"

柳美群："书和，又来了一拨村民。"

赵二梁："这不给书和添乱吗？书和，我劝一下你，咱不管种水稻，还是种麦子，还是种那木耳，咱拾掇来了里头都是财嘛，将来哪个挣钱咱种哪个不行吗？咱可不敢鸡蛋碰石头。"

赵大柱媳妇："呀，二梁，你说这话我就不爱听了，做人不能眼窝窝里头只看着钱，对吗？当初人家书和开这地，说好的是种水稻的，咋能说拿走种木耳就种木耳呢？那咋不早说呢？"

柳美群："对着呢。"

赵大柱媳妇："早说人家不开这地了嘛。"

二梁妻子:"不是,书和是国家的人,要听国家的话呢,国家现在让咱种木耳,说明国家需要木耳。"

柳美群:"哎,兰花,你看你,你说这话我咋听着你是为你自己,你不是为国家呢。"

二梁妻子:"我为我自己,你说……"

柳根:"哎,书和哥,我觉得人家这是国企,这种木耳肯定没有问题嘛。哎,蓉蓉。"

蓉蓉:"就是的嘛,书和哥,人家国家既然选中了咱的这块地,咱就让给他嘛,反正咱农村破地多的是,给人国家,咱还能吃得了亏呢,到时候肯定挣得咱口袋里鼓鼓的,多好的美事呢嘛。"

赵亮:"好,好,好了好了。"

柳美群:"对了对了,站着说话不腰疼。"

赵大柱媳妇:"就是的。"

赵亮:"别吵了。"

柳美群:"这是你屋里的地让你让出来你让吗?"

赵大柱:"哎呀,行了,哎呀。"

赵亮:"不要吵了,不要吵了,让书和哥好好想一下嘛,啊。"

夏大禹:"呃,是这,乡党们,大家心情我能理解,咱做事要有个分寸嘛,不要弄得跟逼宫一样。"

赵亮:"对着呢。"

夏大禹:"你感冒了啥的,没个三五天还好不了,这么大个事情,你让支书好好想一想嘛,咱支书不是那没水平的人嘛,过几天就想通了啊。"

赵亮:"啊,对。"

夏大禹:"咱回,咱回。"

赵亮:"回了回了回了。"

夏大禹:"让支书一个人静一会儿啊。"

赵二梁:"书和,好好想想啊。"

赵大柱媳妇:"书和,我支持你的,凭啥给他们嘛。当初咋说的嘛。"

夏大禹:"走吧,走吧,走吧,支书,别上火啊。"

赵书和心烦气躁:"哎呀,都走!"

⊙ 中原省扶贫办国文办公室 日 内

卢伟金落座，看着国文。

国文："哎呀，卢书记，你看这一路风尘仆仆的，辛苦了啊，辛苦了。"

卢伟金："我是心里着急。山南县木耳生产基地项目，是我们兴华集团定点帮扶的重点项目，可产业基地却迟迟没有进展。"

国文："是呀，卢书记，这柳家坪的产业基地项目，因为我们的原因搁浅了，这责任是完全在我们。"

卢伟金："这个项目前期呢，我们是做了大量的工作的，一定要尽快地落地。我们兴华集团扶贫助力，也是有年度责任目标考核的。"

国文："是。"

卢伟金："在时间节点如果完不成任务，我们都是要被追责的。"

国文："哎呀，卢书记，我这心里也是着急得很，大家现在都在想办法呢，你放心，我们一定是尽快把它解决了。"

卢伟金："听说柳家坪有一个赵支书。"

国文："哎呀……"

卢伟金："对木耳生产基地，持坚决的反对意见。"

国文："是，这个柳家坪这个支书呢，这赵书和嘛，他就是非要在那河滩上种水稻，那个地还是他一锹一镐自己修出来的，费尽了心血，他这人啊，看这土地比看命还重要，但你放心，他的工作我们一直在做。哎，会有办法解决的，卢书记。"

卢伟金："除了木耳大棚的工程，还有木耳工厂，分拣包装，还有深度加工等一系列的工程，时间等不及呀。如果柳家坪木耳大棚用地问题迟迟解决不了，那国文主任是不是可以考虑，给我们换一个贫困村。"

国文："呀，卢书记，这可不妥，这柳家坪是咱省的重点的贫困村，你放心，卢书记，柳家坪的事我们一定能解决，一定会给你一个满意的交代。因为我们这扶贫办的工作没有做到位，给咱兴华集团的工作带来这么大的障碍，我代表扶贫办……真是表示歉意，表示歉意，你放心啊，卢书记，我一定是尽快地落实，尽快解决，一定能解决。"

卢伟金："好，那给我一个时间。"

国文沉吟着。

⊙ 柳家坪赵书和家院子 日 外

赵书和呆坐无语,心事重重。

柳秋玲:"书和,帮我搬个东西。"

赵书和:"嗯?"

柳秋玲:"我叫你,你咋不理我?"

赵书和:"哦,我刚没听见。"

柳秋玲:"咋了?还是那块地的事?"

赵书和:"哎呀……"

柳秋玲:"行了,不要想了,走,做饭去。"

赵书和:"秋玲,你等一下。我问你,你说实话啊,这事我做的是对的,还是错的?嗯?你是支持我?还是支持他们?"

柳秋玲疼怜地看着一脸憔悴的丈夫:"我当然支持你,我知道你开这块地有多不容易,看看,头发都白了。"

赵书和:"哎呀,你咋想的。"

柳秋玲:"啧,哎呀,书和,哎呀……"

赵书和:"嗯?"

柳秋玲:"我从心里头佩服你。"

赵书和:"啥意思?"

柳秋玲:"你看啊,现在全世界的人,都在劝你。"

赵书和:"嗯。"

柳秋玲:"你就是不听,你就是能扛得住。啊,我觉得,我老汉,那心理素质全天下第一,厉害得很。"

赵书和一怔:"你这是说的啥话嘛,你说你支持我,到底是真的,还是假的?"

柳秋玲:"我要是再不支持你,那就没人支持你了。"

赵书和失望地:"我不用你支持我。唉,气死我得了。"

⊙ 柳家坪村委会 日 内

柳大满带着国文走了进来。

柳大满:"书和,赵书和,你看谁来了?"

屋内没人。

柳大满疑惑:"这货又跑哪儿去了?啊,国文,你先坐一下。"

国文:"哎哎。"

柳大满:"等一下,等一下。我去寻他去,他跑不远,跑不远。"

国文:"好好好,哎。"

话音未落,赵书和走了进来。

国文:"哎,哎,书和。"

赵书和一怔:"你咋来了?"

国文:"呵……"

柳大满:"他咋不能来嘛。人来就是来说你的嘛,谁说都说不动你嘛,我大老远把国文请来,看能不能说动你。"

国文:"哎呀……"

柳大满:"你就好好听着啊。"

国文拉了一把柳大满:"你赶紧坐下来,你喊啥嘛你。"

赵书和冷淡地:"谁来也没用。该说的别人都已经说完了,我就不信你还能说出啥新花样来。"

国文望着一脸固执的赵书和:"那我要是今天真说出一点新花样来,咋办呢?"

赵书和:"你就是说破了天,我也不会同意的。"

柳大满:"你看看,你看,国文,哎,是不是跟我在路上跟你说的一模一样啊。"

国文:"嗯。"

柳大满:"这现在就是个杠精你知道,赵书和,你不要忘了你现在坐的这是啥办公室?你坐的是啥位置?你还有没有个当一把手的样子了?啊?你弄不好,你这是要,要,要犯错误的,你知道吗?"

赵书和:"好了,别废话了,寻三辆自行车去。"

柳大满一怔:"啥?"

⊙ 柳家坪小道/水稻田地 日 外

国文和赵书和、柳大满骑着自行车而来。

柳大满喘息着:"哎,哎,书和,你这到底要带我俩去哪儿呢嘛?你说话,哎,你这事到底同意不同意?到了。"

赵书和无语停下。

柳大满和国文也停下。

柳大满继续埋怨:"哎,你看,你看这,哎呦,上,上了年纪了,就跟他爸一模一样。哎,书和,你把我俩领到这烂河滩来干啥呢嘛?啊?"

赵书和指着前面不远处:"国文你看一下,你看看这片烂地,你要的那一百亩河滩地,之前就是这个样子。我是带着人一块石头、一块石头地搬,一锹一锹地挖,我费了多长时间啊,才把它变成了能种粮食的地……你啥意思?啊?我费了这么大的劲,就是让你……种木耳?"

国文:"书和,你别急啊,我知道,你对土地有感情,这是中国几代农民骨子里面的信仰,我非常地理解,也很敬佩。但是,你好好想想,柳家坪要是想真正地摆脱贫困,过上好日子,光靠种地是不行的呀,书和。"

柳大满:"就是嘛。"

国文:"尤其是咱柳家坪这地方,你一亩地能出多少粮食?一年多少收入?这是算得出来的。"

柳大满:"你是咱村支书,你对这些是最了解的嘛,对着吗?"

柳大满:"再说了,啊,你这烂河滩,又不是国家的耕地,啊?你为啥不能用嘛?为啥不能种木耳嘛?"

国文:"书和,我知道你的梦想,啊,你希望看到五谷丰登,六畜兴旺,粮食满仓。原来咱不敢说,但是现在我敢说,这肯定是能实现的。这泥河上游的大坝落成后,咱泥河下游增加了上万亩的良田啊,这逐步会形成泥河流域的新粮仓的。你不要这眼睛老盯着这一片小河滩,啊,你要把眼睛放宽放广嘛。那上万亩的良田,还能没有你施展的空间吗?啊?书和。"

赵书和:"不是我在盯着,现在是你在盯着我的小河滩。"

柳大满:"你看……"

国文:"哎……"

柳大满:"哎呀……"

国文:"书和,你现在要有新农业新农民的意识和观念,一定是要多种经营、多条路发展才行。这兴华集团,这是国企,真诚地帮助咱们。人家根据咱柳家坪的实际情况,提出这木耳产业,这是多好的点子呀,书和,帮咱规划,给咱资金,这是柳家坪的机遇啊。这是历史的机遇,这是时代的机遇,书和,你不把它把握住?"

柳大满:"国文,你少说两句,我,我跟他说。哎,人家国文,这么老远地跑来跟你说了这么多,你听懂了没?啊?你还是没听明白吧?我都听明白了。书和,你赶紧把这签了,好吗?啊,来来来,给,给,把这签了,给给,签了。你要不签,你就是咱柳家坪的罪人。"

赵书和："少拿这吓唬我！"

柳大满瞪起了眼睛："赵书和！我跟你说，现在跟以前不一样了，这是新时代，你知道吗？你得改变，你知道吗？啊？你不能再这样杠下去了，跟你爸一样，你知道吗？把这赶紧签了。"

国文："大满……"

柳大满："唉……"

国文："这2020年是脱贫攻坚战的决胜年，咱这柳家坪只有依靠产业扶贫才有希望。"

赵书和无语。

柳大满："多少人说你的啊，你咋就听不进去呢？"

国文："哎，书和，你还记得吗？当年咱两个人，就在这泥河岸边，我抱着我爸的骨灰，我爸临终前跟我说，说这泥河岸边啊，乡亲们啥时候能真正地摆脱贫困了，真正地过上好日子了，你让书和来跟我说一说。你这不依靠产业扶贫，你咋能真正地摆脱贫困呢？咋能过上好日子呢？"

柳大满生气道："书和，人家国文把话都说到这份上了，你还听不进去是不是？啊？你能不能把这签了嘛？我说你再不签，咱以后就不是兄弟了。我最后问你一遍，你签还是不签？你不签我俩走了啊。哎呀，走走，走，国文，走，咱走，不理这，这犟驴了。"

说罢冲赵书和威胁道："我说你不签，你就对不起国伯伯，你不签，你就对不起柳家坪，你不但影响了柳家坪了，你说不定你都影响人家国文呢。"

赵书和叹气不说话。

柳大满："咱，真……真走啊？"

国文无奈地："走吧。"

柳大满和国文骑车离去。

柳大满没好气地："哎，国文，你看这人这犟驴，啊，说啥都听不进去，谁劝都没用，咱要不然，回头再想别的办法。实在不行，就把他这村支书给他撤了。"

正说着，身后传来赵书和骑着车子追上来的声音。

赵书和骑车赶到柳大满和国文身边："让一下。"

说罢将合同重重地扔在了柳大满的车筐子里。

柳大满停车，拿起合同一看："啊？哎，签了。"

国文长舒口气。

柳大满看看国文又看看赵书和骑车离去的背影，哭笑不得："这货，哎呀……"

⊙ 柳家坪村中心小学办公室 日 内

雅奇进屋："妈。"

柳秋玲一怔："你怎么来了？这是学校，有什么事情回去再说。"

雅奇："柳校长，我今天来就是来聊工作的。可以坐下说吗？柳校长，今天我来找你呢，主要是想和你聊一下，关于因地制宜调整农村义务教育学校布局的事。把咱们柳家坪这所小学联合别的村的小学，一起搬迁，搬到离城市较近的地方，落一所新的中心学校，然后把初中部加进去，这样我们就能拥有一所九年一贯制的学校了。"

柳秋玲："你的意思是说，我们在乡里重新办一所中小学？九年制的？"

雅奇："九年一贯制。这个九年一贯制学校啊，它弥补了咱们农村办学分散的不足，还可以集合每个村的办学优势，合理地利用教育资源，也有利于义务教育平衡发展，同时呢，我们也可以，啊，把教师扩招起来，这样一来呢，咱们教师占比率也就多了，投入到教学一线过程中的资源和精力，也就更多了。"

柳秋玲："能行？"

雅奇："必须行，肯定行。"

柳秋玲闻言愣着，突然喜极而泣："呵，哎，好着呢，要是真行了，那，那就好了。"

雅奇："你就准备好相关的材料，其他的事我去跑。"

柳秋玲："好，好，好着呢。"

雅奇："那我这就去办了。"

柳秋玲："好，好，哎，雅奇，呃，晚上，回家吃饭吧，你外爷想你了。"

雅奇："好。"

柳秋玲激动地抹着眼泪笑着："好着呢，娃长大了，娃成事了，好着呢。"

⊙ 柳家坪赵书和家屋内 夜 内

电视机正在播放当地新闻："脱贫攻坚战打响以来，山南县大力发展木耳产业，在大型国企兴华集团的助力之下，柳家坪村木耳产业示范基地奠基仪式今日举行，未来产业园将拥有八十座智能木耳大棚……"

柳秋玲关掉电视，对神情复杂的赵书和说道："嗯，地也交了，大棚也开工了，都过去了。行了,不要想了,不就是块地嘛,他们寻不着,咱还寻不着?咱再去寻一块地种水稻。"

赵书和:"秋玲。"

柳秋玲:"嗯?"

赵书和:"我想的不是地的事。"

柳秋玲:"那你想啥呢?"

赵书和:"我在想你之前支持柳小江当村干部的事,你跟我说,时代在发展,社会在进步,这个观念都不一样了。对吗?"

柳秋玲:"嗯。"

赵书和:"我觉得,你说得是对的。"

柳秋玲:"赵书和。"

赵书和:"嗯?"

柳秋玲:"你终于想明白了?"

赵书和笑着:"想明白了。"

柳秋玲:"那,你有啥打算?明天我去给你报几个学习班,咱们好好学习,跟上时代。"

赵书和:"我不干了。"

柳秋玲:"啥?"

赵书和:"辞职。"

柳秋玲:"书和,你,你不要赌气嘛。"

赵书和:"我不是赌气。我老了。哎……"

柳秋玲叹气,欲言又止。

⊙ **柳家坪村委会办公室 日 内**

高枫、雅奇、李志刚、韩娜娜几人正要出门。

赵书和和柳大满进屋。

赵书和:"枫枫娃,你们这是要去……"

高枫:"哦。"

雅奇:"爸,舅。"

柳大满:"哎,雅奇。"

赵书和:"啊,我听说咱国家的这个评估组要来咱村呢?啊?"

雅奇："是国家第三方评估组。"

赵书和："哦，哦，第三方。"

柳大满疑惑地："是啥叫个第三方嘛？这来干啥呢嘛？"

高枫："就咱全国，立了军令状的各省，那每个省要抽查六个县呢，咱山南县就是其中一个。"

赵书和："哦。"

高枫："说白了，就是专门评估考核我们扶贫工作队的。"

雅奇："对。"

赵书和："哦。"

柳大满："哦，评估考核你们扶贫队的，那这就是调查嘛，啊？那他既然要调查，咱就得有准备迎接他的调查嘛，对着吗？"

雅奇："舅，咱不用特意准备，评估组到哪个村都是随机抽查的，要真来咱们村了，咱们就实实在在地接受评估就行。"

赵书和："嗯，对着呢，对着呢。"

柳大满："哎呀，那这万一呢？啊？"

高枫："叔，没事，不用准备了，是这，我们几个还要去帮扶呢，我就先过去了。"

赵书和："嗯，快去，快去。"

柳大满："好好好。"

赵书和："去忙。"

雅奇："我们先去忙了啊。"

柳大满："好，去去去。"

李志刚："走了，叔。"

柳大满："去去去。"

赵书和："好好好。"

屋内只剩下赵书和和柳大满。

柳大满若有所思："书和。"

赵书和："嗯？"

柳大满："娃们家没经验，说不用准备，哎，咱俩不管咋，也得帮娃们准备准备嘛。"

赵书和："准备啥呢嘛？啊？第一，枫枫娃他们工作得这么努力，我相信他们是经得起调查的。第二，雅奇说了，这是随机的，人家不一定来咱柳家坪呢。"

柳大满："万一呢？万一真的来了呢？你忘了上一回那中央调研组，啊，本来要来咱柳家坪，突然就杀到那石头村去了，弄得措手不及，啊？你再想一下，管咱扶贫这事的是谁？是咱兄弟国文，是聂书记，是咱的枫枫娃、扶贫队的队长，这一伙都出了事咋办？啊？你，我问你咋弄？"

赵书和："那你说咋弄？咋准备嘛？"

柳大满："我，我还没想好呢嘛，我不是，咱俩商量着一块想办法呢嘛。"

赵书和："要我说，就不要准备，是啥就是个啥。你真是胡操心，我走了。"

柳大满："哎？你干啥去？"

赵书和："我去地里嘛，我还能干啥去嘛。"

柳大满不悦地："唉，这，这一个个的，这我成了胡操心了，我又不姓胡。"

第三十一集

⊙ **柳家坪柳满囤家 日 内**

高枫和韩娜娜苦口婆心地在动员柳满仓和柳满囤兄弟俩。

高枫:"叔,我刚说了这么多,你们都咋想的嘛,啊?"

柳满囤坐在门墩上笑而不语。

柳满仓靠着墙根打着瞌睡。

高枫:"啧,不是你看,咱村现在这合作社也弄起来了,对吧?咱村的人现在都有事干,你说就你俩现在在屋闲着,我从小也是你俩带大的,我是真把你们当亲人,希望你们好呢嘛,叔。"

柳满囤:"好,好着呢,好着呢。"

高枫:"哎呀。"

韩娜娜:"叔,我虽然不是咱村的人,但我一驻村的时候,你们就是我的帮扶对象啊。那我早都把你们当亲属了,我就希望你们能把日子过好,而且是咱靠自己双手,你看看咱村的人,现在是不是每家这日子都越过越好了?"

柳满囤敷衍地:"啊,好。"

韩娜娜:"那咱……"

柳满仓已经打起了呼噜。

高枫:"叔,叔。"

韩娜娜:"叔。"

柳满囤:"这一晚上都没有睡好,打牌去了。呵呵。"

高枫无奈:"哎……"

柳满仓还在打呼噜。

韩娜娜怒其不争:"哎呀。"

⊙ 柳家坪村委会院子 日 外

县扶贫办的汪主任领着国家第三方评估组的一行人进了村委会大门:"哎!赵支书。"

赵书和热情地迎上:"呀,汪主任来了啊。"

汪主任:"赵支书,你好,你好。"

柳大满:"领导,啊,领导好,呵呵。"

汪主任:"来!介绍一下,这是咱国家第三方评估组的同志们,还有同学们。呵呵。"

赵书和看看众人:"啊,好,欢迎!"

评估组组长鲁连成:"你们好,我叫鲁连成,来自国扶办。"

画外音(赵雅奇):贫困地区的贫困发生率、贫困人口漏评率、脱贫人口错退率和群众认可度的"三率一度",成为扶贫工作的风向标,由国务院扶贫开发领导小组委托第三方对全国的扶贫工作进行考核评估。

⊙ 柳家坪村委会内 日 内

柳大满:"鲁组长,呃,那个欢迎你到我柳家坪啊,你选我柳家坪是选对了,我这是山南县柳家坪村,是先进的扶贫村,你来这儿绝对选对地方了,那我跟支书带着咱所有工作队,咱都先去贫困户家嘛,走,我给你带,带路。"

赵书和:"好,好嘛。"

鲁连成:"啊,柳主任,我们已经随机抽取了入户名单,呃,这个就不麻烦大家了。"

柳大满和赵书和一愣。

柳大满:"不……不麻烦我俩?那,那你咋能寻得见贫困户他屋门呢嘛?"

赵书和:"就是嘛。"

鲁连成:"啊,这个我们已经很清楚了,你们看啊。"

说罢拿着平板电脑:"呃,咱们就按……柳春田家吧。"

柳大满:"哦。"

赵书和："看一下。"

鲁连成："按照大数据、数据库这个定位，呃，他们家经常都住几个人，啊，然后还有他们这个承包地都在什么位置，还有从这儿到他们家的路线，我们都非常清楚。"

赵书和："哎呀，呵呵，鲁组长，你真的是有备而来啊。呵呵。"

鲁连成："呃，是这样的，我们村级抽签，是由国扶办随机确定的。"

赵书和："哦。"

鲁连成："呃，咱们村，还有贫困户，都是由国家数据库总控组后台，按比率给出的。那就说咱们这次吧，呃，选中咱们村，呃，就选出来了，柳姓的27户，赵姓的19户，还有几个小姓。"

赵书和："哦，先进得很嘛。"

鲁连成："咱们就话不多说，准备工作。"

高枫："好。"

雅奇："好。"

赵书和："走嘛，呃，不喝水了？"

鲁连成："哎，不喝了，不喝了。"

赵书和："哦，好嘛好嘛，好。"

汪主任："同学们，你们都收拾好了吧？走，咱们抓紧时间工作。"

众人离去。

屋内只剩下赵书和和柳大满。

柳大满看看赵书和："我说人家要来的嘛，看这真来了。"

赵书和："好好好，你厉害，你厉害，厉害得很。"

柳大满："哎呀，美着呢。"

赵书和："你咋这么高兴呢？啊？"

柳大满："啊？我高兴了？"

赵书和："嗔，你笑啥呢嘛？"

柳大满："没笑啥嘛，好着呢。"

赵书和："有毛病，啊，我去地里看一下啊，没事了嘛，对吗？"

柳大满："哦，你去你去，你去。"

赵书和："啊，我去了。"

柳大满："好好好，哎呀，美……"

第三十一集

⊙ 柳家坪柳满仓、柳满囤家院子 日 外

评估组在入户调查。

一女工作人员对满仓满囤说道:"我们是中原省精准扶贫工作成效第三方的调研人员,我们是受中原省扶贫办的委托,然后我们主要是过来对您进行抽样调查。"

一旁的工作人员在拍照。

⊙ 柳家坪赵刚子家院子 日 外

评估组一男工作人员看着赵刚子夫妻俩:"最主要的目的呢,就是为了了解咱们村农户现在的家庭生产、生活状况,以及我们精准扶贫工作的成效或者问题。"

⊙ 柳家坪赵二梁家院子 日 内

评估组另一男工作人员告诉赵二梁夫妻:"作为公民呢,你们有义务配合我们进行一些抽样和调查。我们也会对你们的信息进行一些保密。"

⊙ 柳家坪柳满仓、柳满囤家院子 日 外

女工作人员:"你好,我想问一下咱们这个文化程度是……那是小学?初中?高中?还是……"

满仓和满囤对视无语。

⊙ 柳家坪赵刚子家院子 日 外

赵刚子回答评估组提问:"文化程度?哎呀,我上了个五年级,她三年级待了五年。"

大娟不满地瞪了一眼丈夫:"待了五年,我还会算账呢。"

⊙ 柳家坪柳根家 日 内

夏红莲:"呃,我是小学。"

柳根:"我没上过学,那会儿村里头没人上学,所以都没上。"

女工作人员:"哦。"

⊙ 柳家坪赵大柱家 日 外

女工作人员:"家里几口人啊?"

赵大柱:"呃,就我们两口。"

赵大柱媳妇:"啊,俩人,女子嫁人了。"

⊙ 柳家坪柳根家 日 内

柳根:"就剩我俩了。"

工作人员:"俩人。"

柳根:"这屋里就我俩了。"

⊙ 柳家坪柳满仓、柳满囤家院子 日 外

女工作人员:"具有劳动能力的?"

柳满仓:"呃,劳动能力,哎呀,就是干不好没有劲嘛,干不动,啊。"

⊙ 柳家坪赵刚子家院子 日 外

男工作人员:"那咱家地多吗?地多少亩?"

大娟:"多……就三亩半的地。"

男工作人员:"四口人三亩半?"

大娟:"啊,就我一个人种呢。"

赵刚子:"现在种地都是联合收割机,机器弄的。"

⊙ 柳家坪赵大柱家院子 日 外

女工作队员:"嗯,那您是哪一年被定为贫困户的呀?"

赵大柱:"三年前嘛,哦。"

赵大柱媳妇:"啊,就是2014年。"

⊙ 柳家坪柳多金家 日 内

多金媳妇回答:"是不是枫枫娃回来的那年?"

柳多金:"那是2014年。"

第三十一集

⊙ 柳家坪村外田地里 日 外

赵书和在芝麻地里劳动。

聂爱林:"你呀,哎呀,从村委会把你寻到你屋,从你屋把你寻到地里头,这芝麻是你种的?"

赵书和:"啊,芝麻官,就种点小芝麻。"

聂爱林:"嘿,人家还有一句话,芝麻开花节节高,你咋不说呢?哼,你也不问一下,我寻你来弄啥啊?"

赵书和一脸失落:"还能弄啥?河滩地你也拿走了,木耳基地也开工了,嗯?"

聂爱林:"我跟你说个正事,你写的那个辞职报告,乡里递到县里了,经我们慎重研究决定,赵书和同志,辞去柳家坪村支书一职,不予批准,明白了吗?你不要看今天是在你这芝麻地里,没在我办公室,我是很严肃地给你通知啊。"

赵书和:"哎呀,老聂,你咋能这样呢?"

聂爱林:"咋了?"

赵书和:"我辞个职你还……不批准,啊?我不干了,你还不让吗?"

聂爱林:"我刚才给你通知的就是最后研究的决定。"

赵书和:"我真的是干不动了。"

聂爱林:"咋?还因为那河滩地的事赌气?"

赵书和:"哎呀,河滩地的事已经过去了。"

聂爱林:"那对嘛。那这是为啥?"

赵书和欲言又止。

⊙ 柳家坪柳满仓、柳满囤家 日 外

女工作人员问:"那咱这个主要致贫的原因是?"

⊙ 柳家坪赵大柱家院子 日 外

赵大柱回答:"就是没钱,我们也没技术。"

女工作人员:"哦。"

赵大柱:"就光是种点地。"

女工作人员:"缺技术?"

⊙ 柳家坪赵二梁家院子 日 外

二梁妻子："还有我娃也上学，花的钱多。"

男工作人员："啊。"

二梁妻子："所以还是有点贫困。"

⊙ 柳家坪赵刚子家院子 日 外

大娟："那就是他这腰不行嘛，那都……没有劳动力，都我一个人干。"

男工作人员："我叔腰不好是吗？"

大娟："啊，那给村上修水坝把腰伤了。"

男工作人员："哦。"

⊙ 柳家坪赵大柱家院子 日 外

女工作人员问："那您是通过什么脱贫的呀？"

赵大柱："我养兔子嘛。"

女工作人员："养兔子。"

⊙ 柳家坪柳满仓、柳满囤家 日 外

柳满仓："现在村上有那个啥……集体经济有时候，那个叫……叫啥红？"

柳满囤："分红。"

柳满仓："分红。"

女工作人员："哦。"

柳满囤："我分红呢。"

柳满仓："哎，对。"

⊙ 柳家坪赵二梁家 日 外

二梁妻子："嗯，那年枫枫娃回来，给我们拿的那些菜苗，教我们种田能好一点。"

男工作人员："哦，哦。"

⊙ 柳家坪柳多金家 日 内

男工作人员："目前家里缺吃的吗？就是一日三餐都有保证？"

多金媳妇:"哎,不缺了。"

柳多金:"吃饭肯定能吃得上了。"

多金媳妇:"不缺了。"

男工作人员点头记录着。

⊙ **柳家坪赵刚子家院子 日 外**

赵刚子:"吃得也可以了,比前几年能强很多。"

⊙ **柳家坪赵大柱家 日 外**

女工作人员:"多长时间吃一次肉?豆制品?那些营养食品呀?"

赵大柱:"那想吃,每天都能吃嘛,现在。"

女工作人员:"每天都能吃。"

赵大柱媳妇:"就是呢,就是呢。"

⊙ **柳家坪柳根家 日 外**

柳根:"豆制品,我自己做豆腐,那经常吃,呵呵。"

女工作人员:"哦,经常吃。"

柳根:"我会做嘛,你像肉啥的,那看你婶子,那有时候个把月的我想吃的时候就弄一点,这现在也不缺那一点点了。"

女工作人员记录着:"哦。"

⊙ **柳家坪柳满仓、柳满囤家 日 外**

女工作人员:"那日常这衣服都有换衣的吧?"

柳满囤:"唉。"

柳满仓:"换倒是换,不一定洗。"

⊙ **柳家坪赵大柱家 日 外**

赵大柱媳妇:"我老汉给我买好,好衣服呢,呵呵。"

赵大柱:"呵呵。"

赵大柱媳妇:"买新衣服呢。"

女工作人员:"自己买。"

赵大柱/赵大柱媳妇："嗯。"

⊙ 柳家坪赵二梁家 日 外

男工作人员："那娃在上高职的时候，在2017年享受过哪些政府的一些补贴或者政策之类的吗？"

二梁妻子："哦，学校现在有这个助学贷款。"

男工作人员："哦，对。"

二梁妻子："然后每年贫困生还，还给发钱呢。"

⊙ 柳家坪柳满仓、柳满囤家 日 外

女工作人员："住房，咱房子有几间呀？"

柳满囤："就，就这……"

柳满仓："就这嘛，那，啊，那个是……"

柳满囤："我的。"

柳满仓："这是他的，这是我的。"

女工作人员："就是漏风漏雨，有没有这种情况啊？"

柳满囤："不漏不漏不漏。"

柳满仓："不漏，这刚修过嘛。"

柳满囤："不漏。"

⊙ 柳家坪赵大柱家院子 日 外

赵大柱媳妇："呃，那个扶贫款里头，还有房屋修缮的钱呢嘛。"

赵大柱："对呢，对呢。"

赵大柱媳妇："帮我们修了房。"

赵大柱："哦。"

赵大柱媳妇："现在美着呢。"

⊙ 柳家坪柳多金家 日 内

多金媳妇："国家给我们弄了危房改造，以前我们这儿一下雨都漏水呢，地上都是。"

柳多金："哎，你就别说了，现在不漏就行了。"

多金媳妇:"现在好多了,呵呵。"

男工作人员:"那就好,那就好。"

⊙ 柳家坪柳满仓、柳满囤家 日 外

女工作人员:"就是有没有医疗保障?新农合这种?"

柳满仓:"呃,有有,新农合,有。"

柳满囤:"有有有。"

柳满仓:"但是我……"

柳满囤:"没有。"

柳满仓:"我身体好就没有用过。"

柳满囤:"咱没用过,没用过。"

柳满仓:"我身体好着呢。"

女工作人员:"咱家里没病人是吧?"

柳满囤/柳满仓:"没有没有。"

⊙ 柳家坪柳多金家 日 内

柳多金:"2015年。"

男工作人员:"2015年上了医疗保险?"

柳多金:"对着对着呢。"

男工作人员:"好。"

多金媳妇:"所以你看看现在,好多了。"

男工作人员埋头记录着。

⊙ 柳家坪赵大柱家 日 外

女工作人员:"二位有负债吗?外面。"

赵大柱摇头:"没有。"

赵大柱媳妇:"没有任何负债。"

女工作人员:"欠钱?"

赵大柱:"没有负债嘛。"

⊙ 柳家坪村田地 日 外

赵书和一脸诚恳地望着聂爱林:"是这,上次国文啊,跟我说了很长的时间,我想了一下,我发现我的观念跟不上这个时代了。咱这个社会发展得太快了,上次大满跟柳小江竞争村长的时候。"

聂爱林:"嗯。"

赵书和:"雅奇、秋玲他们都支持年轻人,我还不服气呢,还帮着大满想办法出主意呢,但现在呢,我认为,他们是对的。老了就是老了,老了你就不能再拖柳家坪的后腿了。"

聂爱林:"书和,你说的很诚恳,那你都能意识到这一点,那咱迎头跟上不就好了嘛。"

赵书和:"我都老了,还咋干嘛?"

聂爱林:"龟兔赛跑的故事,听过没有?谁是最后的赢家,还说不来着呢。"

赵书和:"你别哄我了啊。"

聂爱林:"我哄你弄啥?你把我这话好好想一下,对吧?我还有个事呢。"

赵书和:"哎哎哎。"

聂爱林:"啊?"

赵书和:"你再开个会再研究一下,好吗?"

聂爱林:"我跟你说,你要是因为上回苞谷地的事,你自己要想明白,那是我工作压力太大了,你理解一下。"

赵书和:"我……你……"

聂爱林:"你不能因为这事情,你最后,我再到你屋吃饭,秋玲还不给我做饭了,你想一下啊。"

赵书和:"我没有生你的气,啊,老聂,你再开个会好吗?"

聂爱林:"我开啥会,我下午有事呢。"

说罢转身离去。

赵书和:"聂爱林……"

⊙ 山南县政府第三方评估组办公室 夜 内

女工作人员:"这柳家坪不愧是脱贫先进村啊,我走的这几家,家家户户都挂着腊肉呢。"

男工作人员:"是吗?"

女工作人员:"嗯,你看。"

男工作人员:"曼曼,你走访那几家有腊肉吗?"

另一女工作人员:"腊肉?"

摄影师甲:"有。"

其他工作人员:"我们这儿也有。"

摄影师甲:"都有。"

男工作人员:"这样,咱们辛苦一下,把柳家坪村生猪存栏数汇总一下。"

众人:"好。"

男工作人员:"开始吧。"

⊙ 柳家坪赵书和家屋内 夜 内

高枫、雅奇和赵书和、柳秋玲、柳光泉一起围桌子吃饭。

赵书和看看雅奇和高枫:"哎,你们最近工作咋样嘛?"

高枫:"都挺好的。"

雅奇:"嗯。"

高枫:"你看现在这木耳智能大棚也弄起来了,鹌鹑合作社也弄起来了,这蔬菜也种得好着呢。"

赵书和:"嗯。"

高枫:"慢慢就都好了。"

赵书和:"好着呢,胜利在望了。"

雅奇:"嗯。就是,但是现在啊,还是有一个情况。"

赵书和:"啥情况?"

高枫:"现在就剩满囤叔、满仓叔,这俩闲着整天没事干。"

雅奇忧虑地:"现在都成为工作队的老大难了。"

柳秋玲:"我倒是有个办法。"

高枫:"嗯?啥呀?"

雅奇:"啥办法?"

柳秋玲:"放弃,不是有那个什么兜底政策吗?就兜他俩,我告诉你,这两个人,烂泥扶不上墙。"

赵书和:"呀,你也不能这么说,当年大满进城打工的时候,他俩不也是跟着去了吗?"

柳光泉："都是一个村的人，能帮还是要帮的。"

高枫："我是这么想的。"

赵书和："啧，不行就劝一下。"

柳秋玲："咋劝？说啥？"

赵书和："劝不动，那想个别的办法刺激一下。"

高枫："嗯，哎，叔，你看这个办法可以吗？"

赵书和："嗯？"

高枫："我想着把咱村这个合作社的人都叫来，去劝他俩去，人家通过自己的双手现在有成果了嘛。"

赵书和："嗯。"

高枫："我觉得可以刺激下他俩。"

⊙ 山南县政府第三方评估组办公室 夜 内

评估组总领队汪杰："唉，真没想到，问题如此之多。大家都说说吧。咱这是闭门会议，可以畅所欲言。"

郑春林："我们组碰到的都是预料中的共性老大难问题，在民主评议和本人签字流程中呢，有多处笔迹疑似雷同，需要进一步地针对性核实。"

黄明："我们刚刚去了碾子村的迁移安置点复核，遇到了一桩怪事情，明明入住率只有63.1%，可是一到了晚上，灯火通明。所有住家的灯都被点亮了，这不是糊弄人呢嘛。"

汪杰把目光投向了鲁连成："柳家坪情况怎么样？这个省级的脱贫样本还好吧？"

鲁连成："数据方面比较理想，但是现在有一个疑点，我们入户的这么多家贫困户，他们家家户户都挂着腊肉，于是我们就统计了一下村里生猪养殖的存栏数。"

汪杰："是不是对不上号？"

鲁连成："是对不上号。"

汪杰："国家之所以采用第三方评估这个方式，说白了，就是避免官官相护、花花轿子大家抬的弊端。现在看来，用评估这种方式，是正确的。我表个态，对于今天大家发现的问题，我支持大家发挥第三方优势，进一步展开复核，必须弄清每一个疑点，搞明白所有的问题。是清是浊，黑猫白猫，把真实的情况反馈给国家的决策层，展示给老百姓。"

鲁连成:"明天一早,我带几名学生去柳家坪。"

汪杰:"嗯。"

鲁连成:"再次核查。"

汪杰:"不用通知当地了,直接召集贫困人家,搞明白,查清楚。"

⊙ 柳家坪柳满仓、柳满囤家院子 日 外

英子与满仓、满囤兄弟俩在说话。

柳满仓看着英子热情地:"哎呀!你能来我屋那真是稀客,来来来,喝水喝水喝水。"

柳满囤:"来,喝水,呵呵。"

英子:"好,谢谢,谢谢。哎,满囤哥。"

柳满囤:"哎。"

英子:"满仓哥。"

柳满仓:"啊。"

英子:"呃,我今天来呢,是想跟你俩商量个事呢。"

柳满囤:"啊,好。"

柳满仓:"你说嘛。"

英子:"哦,我是想邀请你俩来咱鹌鹑厂工作呢,你看咱们现在村里头,全都忙活起来了,就你俩,你俩老在家里待着,那不是个事。"

柳满囤:"啊,明白了。这个事吧,你看我俩又不会养,对吧?弄不了嘛,再说了啊,现在这个年纪大了,怕干不动了。"

柳满仓:"对对对。"

英子:"满囤哥,你不会养,我可以教你。满仓哥,你看春田,你们也知道春田病了以后,那在床上躺了好几年了吧,他现在病刚好转,那就开始工作了,你俩比他差到哪儿了?"

柳满囤:"呃,对。"

柳满仓:"呃,他,嗯……"

柳满囤:"英子,是这啊,这两天啊,寻俺俩的人挺多的,一会儿让俺干个这,一会儿让俺干个那,其实俺俩啊也得想一想。"

柳满仓:"对着呢,对着呢。"

英子:"好好,不着急,你俩慢慢想啊,想好了啊咱鹌鹑厂随时欢迎你们两个。"

⊙ **公路上 日 外**

一辆面包车行驶在公路上。

车内,鲁连成打着电话:"汪领队,核查完毕,柳家坪村贫困户家里挂的腊肉,都是由村主任柳大满在我们到达的前几天挂上去的。我们也让村民在问询证明书上签了字。"

⊙ **中原省扶贫办国文办公室 日 内**

丁哲学进门,将一份文件递给国文:"国主任,中央第三方督查组给柳家坪一个差评,哎。"

国文接过文件看着,脸色沉重。

丁哲学:"主任,你也别太着急,这个农村基层工作的特殊性吧,这个中央第三方督查组,有很多时候他不是特别了解,他容易给扩大化。"

国文:"老丁,你就不要替他们再找说辞了,柳家坪的问题这是客观存在的啊,这不就是虚假的表现吗?"

丁哲学:"是,没说它不客观存在,但也没必要给个差评吧。"

国文:"给差评……"

话音未落,桌子上的电话响了。

国文接起电话。

话筒里省委钟书记的声音:"喂,国文。"

国文:"哎,钟书记。巡视反馈的事,向你做检讨。"

话筒里钟书记的声音:"检讨的事你放一放,手头上的情况嘛,你尽快地梳理一下,明天一早我要去北京,你跟我一起去。"

国文一震:"去北京?好。"

⊙ **柳家坪村委会屋内 日 内**

赵书和心情沉重地望着柳大满:"柳大满,你看着我,你看着我!"

柳大满呆坐,沉默不语。

赵书和掩不住火气:"我问你,你脑子这是让驴踢了?啊?人家枫枫娃干得好好的,你非要来这一下子。你这不是脱裤子放屁吗?这下好了,差评!你,你还知道自己是谁吗?你还知道自己几斤几两吗?说你让……让我说你啥好呢?自作聪明！画蛇添足！多此一举！"

柳大满愁容不展："那这事情已经这了，咱咋弄嘛？"

赵书和："我咋知道咋弄呢嘛？你赶紧，给国文打个电话。你解释一下嘛。承认个错误，对吗？"

柳大满："嗯。"

赵书和："再写个检查。"

柳大满："还写？"

赵书和："深刻地检讨！你别看我，柳大满，我不是吓唬你，因为这事，枫枫娃、雅奇他们很有可能要受处分呢。"

柳大满："咋能牵连娃嘛，没有那么严重嘛。"

赵书和："咋没有那么严重吗？"

柳大满一脸委屈："我就是好心挂了一个腊肉吗，咱跟别的村子这造假……比起来，咱这腊肉就是个小小的事嘛。"

赵书和："那是别人的事情，我不管。"

正说着，聂爱林匆匆走进："小小个事？"

柳大满："哎呦。"

赵书和："聂书记。"

柳大满："聂书记。"

聂爱林火冒三丈地训责道："柳大满，你口气大得很，啥叫个小小的事？你把山南县的锅都砸漏了。"

赵书和："你先坐一下。"

聂爱林："谁叫你挂腊肉了？我问你话，谁叫你挂腊肉了？是我叫你挂腊肉了吗？你这就是典型的弄虚作假！"

柳大满辩解："哎，我这不是为了评估队来了好看一点嘛。"

聂爱林："好看你咋不挂灯笼呢？挂灯笼好看。你早不挂，晚不挂，评估队要来的时候你挂，你就那么灵（聪明）的？全山南县就你最灵（聪明），人家都是瓜子！"

柳大满："我也是为了让国文和你的脸上能好看一下。"

聂爱林："得了，少跟我说这话，你给我脸上好看了？你这是给我脸上抹黑！柳大满我跟你说，你这回把事弄大了。你叫你柳家坪跟咱山南县这么多年的扶贫工作，一下归了零了。"

赵书和:"哎呀,聂书记,你也别生气了,啊,这事呢,不能全怪大满,也怪我,我作为村支书,我负主要的责任。现在是这,既然事已经出了,咱就想办法,补救一下。"

聂爱林:"你跟我说咋样补救?你能跟我说补救,我跟人家国文主任说补救吗?国文主任跟省委钟书记说补救,省委钟书记跟中央说补救的话吗?"

赵书和:"咋?这事……中央咋还知道呢?"

柳大满:"这咋能闹到中央去了?不就挂了个腊肉吗?"

聂爱林:"不就挂了个腊肉?你把咱中原省在中央都挂上号了,挂的是病号。我实话跟你说,国文主任跟省委钟书记,正在中央接受批评呢,还补救……"

赵书和:"咋?"

聂爱林:"你俩把天都戳漏了,你跟我咋补救?!"

说罢气呼呼地转身离去。

赵书和追了出去:"呀,那个,聂书记,聂书记。"

柳大满目露焦灼,嘴里喃喃着:"呃,这,这咋,这咋都闹到中央去了?哎呀,哎呀。"

这时,夏大禹走了进来:"哎呀,主任,你这会儿不忙啊?我刚好跟你报一下账。"

柳大满不语。

夏大禹上前:"哎,那天你跟我买腊肉花的是个3120,这是找下的钱,这是收据。村长,我听说是不是给咱弄了个差评呢。哎呀,你看这差评一弄啊,哎,咱这么些年忙前忙后的白辛苦,那几个年轻娃从大城市来到咱这穷地方,苦没少吃,你也跟着白忙活,呀,我就说,那天我说,先跟人家支书说一声吧,我也没顾上,也怪我。咱有啥事情,还是要跟支书商量,让支书给咱把握分寸嘛,咱不敢自己悄悄拿主意嘛,你看这,这事一弄,弄的咱心里都不美气得很。"

柳大满瞪着夏大禹:"说完了没有?啊?"

夏大禹:"说,说完了。"

柳大满:"你说完了?"

夏大禹:"啊。"

柳大满:"连你也说我呢?"

夏大禹:"我没有,我没有。"

柳大满委屈至极:"你知道我是为了啥嘛?我是为了我是不是?"

夏大禹:"不是不是。"

柳大满带着哭腔:"啊？我买这些腊肉我吃了是不是？"

夏大禹:"没有嘛。"

柳大满:"我不是为了咱村,为了这评估,为了这事能弄得好看一点,大家脸上都有光嘛。"

夏大禹:"嗯。"

柳大满:"国文,啊,枫枫娃,我是为了我？"

夏大禹:"主任,我理解,我理解。"

柳大满:"话多得很,出去！"

夏大禹:"这村长你……"

柳大满:"往出走！"

夏大禹:"那我明天再寻你报账啊。"

柳大满重重叹气。

⊙ 柳家坪柳大满家 夜 内

黄艳丽看着喝着闷酒一言不发的丈夫,关切地:"大满,到底咋了嘛？你跟我说一下。你看你光在这儿干喝,那对身体不好嘛。"

柳大满:"媳妇儿,这事可能不好解决。闹大了。"

黄艳丽劝慰道:"啧,能有多大？咱不就是给人家挂了个腊肉嘛,那你不是也是好心,为咱村、为枫枫娃着想嘛,那大不了以后不挂就对了嘛,哎呀。"

柳大满:"这事都闹到中央去了,说是咱中原省在全国都挂了号了。"

黄艳丽愕然地:"啥,啥,啥？"

柳大满:"我这个村主任当不当无所谓,可能这回把人家国文和书和都害了。我这四十年的伙计,哎,我小时候救过国文,哼,这回把人家可害了,算是扯平了啊。可人家枫枫娃他们这年轻几个娃从早到晚在咱村忙里忙外的,这扶贫工作一直在干,刚有一点成色（哭）,就让我这下给搅和了。哎呀。"

黄艳丽:"你……"

柳大满:"你让我喝一会儿,让我喝点,我心里堵得很。这老了老了,咋净干些糊涂事呢？哎,好心办了个坏事,哎呀。"

黄艳丽叹气。

⊙ 柳家坪村委会内 夜 内

韩娜娜不解地看着高枫："队长，你说这算怎么回事？他是村长，我真是想不明白，我想不明白，他，他，他为啥要这么做呢？哎，李志刚同志，这事要你，你做得出来吗？"

李志刚沉默。

高枫："你们说的这些啊，我也理解，也明白。啧，嗯，确实，咱村长这次做的这事吧，有点儿欠考虑了，但是咱们仔细想想，他也是好心嘛，对吧？也是为了咱工作队脸上有光嘛。既然这个事情现在已经发生了，那肯定今天乡上的领导、县里的领导，包括咱支书，肯定也约谈他了，咱村长这会儿心里面肯定也很难受。所以我觉得吧，咱过了今天，这事以后就不要再提了，好吗？"

⊙ 柳家坪田地 日 外

赵书和看着眼前的田地："咋样？"

一村民："呀，叔，这片怕不得行。"

赵书和："为啥呢？"

一村民："你看那水深的，一下雨水一涨，把咱稻子不就淹了？"

赵书和："你咋知道呢？"

一村民："我小时候在这儿游过泳，我在这儿被淹过呢。"

众村民笑。

另一村民："叔，我知道有两块地，连起来应该没问题。"

赵书和："好，在哪儿呢？"

另一村民："就在后面那里，咱去看一下。"

赵书和："走走走。"

⊙ 山南县委聂爱林办公室 日 内

赵书和与聂爱林在谈话。

赵书和："还是关于水稻连片的事。"

聂爱林："哦。"

赵书和："嗯，啧，我看上这个，银花村和石泉村的几块地。"

聂爱林："嗯。"

赵书和："非常适合种水稻。"

聂爱林:"哦,你是看上这两个村的地了?"

赵书和:"哎,都谈好了,咱柳家坪的这个水稻合作社,通过土地流转的方式,跟他们的合作社合作,一起种这个水稻。我这几个村的村民都能受益嘛。"

聂爱林:"没问题,支持你,整!"

赵书和:"好!我现在说一下支持的事。"

聂爱林:"(笑)……"

赵书和:"哎呀,哎?"

聂爱林:"我就知道你这肯定是带着困难来的。"

赵书和:"那肯定是嘛,哈哈哈……"

聂爱林:"哈哈哈……"

⊙ 柳家坪柳满仓家屋内 夜 内

柳根与柳满仓、柳满囤兄弟俩在喝酒。

柳根:"咱弟兄三个可是好长时间没有一块儿喝酒了啊。"

柳满囤:"对。"

柳满仓:"柳根,我跟你说,你今天带着菜、带着酒来我屋。"

柳根:"嗯。"

柳满仓:"那说明你小子没有忘本,啊!"

柳满囤:"嗯。"

柳根:"呵呵,哎呀,我跟你说,我今天拿的这个豆腐……"

柳满仓:"嗯?"

柳根:"是我豆腐坊做的豆腐,叫柳根豆腐。你俩尝尝。"

柳满仓:"我知道嘛,柳根豆腐。"

柳根:"尝一下,尝一下。"

柳满囤:"哎。"

柳满仓:"嗯?"

柳满囤:"这顿酒我发现不是白喝的吧?"

柳满仓:"那你今天要干啥吗?"

柳根:"哎,咱三个从小玩到大了,这半辈子也过去了。"

柳满仓:"嗯。"

柳根:"所以呢,我现在挣了钱,也就想带着你俩一块儿挣钱。"

柳满仓:"哦。"

柳根:"你看啊,我们的豆腐坊,枫枫娃帮忙给扩大了。"

柳满仓:"嗯。"

柳根:"也弄了一个很好的销路,卖得很好。所以,我就想呢,你俩到我豆腐坊去,咱一块儿挣这个钱。"

柳满仓:"啊,我算听懂了,呃,你是让我俩去你豆腐坊给你当驴拉磨做豆腐。"

柳满囤:"对。"

柳满仓摇头:"嘿嘿,对不起,干不动。"

柳根失望地:"哎呀,你是真的懒,但是呢,我告诉你,我那儿的活还就适合懒人干。因为现在没有人拉磨了,也没有人用驴了,全是机器自动化的,按按钮,自动磨豆浆,自动过滤,自动压豆腐。你只需要按几个按钮操作一下。连柳二勇都到我那儿去干活了,你看二勇现在的日子过得多好的嘛。"

柳满仓:"哎。"

柳根:"美得很。"

柳满仓:"哎呀,听懂了,可以干,但是我有个小要求。"

柳根:"你说。"

柳满仓:"既然咱仨一块儿干了啊,那就是合伙人了,呃,另外,你这个豆腐不能叫柳根豆腐了,那得叫仓、囤、根豆腐。"

柳满囤:"既然咱三个是合作了,那咱三个拿的钱呢,都要一样多。"

柳满仓/柳满囤:"哈哈哈……"

柳满囤:"来来来……"

柳根生气地:"喝!"

⊙ 柳家坪柳满仓家院子 日 外

赵刚子拿着手机对着镜头在做直播:"老铁们,今天咱遇到的是我们村的两位骄傲,更是我们村扶贫路上的绊脚石。"

柳满囤疑惑地:"你干啥呢?"

赵刚子把镜头对着二人:"他们兄弟俩啥也不干。"

柳满囤:"你干啥呢?"

赵刚子:"坐吃等死,等低保,而且他俩……"

柳满仓:"哎。"

柳满囤："哎。"

柳满仓恍然大悟："赵刚子，你这是直播呢，你干啥呢这是？"

柳满囤："赵刚子，丢人在手机里呢，赶紧回去！"

赵刚子："没直播，没直播。"

柳满仓喝止道："给我关了，关了。"

赵刚子："没直播，没直播，在这拍着耍呢。"

柳满仓："我说不行，我跟你说。哎，不能不能。"

赵刚子："没直播。"

柳满囤："赶紧走，走，赶紧走。"

柳满仓："哎呀，你回回回，干啥呢，真是的。"

赵刚子追着二人："哎哎哎，哎哎哎，满仓，满仓，人没脸是无法可治，狗没脸是一棍打死，我要是活到他俩这份上，呵，我都碰死了。"

⊙ 从机场到省城的公路上 日 外

夜幕下，一辆公务车急速行驶着。

钟书记和国文并排坐在后座上。

钟书记心情凝重："哎呀，说句实话，我这个人上学的时候，是个好学生，工作以后呢，是个好干部，这一次因为工作不扎实，被中央约谈问责，遇到这个情况，这是我一生的耻辱啊。"

国文愧然地："钟书记，这是我工作的失职，我负全部的责任。"

钟书记："我已经让秘书长通知家里的常委，还有其他部门，马上开会。"

国文："好。"

钟书记："深刻检讨咱们省，尤其是山南县的问题。省委的态度是，正视问题，找出根源，纠正错误，重振旗鼓，打好脱贫攻坚战。"

国文："明白。"

⊙ 中原省省委大会议室 日 内

气氛沉重。

钟书记环视众人："呃，情况大家这也都知道了，我们省啊，在这次国家第三方评估组评估的各省中，我们参与评估的六个县中，有五个县被定为一般等次。其中，被我们作为脱贫样本的山南县泥河乡，仅被评定为较差等次。不用忌讳，我这是刚刚从北京赶回来,这次在北京,被中央领导也进行了约谈。"

国文:"这次全国的脱贫抽查,让山南县泥河乡成了全国的落后典型,我要做深刻的检讨,我要负主要责任。"

钟书记:"现在不是打板子、定责任的时候,同志们,就算中央不约谈,其实我也愧对中原省的老百姓。国文主任,现在呀,最主要的就是要拿出最真实的数据。"

国文:"我明白,钟书记,我现在的想法就是,回到山南县,尽快拿到一手资料,把这些问题搞清楚。"

钟书记:"山南反映出来的问题,足以为我省之警,通过这次教训,我们可以看出,我们的脱贫必须是真脱贫,否则的话,党中央和人民群众都不会答应的。"

第三十二集

⊙ **山南县委会议室 日 内**

山南县委主要领导开会。

国文环视众人，语气凝重："我相信考核的结果大家都知道了啊。作为一个从这里走出去的干部，我也为做了大量基层工作的同志们感到委屈。但是呢，我又一想，这脱贫攻坚，是村连着国、户连着中央的精准工程，在共和国历史上是绝无仅有的。中央提出来要像绣花一样扶贫，同志们，咱是咋做的？咱做到没有？我感到羞愧呀。有些同志还说，不就是挂了几条腊肉吗？至于这样大动干戈吗？这挂腊肉是个小事情，反映的这个问题是一点都不小啊。这说明啥呢？说明咱基层的同志们，很多还有急功近利、不实事求是、弄虚作假的心态。所以这一次的自查是非常的必要，看看还有啥问题没有暴露出来，还有哪些环节存在着弄虚作假的可能性。要是不查清楚，我是不会离开山南县的。"

众人心情沉重。

⊙ **柳家坪打谷场 日 外**

柳明和赵有庆在给乡亲们举办木耳栽培技术培训班。

柳明："各位叔叔婶婶们、哥哥姐姐们，我是咱柳家坪的柳明。"

赵有庆："我是有庆。"

柳明："我们半山村的木耳啊，已经取得阶段性的成功了。啊，但是呢，光是我们成功，那都不算是成功，我们要带领大家一起成功，那才是真正的成功。大家想不想致富嘛？"

众村民议论着：

"想！"

"肯定想嘛。"

柳明："再大点声嘛。"

众村民："想！肯定想。"

柳明："就是嘛，我现在发一些资料给大家，这是我们木耳种植的技巧，大家传阅一下，啊，大家看一看，看一看。"

大家拿着培训材料传阅着、热烈议论着。

⊙ 韩娜娜宿舍 日 内

韩娜娜伏案在写日记。

画外音（韩娜娜日记）：柳明与有庆，柳家坪村年轻一辈的带头人，就这样在磕磕绊绊中，被推上了历史的舞台，在一天天的忙碌中，三年时光就这样过去了。这三年里我每一天都过得很充实，我们全体工作人员向上级提出延期工作三年的申请得到了批准，雅奇第一书记的延期申请也得到了批准，我相信再过三年，柳家坪的乡亲们一定能摘掉贫困的帽子，走向富裕之路。现在的每一天都是在向胜利迈进的一天，加油，韩娜娜。

⊙ 山南县政府办公室 夜 内

夜色已深，会议室灯火通明。

众人在加班加点忙碌地核查各乡村扶贫数据。

聂爱林把一份资料递向国文："主任，这是五个乡的核查数据，没有发现啥弄虚作假的情况，都是真实有效的。"

国文："其他乡呢？"

聂爱林："其他乡的数据得到明天早上。要不然，你先休息一会儿。"

国文："哎，我不用。"

聂爱林："等数据一出来，我马上给你拿过来。"

国文："没事，我在这儿等着，等结果出来再说。"

聂爱林："对对对。"

第三十二集

⊙ **柳家坪鹌鹑养殖场 日 内**

英子在给高枫汇报鹌鹑养殖的情况。

英子:"枫枫娃。"

高枫:"啊。"

英子:"咱们这个养殖间,一共有 14000 只的鹌鹑,每天产蛋量大概是 300 到 400 斤。"

高枫:"哦。"

英子:"然后产蛋是十筐左右。城里呢,也有固定的销售点,每天咱们产出来的蛋啊,不会有滞留和滞销的情况。你看大家,分工也比较明确。"

高枫目露欣喜:"就是,好着呢。"

英子笑着:"未来我还想再开两间这个养殖间,争取再把这个养殖,啊,给它扩大化,产量翻倍。"

高枫:"那到时候你就跟我说,到时候我工作队来给你解决,啊。"

英子:"好,你看。"

高枫:"哎呀,看你跟我春田叔现在,啧,日子越过越好,柳枝也跟你一块儿。"

英子:"我感谢你嘛。"

高枫:"感谢啥呢,这都是工作队应该做的。"

画外音(赵雅奇):虽然腊肉事件闹得沸沸扬扬,但是扶贫工作队扎实的工作,却在这期间开始展现成效,乡亲们看到了脱贫致富的曙光。

⊙ **柳家坪村委会院子 日 外**

赵书和和国文边走边说,走向村委会。

赵书和:"国文,你复查工作结束了?"

国文:"啊,结束了,没啥问题。"

赵书和:"哦。"

国文:"所以这才有时间来看看大满嘛。"

赵书和:"你说他脑子是不是进水了?咋能干出这瓜的事情。"

国文:"哎,安慰他一下,啊,不要让他有太大压力。"

说罢,二人进了院子。

赵书和:"大满,大满。"

夏大禹闻声从屋内迎了上来:"哎,国主任好。"

国文:"嗯。"

夏大禹:"支书,村长没在。"

赵书和一愣:"没在?"

夏大禹:"啊。"

赵书和:"估计在家呢。"

⊙ **柳家坪柳大满家院子 日 外**

国文和赵书和走进院子。

赵书和:"柳大满。"

黄艳丽从屋内出来:"哎呀,国文来了。"

国文:"艳丽。"

赵书和:"大满呢?"

黄艳丽:"刚还在呢。"

说罢四下喊着:"大满,哎,大满,大满!"

赵书和:"人呢?"

黄艳丽疑惑地:"这人哪儿去了?哎,你们刚来的路上没看见他?"

赵书和:"没看见嘛。"

黄艳丽:"那,那我就不知道了。"

赵书和:"哎呀,艳丽你说,大满这弄的啥事嘛。"

黄艳丽:"哎呀。"

赵书和:"有脸干,没脸认了。他去哪儿了?我寻他去。"

黄艳丽:"刚还在院子里,你这……"

赵书和:"那他能去哪儿嘛,我寻他去嘛。"

国文:"哎。"

黄艳丽:"他一天胡跑呢,你……"

国文:"书和,是这样,艳丽,你就跟大满说啊,我跟书和来看他了,让他不要太内疚。好吧?"

黄艳丽:"啊,好。"

国文:"来,书和,咱先走吧,啊。"

赵书和:"回来让他自己好好想一下。"

黄艳丽:"哎,知道,知道!"

赵书和:"啥事嘛,闹得。"

黄艳丽:"那,那你们慢走啊。"

国文:"好好,你跟他说一声。"

二人离去。

黄艳丽四下看看,嘴里喃喃着:"哎,好。大满!大满!刚还在呢。大满!"

只见柳大满躲在一矮墙后面,神情复杂地偷看着。

⊙ 省委钟书记办公室 日 内

国文与钟书记隔桌而坐,向钟书记汇报工作。

国文:"钟书记啊。"

钟书记:"嗯。"

国文:"根据你的要求呢,我们在山南县又进行了一轮自查和核实,出来的数据呢,跟咱国家第三方评估组的结论相比啊,确实是有较大的出入,确实是在很多环节很多细节方面,有漏洞存在隐患。但是呢,瑕不掩瑜。"

钟书记:"我们等的就是你这个。但是,省委同意你去真抓实干的初衷,达到了。"

国文:"有很多的漏洞,该检讨,我们该检讨。"

钟书记:"党中央把精准脱贫作为三大攻坚战之一,这说明脱贫攻坚已经进入了深水区,到了决战决胜的最后冲刺。现在我们要的可不是萎靡不振、自怨自艾,要的是检讨失误、发挥优势的理智与清醒,这才是打赢这场战役的关键。我很想知道,你现在做好准备没有?"

国文:"钟书记,你放心,我们一定是全力以赴。"

⊙ 柳家坪赵书和家 夜 内

一桌饭菜,聂爱林、夏琴与赵书和、柳大满以及柳秋玲吃饭。

柳大满落座:"嗯,今天这菜弄得美着呢,那咱开始吧,啊?"

聂爱林:"哎,不不,不着急嘛,还有一个硬菜还没上来。"

柳大满:"还有呢?"

聂爱林:"啊。"

夏琴:"呵呵。"

聂爱林:"秋玲老师。"

柳秋玲端着一盘木耳炒鸡蛋:"来来来。"

柳大满:"啊,我就说是啥嘛。"

柳秋玲:"哈哈哈……"

赵书和:"不就是木耳炒鸡蛋嘛?"

柳大满:"拿手菜嘛。"

聂爱林:"哎,那不一样嘛。"

夏琴:"哈哈哈……"

聂爱林:"呃,这个,夏处长。"

夏琴:"啊?"

聂爱林:"你给介绍。"

夏琴:"好。哎呀,这盘菜看着是普通的木耳炒鸡蛋,但是它意义不一样啊。它是咱大棚培育出来的第一批木耳,今天专门带过来,让大家尝一尝,来。"

柳大满:"那,那咱得动手了。"

聂爱林:"动筷子。"

夏琴:"哈哈哈……"

柳大满:"好好好。"

聂爱林:"尝一下。"

柳大满:"尝一下,尝一下。"

夏琴:"来。怎么样?"

柳大满:"哎,秋玲嫂子还是炒得好嘛。"

夏琴:"美得很,呵呵。"

柳秋玲:"这木耳好吃。"

夏琴:"嗯。"

聂爱林:"哎,夏处。"

夏琴:"嗯?"

聂爱林:"你今儿个肯定是有很多话想说。你先说。"

夏琴:"哎呀,这日子过得真快啊,转眼间,咱这木耳大棚,都可以投产了。呵呵,赵支书,想当初,咱为了建大棚,因为那块河滩地,还起了矛盾。"

赵书和:"嗯。"

夏琴:"我也一并给你道个歉。"

赵书和:"哎,不敢说这话。呃,真的要说道歉,应该是我嘛。哎呀,当时我也是啊，钻了牛角尖了。"

众人笑。

赵书和："啊，这一门心思就是想着地呀、粮食呀，啊，其实我们应该感谢你们。"

夏琴："没有没有没有。"

赵书和："啊，呃，哎呀，聂书记，你是领导嘛，感谢的话你来说。"

聂爱林："我说？行。"

赵书和："啊。"

聂爱林："那人家赵支书给我安排的工作，要抓落实了。"

赵书和："啊，必须落实。"

聂爱林看着夏琴："哎呀，谢谢夏处长，咱兴华集团啊，对我们山南县的帮扶力度，是太大了。"

赵书和："嗯。"

聂爱林："没有你们，我们整个山南县的产业脱贫不可能发展得这么好，你看，你在咱这儿待了这么几年，修了公路，建了这个智能化的木耳大棚，哎，至于以后啊，我这个脱贫工作咋样干，你放心，那是看他俩的。对不对？"

赵书和："就是。"

夏琴："其实你们对于土地和粮食的感情，我特别理解。咱们现在大大地把土地的价值给增加了，就看这木耳，它有极高的经济价值。"

聂爱林："嗯。"

夏琴："市场转化率又高，只有发展它们，才能大力地发展咱们农业啊。日子好过了，把咱娃娃都送出去，学知识、见世面，以后啊，让他们再回来，建设振兴咱的家乡。"

柳秋玲："夏处长，你说得对，我现在也想明白了，这个娃们啊，能出去还能回来，这才能体现了他们学文化、学知识的意义。对吧？"

夏琴："对。"

聂爱林："对呀。这总结得太好了。到底是秋玲老师。"

赵书和笑着。

夏琴端起酒杯："来，我代表我们兴华集团，代表卢书记，敬各位一杯，谢谢你们。"

柳大满："哎呦。"

聂爱林："咱得感谢人家兴华集团。"

柳大满："赶紧吃，赶紧喝嘛。把人饿得菜都凉了。"

夏琴："来……"

聂爱林："来来来……"

赵书和："夏处长。我们柳家坪随时欢迎你们。"

柳秋玲："是啊，欢迎。"

夏琴："谢谢。"

柳大满："欢迎欢迎。"

聂爱林："常来常往啊，来。"

⊙ 柳家坪中心小学教室 日 内

柳秋玲一脸激动，看着学生们。

柳秋玲："上课之前呢，老师想跟大家说说话，大家都知道我们的中心学校马上就要建成了，以后呢，我们就可以去新学校里上课。好不好？"

众学生："好。"

柳秋玲："嗯，以前啊，老师总是会跟同学们说，好好学习，好好考试，走出去。大山外面，才有更好的学校，更好的工作，和更好的生活。现在，老师进步了。老师想跟你们说，好好学习，走出去，开眼界，长见识，然后回来，回到我们的家乡来，用你们听到的、看到的、学到的，把我们的家乡建设得越来越好，好不好？"

众学生朗声地："好。"

字幕：在柳家坪中心学校落成后，柳秋玲老师光荣退休。她为基层乡村教育呕心沥血，为国家培养了一批批栋梁之材，桃李满天下。

⊙ 柳家坪韩娜娜宿舍 日 内

韩娜娜在与恋人岳鹏通电话。

电话里岳鹏的声音："哎，娜娜，干吗呢？"

韩娜娜："嗯，我今天好累呀，我给你打完我就想睡了。嗯，嗯，你要跟我说什么事啊？"

电话里岳鹏的声音："我还真有个事得跟你商量一下。"

韩娜娜："啥事啊？"

电话里岳鹏的声音:"啥事?咱俩结婚的事呗,你再不把日子定下来,我真跟父母没法交代了。"

韩娜娜:"嗯嗯,我知道。啧,我想想啊,岳鹏,要不咱春节结婚吧?"

电话里岳鹏的声音:"真的?"

韩娜娜:"我春节有假期,咱就在假期把婚给结了怎么样?"

电话里岳鹏的声音:"行啊,我没问题啊。"

韩娜娜:"呵呵。"

电话里岳鹏的声音:"抽空在这之前咱们得把这个婚纱照拍了吧?"

韩娜娜:"呃,婚纱照的话我是真没时间啊。那要不这样吧,咱到时候就看情况,有时间咱就把婚纱照抽空给拍了,怎么样?"

电话里岳鹏的声音:"也行,反正我明天先去联系婚礼策划。"

韩娜娜:"啊,行。哎,但你有啥你就跟我一起商量着来啊,你别自己一个人,一个人太累了。"

电话里岳鹏的声音:"哎呀,你就别担心我了,反倒是你,胃本来就不好,还要按时吃饭啊。"

韩娜娜:"我知道,我知道。"

电话里岳鹏的声音:"到时候饿瘦了,穿婚纱就撑不起来了。"

韩娜娜:"越瘦穿婚纱才越好看,好不好?"

岳鹏:"行,听话,好好吃饭,好好睡觉啊。"

韩娜娜:"嗯。"

⊙ 石头村叶小秋家院子 日 外

村民根子正在跟叶小秋闹事。

叶鳖娃:"别生气,别生气,有话好好说,有话好好说。"

根子:"好好说?哎,你屋东西平白无故地让人搬走了,你跟人家好好说?啊?"

叶小秋:"根子,啥时回来的?没说一声嘛。"

根子没好气地:"我回来得是还跟你汇报一下?你说,凭啥我没有同意,你就把我屋东西搬走了?啊?凭啥?"

叶鳖娃:"来,坐嘛,坐嘛,慢慢说,慢慢说。"

叶小秋:"你先坐嘛,你坐下,我跟你说嘛。"

根子:"我跟你说,你这些吃公家饭的啊,你就会和稀泥。"

叶小秋："你别着急，搬迁国家都是有政策的，你可能不太了解，你先坐下，坐下跟你慢慢说，行吗？"

根子："今天这个事，你要是不给我解决，我跟你说，我今儿还就在你家吃饭，我就不走了。"

叶鳖娃一下火了："哎呀，我看你表面像个人，你咋看起来像个畜生一样乱叫呢？"

根子："哎，你老汉不要仗着你老，你在这儿皮干（找事）啊。"

叶小秋："哎呀，你……"

叶鳖娃："你不要看我老了，别看你剃个光头。"

赵细妹走出上前："爸……"

叶鳖娃："我拍死你，就像拍烂一张纸。"

根子："哎呀，你来，来，来来来……"

赵细妹："爸，小秋，你赶紧把爸扶进屋，让他进屋。"

叶小秋："把爸扶进去，快点、快点。"

赵细妹："你赶紧，我跟他说。"

根子："你别在这儿跟我耍这个，你耍这个，都是我玩剩下的。"

赵细妹："呀，根子，你别激动！"

根子："得是，你解决这个事是吗？来来来，你解决，来嘛。"

赵细妹："根子，我知道你今儿个来是要讨个说法，那我问你个事。"

根子："问嘛。"

赵细妹："那你知道你娃今儿个上几年级吗？"

根子："我娃上四年级，我是他爸，我能不知道？我跟你说，我娃上学学着好着呢。"

赵细妹："你娃学习好得很，但他今儿个上初一，那我再问你，你知道你爸得的啥病？吃的啥药吗？"

根子一怔："哎呀，能有啥病嘛，人老了，就跟你爸一样嘛，抽烟抽多了，到老了就咳咳咔咔，就是个这嘛，能有啥病嘛？"

赵细妹："你出去打工这几年，你爸得的高血压，前两天动脉硬化晕倒了，住的医院，是小秋把他送过去，你知道医院离得有多远吗？来回大半天的路就没有了。"

根子："啥？我爸住院了？啊？这么大个事，你们为啥不跟我说？你为了搬迁，你，你这是谋害人命？你这是欺负人我跟你说。"

赵细妹："你先别激动。根子，我跟你说，国家给了咱这么好的政策和福利，咱那新村有新盖的医院，你爸可以安心地住院，有新盖的学校，你娃可以放心地上学，这不是一件好事情吗？"

根子："你以为住新房子很容易的？都是钱，我从哪儿弄这些钱嘛？"

赵细妹："那你打工挣嘛。"

根子："我……"

赵细妹："哎，国家考虑到了这一点，给新村引进了两个工厂，你下了楼就可以上班，你下了班就可以回去吃饭，这不比你在外头挣钱来得方便？来得快？"

根子："工厂？我成天在城里下苦力，还不是吃了没文化没技术的亏，工厂，工厂能要我？"

叶小秋："咋不能要？看你身体壮实的，美得很，只要你想去，你报名了，那工厂给你集中培训，培训完了直接上岗，挣的不比那外边少。"

根子："这这这，不是，这你说，我爷我姥爷，我这祖祖辈辈的祖坟都在这儿呢，我要是走了，那连守祠的人都没有啊。"

赵细妹："根子，我知道你好面子，哎，你有这时间，在这儿跟我俩磨叽，你不如去新村，看一下你那房，去医院把你爸好好地看一下。"

根子："看我爸？我都没去过，我路都寻不见，我咋看？"

赵细妹："咱那村口有去新村的班车嘛，一天两趟，你现在去，还来得及。你赶紧。"

根子："不，不是，你俩……刚说那事是不是当真？"

赵细妹："只要你不懒，肯定有活干，国家有政策呢。"

根子愧然地："那，那个，刚才不好意思了。"

说罢匆匆离去。

叶小秋走出屋子，惊讶地望着媳妇："哎，原来我咋没发现，你还挺能说的。呵呵。"

⊙ **柳家坪柳大满家 夜 内**

柳大满和黄艳丽正在吃晚饭。

黄艳丽看看眉头紧锁无心吃饭的柳大满："哎呦，又是咋了？吊个脸，啥事吗？你说。"

柳大满："还不是叫咱村那两个货给气的嘛，满囤、满仓。"

黄艳丽："那俩货是个啥，谁不知道嘛。跟那俩生气呢，真是的。"

柳大满:"不是,我就想不明白了啊,人家各忙各的,都日子过得越来越好了,就他俩……"

黄艳丽:"哎呀,他俩那样子,你管他,他愿意那么过,就过着呗。"

柳大满:"我咋能不管呢嘛,啊?我是领导,我能不管吗?人家是咱脱贫路上的绊脚石嘛,你不把这石头去了,那路能平吗?"

黄艳丽:"那你就让工作队的去做下工作嘛。"

柳大满:"没用,谁说都没用,说不动。就是你常说那话,他俩就是……"

黄艳丽:"哎呀,那就是麻绳提豆腐,提不起来。"

柳大满:"就是嘛,提不起来嘛,那俩。"

黄艳丽:"是这,你别管了,先吃饭,明天我去。"

柳大满:"你去?你去干啥去?"

黄艳丽:"咋?瞧不起我?哎,你放心,只要我一出马,保证他俩改头换面,重新做人,信不信?"

柳大满:"好好好,那我等着看你的好戏,啊。"

黄艳丽:"哼,你还不相信,哎,要不咱赌个啥?"

⊙ 柳家坪柳满仓、柳满囤家 日 外

柳满囤和柳满仓听着黄艳丽训话。

黄艳丽:"你看啊,不是嫂子说你俩,你俩就打算光杆杆,就这样子,下半辈子这么过了?啊?"

柳满仓:"哎,这是我兄弟嘛,我不跟他过,跟谁过吗?跟你过?"

黄艳丽:"嘴欠的。"

柳满仓嬉皮笑脸:"呵呵。"

黄艳丽:"我的意思是,你看人家,挣钱的挣钱,娶媳妇的娶媳妇,人家那日子过得多红火的,你看你俩,你俩就不眼馋?"

柳满仓:"眼馋啥嘛,娶媳妇我现在都不想这事了。"

黄艳丽:"你不想了,满囤呢?"

说着看着满囤:"你也一把年纪了,你看你头发都白了,你打算一辈子这样过下去?我跟你说,到老了、病了,旁边连个伺候倒水的人都没有的。一个人啊,不能一直过日子,这样子过独了,心里头到时候就不健康,那都不阳光了。你,哎,你笑一个,给嫂子笑一下,来。"

柳满仓:"你笑一下嘛,你……"

柳满囤苦笑。

黄艳丽:"你看你看,他笑得跟哭一样的。"

柳满仓:"你真是。"

黄艳丽:"这是为啥?那是相由心生。"

柳满囤:"谁看得上咱呢嘛?"

黄艳丽:"咋了,你比别人少了啥?不都是一个鼻子两个眼睛嘛。我跟你俩说,你俩不但不比别人少,还比别人多一样呢。"

柳满仓:"啥?"

黄艳丽:"懒么。"

柳满仓:"嫂子你这是损我呢。"

黄艳丽:"嫂子不是砸挂你,你说你媳妇为啥跑?哎,满囤,你为啥娶不上媳妇?为啥穷?还不是因为你俩太懒了,啊?"

柳满仓与柳满囤对视。

黄艳丽:"嫂子跟你说,只要你俩好好的,勤快些,咱把钱一挣,把咱这房一修,我跟你说,说不定你媳妇到时候就跑回来了。"

柳满仓:"不可能嘛。"

黄艳丽:"就算她不回来,你放心,嫂子给你介绍,那算啥事情。"

柳满仓:"你给我介绍?"

黄艳丽:"就这两天啊,你好好收拾一下。"

柳满仓:"那……"

黄艳丽:"满囤啊……"

柳满仓:"那嫂子我给你倒点水去。"

柳满囤:"哎呀呀,行行行,赶紧坐下,坐下坐下。"

黄艳丽:"嫂子说你,你不要嫌我啰嗦。"

柳满囤:"哎,嫂子啊。"

黄艳丽:"我跟你说,你……"

柳满囤:"谢谢嫂子啊,说了这一会儿时间了,我都听懂了,这两天我院子里一会儿来一个,就在这儿唱大戏呢说的。"

柳满仓:"啊。"

柳满囤:"我听得脑袋都是炸的。"

柳满仓:"就是。"

黄艳丽:"哎,那人家为啥要来嘛。"

柳满囤:"那话都不停,对吧?"

黄艳丽:"那你要付出行动呢嘛。"

柳满囤不耐烦地:"哎,谢谢嫂子,我明白了,好吧?是这,我还有事呢。"说罢对柳满仓:"这个大柱嘛,还是二梁寻你呢,赶紧赶紧。"

柳满仓:"寻我?我咋不知道呢?不是跟嫂子说话呢……"

柳满囤:"哎呀,在……刚才在那个大树底下喊你呢,你没听见是不是?"

柳满仓:"不是,嫂子,我,我回头收拾一下。"

黄艳丽:"好好好。"

柳满仓:"哎,咱说定了啊。"

黄艳丽:"你把嫂子的话记住。"

柳满囤:"哎呀。"

柳满仓:"不是,谁寻我?"

柳满囤:"好了好了。"

柳满仓:"我咋不知道嘛。"

柳满囤:"大柱嘛,还是二梁,赶紧赶紧。"

柳满仓:"在哪儿?"

柳满囤:"大树底下,赶紧赶紧。"

二人离去。

黄艳丽望着二人背影,怒其不争地:"哎呀,这两个怂货。"

⊙ 石头村旧村委会 日 内

杨书记:"叶支书,哎,李响,王亮。"

李响:"嗯?"

杨书记:"到今天为止啊,咱这个石头村的易地搬迁工作,算是基本完成了。我是没有想到,咱这工作太难做了。"

王亮:"杨书记,叶支书,咱要不在这儿合个影?"

杨书记:"好主意,好主意。"

叶小秋:"好嘛。"

杨书记:"来来来…"

李响:"来……"

杨书记:"哎,就拿这个,拍上这个。"

王亮:"好,来,三二一。"

⊙ 石头村叶小秋家院子 日 外

即将搬到碾子沟新村,叶小秋和细妹依恋地站在院子里。

叶小秋:"东西都收拾好了?"

赵细妹:"好了。"

叶小秋:"爸跟狗蛋呢?"

赵细妹:"狗蛋把爸先接走了。咋了?你看我做啥?"

叶小秋深情地望着细妹:"我记得,第一次见你的时候,你瞪着两个大眼睛,那时候你还是个辫子,又黑又亮,好看得很。咱回家的时候,我想帮你拿包袱,你不让我动,那会儿我就觉得,这女娃咋长得这漂亮呢?一晃这么多年过去了,你还是好看。"

赵细妹:"好看啥呀,都是皱纹,老婆子了。"

叶小秋:"哎,有皱纹也好看,真的。细妹,这么多年,咱周围的人、事,咱这个国家都在变。我没啥大本事,我就是想让这个村子能变得更好,想让咱村里的人能过上更好的日子,这些年,一直是你管着这个家,照顾爸,拉扯狗蛋长大,我知道,欠你的太多了。"

赵细妹:"你今儿咋了?"

叶小秋:"等咱搬了新家,该换我照顾你了,咋样?"

赵细妹:"那我的好日子,是不是要来了?"

叶小秋笑着:"咱的好日子,已经来了。走!"

赵细妹:"走!"

⊙ 中原省扶贫办会议室 日 内

国文正在接受省电视台记者的采访。

国文面对镜头:"我们全省按照国家'五个一批'中,对于一方水土养不了一方人的贫困地区,进行移民搬迁,11.43万户,42.35万人,从根本上拔掉穷根,全面落实了人、地、房、业精准对接,我们坚持先业后搬,以业促搬。"

女记者:"那国主任,您是否参加近期在我省举办的'一带一路'减贫国际合作论坛呢？"

国文："我们中原省啊，一直坚持精准扶贫、精准脱贫的方针策略，我们愿意与'一带一路'沿线的国家和地区积极配合，共同推动减贫移民、生态文明建设的工作。"

杜江上前："对不起，记者同志，稍微打断一下。"

女记者："啊，好。"

杜江："国主任，已经联系到秦南搬迁现场了，视频连到大屏幕上了。"

（电视里的声音）：大家好，这里是我省秦南搬迁现场，今天上午十一时，志愿者们自发来到这里，接待了这批新来的居民，易地扶贫搬迁是脱贫攻坚的头号工程和标志性工程，也是贫困地区人民走向幸福的第一步。

⊙ 柳家坪韩娜娜宿舍 夜 内

韩娜娜与恋人岳鹏通电话。

韩娜娜："嗯？喂？你给我发的那些稻田婚纱照啥意思啊？"

话筒里岳鹏的声音："你看这些婚纱照好看吗？"

韩娜娜："好看啊。"

电话里岳鹏的声音："那咱们拍这种风格的好不好？"

韩娜娜："行啊，我觉得挺好看的，啊。"

电话里岳鹏的声音："那行，你们柳家坪有没有这样的稻田啊？"

韩娜娜："稻……哎，柳家坪还真有一个特别好看的稻田，特别大一片。"

电话里岳鹏的声音："那咱们就在柳家坪拍吧。"

韩娜娜："那，那就在柳家坪拍了，到时候你来找我。"

电话里岳鹏的声音："好啊，就这么定了。"

韩娜娜激动地："哎呀，那太好了呀，哎，岳鹏，你要这么一说，我觉得咱的婚纱照又多了一层意义。你想，我们的婚纱照，在柳家坪拍的。"

电话里岳鹏的声音："我这个主意，不错吧？"

韩娜娜："我给你记一大功。"

电话里岳鹏的声音："开心吗？"

韩娜娜甜甜一笑："嗯，开心。"

电话里岳鹏的声音："那你就把我的衣服一块儿选了呗。你选的好看，那我就抓紧联系拍摄团队。"

韩娜娜："那行，那你就联系吧。那我不跟你说了，我这后面还有好多表格要填呢。拜拜，拜拜。"

⊙ 柳家坪蔬菜种植田地 日 外

赵二梁："你看。"

专家甲："不错，不错。"

赵二梁："你给咱推荐的这个喷灌。"

专家甲："就是嘛。"

赵二梁："确实省力，确实先进。"

专家甲："你们很快就形成规模，真的不错。"

赵大柱："对啊，我们都是按照你教的种的嘛。"

专家甲："小张，你把我们今天看到的情况，做个详细的记录，便于我们今后为他们服务。"

小张："好的，罗老师。"

柳子旺："罗老师。"

专家甲："啊？"

柳子旺："你看这个育苗的这稀稠程度咋样？"

专家甲："目前还可以，等过一些天呢，长大了要再次间苗。是吧？"

柳子旺："对，还是要间苗呢。"

赵二梁："罗老师。"

专家甲："啊。"

赵二梁："你看咱这地里，还需要干些啥吗？"

赵大柱："对。"

专家甲："这个菜苗啊，比较喜水，所以啊，你们勤浇灌。"

赵大柱："哦。"

赵二梁："喜水？啥？啥？"

专家甲："就是喜欢水啊，对对对。"

赵大柱媳妇："喜欢水。"

赵二梁："多浇水嘛。"

专家甲："啊，是的是的。"

赵二梁："这好办嘛。哎呀。"

正说着，高枫和雅奇走了过来："叔。"

子旺："枫枫娃来了。"

高枫："啊。"

赵二梁："哎，枫枫娃。"

赵大柱媳妇："慢点慢点。"

雅奇："罗老师，罗老师。"

柳子旺："慢些慢些慢些。"

雅奇："辛苦了，又跑一趟。"

专家甲："队长你好。"

高枫："罗老师，辛苦了啊。"

专家甲："应该的。"

高枫："哎，我们这菜现在种得咋样嘛？"

专家甲："不错，挺好的。"

高枫："挺好的。"

赵大柱："好着呢。"

高枫："哎呀，叔，我这有一段时间也没过来了，今儿过来刚好看一看，现在还有啥问题需要我解决吗？"

赵二梁："哎呀，啥都不需要。"

赵大柱："没问题。"

赵大柱媳妇："好着呢。"

赵二梁："你看这地长得多好的嘛。"

赵大柱："好着呢。"

赵二梁："这咱真的要感谢枫枫娃，还有咱雅奇。"

雅奇："我们应该做的。"

赵二梁："寻两位专家来帮我，你叔啊，这一辈子，吃了没文化的亏了，成天就是面朝黄土背朝天地干活，现在不一样了，我现在也愿意学先进的种植技术，咱争取啊，做一个有文化、有技术的农民。"

高枫："好嘛。"

雅奇："好得很。"

赵大柱媳妇："二梁，你这觉悟高着呢嘛。"

赵大柱："就是的。"

柳子旺打趣道:"二梁二梁,是种菜的领头羊。"

赵二梁:"哎,不敢不敢,不敢。"

众人笑。

赵二梁:"那咱到地里看一下去。"

高枫:"走走走。"

赵大柱媳妇:"走走走。"

雅奇:"罗老师,走。"

⊙ **柳家坪村头大槐树下 日 外**

柳满仓和柳满囤无聊地打着扑克。

柳满仓:"对5。"

柳满囤:"不动,不动,来。"

黄艳丽奔了过来:"满囤,满仓。"

柳满仓:"嫂子。"

黄艳丽:"你俩在干啥呢?啊?我说全村到处寻,寻不见你俩,跑这儿耍牌来了,哎,你看全村人家谁闲着呢,都在那忙着呢,就你俩……"

柳满囤:"呵呵。"

黄艳丽训斥道:"你不想一下,嘿嘿嘿,还有脸笑呢,你看全村人家原来的五六个在这儿打牌,现在你俩都能耍得起来,你好意思呢?懒成这样,成天吃啥呢?喝西北风放屁呢是不是,啊?哎我说,你兄弟俩谁赢谁啊?赢房子嘛赢地呢?"

柳满仓:"哎呀,记着了,嫂子,你不是说给我寻媳妇呢?人呢?"

黄艳丽:"还寻媳妇呢,就你俩这样子,哪个媳妇敢来?啊?你就是寻媳妇,也得先把日子过红火起来嘛,成天懒得这怂样子,就是姑娘家们来了,也是在害人家呢。"

柳满仓:"你这说了半天,你不给我寻个媳妇,你真是,你,你忙去吧,啊,你忙你忙你忙去吧。啥?"

柳满囤:"4……"

柳满仓:"你你,你出。"

黄艳丽暴躁地:"还打牌呢,我……"

说罢拿起竹竿子朝二人抢去:"我让你打牌。"

柳满仓躲避着:"不是,我赢了这把。哎,嫂子呀。"

柳满囤："哎呀，嫂子。"

柳满仓："嫂子，你干啥呢嘛这是？"

柳满囤："你看这都赢了，呀，哎呀。"

黄艳丽："赢你爸个灯呢，还耍牌呢。我今儿把你俩打也要打醒，我给你说。"

柳满囤："哎呀，疯了，哎呀，你……"

柳满仓："哎呀，你敲我手上了。"

黄艳丽："今你俩这怂货，烂泥扶不上墙，我打也要把你俩打醒。"

柳满囤："你，哎，黄艳丽，疯婆子！好男不跟女斗。"

柳满仓："好鸡不跟狗斗。"

柳满囤："告辞了。"

柳满仓："走了。"

二人急忙跑走。

黄艳丽拿着竹竿子追上："站住！哎呀，这俩怂货，哎呀，气死我了。"

⊙ 柳家坪村委会 日 内

雅奇和高枫正在商量研究工作。

赵山和赵元宝提着礼品走了进来。

高枫热情地："呀，叔，快快快，坐坐坐，来。"

雅奇："坐，叔。"

赵山："哎，忙着呢。"

高枫："没有没有，咋？这咋还拿东西呢？"

赵元宝："给你带了点东西。"

高枫："啊。"

赵山："我俩今天来呢，就是来表示感谢的。"

高枫："感谢啥嘛。"

赵山："感谢你们扶贫队，帮助我俩贷款买车，总算是让我俩把这压在身上的债还完了。"

赵元宝："对着呢嘛。"

赵山："还完以后，这腰板也正起来了。是不是？"

赵元宝："啊，对着呢嘛。"

赵山："所以，叔也不知道你俩爱吃啥，就买了些苹果和鸡蛋，啊，表示一下心意。"

高枫:"叔,感谢我接受了,但是东西我真不能收。我们有纪律。"

赵山:"这,这小东西一点心意嘛。"

雅奇:"叔,叔,心意,心意我们领了,东西我们不能收。"

高枫:"对对对,咱有啥就说,没事,但这个,真不能收。"

赵山:"行行行,那咱也不能让娃们犯错误嘛,对吧?"

赵元宝:"哦。"

高枫:"没事,叔,你有啥事你就说,啊。"

赵山:"呵呵,你要说有事吧,还真有事。我俩现在跑运输啊,活多得很。"

高枫:"嗯。"

赵山:"但就是感觉这人手,差点意思。"

高枫:"嗯。"

赵山:"所以说今天找二位领导商量一下,看能不能帮我们,再多贷点钱,再多买几台车,啊?"

赵元宝:"对,对着呢。呃,啥意思呢?就是咱村里头不是还有几个人没活干嘛,咱意思就是再贷一点钱,再买几辆车,大家就是有活一起干、有钱一起赚嘛。"

赵山:"对着对着,就这个意思。"

高枫:"叔,我们是这样想的,等回头你这个规模扩大了之后呢,咱村的那个鹌鹑合作社嘛,还有有机蔬菜合作社,不是都弄起来了。"

赵元宝:"啊。"

高枫:"还有柳根叔家的那豆腐作坊,也弄起来了。回头你看你能不能就用这个运输队,把咱村这些货都拉到城里去。"

赵元宝:"哎呀,就是这个意思嘛。"

赵山:"那还有啥说的嘛,我也是看着你这扶贫队啊,帮着村里把这几个社弄……集中起来,所以我一看这也是机会嘛,我们就想着,这一块儿帮扶。"

赵元宝:"对对对。"

赵山:"一块儿脱贫嘛,是不是?"

赵元宝:"对着呢。"

雅奇:"说得好。"

高枫:"好得很。"

⊙ 柳家坪连片旱改水田地 日 外

一片忙碌的景象。

男村民A:"呀,叔,咱这不连片不知道,这一连片这么大一片。"

赵书和:"呵呵。"

男村民B:"叔,你现在本事大得很,把人家外村的地,都拉到咱合作社来了。"

男村民C:"这你就不懂了,这就是叔说的那个区域连片。"

男村民D:"就是的,你还是个文化人呢。"

男村民C:"人家进过城念过书。"

聂爱林下车走了过来:"哎,书和。"

赵书和:"你来了。"

聂爱林:"啊。"

众人:"聂书记,聂书记好。"

聂爱林:"书和,你没看咋样,这一片子地,你交代给我的任务给你完成了。"

赵书和:"呵呵,美得很。"

聂爱林:"美得很。哎呀,你现在确实可以,这想法是一点一点的都给实现了。"

赵书和一脸幸福和得意:"哦。"

男村民A:"呀,聂书记。"

聂爱林:"啊?"

男村民A:"这原来是你弄的?"

赵书和:"哎呀,你还当谁呢。"

聂爱林:"啥叫我弄的嘛,这是人家你支书的想法,我是配合他的工作呢。"

男村民A:"哎呀,书和叔你现在厉害得很嘛,聂书记都听你的话呢。"

男村民B:"就是的嘛,太厉害了。"

男村民C:"我叔这本事是越来越大了。"

聂爱林:"你以为,我听你叔的话都听了几十年了。"

众人笑着。

赵书和:"哎呀,别听他胡说啊。"

聂爱林:"好家伙,这几百亩地,这种起来,得种多少粮食?你像这区域连片再连下来,咱总体加起来,就是你叔说的那想法。"

⊙ 柳家坪村委会 日 内

高枫望着窗外，疑惑地转身："志刚。"

李志刚："嗯？"

高枫："娜娜今天到底干啥去了？神神秘秘的。"

李志刚："我哪知道啊，哎，说吃晚饭，这个点还不回来。"

高枫："哎，我真的饿的不行了，咱不行先下碗面吧。"

李志刚："我去泡一个去。"

话音未落，韩娜娜和恋人岳鹏笑吟吟地进屋："哎，我们回来了。"

李志刚："哎。"

岳鹏："枫哥。"

高枫："哎呀，岳鹏来了。"

岳鹏："志刚。"

李志刚："有时间没见了。"

岳鹏："好久不见，好久不见。"

高枫看着一脸浓妆的娜娜："你咋化成这样了？"

韩娜娜："好看吗？"

李志刚："说不上来。"

雅奇进屋："这么热闹呢，今天。"

韩娜娜："呀，雅奇姐。"

岳鹏："雅奇。"

雅奇："娜娜，好漂亮啊。"

韩娜娜："真的？"

雅奇："嗯。"

韩娜娜："哎，那我让你们看看，我今天为啥化这个妆啊？"

岳鹏："哎，对对，过来。"

雅奇："为啥呀？"

李志刚："你们今天是咋了？啊？"

韩娜娜："看，看。"

说罢拿出手机，给众人看着新拍摄的照片，

高枫看着照片："啊，哎，你俩今天拍婚纱照去了？"

雅奇："这事啊。"

韩娜娜："好看吗？"

李志刚："哎，这还稻田呢。"

高枫："就是的。"

韩娜娜："咱柳家坪的。"

李志刚："这稻田挺好看的。"

雅奇："漂亮。"

李志刚："哎，你还别说这还挺有创意的。"

高枫问娜娜："哎，这你俩谁的主意这？"

韩娜娜："岳鹏的。"

岳鹏："娜娜不是工作忙，抽不开身嘛。然后我前几天看我朋友在野外稻田拍了一组特别有感觉，然后想到娜娜说咱们柳家坪也有稻田，所以我俩就一拍即合。哎，对，到时候片子出来了，发你们手机上，帮我选片儿啊。"

高枫："那没问题呀。"

李志刚："哎，这事交给雅奇。"

雅奇："快给我看看。"

第三十三集

⊙ **柳家坪村委会 日 内**

李志刚:"哎,这事交给雅奇。"

高枫:"哎,你这,娜娜跟你把这大事都定了,你不得请我们吃个饭啊这?"

岳鹏:"必须的呀,行啊。"

韩娜娜:"那要不咱就三喜叔家那个农家乐。"

高枫:"行啊行啊。"

韩娜娜:"行吗?"

岳鹏:"带路,走。"

高枫:"换,换身衣服。"

岳鹏:"不是,你吃饭换……"

韩娜娜:"哎,你们快点啊。"

高枫:"这大事,我得好好的,换个衣服啊。"

李志刚:"我得,我得好好宰你一顿,我多点点儿。"

岳鹏:"你们看,你们看,我还有……"

李志刚:"哎,这娜娜说的秘密可真是个大事啊。"

韩娜娜:"我跟你讲拍婚纱照简直太累了,累死了都。"

雅奇:"快给我看看。"

韩娜娜:"你,你看我这个,你看这个夕阳,你知道这个是啥?就是我们在那个夕阳快落的时候,然后它刚好就这样洒在我脸上。然后那个婚摆,那个婚纱就那样子拖着，可好？"

岳鹏看着娜娜，甜蜜地笑着。

⊙ 柳家坪柳满仓、柳满囤家 日 外

柳满囤心事重重，探着头朝院外望着。

柳满囤："哎，看啥呢？"

柳满仓："等人呢嘛。"

柳满囤："谁嘛？"

柳满仓："就是前两天来咱家那些人嘛，哎，你说前两天村里人一趟一趟的，那热闹得很嘛。今天到现在了，咋还不来嘛？"

柳满囤："哎呀，那一趟一趟来的，跟院子里跟唱大戏一样的，你就不嫌烦吗？别来！"

柳满仓："啧，不是嘛，你看，他们天天来寻咱俩，我就感觉咱俩在村里还挺重要的。现在他们不来了，我就感觉，咱在村里不重要了。我这个心就感觉那个，空空的。"

柳满囤："你啥意思？"

柳满仓："我是说要不，他们不来，咱俩寻他们去。"

柳满囤："那你当他们来是好事呢？"

柳满仓未置可否。

⊙ 省委钟书记办公室 日 内

国文跟着秘书长走进办公室。

秘书长："钟书记，国文主任到了。"

钟书记："快，就等他了。哎，国文。"

国文："钟书记。"

钟书记："就等你了，太好了，今天找你们几位来呢，呃，主要是布置一个紧急任务，接上级电话通知，后天，也就是3月6日，中央要召开一个全国的电话会议。主要内容嘛，就是分析当前形势，动员全党全国全社会的力量，凝心聚力，打赢脱贫攻坚战，确保如期完成脱贫攻坚的目标任务。这次这个会议呢，将以这个电话视频的方式进行，明确要求全国各省市的党政领导要组织观看。请你们卫健委、扶贫办、办公厅主任，你们呢，务必安排落实，各部门要相互协商，不得出现任何问题。"

眼镜男:"明白。"

干部甲:"明白。"

钟书记:"嗯。"

画外音(赵雅奇):2020年3月6日召开的决战决胜脱贫攻坚座谈会,是党的十八大以来有关脱贫攻坚的最大规模的会议,全国有十几万人收听观看。中央明确要求必须如期完成脱贫攻坚目标任务,没有任何退路。这进一步坚定了全党、全国人民打赢这场攻坚战的信心、决心。

⊙ 柳家坪蔬菜种植基地 日 外

众人在地里一派忙碌。

柳子旺:"来,给我。"

赵二梁:"元宝,不要伤到菜。"

赵元宝:"哎呀。"

赵山:"哎呀。"

赵大柱:"来,我来我来我来,哎呀。"

赵元宝:"齐了吗?"

赵大柱媳妇:"赵山,你看看。"

赵山:"好。"

赵刚子正拿着手机在抖音上直播:"老铁们,这里是我们柳家坪蔬菜合作社种植基地,我也是……"

赵大柱:"好好好,好嘞。"

赵刚子将镜头对准赵大柱:"这是种植基地的股东之一,大小也算是个老板,我们这儿的蔬菜啊,都是纯天然、无公害、无农药绿色蔬菜,这每天就是这一车一车的往外拉呀,没有下单的老铁们赶紧下单。"

⊙ 柳家坪鹌鹑养殖基地 日 内

众人在忙碌工作。

赵刚子拿着手机直播鹌鹑养殖情况,走到英子面前将镜头对着英子:"这不是鹌鹑基地的领导吗,来来来,给大家打个招呼。"

英子羞涩地躲避:"呀。"

赵刚子:"看看看,看镜头。"

英子:"哎呀,你别拍我。"

赵刚子:"关键时刻,你就说不了话了嘛,我们家的鹌鹑蛋啊,是无公害、纯天然,而且是绿色环保,哎,还可以提高免疫力,来来来,大家都亮个相,哎,跟大家再打个招呼,耶,笑啊。"

柳春田笑着给鹌鹑喂着饲料:"快快,别照了,别照了。"

⊙ 柳家坪柳根豆制品厂院子 日 外

柳根在叮嘱发货的村民:"地址要写准确啊。"

村民:"老板,你亲自来了。"

柳根:"给咱装好啊。"

柳二宝:"柳根,这次你带了多少货嘛?"

柳根:"三四百箱。"

众人:"一二,好了。"

柳根妻子:"你看这俩现在生意也美得很嘛。"

柳根:"这俩能得很。"

⊙ 柳三喜农家乐饭馆院内 日 外

赵刚子在直播农家乐的红火场面:"我们柳三喜家农家乐,所有的蔬菜都是二梁家他们自己种的蔬菜,绿色环保,无公害,你看你看,你看这游客是越来越多了,后面还往下走呢,哎呀,老铁们,我们这开业一年以来呀,这个菜品是越来越好,而且呢,你看看,天天拉这么一车,天天拉一车。"

刚子女儿:"叔,婶儿。"

赵刚子:"好好好,啊,而且呀,在我们这儿呢,可以吃到新鲜的这个鸡鸭鱼。欢迎欢迎欢迎,我代表我们柳家坪欢迎你们。"

女顾客:"这不是柳家坪的颜值担当嘛。"

赵刚子:"哎哎,你好,你好,呀!被人认出来了。"

说罢就要走。

一群顾客围上了赵刚子。

赵刚子:"哎呀哎呀。"

女顾客:"来,先照相,来,我先照,我先照,我先照。"

赵刚子:"来来来,咱拍照,来来来,来来。"

众顾客和赵刚子一起面对直播镜头欢呼："耶，耶。"

⊙ **柳家坪赵刚子家 日 外**

抖音上的直播画面。

赵刚子看着网友在屏幕上密密麻麻的提问："他们说啥？"

刚子女儿："今天所有的产品为啥都比昨天的便宜？"

赵刚子一脸兴奋："为啥，因为今天刚哥高兴，今天早上，我接到了儿子的电话，他说爸，我不想在外面拼搏了，我想回家发展，这对于我们家来说，就是个天大的喜事啊这个。"

说罢喜极而泣。

一组音乐段落，柳家坪木耳大棚、蔬菜和水稻种植合作社挂牌。

画外音（赵雅奇）：兴华集团在建立了智能木耳大棚之后，还帮我们完善了木耳深加工的规模化、标准化。同时，又帮我们建立起电商加线下的销售网络，进一步稳定了村民的收入。预计到2020年，柳家坪村的木耳产量将达到6万公斤，营业额300万元。建档立卡的贫困户，人均可支配收入可以达到1.5万元，远远超过国家的脱贫标准。村里相继成立了木耳、蔬菜和水稻等合作社，附近的村子也参与其中。随着"两不愁三保障"各项政策的精准实施，实施健康扶贫工程，努力做到让贫困患者看得上病，看得起病。实行分类救治，精准到人、到病，全面实现农村贫困人口基本医疗有保障，有效防止因病致贫、因病返贫。

⊙ **柳家坪旱改水稻田地 日 外**

赵书和一行人在查看水稻长势情况。

赵书和满面欣喜："你看看，咋样？啊？"

林教授："赵支书，咱们这水稻长得好啊。"

赵书和喜不拢嘴："呵呵，这还得感谢你们这些专家啊，这么多年对我们的指导和帮扶呢。不然这连片种植，不可能有这么好的效果嘛。"

林教授："还得是说咱们村人的干劲足啊，这周边这些村呢，就属咱们的这个水稻长得最好。"

赵书和："嘿嘿，哎哎，林教授，今年咱这估产咋不过秤了？"

林教授："我今年用的是空间遥感技术估产。"

村民乙："这厉害的。"

赵书和惊惑地:"这,这……"

村民甲:"这技术可以啊。"

赵书和:"卫星?"

⊙ **柳家坪村委会 日 内**

高枫、雅奇、韩娜娜、李志刚在核实工作数据。

雅奇看着手里的资料:"这个肯定没问题。"

高枫:"啊。"

雅奇:"这个也没问题。"

韩娜娜:"队长。"

高枫:"啊,啊?"

韩娜娜:"这今天咋这么早开会啊?"

李志刚:"对呀。都忙着呢。"

高枫:"哎呀,今天这个会啊,很重要,刚才我跟雅奇又把咱们村已经公示的相关数据核对了一下。"

雅奇:"嗯。今天我们就准备正式向乡里提交,咱们柳家坪贫困村出列申请的相关材料了。"

李志刚:"啊。"

韩娜娜:"今天啊。"

雅奇:"嗯。"

韩娜娜:"那太好了呀。"

李志刚感慨道:"哎,我都等这天多久了,我的青春。"

韩娜娜:"六年吧?"

李志刚:"啊。"

韩娜娜:"咱六年了,这是咱的工作成果啊。"

李志刚:"哎,队长,来来。"

高枫:"哎,咱先别着急啊,咱们再把这关于贫困村的出列标准,再核对一下,好吧?"

韩娜娜:"行。"

李志刚:"好。"

高枫:"来,一人一份,关于贫困村的出列标准……"

⊙ 山南县委聂书记办公室 日 内

县扶贫办孔主任："聂书记。"

聂爱林："嗯。"

孔主任："泥河乡的数据上传完毕，开始汇总了。咱下叶镇、两河乡、九间房乡共22个贫困户，也都汇总完毕。咱们全县各贫困村，都达到和超过了脱贫的6项指标，贫困县退出指标，也是应该没有问题，不过这得汇总完以后才能跟你确定一下。"

聂爱林："呵呵，好，这个柳家坪的数据好得很嘛，啊？"

孔主任点头，一脸喜色。

聂爱林："这水稻木耳合作社，已经成为咱泥河致富的龙头产业了。"

孔主任："是啊。"

聂爱林："这样，咱明天就跟市扶贫开发领导小组申报全县摘帽，好不好？"

孔主任："好。"

聂爱林欣慰地："哎呀，从此之后，咱泥河流域连片贫困区将成为历史了。"

⊙ 柳家坪村委会 日 内

夏大禹匆匆进来："哎，枫枫。"

高枫："哎。"

夏大禹："支书和村长没在？"

高枫："没在，咋了？"

夏大禹："咱村来了个验收组。"

雅奇："验收组？"

高枫："验收啥呀？"

夏大禹："说是验收你们工作成果来的嘛，啊？现在就在元宝家呢，问这问那，问了一大堆问题，那问题各个都刁钻得很，咱乡亲们一下就不高兴了嘛，这眼看着就要吵起来了，快去看看吧。"

高枫："那走，走嘛。"

雅奇："去看一下。"

⊙ 柳家坪赵元宝家院子 日 外

一片吵嚷声。

赵大柱媳妇质问进村暗查暗访验收组的工作人员:"你们哪里的?是谁让你们来的?又是来验收啥的吗?"

郑组长:"刚才不是跟你们说了吗?我们是省里来的,啊,我们是要挨家挨户地走访一下,党中央一再强调,'两不愁三保障',那是关系到每一个贫困群众的福祉。"

柳根:"我屋的豆腐坊一天最少出三四百箱豆腐呢,你要看,就跟我去看。"

众人:"走嘛走嘛。"

⊙ 柳家坪村路上 日 外

夏大禹领着高枫等人,急急朝赵山家跑。

夏大禹:"哎呀,咱村这些人,一个个嘴太利索了,吵得我脑溢血都犯了。"

韩娜娜:"快,快快。"

⊙ 柳家坪赵元宝家院子 日 外

柳美群在着急地维持秩序:"都往后走,往后走,往后走。"

验收组一工作人员:"老乡们,听我说一句啊,听我解释一下啊,大家到底脱没脱贫,我们得看了数据之后才能确定,不是说信口雌黄的。"

赵刚子:"啥数据?那几个娃花了六年的时间,让我们脱贫致富,一个人一辈子有几个六年呢?"

众村民:"就是,人家娃辛辛苦苦的。"

刚子女儿:"叔,你要是非要看数据,我手机上有嘛,全都是我爸这几年直播带货的数据,这不可能作假嘛。"

夏大禹拨开人群:"别乱了,枫枫来了,听枫枫说啊。"

高枫:"大家别闹啊。"

众人:"枫枫娃,你来了,这寻事来了,没完没了了。"

高枫:"我知道,我知道,你好。"

郑组长:"你好。"

高枫:"我是咱柳家坪扶贫工作队的队长,高枫。"

郑组长:"啊,你好。"

高枫:"这是咱工作队的队员,这是第一书记赵雅奇。"

郑组长:"啊,你好。"

雅奇:"你好。"

郑组长:"我们是省脱贫攻坚验收考核组的,今天啊,特意到你们柳家坪村来走访一下。呵呵。"

高枫一脸歉意:"那个乡亲们可能不太了解情况,啊,没事,我说一下。"

说罢对众人说道:"乡亲们,乡亲们。哎,是这样啊,呃,人家是咱省里脱贫攻坚考察组的,专门来考核我们扶贫工作队的工作成果的,啊,大家都配合一下,咱都散了,啊。"

多金媳妇:"他就是不信任你。"

高枫:"咱都别急啊,听我说,婶儿,是这样的,上一回来的呢,是第三方评估组的同志们,这一回是咱省里面脱贫攻坚考核组的同志们,不一样。这说明对咱柳家坪重视嘛,对不对?"

雅奇:"对。"

众人一片议论声。

赵刚子:"重视啥呢嘛?你要来就光明正大的,你不能偷偷摸摸地来嘛。知道的人说是你调查的,不知道的人还以为你做贼呢。"

高枫:"哎,不是,叔……"

赵宏伟:"调查有啥见不得人的嘛。"

高枫:"是这样,这就是人家的工作流程,啊,不用跟谁打招呼,就是突击检查,这才显得公平公正嘛。对吧?"

赵刚子:"哎呀,我们是帮着你说话呢。"

众人附和。

夏大禹看见赵书和和柳大满来了:"都别吵了,听支书说。"

赵书和:"干啥呢?干啥呢?又在干啥呢嘛?"

赵二梁:"不知道这干啥呢嘛。"

柳根:"找事呢。"

赵书和:"情况我都知道了啊,人家考核组是国家派来,专门考核枫枫娃工作队工作成果的。你们干啥呢?啊?凭啥不让人家考核呢嘛?"

赵刚子:"那考核归考核,你不能偷偷摸摸地来嘛。"

众人:"就是,不打招呼。"

赵书和:"啥叫偷偷摸摸的?啊,来之前还要给你发个函,是不是?"

赵刚子:"他给我发函不发函我不稀罕,他到我屋来敲个门,我都不给他开门,我不欢迎。"

赵书和:"你凭啥不欢迎吗?"

柳子旺:"就是不欢迎。"

赵书和:"那个就是人家的工作嘛。"

众人:"不欢迎……"

柳大满瞪起了眼睛:"都别吵,闭嘴,都闭嘴。你以为你这样子做,就是帮枫枫娃他们?是不是?啊?你这是帮倒忙你知道吗?你把我之前给家家户户挂腊肉那事忘完了?我给人家工作队添了多大的麻烦?"

赵书和:"就是嘛。"

刚子女儿:"叔,我爸不知道情况嘛。"

赵书和:"不知道情况不要瞎说嘛。"

柳大满:"往回走!"

赵刚子:"那这……"

柳美群:"听懂没?"

赵书和:"散了散了,散了散了。"

众人不情愿散去。

⊙ 韩娜娜宿舍 夜 内

韩娜娜靠在床头,写着日记。

画外音(韩娜娜日记):乡亲们今天的行为虽然有些偏激,但我却很感动。因为我从中感受到了他们对我们深厚的感情。是啊,六年真是一段不短的时间,我们与乡亲们彼此熟悉得不能再熟悉了,他们需要我们、舍不得我们,而我们也把生命中最美好的时光留在了这里,无数个平凡、无数个渺小终将成为伟大。

⊙ 柳家坪村外路上 日 外

高枫打着电话:"嗯,好,我知道了。"

赵雅奇:"给谁打电话呢?神神秘秘的。"

高枫:"单位的电话。"

赵雅奇:"有事?"

高枫:"没事,咱这不马上要回去了嘛,这跟单位沟通一下。"

赵雅奇："我也接到单位电话了，六年了时间过得真快，咱们最美好的记忆都发生在这场脱贫攻坚战役里，真要走，还真有点舍不得。"

高枫："是啊，我也舍不得。但接下来要拼的是比全面脱贫更艰巨的乡村振兴战略实施，乡村振兴是党中央第二个百年目标战略，民族要复兴，乡村就必须要振兴。"

赵雅奇："城乡融合，共同富裕。"

高枫："这幸福生活从来不是等来的，也不是送来的，是要靠我和乡亲们努力奋斗才能得来的。"

赵雅奇："咱们走之前啊，把这些年的工作做个总结，走。"

⊙ 柳家坪村委会 日 内

韩娜娜正在跟农科所通电话。

电话里声音："这个我想提醒你们一下啊，呃，这个季节啊，温差比较大。"

韩娜娜："嗯。"

电话里声音："是鹌鹑白痢病的高发期，咱们得注意预防。"

韩娜娜："哦，那，那要是我们这鹌鹑得了这个白痢病，我们需要怎么去治呢？"

电话里声音："呃，可以用一些磺胺嘧啶和庆大霉素。这个庆大霉素呢，按一千毫升单位饮水，连服呢三到五天。"

韩娜娜："嗯嗯。"

高枫走进来："哎呀，娜娜。"

电话里声音："会有比较明显的效果。"

韩娜娜："哦，好，那这样，您稍等一下，我先看看我们这儿有没有这两种药啊。哎，队长队长。"

高枫："啊？"

韩娜娜："帮我查一下咱鹌鹑厂有没有磺胺嘧啶和庆大霉素这两种药。"

高枫："好，鹌鹑是吧？"

韩娜娜手握话筒："对对对，您稍等一下，我们在查。"

高枫："嗯，嘶，还真没有。"

韩娜娜："我们这儿现在没有这两种药，你们那儿有吗？"

电话里声音："有啊。"

韩娜娜："那我今天能不能过去取一下？"

电话里声音:"可以。"

韩娜娜:"啊,那太感谢了啊。好,拜拜。嗯嗯。"

说罢挂断电话。

高枫:"咋了?"

韩娜娜:"农科所他们打来电话。"

高枫:"嗯。"

韩娜娜:"说现在是咱们鹌鹑白痢病的高发期,要得了这病就得用这个庆大霉素和磺胺嘧啶这两种药,咱厂不是没有吗?"

高枫:"嗯。"

韩娜娜:"我想,嗯,我一会儿先去鹌鹑厂,我去看看具体情况,然后我就直接去那个市农科所,我去取药了。"

高枫:"嗯,行,那你去吧。好,哎,那让志刚陪你一块儿呗。"

韩娜娜:"哎,不用,我自己去就行。"

高枫:"哦。"

韩娜娜:"那我一会儿去市里,你们要不要带一些啥生活用品啥的?"

高枫:"不用。"

李志刚:"不用带了。"

韩娜娜:"不用啊?"

李志刚:"嗯。"

韩娜娜:"行吧。"

李志刚:"你就早去早回就行了。"

韩娜娜:"那我先去了啊。"

李志刚:"行,去吧。"

高枫:"哎,晚上等你一起吃饭啊。"

韩娜娜莞尔一笑:"行,拜拜。"

⊙ **柳家坪赵书和家屋内 夜 内**

高枫、雅奇与赵书和、柳秋玲、柳光泉一起吃饭。

柳光泉:"多吃啊。"

雅奇:"嗯。"

柳秋玲看着起身的柳光泉:"爸,你吃饱了?"

柳光泉:"嗯,我吃饱了。"

高枫:"你吃饱,爷。"

柳光泉:"嗯,你们慢慢吃啊。"

雅奇:"嗯。"

柳秋玲:"高枫。"

高枫:"嗯?"

柳秋玲:"你搞对象没?"

柳光泉:"哎,对对对,高枫。"

高枫:"嗯?"

柳光泉:"你都不小了,你自己的问题解决没有?"

高枫:"哎,爷,我这成天里,在村里来回跑呢,我哪有时间寻,寻对象嘛。"

柳光泉:"你不要把爷急死了,爷还等着抱重孙子呢。"

柳秋玲笑。

赵书和:"就是。啊?你寻一个嘛。"

高枫:"嗯。"

柳秋玲:"哎,不用寻,你工作队有一个女娃。"

雅奇:"娜娜。"

柳秋玲:"娜娜,娜娜,娜娜。"

赵书和:"哎,咋样嘛?"

柳光泉:"可以嘛。"

柳秋玲:"娜娜挺好的呀,我看着……"

高枫:"不是,婶儿,人家娜娜有男朋友呢。"

赵书和:"我说枫枫娃。"

高枫:"嗯?"

赵书和:"你小心啊。"

高枫:"咋了?"

赵书和看看雅奇:"把你婶子逼急了,就撺掇你俩好,你看。"

柳秋玲:"我从小就想让他俩好,但是不行啊,处成兄妹了。"

高枫:"好我的婶儿啊,我是她哥。"

柳秋玲:"对对对。"

雅奇:"就是嘛。"

柳秋玲:"我知道,我知道。我看出来了,要不然我早就撮合你俩了。你以为我不想呢?"

柳光泉:"哎呀,可惜得很。"

高枫:"可惜啥呀,我妹子能看上我?"

柳光泉:"哎。"

柳秋玲:"哈哈……"

高枫:"成天嫌我,嫌我吃得土,干啥都土。"

雅奇:"谁嫌谁土呀?"

高枫:"嫌我耍泥巴。"

雅奇:"你才耍……你……"

高枫:"就是我……"

雅奇:"你就是和泥巴。"

⊙ 柳家坪村委会 夜 内

正在伏案工作的高枫看看手表:"志刚。哎,娜娜还没回来?"

李志刚:"还没。"

高枫:"呦,都十点多了。你没给她打个电话问问?"

李志刚:"我打了,没人接。"

高枫:"那我再给她打一个。"

说罢拨打娜娜的手机,疑惑地:"嗯,也没人接。"

赵书和和柳大满进来。

赵书和:"都在呢?啊?"

雅奇:"爸。"

高枫:"哎,叔。"

李志刚:"叔。"

高枫:"这么晚了,你们咋来了?"

赵书和:"啊,刚接的乡里电话说是有事要说呢,让在村委会等着呢嘛。哎,不是工作队的事?"

高枫:"没有嘛,我没有接到通知嘛。"

雅奇:"对着呢。"

赵书和:"哦。"

柳大满:"那咱就等一下嘛。"

赵书和:"那等一下嘛。"

雅奇:"坐,爸。"

赵书和:"好,好。"

高枫:"叔,你先坐。"

赵书和:"嗯,哎,娜娜呢?"

李志刚:"她下午有工作去市里了,还没回来呢。"

赵书和:"哦。"

柳大满:"枫枫娃。"

高枫:"嗯?"

柳大满:"不敢泡茶了,白开水就行了。晚上睡不着。"

雅奇笑。

高枫:"行。"

突然,外面一阵动静。

柳大满望着窗外:"哎,这咋村里来了个警车?"

高枫一震:"警车?"

正说着,泥河乡书记刘大成带着两位警察走了进来。

柳大满:"哎?书记咋来了?"

赵书和:"刘书记,你咋来了?啊?呃,这位警察同志是?"

刘达成:"哦,这是咱县交警大队事故科的王科长。"

赵书和一怔:"咋了?"

刘达成:"今天下午5点30分左右,在咱乡道和二级公路75公里交汇处,发生了一起严重的交通事故,一辆大货车和一辆小客车发生了碰撞。韩娜娜同志……"

高枫:"娜娜咋了?"

刘达成:"韩娜娜同志受伤了以后,被120紧急送往县医院,因为伤势严重,抢救无效,于19点13分,人走了。"

众人惊呆,如雷轰顶。

画外音(赵雅奇):对于这意外,我们和乡亲们都完全不敢相信,时间一下子凝固住了。在娜娜牺牲一周后,柳家坪村收到了乡里发来的脱贫公示,柳家坪村将永远告别贫困,走向富裕。柳家坪村终于取得了脱贫攻坚战的最后胜利,就像娜娜在日记里写的,无数个渺小、无数个平凡终将铸成伟大的事业。

⊙ **山南县委会议室 日 内**

县扶贫办孔主任："目前，省脱贫攻坚验收组，对我们山南县的验收考核已经结束，聂书记有好消息要告诉大家。"

聂爱林神色庄重："中原省人民政府关于山南县退出贫困县的通知：各市县人民政府、省人民政府各委办厅局，按照中共中央办公厅、国务院办公厅关于建立贫困退出机制的意见，及中共中原省委办公厅、中原省人民政府办公厅中原省贫困退出实施办法的有关规定，经验收考核组最终核实，咱山南县泥河连片贫困区的一达标、'两不愁三保障'等脱贫数据容差率合规，总体贫困发生率为零，经省市脱贫攻坚领导小组综合评定，允许脱贫单位退出贫困行列。"

孔主任："水利、电业、住建、教育，其他专项验收结论，柳家坪脱贫攻坚工作表现出的政策灵活性、创新思维、干部工作能力等软实力十分突出。其中，韩娜娜同志足以为全省先进典范。经省委乡村振兴办综合认定，决定申报柳家坪村为全省脱贫攻坚先进集体。"

⊙ **中原省扶贫办国文办公室 日 内**

杜江一脸激动，递上一份红头文件："国主任，您看看这个，这个是咱们省的自查报告。"

国文接过看罢，百感交集："不容易啊。这就是说，经过五年的脱贫攻坚战，现在是彻底完成了消除绝对贫困的艰巨任务了。"

杜江："是。"

国文凝重而又欣慰地："这是一个值得纪念的日子。"

⊙ **柳家坪村旱改水稻田里 日 外**

稻谷金黄，风吹稻浪，一派丰收景象。

正在收割稻谷的柳春田探头看见穿着摄影背心的聂爱林，一愣："哎呀。"

聂爱林："书和……"

柳大满："哎，这咋还来了个照相的。"

聂爱林："我嘛。哎呀，穿了个马甲你都不认得我了？"

赵书和："这不聂书记嘛？"

柳秋玲："聂书记。"

聂爱林:"啥书记,老汉退了,老聂。"

赵书和:"啊,你退了?"

聂爱林:"啊。"

赵书和:"你,你咋来了呢?"

聂爱林:"这我今天是知道你这儿收水稻了,专门给你拍照片来了。"

赵书和:"呀。"

柳秋玲:"哈哈哈……好着呢。"

聂爱林:"呵呵,以前我就有这爱好,咱没时间,这一下退了,自由了。"

赵书和:"好好好。"

聂爱林:"哎,你你你,你回去。"

赵书和:"啊。"

聂爱林:"你正常割你的,我给你拍个照片。"

赵书和:"好好。"

柳光泉:"老聂,中午就先不要走了,在屋吃碗面。"

聂爱林:"能成,谢谢叔。"

柳秋玲:"哈哈哈……"

聂爱林:"哎,秋玲老师。"

柳秋玲:"聂书记。"

聂爱林:"哎呀,秋玲老师,哈哈哈,大满……"

柳大满:"哎。"

聂爱林:"哈哈哈……哎呀,还是这发型啊,帅气得很嘛。"

柳大满:"还是那样子。"

聂爱林:"哈哈哈……"

柳大满:"你这个退休生活干得好得很嘛。"

聂爱林:"这个越过越好了嘛。"

柳大满:"好好好。"

聂爱林:"我,我一会儿给你都拍照片啊。"

众人:"啊,好。"

聂爱林:"你都正常弄你的啊。"

柳大满:"我,我寻个好位置。"

柳秋玲:"聂书记,给我和我爸拍一个,来。"

聂爱林："来来来。"

柳秋玲："哎。"

聂爱林："你往一块儿站。"

柳秋玲："哎，好。"

聂爱林："往一块儿站，哎，好得很。"

夏大禹："聂书记，给我也拍一张嘛。"

赵大柱媳妇："呀，聂书记，给我和老汉拍一张嘛。"

聂爱林："哎。"

赵山："你慢点，你慢点。"

聂爱林："不咋不咋，你弄你的，不要看镜头啊。"

赵大柱媳妇："哦。"

聂爱林："别看镜头。"

⊙ **柳家坪柳满仓、柳满囤家 日 外**

柳满仓："满囤，满囤。"

柳满囤："咋？"

柳满仓："来嘛。我跟你说啊，全村人都去收水稻了，连柳光泉那大年纪都去了，整个柳家坪就剩下你我兄弟俩了。"

柳满囤："哎呀，这个，呀，这看来赵书和这个连片水稻今年是大丰收了啊。"

柳满仓："那肯定是大丰收了嘛。"

柳满囤："好！"

柳满仓："好啥？"

柳满囤："今年咱肯定分得多啊。"

柳满仓："全村人都忙活去了，呃，就咱俩在家干等着分粮食？"

柳满囤："哦，也不合适啊。"

柳满仓："那就是不合适嘛。"

柳满囤："哦，不合适。哎呦，不合适……"

柳满仓："满囤。要不……"

说罢一阵耳语。

柳满囤："哎，哎，好嘛。"

⊙ 柳家坪旱改水稻田里 日 外

赵刚子在兴高采烈地直播众人收割稻子的情景："老铁们，我们柳家坪的水稻丰收了。而且，而且是亩产 1800 斤，我们有收割机，为什么还用人工收割呢？那是为了享受这个丰收的喜悦，今天呢，我给老铁们隆重地介绍一下，我们村这个扶贫第一书记，呃，赵雅奇。"

雅奇："哎。"

赵刚子："来，打个招呼。"

雅奇笑着对着镜头招呼："欢迎大家来柳家坪。"

赵刚子："哎，还有高枫，来来来。"

高枫："啊？"

赵刚子："打个招呼。"

高枫："大家好。"

赵刚子："我看看还有谁干……"

扭头一看，一下惊愣住了。

柳满仓和柳满囤不知什么时候已经在收割的人群里割着稻子。

赵刚子："哎呀，哎呀，满仓、满囤也来了，来来来。"

众人看去："哎？这两个也来了？"

赵刚子把直播镜头对准了满仓、满囤兄弟俩："向老铁们打个招呼。"

柳满仓："哎呀，哎呀，干活来了嘛。"

赵刚子："这太阳从西边出来了啊。"

柳根："那你俩要好好干呢啊，别偷懒。"

柳满仓："都干活干活，你，你们再看我就不干了啊。赶紧，赶紧干活去，干活。"

赵刚子："他们俩呢，是我们村出了名的懒汉，不看了，不看了，这是典型的浪子回头金不换啊。"

柳满仓："干……"

柳满囤："干干干……"

赵刚子："没事没事，那个今天高兴了。"

柳满仓："赵刚子。"

赵刚子："啊？"

柳满仓："都在割水稻呢，你干啥呢？就你懒得不行嘛。"

赵刚子："哎呀，我要直播卖咱们村的大米。各位老铁们，我们村的大米呀，马上就要出来了，现在就可以预约下单，如果说现在预约下单的前一百单……"

柳大满："书和。"

赵书和："啊？"

柳大满："你这水稻连成片了，把人能累死。"

赵书和："就你割得最快，好好干啊。"

柳秋玲："哈哈哈……"

赵书和："呵呵……"

柳大满："来。"

柳秋玲："来。"

在一段深情真挚的音乐段落里，剧中主要人物照片定格，出字幕。

赵书和继续担任村支书，同时兼任水稻种植合作社社长，继续推行水稻连片种植，执着于他对土地的梦想。

柳大满继续担任村主任，兼任柳家坪蔬菜种植和家禽养殖合作社社长。

赵雅奇、高枫、李志刚在脱贫攻坚工作中成长，脱贫攻坚取得胜利后，由乡村振兴工作队接替他们。回到原单位，他们成为工作骨干。柳家坪驻村工作队被评为全省脱贫攻坚先进集体。赵雅奇与高枫参加了2021年举行的全国脱贫攻坚总结表彰大会，柳家坪进入乡村振兴阶段。

县委书记聂爱林在山南县正式退出贫困县序列后，晋升二级巡视员，光荣退休。

大柱、二梁的无公害蔬菜形成了品牌，柳家坪蔬菜合作社的产品在城里各大超市设立销售专柜。

夏大禹兼任柳家坪蔬菜种植和家禽养殖合作社会计。

赵亮担任水稻种植合作社会计。

柳小江参与了柳家坪中心学校的建设，并在学校落成后，继续为柳家坪的乡村振兴谋划出力，于2020年被批准为预备党员。

赵刚子借助网络新媒体平台，从个人网红转型为柳家坪村的新闻发布官，继续为乡村振兴做宣传。

柳三喜的农家乐越办越好，他联合柳根的豆腐坊和赵山、赵元宝的运输公司，成立了柳家坪乡村旅游合作社，着力打造最美乡村民俗文化旅游。

叶小秋和细妹在扶贫易地搬迁至碾子沟后，叶小秋继续担任村支书。

柳春田一家与柳多金一家合力，不断扩大鹌鹑养殖规模，他们与蔬菜种植和家禽养殖合作社联手，摸索生态种植、养殖的循环农业发展之路。

柳美群继续担任妇女主任。

满仓、满囤兄弟不再懒惰，加入了蔬菜种植和家禽养殖合作社。

柳家坪新村建成，村民即将搬入新居。

经过全党全国各族人民共同努力，在迎来中国共产党成立一百周年的重要时刻，我国脱贫攻坚战取得了全面胜利。现行标准下9899万农村贫困人口全部脱贫，832个贫困县全部摘帽，12.8万个贫困村全部出列，区域性整体贫困得到解决，完成了消除绝对贫困的艰巨任务，创造了又一个彪炳史册的人间奇迹。这是中国人民的伟大光荣，是中国共产党的伟大光荣，是中华民族的伟大光荣！

在脱贫攻坚中，有超过1800名扶贫干部牺牲在脱贫攻坚一线，将生命永远定格在了扶贫的战场，他们的名字值得永远缅怀铭记。

电视剧《山河锦绣》演职人员表

总 出 品 人	慎海雄
出 品 人	薛继军
联合出品人	龚　宇　孙忠怀　孟　钧　张华立
	龚政文　蔡伏青　曾少华　沈　军
	宋炯明　余俊生
总 监 制	庄殿君
顾　　问	苏国霞
总 策 划	李向东　申积军
策　　划	张雪梅　石世仑　马　骏　韩　菲
总 制 片 人	夏晓辉　董红言
制 片 人	张　忠　王　岩　杜　伟　赵　倩
	陆　瑀
责 任 编 辑	魏　岚　上官儒烨　薛　晗　刘欣畅
	王　素
责 任 制 片	刘　焱　任彦洁　胡海波　张　森
发 行 人	刘霜叶
编　　剧	由　甲　韦　言　吴海中
文 学 统 筹	韦　言　梁　彤　李　轩
摄 影 指 导	高　琦
美 术 指 导	王松林

造 型 指 导	宋 跃				
剪 辑 指 导	周茂杰				
作　　　曲	董冬冬				
录 音 指 导	丁玉富				
领 衔 主 演	李乃文	颜丙燕	胡　明		
特 别 主 演	王　雷				
主　　　演	姜冠南	苏　青			
特 别 出 演	张嘉益	马少骅	丁勇岱	张志坚	
联 合 主 演	张喜前	张　浩	封　柏	吴　旗	
	张　优	王　西	袁墨凡		
友 情 出 演	冯　晖	熊睿玲	康爱石	于　滨	
总 编 审	王　浩				
导　　　演	余　淳	吕紫伯			

国家广电总局重点扶持剧目
发证机关：国家广播电视总局